光文社古典新訳文庫

ラ・ボエーム

アンリ・ミュルジェール

辻村永樹訳

光文社

Title : Scènes de la Vie de Bohème
1851
Author : Henry Murger

『ラ・ボエーム　ボヘミアン生活の情景』目次

＊貨幣価値について

一フラン＝百サンチーム＝二十スー
一エキュ＝三フラン
一ルイ＝二十フラン

ラ・ボエーム　ボヘミアン生活の情景

一　ボエーム芸術集団結成の顚末

偶然というものは無欲な商売人くらい稀なのだ、と疑り深い者たちは言うが、まさにその偶然が、ある日、あの若者たちを引き合わせたのだ。若者たちの友愛共同体は、やがてボエーム芸術家[1]の集いを形成することになる。わたしが本書を著したのも、このボエーム芸術家なる連中の生態を広く世に知らしめたいがためだ。

ある朝、あれは四月八日のことだった、――絵画と音楽の二科の教養を培っていたアレクサンドル・ショナールは、隣人の雄鶏のけたたましい鳴き声に叩き起こされた。ショナールにとってはこの雄鶏が時計の代わりなのであった。

「トリ時計め、早すぎるぞ」

ショナールは叫んだ。

「ありえないよ、もう今日だなんて」

喚きながらショナールは家具を飛び出した。家具とはこの男の創意工夫の産物であって、夜は寝台(ベッド)となり（言うまでもないが寝心地は最悪であった）、昼はこの部屋にない他のあらゆる家具の代わりとなるのだった。他の家具がないのは、前年の冬が猛烈に寒かったためである。蓋し(けだし)、ジャック親方的家具[2]といったところだろうか。身を刺す朝の北風に、ショナールは急いで薔薇色の繻子(しゅす)のペチコートを体に巻き付けた。ペチコートにはスパンコールが星のように煌(きらめ)いている。ショナールにとってはそれが部屋着なのだった。この悪趣味な衣装は、とある仮面舞踏会の夜、ショナールのでまかせの約束に丸め込まれたおつむの軽い女がこの芸術家の部屋に忘れていったものだ。ショナールはモンドール侯爵様[3]に扮し、ポケットの中で十枚ばかりのエキュ銀貨[4]をちりんちりんと魅惑的に鳴らして歩いたのだが、もちろん本物ではな

1　元来はいわゆるロマと呼ばれる人々を指す語で、フランスではボヘミア（現在のチェコ中西部）からやってきたと考えられたため、ボエーム、ボエミアン（ボヘミアン）と呼ばれた。その意が転じて、自由気儘(きまま)に生きる芸術家をボエームと呼ぶようになった。

2　十七世紀フランスの劇作家モリエールの喜劇『守銭奴』（一六六八）の登場人物。守銭奴アルパゴンの召使(めしつかい)で料理番と御者を兼任する。

3　十七世紀のパリに現れた香具師。医学博士を名乗り、言葉巧みに客を集めてはオルヴィエタンなる怪しげな薬を売り付けたという。

く、金属の板を円く型抜きしただけのもので、芝居の小道具を借りてきたにすぎなかった。

部屋着を着終わると窓と鎧戸を開けにいった。光の矢にも似た朝陽がさっと部屋に差し込み、眠気の靄に取り巻かれていたショナールの両眼をこじ開けた。と同時に、近所の教会の鐘が五時を打った。

「まごうことなき夜明けだ」

ショナールは呟き、壁の暦を調べた。

「何かの間違いに違いない。科学の教えるところでは、この時期には太陽は五時半まで昇らないはずなのだ。まだ五時じゃないか。なのにもう日が昇るなんて。過ぎたるは猶及ばざるが如しというが、あの天体は時間を間違えたんだな。黄経局に苦情を持ち込んでやろう。とはいえ、そろそろわが身の心配もしないとな。今日はつまり昨日の翌日なのであって、昨日が七日だったのだから、土星が逆廻りしたのでもなければ、今日は四月八日だということだ。そしてこの紙の告げるところを信じるならば――」

と、役所の執行官が壁に張っていった部屋の解約通知書を読み返し、

「今日の正午ぴったりには、おれはここを明け渡したうえ、大家のベルナールさんに家賃三月分、七十五フランを支払わなければならないらしい。それにしてもずいぶん

と拙い字でおれに指図するじゃないか。いつもみたいに、何かの偶然でこの問題があっさり解決しはしないかと願っていたが、どうもその時間はないらしい。いよいよ、おれに残された時間は六時間余り。いや、六時間あればあるいは何とか……、行こう、表へ出てみよう……」

　ショナールは、かつてはふかふかしていた毛がすっかりはげてしまった上着に袖を通そうとしたが、突然タランチュラに嚙まれたかのように[6]、部屋の中で自作の曲の振り付けを始めた。場末の舞踏会で憲兵たちから人気を博した曲だ。

「いいぞ、いいぞ、格別だ、この朝の空気に浸っていると次々に楽想が湧いてくる。何だか独奏会みたいだ。よし、ひとつやってみよう」

　ショナールは半分裸のままピアノの前に腰を下ろすと、睡っていたピアノを嵐のよ

4　アンシァン・レジーム時代に発行された三リーヴル（＝三フラン）銀貨で、革命後の十九世紀前半にも流通していた。
5　フランス革命時代に創設された機関で、暦の作成に当たった。
6　伝説では、毒蜘蛛タランチュラに嚙まれた者はタランテラという速いリズムの舞踏を踊り続けなければ死ぬといわれた。

うな装飾和音で叩き起こし、ぶつぶつと独り言を呟きながら、探し求めていた旋律を鍵盤の上にたどるのであった。

「ド、ソ、ミ、ド、ラ、シ、ド、レ、たーん、たたーん。ファ、レ、ミ、レ、だめ、違う、このレは偽物だ、ユダ[7]さながらの裏切り者だ」

ショナールは気に入らない音を出す鍵を乱暴に叩いた。

「短調も試してみようか……これはきっと、青い湖のほとりで白い木春菊の花弁を摘む若者の悲しみをありありと表しているんだ。あまり幼稚にならないように。当世はこういうのが流行りなんだし、青い湖が出てこない恋歌を刊してくれる出版社なんか見つかりっこないからな。長いものには巻かれないと……ド、ソ、ミ、ド、ラ、シ、ド、レ、悪くないじゃないか。この旋律は雛菊の想念を抱かしめることだろう、植物学に詳しい人には尚更な。ラ、シ、ド、レ、このレは邪魔だ、どこか行っちまえ。さあ、青い湖を確然と思い浮かべさせるには、何か水を想わせる、蒼いものが要るな。月の光とか。月もいいけど――、ああ、これだ。白鳥を忘れちゃいけない。ファ、ミ、ラ、ソ……」

ショナールは低いオクターヴの澄んだ音色をぽろぽろと響かせながら続けた。

「若い娘の別れの言葉がまだだ。蒼い湖に身投げするんだ。雪の下に埋葬された恋人を追って——ううむ、この結末は明るくないな——だが面白いかもしれない。何かしら、甘美かつ寂しげなものがあったほうがいいのかも——そうか、来た、来たぞ、——ここに涙なみだの十小節を置いて——ああ、心が断ち割られるかのようだ。ふうっ、ぶるるる」

ショナールは星を鏤めたペチコートに包まって寒さに身を震わせた。

「心の代わりに薪を割ってくれないかなあ。寝床に桟が通ってるせいで、客が来た時なんかには邪魔で仕方がない……晩飯も食えやしない。こいつで少しばかり火を熾せたら……ラ、ラ……レ、ミ——どうも楽想が鼻風邪に包まれてやってくる気がする。ううむ、まあいいさ。若い娘を沈める作業に戻ろう」

爛々と燃える眼でショナールは耳をそばだて、ぐらぐらする鍵盤を容赦なく叩いて自らが求める旋律を探るが、それは空気の精のようにするりと手から逃れ、ぎしぎし震えるピアノが部屋にまき散らす音の靄のなかを飛び廻るのだった。

「さあ今度は、作詞家の歌詞におれの曲が合うか、試してみよう」

7　イエス・キリストの弟子だったが、金に目が眩みイエスを裏切ったことから、裏切り者の代名詞とされる。

そしてショナールはなんともひどい声で、軽歌劇や流行り歌のための詩をがなり立てた。

金色の髪のお嬢さん
スカーフを取って
星の瞬く夜空に
涙に曇ったまなざしを向けるよ
それから銀の波たつ湖の
蒼い水面(みなも)に……

「何だこりゃ、話にならん」
ショナールは尤(もっと)もな憤激とともに叫んだ。
「銀の湖に蒼い水面だって。そんなもの見たこともない。どうにも星菫趣味(ロマンティック)にすぎる。ひでえヘボ詩人だ。銀も湖も見たことないんだろうな。阿呆な詩を書くもんだ。おまけに行の区切りがよくない。これじゃおれの曲に合わん。これからは詩も自分で書くことにしよう。さあ、そうと決まったら元気が出てきた。さっさと旋律(メロディ)に合う歌詞を付けちまおう」

ショナールは詩神（ミューズ）と交信する詩人のごとく、物々しく両手で頭を抱えた。この侵すべからざる親密なやりとりが二、三分も経つころには、台本作家が作曲家の楽想の助けとなるようとりあえず入れておく仮の歌詞を何本もでっち上げていた。かろうじて意味だけは通じるという出鱈目（でたらめ）な歌詞で、四月八日というこの日の容赦ない訪れがショナールの心に呼び覚ました不安をいみじくも表現していた。こんな歌詞だ。

八足す八は十六
一の位は六で十の位は一
貧しくも心あるものが
八百フラン貸してくれたら
おれはどれだけ幸せか
期日までに
借金を返せるのに

（繰り返し）

運命の時刻の鐘が鳴っても
十二時十五分前には
家賃きっちり耳をそろえて～～（三回繰り返し）
大家さんに払えるのに

「ううむ……」

ショナールは自作の歌詞を読み返して唸(うな)った。

「ここの韻の踏み方はどうにも貧相だが、手直しには時間がなさすぎるな。音を付けたらどうなるか、やってみようか」

そしてショナールはその特徴である巨大な鼻を振り振り、ふたたび作曲中の恋歌をがなった。出来栄えに満足したのだろう、ショナールは鼻の上にアクサン・シルコンフレクスのような皺(しわ)[8]をつくって自らの才能を讃えた。それが仕事に満足したときの癖なのであった。だが至福の自画自讃のひとときも長くは続かなかった。

近所の鐘が十一時を打った。鐘の音がひとつ、またひとつと部屋の中に飛び込んできて、人を小馬鹿にするような余韻となって消えていった。哀れなショナールにはそれが〈金の算段は付いたのかい〉と言っているように聞こえた。

ショナールは椅子から飛び上がった。

「時は鹿のように跳び去ってゆく……」

ショナールは呟いた。

「あと四十五分しかない。そのあいだに七十五フランと新しい住処（すみか）を何とかしないと。万事休すだな、手品じゃあるまいし。――いや、五分あれば妙案を思いつくかも」

膝の間に顔をうずめて、ショナールは沈思黙考した。

五分経った。ショナールはがばと頭を上げたが、七十五フランの手立ては何も見つからなかった。

「どうやら、この部屋を出なくてはならないことは確かなようだ。何事もなかったかのように出ていっちまおう。天気は上々、わが親愛なる偶然はどこか表をほっつき歩いているのかもしれん。大家に家賃を払う目途（めど）が立つまで、かの偶然が寝床を与えてくれるに違いない」

穴蔵のように深い上着のポケットというポケットに入るだけのものをすべて詰め込み、薄汚い衣服を襟巻きで包み、これまでの住処に短くも感動的な別れの辞を述べ、

8　ê、îなどの山形アクセント記号。

ショナールは部屋を後にした。

中庭を歩いていくと、待っていたかのように管理人が呼び止めた。

「ちょっと、ショナールさん」

管理人はショナールの行く手を遮(さえぎ)って大声を出した。

「忘れてるんじゃないでしょうね、今日は八日ですよ」

八足す八は十六

一の位は六で十の位は一――

ショナールは口ずさみながら答えた。

「考えるのはそのことばかりですよ」

「それにしちゃ、ちょっと引越しの支度(したく)が遅いようですな。もう十一時半だ。次に入る人がそろそろ来るんですよ。急いで貰わんと」

「まあ通してください。引越しの車を探してきますから」

「そうかもしれんですが、引越しの前に二、三手続きがありましてな。三月(みつき)分の家賃をきっちり払って頂かんことには、髪の毛一本でも通しちゃいかんと言い付かっておるんですわ。払って貰えるでしょうな」

「もちろん」

ショナールは答えながら足を一歩前へ出した。

「そんならわしの部屋においでください、受け取りを書きますから」

「戻ってきたときに貰いますよ」

「今すぐじゃいかんのですか」

管理人は食い下がった。

「両替屋に行って崩してきます。いま細かいのがないので」

「ほう」

管理人は疑り深そうに言った。

「両替屋に行くですと。でしたら抵当(かた)として、その脇の包みを預かっておきましょう。持って歩くのは邪魔でしょうからな」

「管理人さん。ひょっとして、ぼくを信用してないんですか。家具を手巾(ハンカチ)に隠して持っていくとでも思ってるんですか」

「いやどうかご勘弁(かんべん)を」

管理人は幾分声の調子を落とした。

「ベルナールさんからくれぐれも言い付かっているもんでね。家賃を払うまでは髪の毛一本たりともあんたを出しちゃいけないって」

「よく見てください」

ショナールは包みを開いて言った。

「言っとくけど髪の毛じゃないよ。両替屋の隣にある洗濯屋に持っていく洗濯物です。すぐそこですよ」

「それはそれとして」

包みの中を検めてから、管理人は言った。

「まことに失敬ながら、お引越し先の住所を教えて貰えんですかね、ショナールさん」

「リヴォリ通りです」

通りに歩き出しつつ平然と答えるや、そのままショナールは尻に帆かけて走り去った。

「リヴォリ通りね」

管理人は鼻をほじりながら呟いた。

「あんなのがリヴォリ通りに部屋を借りられたなんて、奇体なこともあるもんだ。

身元の問い合わせもないしな。奇妙千万だ。まあいずれにせよ、家賃を払わんことには家具を持ち出すこともできんのだからな。ショナールさんが引っ越しているところにばったり次の間借人が来なければいいが。階段が大変なことになっちまうからな。——おや」

管理人は小窓から顔を突き出し、

「ああ来た来た、次の間借人だ」

どんな大荷物でも軽々持ち上げそうな逞(たくま)しい運送屋の男に続いて、ルイ十三世風の白い帽子を被った若い男が、今まさに玄関に入ってきたところだった。

「部屋は空(あ)いてるだろうね」

出迎えた管理人に若者が言った。

「それがまだでして。でもじき空きます。前のかたが引越しの車を探しに行っておりまして。そのあいだに家具を中庭に出させておきますから」

「雨が降ると困るな」

若者は菫(すみれ)の花の茎をしずかに嚙みながら言った。

9　パリ中心部、ルーヴル宮殿やパリ市庁舎の北側をセーヌ河に並行して伸びる通り。

「家具が濡れてしまう。そうだ、運送屋君」

と、管理人には何とも得体の知れぬものを束ねた鉤を持って後ろに控えている男に、

「それは玄関に置いといて、元の部屋までひとっ走り、残りの貴重な家具や美術品を持ってきてくれたまえ」

運送屋は壁いっぱいに、何枚も折り畳まれた高さ二メートルほどの枠を立て掛けた。折り畳まれているが、思いのままに広げることもできるらしい。

「おい、運送屋君」

その枠の一枚を半分ほど広げ、布地に開いた鉤裂きを運送屋に示した。

「困るじゃないか、大事なヴェネツィアングラスに罅が入ったぞ。次からは気を付けてくれたまえよ。ことに蔵書には細心の注意を払ってくれたまえ」

「ヴェネツィアングラスって何のことだ」

管理人は壁に立て掛けられた枠の周りを怪訝そうに歩きながら呟いた。

「硝子なんて見当たらんが、まア何かの冗談なんだろう。おれには屏風にしか見えん。お次は何を持ってくるつもりなのか、ひとつ拝ませて貰うとするかね」

「今の間借人はまだ部屋を明け渡してくれないのかい。もう十二時半だが。そろそろ家具を入れたいんだがね」

「そんなにかからないと思いますよ。それに、お宅さんの家具だってまだ来てないんだから、別段不都合もないでしょ」

若者が何か言おうとしたそのとき、伝令の龍騎兵[10]が中庭に入ってきた。

「ベルナール殿はこちらか」

龍騎兵は脇に下げた大きな革の書類鞄から一通の封書を取り出しつつ訊ねた。

「はい、さようで」

「ベルナール殿宛てのお手紙であります。受け取りを頂きたい」

龍騎兵は管理人に正式の公用文書を手渡した。管理人は署名をするために部屋に引っ込もうとした。

「ちょいと失礼しますよ」

管理人は苛々と中庭を歩き廻っている若者に告げた。

「お役所から大家のベルナールさん宛ての手紙でね、渡してこにゃならんもんで」

管理人が屋敷に入ったとき、ベルナール氏は髯をあたっているところだった。

10　近世に編成された兵科で銃で武装した騎兵。平時には衛兵として君主を警護した。伝令を務めることもあったのだろう。

「どうかしたか、デュラン」

管理人は帽子を持ち上げて、

「ただいま伝令の兵隊さんが、このお手紙を旦那様にと。お役所からです」

と、陸軍省の封印が捺（お）された封筒を渡した。

「何だと、本当か」

ベルナール氏は昂奮のあまりあやうく剃刀（かみそり）で顔を切りそうになった。

「陸軍省からだ。これはきっと、わしがレジオン・ドヌール勲章[11]に選ばれたという通知だな。ずいぶん前から請願を出していたからなあ。ついにわしの行いが認められたということか。おい、デュラン」

ベルナール氏は胴衣（ジレ）のポケットを探って、

「ご祝儀に百スーやろう。取っておいてくれ。おっと、財布を置いてきてしまった。すぐ持ってくるからな、そこで待っていなさい」

管理人は前代未聞の大家の大盤振る舞い（おおばんぶるまい）にすっかり驚き、思わず帽子を被りなおした。

他のときならこの無作法を厳しく咎（とが）めていたであろうベルナール氏も、このときばかりは気に留めぬ様子で眼鏡をかけ、君主（スルタン）の勅書を押し戴く宰相のように恭（うやうや）しく封を切ると、件の文書を読み始めた。だが初めの二、三行に目を走らせるやいなや、修道僧のような下膨れの頰に真っ赤な皺を寄せて恐ろしく顔をしかめ、小さな両眼がもじゃもじゃの鬘の毛に火が点きそうなほど爛々と光った。そうして終いには、ベルナール氏の顔は地震の後みたいに滅茶苦茶になってしまった。

騎兵隊の伝令が届け、デュラン氏が政府に受け取りを書いた、陸軍省の紋章付きの便箋に記されたこの手紙の内容は、以下の通りである。

大家様

神話の教えるところによれば、品格の源は礼儀にありとのことですが、部屋を借りたら家賃を納めねばならぬ、滞っているなら尚のこと、という世の習いに背かざるを得ぬほど、小生が手許不如意であることをお知らせしなければ、礼儀に悖るというものでありましょう。今朝の今朝まで、小生は期待に胸ふくらま

11　ナポレオン・ボナパルトによって制定された、フランスへの卓越した功績のあった軍人または市民に授与される勲章。フランスでもっとも名誉ある勲章とされる。

せておりました。三月分の家賃をすっかり払って、この麗しき一日を言祝(ことほ)ぐことができればと。まさに理想、空想、幻想。しかし小生が枕を高くして眠っているあいだに、運命が——ギリシャ語ではアナンケ[12]といいます——運命がぼくの希望を散り散りに消し去ってしまいました。当てにしていた収入は——このところ景気が悪くて——ことごとく無かったことになりました。まとまった額のお金が入るはずでしたが、今は人から借りた三フランしか手許にありません。これを家賃にするわけにはいきません。われらが美しいフランスに、そして小生に、よりよき日々がきっと訪れることでしょう。さあ、信じましょう。その時が来たら、小生は真っ先にそのことをお知らせに、そしてお部屋に残していった貴重な品々を引き取りに参ります。目下、その品々は大家様と法の保護下にあります。わが良心の帳簿に、大家様の名は支払うべき家賃の総額とともに記載されておりますが、法の定めるところでは、一年のあいだは、未払いの家賃の抵当として部屋の物品を売り払うことは禁じられております。とりわけ、わがピアノはくれぐれも大切に扱って頂きたい。それから、あの大きな額縁に入った巻き毛の女性の絵も。あの絵の巻き毛は六十もあって、髪のあらゆるニュアンスを、色という色を用いて余すところなく描き出し、さながら愛の妖精の小刀が三美神[13]の額から切り取ってきたかのようです。

ところで、天井の羽目板はお好きになさって結構です。下記の署名をもって、その旨ここに了承いたします。

アレクサンドル・ショナール

ショナールが陸軍省づとめの友人の事務室で書いたこの手紙を読み終わるや、ベルナール氏はそれを怒りにまかせてぐちゃぐちゃに丸めてしまった。そして約束のご祝儀を待っている管理人のデュラン爺さんに目が向くと、いったいそこで何をやってるんだと怒鳴った。

「お待ちしているんで」

12　ギリシャ神話の運命の女神。パリのノートルダム大聖堂の壁にアナンケの名を記した落書きがあり、十九世紀フランスの作家ヴィクトル・ユゴーはそこから小説『ノートルダム・ド・パリ』（一八三一）の着想を得た。

13　ギリシャ、ローマ神話で語られる、愛、慎み、美を司る三柱の女神。ボッティチェッリの絵画『春』（一四八二頃）にその姿が見られる。

「何をだ」

「だってさっき、いい知らせだからご祝儀をって……」

「出ていけ！　何だ、無礼者、わしの前で帽子も取らんのか」

「いや、これは……」

「うるさい、口答えをするな！　出ていけ！　――いや、そこで待っとれ。――あの家賃も払わずに出ていきおったヘッポコ芸術家の部屋へ行くぞ」

「え、ショナールさんの部屋ですか」

「そうだ」

大家はますます怒りを増し、

「何かひとつでもやつが持ち出したものがあったらおまえは馘首（くび）だ、いいか、追い出すからな！」

「しかしそりゃ無理ってもんです」

可哀想な管理人は小声で言った。

「ショナールさんはまだ引っ越してないですから。家賃を払うのに細かいのがないからって崩しにいってるんですよ。それから家具を運び出すのに車を呼んでくるって」

「何が家具だ！」

　ベルナール氏は怒鳴った。

「あの野郎、きっと今頃北叟笑んどるに違いない。あのな、おまえは一杯喰わされたんだよ。おまえが部屋に入らないようにしといて、何喰わぬ顔で出てっちまったんだ。どれだけ間抜けなんだ、おまえは」

「あッ、しまった！　おれはどれだけ間抜けなんだ」

　デュラン爺さんは荒ぶる神もかくやというほど怒り狂った大家の剣幕にぶるぶる震えながら階段を下りた。

　ふたりが中庭まで来ると、例の白い帽子を被った男がデュラン爺さんを呼び止めた。

「ああ、ねえ管理人さん、まだ部屋には入れないのかい。今日は四月八日だよね。そしてぼくが借りた部屋はここじゃなかったのかい。心付けもあげたじゃないか。え、違うかい」

「これはどうも。何かご不都合でもありましたか」

　大家はそう言ってデュランのほうを向き、

「デュラン、わしはお客さんのお相手をするから、階上を見てこい。あのろくでなしのショナールが戻って荷作りしてるかもしれんからな。もしいたら部屋に閉じ込めて衛兵[14]を呼んで来い」

デュラン爺さんは階段へ飛んでいった。

「いやはや、申し訳ありません」

大家は放ったらかしにされていた若い男に頭を下げた。

「どちら様でございましょう」

「今日からこちらでご厄介になる者です。七階の部屋をお借りすることになっているのですが、まだ空いていないというので、つい苛々してしまってね」

「まことに恐れ入ります。ちょいと間借人とのあいだに厄介ごとがあったもので、あなた様の前に入っていた人なんですがね……」

「旦那様、旦那様」

屋敷の最上階の窓からデュラン爺さんが大声で呼んだ。

「ショナールさんはいませんが、部屋はありました……馬鹿、そうじゃない……ええとですね、何も持っていってません。髪の毛一本なくなってません」

「よし、下りてこい」

それから再び若者の方を向いて、

「やれやれ、もう少しご辛抱願いますよ。家賃を踏み倒した間借人が置いてったものを、管理人が地下の倉庫に運びますんで、あと三十分もすれば入れます。ところであなた様の家具がまだ届いていないようですが」

「いいえ、届いていますよ」

若者は静かに答えた。

ベルナール氏は若者のまわりを見まわしたが、先ほど管理人を不審がらせた例の大きな屛風のほかには何も目に入らない。

「申し訳ありませんが、……あのう、見当たりませんですが」

「ほら、ここにあるじゃないか」

目を丸くしている大家の顔の前に若者が屛風を広げると、そこには美しい宝石の円柱が並び、薄彫りのレリーフや古今の巨匠たちの絵が壁を飾る宮殿の一室が描かれている。

「じゃ、家具っていうのは……」

「ほら、ここ」

若者は宮殿の部屋にこまごまと描かれている壮麗な家具調度を指さした。この屛風は、競売場で劇団が大道具を売りに出していたのを先ほど買ってきたものだった。

14　国民衛兵。フランス革命時に従来の常備軍に替わり各地で編制された民兵組織。

「あの、こういうのでなしに、もっとちゃんとした家具をお持ちかと存じますが」

「何を言うんだい。正真正銘のブール[15]の家具だよ」

「家賃の担保になるようなものを見せて頂かないと」

「おや、屋根裏部屋[16]の家賃の担保に、宮殿では不足かね」

「それじゃあちょっとねえ。家具を見せてくださいよ、本物のマホガニーとかでできた家具を！」

「やれやれ、大家さん。黄金もマホガニーも人を幸福にはしないと昔の人が言っているよ。それにマホガニーなんて嫌いだね。あんなもの、所詮はくだらないただの木じゃないか。木の家具なんかどこにでもある」

「でもね、とにかく何でもいいから家具はあるんですか」

「ない。家具なんて部屋にあると場所を塞(ふさ)いでしょうがない。椅子なんかやたらにあったらどこに座ればいいかわからなくなっちまう」

「それなら寝台(ベッド)はどうです！　寝るときどうするんですか」

「寝るところくらい神様が何とかしてくれるものだよ」

「失礼ですが、もうひとつ訊いてもようございますか。——いったい何のお仕事をされているので」

ちょうどそのとき、運送屋が中庭に戻ってきた。運送屋が鉤にかけている諸々の荷物の中に画架(イーゼル)が見えた。

「あッ、旦那様」

デュラン爺さんはぞっとして思わず叫び、画架(イーゼル)を大家に見せた。

「絵描きですよ！」

「芸術家か！　どうもそんな気がしたんだ」

今度はベルナール氏が大声を出した。鬘の毛という毛が恐怖に逆立った。

「よりによってまた芸術家か！　さてはおまえ、身元調査をしなかったな！　何の仕事なのか知らなかったんだな！」

「でも、こちらさんはお心付けを五フランも下さいましたので、……まさか芸術家だとは思いもしませんで……」

15　アンドレ゠シャルル・ブール。十七—十八世紀の家具職人。黒檀(こくたん)に象嵌(ぞうがん)を施したブール様式と呼ばれる技法を確立し、その家具は上流階級に人気を博した。
16　一般にフランスの集合住宅では最上階の屋根裏部屋は賃料が安価である代わりに設備が劣悪であることが多い。

「いつまでそうしているつもりだい」

今度は若者が訊いた。

「ちょっとねえ、あなた」

大家は眼鏡をかけなおして、

「家具がないんじゃ部屋はお貸しいたしかねますなあ。担保がなければ部屋貸しを断ってもよいと、法律でも決まっているんですわ」

「家賃なら大丈夫、約束するよ」

「約束なんぞ家具ほどの値打もありませんなあ。……どこか他処をお探しなさい。お心付けはあとでデュランがお返ししますよ」

「ええッ！」

管理人が素っ頓狂な声を上げた。

「あれはもう銀行に入れちまいましたよ」

「だがね、大家さん。すぐに次の部屋が見つかるわけでもないし、一晩だけでも泊めてくれないかな」

「宿屋に泊まりなさいよ。――そうだ。お望みなら、あなたが入るはずだった部屋を家具付きで貸しましょうか。家賃を踏み倒して逃げた間借人が置いていった家具ですがね。ただし、おわかりでしょうが、家賃は前払いでな」

「そんなボロ部屋が幾らになるのか、教えて貰いたいものだね」

「そう仰言いますが、悪くない部屋ですよ。月二十五フラン頂きましょう。事情が事情ですから、くれぐれも前払いで願いますよ」

「それはさっき聞いたよ。わざわざ二度言うほどのことじゃない」

若者はポケットを探った。

「五百フランで釣りはあるかい」

「何ですか」

「何って、千フランの半分だよ。見たことないのかい」

芸術家が大家と管理人の目の前で五百フラン札をひらひらさせたので、ふたりは肝をつぶした。

「すぐにお部屋をご用意しますので」

大家は馬鹿丁寧に答えた。

「二十フランで結構です。先ほどのお心づけをデュランに返させますので」

「いいよ、それは取っておきたまえ。そのかわり、毎朝ぼくのところに来て、日付と曜日を教えてくれないかな。それから月の満ち欠けと、天気予報と、目下の政治状況もね」

「それはもう、喜んで！」

デュラン爺さんは叫んで九十度のお辞儀(じぎ)をした。

「結構。お爺さんがぼくの暦になってくれるってわけだ。さて、とりあえず運送屋が荷物を部屋に運ぶのを手伝ってくれないか」

「すぐに受領証をお届けいたしますので」

こうしてその夕暮れ、行方(ゆくえ)をくらましたショナールの部屋を宮殿にして、ベルナール氏の新しい間借人、絵描きのマルセルが住むことになったのだった。

そのあいだ、ショナールはパリ中の借金の当てを片端から訪ね歩いていた。ショナールは借金の技法を芸術の域にまで高めていた。外国人に借金を申し込まなければならないときのために世界中の言葉で五フラン貸してくれと言えるほどである。お金がいかにしてそれを追い求める者の手を逃れるか、その手口を隅々まで、水先案内人が潮目を知るよりも熱心に研究していたし、いつ水嵩(みずかさ)が上がり、いつ下がるか、つまり、友人や知人の懐(ふところ)にいつ給金が入るかを知りつくしていた。どの家なら、朝方に訪ねてくるのを見られても、あっショナールだ、そうか、今日は一日(ついたち)か十五日だからな、などと言われないかも承知していた。また必要に迫られたとき、懐に余裕がある人々からの借金を容易かつ公平にするため、ショナールは区や街ごとに友人知人を一人残らずアルファベット順に並べた名簿を作成していた。個々の名前の横には、いつも当該人物の財政状況に応じて幾らまで借りることができるか、いつ懐が温かいか、いつも家で何時に何を食べるかが記されていた。その名簿に加えて、誰に幾ら借りているかが小銭にいたるまで事細かに書き込まれた、几帳面このうえない小さな出納帳簿も持ち歩いており、というのもいずれノルマンディーのおじが亡くなれば遺産が転がり込むはずで、幾らだか知らないがその金額を上廻る借金はショナールの望むところではなかったのである。ある人からの借金が二十フランに達するとそこで打ち切りとし、まだそこまで借りていない人たちから借り集めてでも二十フラン耳を揃えて返す。こうして常に貸主から一定の信用を保っており、これをショナールは〈流動的債務〉と呼んでいた。貸す方も、ショナールは返せるときにはきちんと返す男だと知っているので、余裕があれば快くショナールに金を貸した。

　ところで、何としても七十五フラン作らなければと午前十一時過ぎに部屋を出たものの、ショナールは例の名簿のMとVとRの欄に記載された人たちからわずかな小銭を借りられたにすぎなかった。残りはショナール同様に借金で首が廻らないような連中で、無心の当てにはなりそうもなかった。

六時を廻り、ショナールの胃袋の中で飢えが切実に夕食の鐘を鳴らし始めた。ちょうどメーヌの徴税門[17]のあたりに差しかかったところで、そこにはUの頭文字の人が住んでいるはずだった。食事時には何度もその家で相伴にあずかったことがある。ショナールがU氏の部屋へ上がっていこうとすると、管理人がショナールを呼び止めた。

「もしもし、どちらへ？」

「Uさんの部屋だけど」

「いまお留守ですよ」

「奥さんは？」

「奥様もです。もし今夜ご友人が見えたら、街へ夕食に出かけたとお伝えするよう言付かっております。お客様がそのご友人でしたら、こちらに行き先がございますので」

そう言って管理人は紙切れをショナールに渡した。そこにはUの字でこう書いてあった。

＊＊＊街＊＊＊番地のショナールの家にご馳走になりにいく。きみも来たまえ。

「巫山戯(ふざけ)やがって」

外に出て、ショナールは悪態をついた。

「偶然ってやつが悪戯心(いたずらごころ)を起こすと、じつに卦体(けったい)な笑劇(ヴォードヴィル)ができあがるもんだ」

そのとき、何度か入ったことのある安い居酒屋[18]が近くにあることを思い出した。ショナールはメーヌの通り沿いにある、柄(がら)の悪い貧乏芸術家連中が〈カデおばさんの店〉と呼んでいるその店へと足を向けた。食事もできる居酒屋で、普段はオルレアン街道の荷車引きやモンパルナスの歌手やボビーノ劇場[19]の役者を客にしているが、春夏にはリュクサンブール庭園[20]の傍(そば)に並ぶアトリエの画学生やら、芽の出ない作家志望者

17　当時パリは〈徴税請負人の壁〉と呼ばれる市壁に囲まれており、処々に関税を徴収する門があった。メーヌの徴税門は現在の十四区、モンパルナス駅近辺。

18　徴税門を通らなければ税金がかからないため、門外には免税の安価な飲食店や舞踏場が立ち並び、庶民の歓楽場を形成していた。

19　かつてリュクサンブール庭園近くにあった劇場。当初はリュクサンブール劇場という名だったが、道化師ボビーノが人気を博し、いつしかボビーノ劇場と呼ばれるようになった。後にモンパルナス駅近くに移転し現在に至る。

やら、胡散臭い赤新聞の記者やらも群れをなして、名物の兎のクリーム煮や本式のシュークルートや燧石の香りの葡萄酒を腹に詰め込みにやってきた。

ショナールは〈木陰〉[21]の席についた。木陰といっても疎らに葉をつけた今にも枯れそうな二、三本の木がしみったれた緑の庇を作っているにすぎなかったが、この店ではそれが木陰ということになっているのだった。

「しょうがない、ここはひとつ、独りきりの宴といくか」

ショナールは迷うことなくスープとシュークルート半皿と、兎のクリーム煮半皿ふたつを注文した。こうして半皿をふたつ注文すると、一皿で頼むより四分の一ほど得するのを知っていたのだ。

この注文を聞いたひとりの娘がちらりとショナールを見た。白い服を着て、頭をオレンジの花で飾り、舞踏会にでも行くような瀟洒な靴を履き、模造品をさらに模造したような薄布が、確かに隠しておくべきであろう両肩の上で波打っている。娘はモンパルナス劇場[22]の歌手だった。この劇場の楽屋はカデおばさんの店の厨房と繋がっているようなものなのだ。『ランメルモールのルチア』[23]の幕間に、もっぱら菜薊の酢油漬けからなる食事を終え、食後の珈琲を飲んでいるところだった。

「兎のクリーム煮を二皿、ですって」

ショナールの皿を運ぶ女給にこっそり耳打ちし、

「よく食べる人ね。あたしのお勘定は幾ら、アデル？」

「菜薊（アーティチョーク）四スー、珈琲が四スー、パンが一スーで九スーです」

歌手は代金を手渡すと、朗らかに歌を口ずさんで出ていった。


神様がくれたこの恋[24]――


「やあ、いい声でしたね」

ショナールと同卓の知らない男が言った。食卓に山のように古本を積み上げて、その隙間（すきま）から顔が覗いている。

20　現在のパリ六区にある庭園。
21　パリ市内の居酒屋とは違い、徴税門外の酒場にはしばしば木の茂る庭があった。
22　現在のパリ十四区、モンパルナスのゲテ通りにある劇場。
23　ガエターノ・ドニゼッティの歌劇。一八三五年ナポリ初演。
24　アルフォンス・ロワイエ、ギュスターヴ・ヴァエズ訳によるフランス語版『ランメルモールのルチア』（一八三九年パリ初演）第一幕の一節。

「そうかな。どっちかというと、いい声を出すまいと努めているように思える」

ショナールはそう答え、ランメルモールのルチア嬢が食べていた菜薊（アーティチョーク）の皿を指差して、

「気が知れないよ、せっかくの高音声（ファルセット）を酢漬けにしちまうなんてさ」

「確かに、あれは強い酸です。酢といえば、オルレアンの酢は絶品ですよ。名物と言われるだけある」

そんな調子で話の釣り針を投げかけてくるこの男をショナールはしげしげと眺めた。いつもじっと何かを探しているような大きな碧（あお）い眼が、神学生のような恍惚とした穏やかさをその顔に与えている。顔は古い象牙（ぞうげ）のように蒼白く、頬だけが煉瓦の粉をはたいたかのように赤い。絵を習いたての生徒が肘で突（つつ）かれながら描いたみたいな口で、唇は黒人のように少しまくれて猟犬のような歯がのぞいている。ネクタイの上に鎮座する二重顎（にじゅうあご）は、片方は空に届きそうなほど盛り上がり、もう片方は地面に届きそうなほど垂れている。やけにつばの広い毛の禿（は）げたフェルト帽から髪が金色の滝のようにあふれ出ている。肩掛けの付いた榛（はしばみ）色の上着は糸目が見えそうなほど擦り切れて鑢（やすり）みたいにざらざらだ。だぶだぶになったポケットから紙の束と安物の本がはみだしている。こうしてじろじろと観察されているのを気にも留めずに、男は腸詰（ソーセージ）入り

のシュークルートを、いちいち満足の声を上げながらうまそうに口に運ぶのだった。そうやって食べながらも、男は目の前に開いた本に目を走らせ、耳にはさんだ鉛筆でところどころ書き込みをしていた。

「おーい！　兎はまだ？」

だしぬけにショナールがコップをナイフで叩きながら大声を出した。

女給が皿を手にやって来た。

「ごめんなさい、兎、品切れなんです。こちらのお客さんが先に注文なさって、これでおしまいです」

そう言って女給は古本の男の前に皿を置いて行ってしまった。

「何だよもう！」

ショナールは叫んだ。この〈何だよもう！〉に込められたいかにも悲しげな落胆の響きに、古本の男はいたく心を動かされたらしい。自分とショナールとのあいだに築かれた本の壁をどけて、皿を真ん中に置き、このうえなく優しい口調で言った。

「よかったら、これをわたしと分けて頂けないでしょうか」

「でもねえ、あなたの分を取るわけにはいかないよ」

「では、あなたをお饗応（もてな）しする喜びをわたしから取り上げようと言うのですか？」

「そこまで言うのなら……ありがとう」

ショナールは皿を近づけた。

「すみませんが、頭は差し上げられませんよ」

「どうぞどうぞ、構わないよ」

だが皿を引き寄せてみると、頭をちゃんと入れてくれているのに気がついた。

（こいつ、馬鹿丁寧に何を抜かしてんだ）

「人間にとって頭はいちばん大事な部分ですが、兎の頭はいちばん不味（まず）い部分だといいますな。だから苦手だって人は多いが、わたしは逆でしてね。頭が大好物なんですよ」

「それじゃあ悪いことしちゃったな、頭を貰っちゃって」

「え？……いや、頭はわたしが頂きましたよ。ご覧なさい、ほら……」

「いやいや、じゃあこいつは何だい？」

そう言ってショナールは男の鼻先に皿を突き出した。

「おおっ！　これは何ということだ。こっちにも頭が！　双頭（ビセファル）の兎だ！」

「ビセ……何だって？」

「ビセファル。頭がふたつあるということです。ギリシャ語が語源です。博物学者のビュフォン氏[25]はその著作の傍註でこの驚異をいくつか紹介しています。このような珍しいものを食べられたことは僥倖ですな」

この出来事で話に弾みがついた。ご馳走されるばかりの無作法に気が咎めたショナールは葡萄酒を一壜追加で頼んだ。それを片付けると古本の男がもう一壜持ってこさせた。ショナールはサラダを奢り、古本の男はデザートを奢った。夜の八時には空の壜が六本食卓に並んでいた。語り合うほどに、安葡萄酒の酔いがふたりのあいだの垣根を取り除き、すっかり打ち解けたふたりはめいめい身の上を語り、幼なじみのように親しくなった。ショナールの身の上話を聞き終わると、今度は古本の男が身元を話した。名はギュスターヴ・コリーヌ、哲学の徒なれど、活計のために数学、スコラ哲学、植物学、その他もろもろの〈学〉の付く学問を教えているという。

そうして得た幾許かの謝礼は、そっくり古本に費やしてしまうらしい。調和橋から聖ミカエル橋まで、セーヌの河沿いに軒を連ねる露天古本商でコリーヌの榛色の上着を知らぬものはない。そんな一生かかっても読めるはずのないほどの本を買い集めてどうするつもりなのか誰にもわからない。コリーヌ自身にも

25　ジョルジュ゠ルイ・ルクレール・ド・ビュフォン。十八世紀フランスの博物学者。

さっぱりわからない。だがもはや古本蒐集(しゅうしゅう)はコリーヌの生きがいなのであった。本を一冊も買えずに帰った日にはティトゥス[26]の言葉を引き、

「今日この日を無駄にしてしまった」

と嘆くのだった。コリーヌの人懐っこい振る舞いや、古今のあらゆる修辞がモザイクのように鏤(ちりば)められ、気の利(き)いた洒落(しゃれ)に彩(いろど)られたその話しぶりを、ショナールはいたく気に入り、さっそく例の友人名簿にコリーヌの名を加える許しを求めたものであった。

夜が九時を廻ると、いい感じに酔っ払ったふたりは千鳥足でカデおばさんの店を出た。コリーヌが珈琲を奢ろうと言い、ショナールはそれなら自分は酒代を持つという条件でその申し出をありがたく受け、ふたりはサン＝ジェルマン＝ロクセロワ通り[27]にある、ギリシャ神話の笑いと遊びの神の名〈モミュス〉の看板をぶら下げたカフェに入った。

店に入ると、折しもふたりの馴染(なじみ)客のあいだで激しい議論が勃発したところだった。ひとりは色とりどりの髯(ひげ)をもじゃもじゃと顔中に生(は)やした若い男だが、その豊かな髯とは裏腹に、額は年齢(とし)に似合わず膝小僧みたいに禿げ上がって、一本一本数えられそうな僅(わず)かばかりの髪の毛でなんとかそれを隠そうと虚しい努力をしている。黒い燕尾(えんび)

服の肘はてかてかに擦れ、腕を上げると通風口みたいに穴があいているのが見える。ズボンはまだかつては黒かったのだろうという気がするが、靴は今まで一度でも新品だったことがあるのかと疑いたくなるような、まるで彷徨えるユダヤ人[28]が世界を何周も歩いた後みたいな代物だ。

ショナールは新たな友コリーヌとこの偉大なる髯の青年が会釈を交わしたのに気付いた。

「知り合いかい？」

「そうでもないが、図書館でたまに会うんだよ。きっと文学者だ」

「まあ、服はそんな感じだね」

青年と議論を交わしているのは四十代くらいの中年男だった。大きな頭が両肩のあ

26 ティトゥス・フラウィウス・ウェスパシアヌス。一世紀のローマ帝国皇帝。善政を布き、何も善行をしなかった日は「今日この日を無駄にしてしまった」と嘆いたという。

27 現在のパリ一区にある通り。

28 ヨーロッパの伝説に見られる、刑場に向かうイエスを嘲笑したために永遠に地上を彷徨う宿命を負ったユダヤ人。

いだにめり込んで首が見えないほどの肥満体で、この分ではいずれ卒中の発作に見舞われるだろう。窪んだ額に大文字で〈馬鹿〉と書いてあるのが見えるような男だ。寸詰まりの黒い上着がはち切れそうだった。この男の名はムートン氏といい、パリ四区の役所で死亡者台帳の受持をしていた。

「ロドルフ君！」

ムートン氏は青年の燕尾服のボタンのところを掴んで揺さぶりながらかん高い声で何やら喚いている。

「わしの意見を言えというのかね。なら言わせて貰おう。新聞なんぞ糞喰らえだ。仮にだね、わしは一家の主だとする。よろしいか？　そしてわしはこのカフェにドミノ遊びをしに来てるとしたらだ、わかるかね？」

「ええ、それで？」

ロドルフと呼ばれた青年が答えた。

ムートン氏は一言ずつ食卓を拳骨で殴りつけながら怒鳴った。食卓のジョッキや杯がびりびり震えた。

「いいか、新聞を開いてみりゃ、なんて書いてある？　こっちの新聞では白と言い、こっちの新聞では黒と言い、何だかさっぱりわからん。そんなことわしにはどうでもいいんだ。わしは一家の主で、この店に来るのは……」

「ドミノ遊び、でしょ」

「毎晩来ているんだぞ。それならばだ、きみがわかってくれるならば……」

「よくわかりますよ」

「どうにも我慢できん記事があってな。腹が立って腹が立って、頭がかあっとなっちまった。いいか、ロドルフ君、新聞なんてものはだね、全部嘘っぱちだよ。そうだ、嘘っぱちだ！」

ムートン氏は裏返った声で絶叫した。

「新聞記者なんぞごろつき野郎の集まりだ。ブン屋風情が！」

「しかしですね、ムートンさん……」

「そうじゃないか、ろくでなしどもめ。この世界の不幸という不幸はあいつらのせいだ。革命も人殺しもみんなあいつらのせいじゃないか。その証拠にミュラー[29]は……」

29　ジョアシャン・ミュラー。十八—十九世紀フランスの軍人。ナポレオンの側近として活躍するがのちに離反する。一八一五年、ナポレオンのエルバ島脱出に伴い再びナポレオン側に付くも敗北を重ね、ワーテルローの戦いののち処刑される。

「マラー[30]では？」

ロドルフが口をはさんだ。

「違う、ミュラーだ！　わしは子供のころ、やつの葬式を見たんだからな」

「いや、お言葉ですが……」

「サーカス芝居も見たぞ」

「そうですか、ならきっとミュラーなんでしょう」

「一時間も前からそう言っとるじゃないか！」

ムートン氏がまた大声を出し、しつこく話を続けた。

「ミュラーだよ。あの穴蔵で政治活動していた野郎だ。要するにだな、仮にだ、ブルボン王朝がミュラーを首尾よくギロチンにかけなかったとしたら？　反逆者だぞあいつは」

「えっ、誰がですか？　ギロチンにかけた？　反逆者？　何の話ですか？」

今度はロドルフがムートン氏のボタンのところを摑んで言った。

「そりゃ、マラーが……」

「違うでしょムートンさん、ミュラーでしょ。確乎（しっか）りしてくださいよ」

「いや、そういえばマラーだったかな。一八一五年に皇帝陛下に反逆したやくざ者だ。

とにかく新聞なんてどれも同じだってことだよ」

ようやくムートン氏は自分なりの議論の命題に戻った。

「わしの言いたいことはだね、ロドルフ君。できれば……そう、ちゃんとした新聞が読みたいんだ……いいか！　御大層な新聞にはもううんざりだ……余計な御託なしの、ちゃんとした新聞を！」

「それは難しい要求ですね。わしが言いたいのはそういうことだ！」

「そうとも。もう少しわしの言い分を聞くかね。新聞に御託を並べるな、とはね」

「努力します」

「国王陛下のご健康と地方の特産物だけ載せているような新聞があればいいんだ。読んでもわからん新聞なんぞ何の役に立つ？　仮にわしが役所にいるとする。よろしいか？　そうして台帳を手に持ってるとするわな。そうすると『ムートンさん、死亡者台帳に記帳してください、これをしてください、あれをしてください』とか何とか言

30　ジャン＝ポール・マラー。十八世紀フランスの革命家。フランス革命の指導者のひとり。皮膚病を患（わずら）い、一七九三年、自宅で入浴中にシャルロット・コルデに暗殺される。従ってムートン氏の発言は出鱈目である。

われるようなもんだ。けどな、それが何だ？　それが何だ？　それが何だ？　新聞もそれと一緒さ」

こうしてムートン氏は結論に達した。

「その通り！」

隣の卓の男がムートン氏の意見に賛同の声を上げた。

意見を同じくする二、三の馴染客から賞讃を受け、ムートン氏はドミノ遊びに戻っていった。

ロドルフはショナールとコリーヌの食卓に移ってきた。ムートン氏はこちらを指差して、

「若いのに道理ってものを教えてやったよ」

などと言っている。

「馬鹿につける薬はないですな」

コリーヌはふたりに言った。ムートン氏のことだろう。

「でもあいつはいい顔してるぜ、瞼（まぶた）が馬車の幌（ほろ）みたいに垂れ下がって、目玉がビンゴの玉みたいに飛び出ててさ」

みごとな焦げ目のパイプを取り出しながらショナールが言った。

「うまいことを言いますね。ところで、素敵なパイプじゃないですか」

「なあに、社交用のもっといいのも持ってるよ。コリーヌ、悪いが煙草を分けてくれないか」

「しまった、煙草を切らしていたんだった」

「もしよかったら、これを喫ってください」

ロドルフはポケットから煙草の箱を出して食卓に置いた。

コリーヌはこの親切へのお返しに一杯奢ってやらなくてはと考えた。

ロドルフは申し出を受けた。会話はいつしか文学の話になった。服装から見当はついていたが、職業を訊かれると、ロドルフは詩神への信奉を滔々と語り、葡萄酒のお代わりを頼んだ。葡萄酒を注いだ給仕が壜を下げようとすると、いいから置いていってくれとショナールが頼んだ。コリーヌのポケットから二枚の五フラン銀貨がちりんちりんと奏でる二重奏が聞こえたのだ。ロドルフはすぐにこのふたりと何でも言い合えるほどに親しくなり、ふたりの身の上話が終わるとロドルフも自分の境遇を打ち明けた。

看板ですよと追い出されなければ、三人は朝までそのカフェに居座っていたことだろう。通りに出て十歩も歩かぬうちに、といってもそれにたっぷり十五分はかかったが、三人は土砂降りの雨に見舞われた。コリーヌとロドルフは、サン＝ルイ島[31]とモンマルトル[32]というちょうどパリの両端に住んでいた。

ショナールは下宿から追い出されたことをすっかり忘れ、ふたりに一夜の宿を申し出た。

「うちへ来いよ。この近くだ。今宵は大いに文学と芸術を論じようじゃないか」

「きみは何か弾(ひ)いてくれ。ロドルフは自作の詩を」

「いいぜ」

ショナールは答えた。

「人生なんてあっという間だ。楽しまなければ！」

どれが自分の下宿だったか見分けるのに相当な努力を要したが、ようやく下宿の前にたどり着くと、ショナールは暫(しば)し縁石に腰かけて、まだ開いている酒場に酒や酒肴(つまみ)を買いにいったロドルフとコリーヌを待った。ふたりが戻ると、ショナールは何度も下宿の玄関の扉を叩いた。いつも管理人がなかなか出てこないことをうっすらと思い出したのだ。ようやく扉が開いた。ショナールは最前から覗き窓越しに大声で名乗っていたのだが、管理人のデュラン爺さんはまだ半分夢見心地で、ショナールがもはや下宿人ではないことをすっかり忘れていた。

長く急な階段を上りきったところで、先頭にいたショナールは戸に鍵が挿さっているのを見て驚愕の叫びを上げた。

「どうしたの」

ロドルフが訊いた。

「何だこれ。今朝鍵をかけて持ってきたのに、ドアに挿さってる。待ってくれよ、たしかポケットに入れたはず……ほら！　なのにもうひとつここに！」

ショナールはふたりに鍵を見せた。

「まるで手品だ」

「幻術だね」

コリーヌが言った。

「夢かまぼろしか」

31　パリ中心部、シテ島の東隣に位置するセーヌ河の中洲。現在パリ四区に属する。古くから高級住宅街として知られるが、当時は芸術家や作家も多く集まっていた。

32　パリ北部、現在の十八区にあたる丘陵地区。当時は田園風景の残る郊外で、現在のランドマークであるサクレ゠クール寺院もなかった（一九一四年完成）。

ロドルフが言った。

「おい、聞こえるか?」

「何が?」

「何が?」

「ピアノがひとりでに鳴ってる。ド、ラミレド、ラシソ、レ——あ、やっぱりレが少しずれてる」

「部屋が違うんじゃないの」

ロドルフはショナールに言い、それからコリーヌにぐったり凭れかかって、小声で
「彼、だいぶ酔ってるね」

「そのようだね。第一あれはピアノじゃない。フルートだよ」

「きみまで酔っぱらってるな。ヴァイオリンじゃないか」

ロドルフは戸口の前に座り込んでしまっているコリーヌに言った。

「ヴァイオ……プウッ! おいショナール、可笑しいね、こちらの御仁はあれがヴァイオリンだと……」

コリーヌはショナールの足を引っ張って、呂律の廻らない口で言った。

「何なんだ、まだピアノが鳴ってる。手品だ」

ショナールはすっかり怖くなって叫んだ。

「げん……幻術だ」

コリーヌは葡萄酒の壜を落とした。

「夢だ、まぼろしだ」

ロドルフが上ずった声で言った。

三人がこうして騒いでいたまさにそのとき、だしぬけに扉が開き、中から薔薇色の蠟燭（ろうそく）を燈（とも）した三叉の燭台を手に若者が顔を出した。若者は三人に丁寧に挨拶して言った。

「何か御用ですか」

「いけねえ、やっちまった！　部屋を間違えたみたいだ」

ショナールが言った。コリーヌとロドルフは代わる代わる若者に詫びた。

「すまん、勘弁（かんべん）してやってくれ。こいつ飲み過ぎたみたいで」

とそのとき、扉に白墨で何やら字が書いてあるのを見つけ、ショナールの酔った頭脳に束の間（つかのま）正気の光が射した。そこにはこう書かれていた。

三回もお年玉をもらいにきたのに。

フェミイより

「間違いない、やっぱりおれの部屋だ！　お正月にフェミイが書いた書き置きだ。うちの扉だよ！」

「どういうこと。さっぱりわからん」

ロドルフが言った。

「異議なし。さっぱりわからないに一票」

コリーヌが言った。

若者はおもわず笑いだした。

「まあ一寸（ちょっと）お入りください。部屋を見ればお友達も勘違いが解けるでしょう」

ロドルフとコリーヌはショナールを両脇で抱えて部屋に、すなわちマルセルの宮殿に引っ張り込んだ。

ショナールはぼんやりと部屋を見廻して、

「部屋が綺麗になってる」

と呟いた。

「ほら、わかっただろ」

コリーヌが言った。

ショナールはピアノに気付くと、駆け寄ってぱらぱらと音階を弾いた。

「ほら諸君、聞いてくれ。いいぞ、こいつご主人様のことを覚えていてくれたんだな。シラソ、ファミレ――あ、このレのやつ、おまえはいつもそうだ、しっかりしろ！やっぱり言ったとおりだ、おれのピアノだ」

「まだ言ってるよ」

コリーヌがロドルフに言った。

「まだ言ってるね」

ロドルフがマルセルに言った。

それからショナールは椅子に掛けてあるスパンコールのペチコートを指差して、

「ほらあれ、あれもたぶんおれの服だぜ！」

そうしてマルセルを睨(にら)みつけながら、

「ほらこれも！」

と、朝方さんざん悪態をついた執行官からの部屋の解約通知書を壁から剝(は)ぎ取り、声に出して読み始めた。

……よって、賃借人ショナール殿は四月八日正午までに賃借人負担で原状回復のうえ部屋を明け渡すべし。本書状をもって通告す。印紙代五フラン也。

「あれっ！　賃借人ショナール殿っておれのことか？　執行官からの通知書だ。ご丁寧に印紙まで貼りやがって。五フランだ？」

そしてマルセルが自分の部屋履きを履いているのに気がつき、

「あっ、それも！　じゃあその部屋履きももうおれの物じゃないってことか。大事な女（ひと）の手作りなのに！　だいたい何できみがこの部屋にいるんだ。説明してくれないか」

マルセルはコリーヌとロドルフに、

「おふたりとも、確かにここはこの方の部屋です」

「そら見ろ！　ああよかった！」

「しかし、ぼくもこの部屋に住んでいるんです」

ロドルフがその言葉を遮るように、

「でも、友達はここが自分の部屋だって……」

「そうだよ、この友達が……」

マルセルも続けて言った。

「それにきみはいま……どういうこと？」

ロドルフが言った。

「そうだ、どういうこと？」

コリーヌも口を揃えて言った。

「まあどうかお掛けになってください。どういうことかご説明しましょう」

「説明しながら一杯飲りませんか」

コリーヌがおずおずと申し出た。

「クルート[33]もあるよ」

ロドルフが言った。

四人の若者は食卓につき、酒屋がおまけに付けてくれた仔牛肉の冷製にかじりついた。マルセルは昼前にここに越してきたこと、そして大家とのやりとりを話して聞かせた。

33　パイやパン生地で肉や魚を包んだ料理。

「なるほど、こちらの言う通りだ。この人の部屋だよ、ここは」

「でもあなたの部屋でもある」

マルセルは丁寧な口調で言った。

だがショナールにことの顚末を理解させるのは一苦労だった。またもや奇体な偶然がやってきて状況をこんがらがらせたのだ。ごそごそと食器棚を探っていたショナールが、今朝がたマルセルがベルナール氏に崩して貰った五百フランの釣りを発見したのである。

「あっ、思った通りだ！　偶然はおれを見放してはいなかったんだ。思い出したぞ……今朝偶然を探しに街へ出かけたんだった。そうだよ、今日が期日だからって、こいつのほうから来てくれたんだな。入れ違っちゃったってわけだ。抽斗に鍵を挿しっぱなしにしといてよかった」

「どうかしてるな、こいつ」

嬉しそうに硬貨を同じ数ずつ積み上げているショナールを見てロドルフが小声で言った。

「現世は夢とまぼろし、か」

コリーヌが言った。

マルセルは笑っていた。

一時間後には四人とも前後不覚の眠りに落ちていた。

翌日の昼に目覚めたが、初めはみな、顔を見合わせて吃驚（びっくり）した様子だった。ショナールとコリーヌとロドルフは何だか気まずそうに敬語で話している始末で、マルセルは昨晩三人が揃ってこの部屋に来たことを思い出させなければならなかった。

そのときデュラン爺さんが部屋に入ってきた。

「おはようございます。今日は一千八百四十年、四月九日であります。地面が泥濘（ぬか）るんでおります。ルイ＝フィリップ陛下[34]は今なおフランスとナヴァルの国王[35]であらせられます……あッ！」

デュラン爺さんは元下宿人を見つけて思わず叫んだ。

34　七月王政（一八三〇―四八）の国王。一八四八年の二月革命で失脚、亡命先の英国で客死した。

35　ナヴァル（ナバラ）は現在のフランスとスペインの国境に存在した王国。十六世紀のアンリ四世より復古王朝（一八一四―三〇）までフランス国王は代々ナヴァル国王を兼ねた。したがって七月王政のルイ＝フィリップ王をナヴァルの国王と呼ぶのは誤りである。

「ショナールさん！　あんたどこから入ってきたんだ」

「いや、電報でね」

「何ですと！　まだわしを揶揄(からか)おうってんですな」

「デュランさん」

マルセルが言った。

「使用人が余計な口をきくもんじゃないよ。ひとっ走り隣の料理屋に行って、昼飯を四人前頼んできてくれたまえ。ほら、これが品書きだ」

マルセルはデュラン爺さんに献立(こんだて)を書いた紙切れを突き出し、

「さあ行った行った」

それから三人に向かって、

「みなさん、昨晩はご馳走になりました。今日はひとつ昼飯を奢らせてください。ぼくの部屋じゃなく、ぼくたちの部屋で」

そう言ってマルセルはショナールに片手を差し出した。

食事が済むとロドルフが口を開いた。

「申し訳ないが用事があるので……」

「なんだよ、一緒にいるんじゃないのかよ」

ショナールがさみしそうに言った。

「そうだよ、ここにいるほうが楽しいぜ」

コリーヌが言った。

「ちょっと出かけるだけだ。明日、ぼくが主筆をやってる『レシャルプ・ディリス』[36]って流行(モード)雑誌が出るんで、校正しなきゃならないんでね。一時間もしたら戻るよ」

それを聞いてコリーヌが、

「そうだ、思い出した。パリにご遊学中のインドの王子様にアラビア語を教えるんだった」

「明日にしたら」

とマルセルが言う。

「いや、今日謝礼が貰えるはずなんだ。それに正直に言うとね、古本屋巡りに行かないと、こんな気持ちいい日もぼくには台無しなんだ」

「だが戻ってくるんだろう?」

---

36 〈虹女神(イリス)のスカーフ〉の意で虹の雅語。

ショナールが訊いた。

好んで風変りな比喩を使うコリーヌは、

「疾(はや)きこと達人の矢の如く」

と答え、部屋を出ていった。

部屋にはショナールとマルセルが残った。

「さてと、退屈を枕に昼寝していてもしょうがない、金になる話でも探しにいって、吝嗇(けち)ん坊のベルナールさんを安心させてやるとするかね」

「じゃあ、他処(よそ)へ移るの？」

「しかたないよ、なにしろ執行官から解約通知書が来ちまったんだから。五フランだとさ」

「越すとなると、家具も一緒に？」

「そういう条件だからね。ベルナールさんが言うには、髪一本でも置いていっちゃ駄目だって」

「それは困るな。家具付きでこの部屋を借りたんだから」

「それもそうだね。しかし参ったなあ、今日も明日も明後日(あさって)も、七十五フランの当てなんかないよ」

「いや、待った。考えがある」

「何だい」

「こういうことだろ。ぼくは家賃ひと月を前払いしたんだから、法的にはここはぼくの部屋だ」

「部屋はね。だが家具は、法的には家賃を納めればこっちの物だ。できれば超法規的に持っていきたいところだが」

「ということは、きみには家具はあるが部屋はない、ぼくには部屋はあるが家具がない」

「そういうことだね」

「ぼくはこの部屋、気に入ったよ」

「ぼくも今ほどこの部屋を気に入ってたことはないよ」

「本当に？」

「ますます気に入ってるよ。本当だよ」

「それなら問題は解決だ。きみもここに住めばいい。ぼくは部屋を提供する。そしてきみは家具を提供する」

「家賃は？」

「いま懐が温かいからぼくが払っとこう。で、次はきみが払うというのはどうだろう。考えてくれるかな」

「考えるまでもないよ。特に嬉しい申し出はね。そりゃ願ったり叶ったりだ。実際、絵と音楽は姉妹みたいなもの[37]だからな」

「義理のね」

ちょうどそのとき、コリーヌとロドルフが戻ってきた。帰り道でばったり会ったらしい。マルセルとショナールも加わってまた四人になった。

「諸君、晩飯にしよう。ぼくの奢りだ」

ロドルフが財布をじゃらじゃらいわせながら高らかに宣言した。

コリーヌは、

「ぼくも同じことを言おうと思っていた」

とポケットから金貨を取り出して放った。

「これでヒンディー語・アラビア語の文法書を買うようにとインドの王子様に頼まれたんだが、たった六スーだった」

「ぼくは雑誌の会計に天然痘(てんねんとう)の予防注射に行くからって三十フラン前借りしてきた」

「みんな景気がいいな。金を出してないのはおれだけか。情けない」

ショナールが呟いた。

「とにかく今日はぼくに払わせて貰いたい」

「いやぼくが」

「じゃあどっちが払うか硬貨を投げて決めよう」

「待てよ、そんな面倒なことしなくても、もっといい方法がある」

ショナールが言った。

「どうするの」

「晩飯はロドルフの奢り、夜食はコリーヌの奢りってのはどう」

「いいねえ、まさにソロモン王の裁き[38]だ」

コリーヌが嬉しそうに言った。

「カマーチョ[39]のご馳走ほどじゃないけどね」

マルセルが茶々を入れた。

37　似通ったふたつの女性名詞を〈姉妹〉と表現することがある。
38　ソロモンは旧約聖書列王記に記述されるイスラエルの王。古代イスラエルの最盛期を築いた。当意即妙の裁きでも知られる。

大蒜のソースで名高いドーフィヌ街の文学青年御用達のプロヴァンス料理屋で夕食会の運びとなった。夜食の分の胃袋を空けるため、飲み喰いは控えめにした。前の晩に出会ったばかりのコリーヌとショナール、そしてマルセルもすっかり打ち解け、四人の青年はめいめい誇らしげに芸術への思いを語った。四人がみな、同じ勇気、同じ希望を抱いていることが伝わった。話すほどに、四人が似た者同士であること、悪口や嘲笑より陽気で気の利いたお喋りを好むこと、若者らしいまっすぐな心、美しいものに触れれば否応なくときめく心の持ち主であることが知れた。境遇と志を同じくする四人がこうして出会ったのは、単なる偶然の悪戯というだけではないような気がした。もしかしてこれは神の導きなのかもしれない、神様がこうして四人に手に手を取らせ、小声でその耳に〈互いに助け、愛せよ〉と人の守るべきただひとつの福音の法を吹き込んでいるのかもしれない、そんなふうに思えるのだった。

なんとなく厳粛な空気のなかで夕食がすむと、ロドルフが立ち上がって未来のために乾杯を唱えた。コリーヌがそれに応えて短い挨拶を述べた。何かの引用でもなければ美辞麗句を連ねたのでもない、拙いけれど気持ちのこもった、簡潔で率直な挨拶だった。

「哲学者め、しんみりさせやがって」

葡萄酒を飲み干しながらショナールが呟いた。

夕食がすむと昨夜の〈モミュス〉へ珈琲を飲みに繰り出した。この日以来、常連客は〈モミュス〉に寄り付かなくなってしまった。

珈琲と食後酒がすみ、あらためて結束を誓いあったボエーム四人衆は、エリゼ・ショナールと名づけたマルセルの住処に戻ってきた。コリーヌは約束の夜食を頼みに行き、残りの三人は爆竹や花火をどっさり買ってきた。食卓につく前に、四人が窓から絢爛(けんらん)たる祝砲を揚(あ)げたので、街中がひっくり返したかのような大騒ぎになった。四人は空にも届けとばかりに大声で歌った。

祝おう、祝おう、このめでたき日を!

39　十六―十七世紀スペインの作家セルバンテスの小説『ドン・キホーテ』(前篇一六〇五、後篇一六一五)に登場する富豪。金に物を言わせて美少女キテリアと結婚しようとし、豪勢な婚礼を準備する。

40　現在のパリ六区にある通り。

翌朝四人は目覚めてまた顔を見合わせたが、もう吃驚しなかった。それぞれの用事に出かけるまえに、四人は連れ立って〈モミュス〉で簡単な昼飯をとり、夜の再会を約した。それから長いあいだ、〈モミュス〉は毎日のように四人の溜り場となった。ショナール、コリーヌ、ロドルフ、マルセル。この四人こそ、本書に収められたささやかな物語の主たる登場人物である。この本は一続きの物語ではない。『ボヘミアン生活の情景』という題名こそが本書の意図のすべてである。すなわち、本書『ボヘミアン生活の情景』は風俗の研究に他ならないのだ。ボエームなる、何かと誤解を受けがちな社会階層に属するこの主人公たちは、破茶滅茶なところが珠に瑕だが、当人たちは、なに、このご時世、破茶滅茶でもなければ生きてゆくのは難しいのだと嘯くかもしれない。

二　神様の使い

朝方から熱心に創作に取りかかっていたショナールとマルセルが、急に仕事の手を止めた。

「腹減ったなあ！　今日は昼飯抜きか？」

時機をわきまえないこの質問にマルセルはひどく驚いたようだった。

「いつから二日続けて昼飯を喰っていいことになったんだ？　昨日は木曜だっただろ」

そう言ってマルセルは腕鎮(わんちん)[1]で〈教会の戒律〉を指した。

金曜は肉をはじめその他のいかなるものも食してはならない。[2]

1　絵を描く際に手を支えるための棒。

ショナールは言い返せずにふたたび絵に向かった。平原で赤い木と青い木が枝を伸ばして握手している絵だ。これが友情の喜びの比喩であることは明らかで、なかなか哲学的な絵である。

そのとき、管理人が扉を叩き、マルセル宛ての手紙を持ってきた。

「三スーです[3]」

「ほんとに？　じゃ代わりに払っといてよ」

そう言ってショナールはぴしゃりと扉を閉めた。マルセルは手紙を受け取り、封蝋（ふうろう）を破った。そして文面を見るやいなや曲芸のようにアトリエ中を跳ね廻り、当世流行の恋歌を声も限りにがなりたてた。マルセルなりの最大級の喜びの表現らしかった。

街の若いの四人いて
四人が四人みな病気
しまいにゃ四人は病院送り
病院、病院、病院送り！

「その歌いいね」
ショナールが続ける。
　病人四人に寝台ひとつ
　頭と足とが互い違い
「いいぞ!」
マルセルが引き継ぐ。
　そこに修道女(シスター)やってきた

2　『教会の戒律』第七戒〈金曜及び禁じられた日は肉を食してはならない〉と『モーセの十戒』第二戒〈濫りに神の名において誓約その他のいかなる事も為してはならない〉を組み合わせてでっち上げたボエーム的戒律。

3　フランスでは郵便切手は一八四九年に導入された。それ以前は差出人は郵送料を元払いか受取人払いか選ぶことができた。

やってきたったらやってきた！

「いいかげん黙れ」

ショナールはマルセルの気が変になったのではないかと心配になった。

「さもないとわが交響曲〈諸芸術における青の影響について〉の急速楽章(アレグロ)を弾いて聞かせるぞ」

この脅迫は沸騰した湯に一滴の冷水を落としたかのような効果をもたらした。マルセルは魔法にかかったかのようにおとなしくなった。

「これ見てくれ」

マルセルはショナールに手紙を渡した。

それは代議士からの晩餐(ばんさん)の招待状だった。芸術に、とりわけマルセルに理解のある、物のわかった議員だ。マルセルはかつてこの代議士が別荘に飾る肖像画を描いたことがあった。

「今日じゃないか」

ショナールが言った。

「残念ながらふたり招待してくれるとは書いてないな。ところでこの代議士先生は与党じゃなかったか？　駄目だぜ、こんな招待を受けちゃ。民衆の汗の染(し)みたパンを食べるなんて信念に反するはずだ」

「まさか。この先生は中道左派[4]だよ。こないだも政府に反対票を投じたんだぞ。それに、絵の依頼が来るかもしれない。社交界に紹介してくれるとも仰言(おっしゃ)ってたし。金曜日とはいえ、ウゴリーノ伯爵[5]さながらに腹が減ってる。大いに晩餐にあずかってくるつもりだ」

「問題は他にもある」

ショナールが言った。

「友達に降って湧いた幸運がちょっと羨(うらや)ましいってだけじゃないぜ。晩餐会にそんな赤い上っ張りと沖仲仕(おきなかし)みたいな毛糸帽で行くつもりか？」

「服はロドルフかコリーヌに借りるよ」

4　七月王政期、産業革命により資本家と労働者との格差が拡大したが、時の政権は富裕層優遇政策を取ったため、高まった民衆の不満がやがて一八四八年の二月革命を招いた。

5　中世イタリアの貴族。ダンテの『神曲』（一三〇七頃―二一）の地獄篇で、自分を陥れたルッジェーリ大司教の頭を貪(むさぼ)り喰うさまが描かれる。

「ばーか、忘れたのか、もう二十日すぎだぞ？　あいつらの服なんかとっくに質屋に入ってるさ」

「五時までにせめて黒燕尾服だけでも見つけないと」

「おれが従兄の結婚式に出たときは、服を借りるのに三週間はかかったっけなあ。それにあれは一月の初めだったし」

「いいさ、このまま行ってやる」

大股で歩き廻りながらマルセルが言った。

「礼儀作法なんてくだらないことでこのおれが社交界への第一歩を諦めると思ったら大間違い……」

「それはいいけど、靴は？」

ショナールは友達を揶揄うのが楽しくてたまらないといった様子でマルセルの言葉を遮った。

マルセルは言葉にできないほど狼狽えて出ていった。二時間後、首に付け襟を着けて戻ってきた。

「これしか見つからなかった……」

「行かないほうがましだったな」

　ショナールが冷やかした。
「付け襟なんかうちにある厚紙を使えば二十枚くらい作れる」
「くそ、何とかして服を手に入れないと」
　髪を掻き毟りながらマルセルが叫んだ。
　それからマルセルはふたりの部屋を隅という隅まで延々と捜し廻った。たっぷり一時間の探索ののち、マルセルは次のような組み合わせの衣装をでっち上げた。すなわち、
　格子柄のズボン、
　灰色の帽子、
　真っ赤なネクタイ、
　かつて白かった手袋片方、
　黒の手袋片方。
「いざとなれば黒い手袋は揃いそうだな」
　ショナールが言った。
「しかしその恰好、なんだか太陽光スペクトルの分布図みたいだ。なるほど、さすがは色彩画家だね！」

ショナールに茶化されながら、マルセルは今度は靴を捜した。

だが忌々しいことに、どの靴も同じ片方しか見つからないではないか。

必死の捜索のすえ、マルセルはようやく隅に古靴のもう片方を見つけた。使い終わった絵具袋を捨てるのに使っていたものだ。マルセルはそれを摑み上げた。

「人生うまくいかないもんだな」

皮肉な同居人が言った。

「それは爪先が尖っているが、もう片方は角張ってる」

「誰もそんなところまで見ないさ。こいつにニスを塗ろう」

「いい考えだ。あとぜひ必要なのは黒い燕尾服だけだな」

「ああ！」

マルセルは拳を嚙んで悶えた。

「燕尾服と引き換えにおれの寿命十年と右手をくれてやる！」

そのときまた扉を叩く音が聞こえた。マルセルが扉を開けた。

知らない人が立っていた。

「ショナールさんはこちらかね？」

「そうですが」

ショナールが答え、男を部屋に入れた。

「ショナールさん」

見知らぬ男が言った。いかにも田舎者といった朴訥とした顔だ。

「肖像画の才能をお持ちだと従兄からかねがねお噂をうかがっております。このたびナントの砂糖会社から植民地に出張するので、家族に記念を残したくてな、それで参りました」

「神様の思し召しだぞ！」

ショナールは小声で言った。

「マルセル、椅子をお出ししろ、こちらの、ええと……」

「ブランシュロンと申します。ナントのブランシュロンです。砂糖会社の代表をやっております。元V＊＊市市長、国民衛兵大尉、砂糖関税問題の著書もあります」

「ご指名まことに光栄に存じます」

ショナールはお辞儀して言った。

「どのような肖像画をお求めですか？」

「こういう写実的な絵がいい」

ブランシュロン氏は一枚の油絵を指差した。というのも、大方の人と同様、この砂糖会社の代表も、色を塗ったものといったらペンキの壁か写実的な肖像画かのどちらかで、その間にどんな絵があるかなど考えたこともないのだった。

このおめでたい答えで、ショナールは相手がどんな人物かだいたい見当がついた。

さらにブランシュロン氏が、

「上等の絵具で塗ってくれ」

と頼んだので、ますますその確信を強めた。

「上等でない絵具など使いません」

ショナールは言った。

「どのくらいの大きさをご所望ですか？」

「これくらいのがいい」

ブランシュロン氏は二十号の絵を指差した。

「これだと幾らになるかね？」

「五、六十フランというところです。手を描かなければ五十フラン、手を入れれば六十フランです」

「何ですと！　従兄は三十フランと申しておりましたぞ」

「季節によります。時期によっては絵具がひどく値上がりするもので」

「砂糖と同じだな」

「仰言るとおりです」

「では五十フランので頼む」

「お言葉ですが、もう十フランで手も描きますよ。砂糖関税のご本を持たれてはいかがでしょう。絵が引き立ちますよ」

「なるほど、それもそうですな」

（ああもう駄目だ）

ショナールは心の中で言った。

（この調子だと笑いを堪えきれずに破裂しちまいそうだ。その破片で怪我させせちまう）

「おい、見たか？」

マルセルがそっと耳打ちした。

「何を？」

「この人、黒い燕尾服を着てる」

「ほんとだ、おまえの言いたいことわかったぜ。任せとけ」

「さて、いつからお願いできますかな？　実はあまりぐずぐずしてられませんでな。

出発が近いもんで」

「ぼくもちょっと旅行で明後日にパリを出なければなりません。よろしければすぐ始めましょう。取りかかりが早ければそれだけ仕事も捗るというものです」

「だがじき日が暮れますぞ。蠟燭の明かりじゃ絵は描けんでしょう」

「このアトリエは何時でも仕事ができるよう配置されているのです。さあ、その燕尾服をお脱ぎになって、ポーズを取ってください。始めましょう」

「燕尾服を脱ぐ？　どうして？」

「ご家族用の肖像画とうかがいましたが」

「そうだが」

「でしたら家にいる時の部屋着を着た絵になさるべきです。それは他処行きの服でしょう」

「だが部屋着なんか持ってきとらんぞ」

「こういう時のためにご用意してあります」

そう言ってショナールは絵具の染みがついたぼろぼろの服を手渡した。一目見てブランシュロン氏は着るのを躊躇った。

「どうも、何というか変わった服ですな」

「とても貴重なものです。トルコの宰相(ワジール)がオラス・ヴェルネ[6]に贈ったものを、じきじきに譲り受けたのです。ヴェルネに絵の手解(てほど)きを受けたもので」

「ヴェルネのお弟子さんでしたか！」

ブランシュロン氏は驚嘆した。

「はい。それを誇りにしております（やれやれ、神をも恐れぬ冒瀆(ぼうとく)だ）」

「それはそれは」

ブランシュロン氏はそう言って由緒(ゆいしょ)正しいその部屋着を羽織った。

「こちらの燕尾服を外套掛けに掛けてくれ」

ショナールはマルセルに片目をつぶった。

「よかった！」

マルセルは燕尾服に飛びつき、それからブランシュロン氏を指して小声で言った。

「いい人じゃないか。おまえもちょっとは見習ったらどうだ」

「努力するよ。それより、それ着て早く晩餐会に行ってこい。十時までに戻ってきてくれよ。それまで引き留めておくから。あ、くれぐれも土産(みやげ)を頼むぜ」

6　十九世紀フランスの画家。戦争画、動物画、アラビアの情景画などで知られる。

「鳳梨（パイナップル）でも貰ってきてやるよ」

マルセルはほっとした様子で言った。

急いで着てみたら、燕尾服はマルセルにぴったりだった。マルセルは裏口からアトリエを抜け出した。

ショナールはもう支度（したく）に取りかかっていた。すっかり日が暮れて、六時の鐘が鳴るのを聞き、ブランシュロン氏はまだ夕食を取っていないのを思い出してショナールにそう言った。

「ぼくもです。だが已（や）むを得ません。サン゠ジェルマン街[7]で夕食に呼ばれているのですが、今夜は見送ります。ここで中断するわけにはいきません。絵が台無しになりますから」

ショナールは肖像画を描きはじめた。

「終わったらわれわれもゆっくり夕食にしましょう」

突然ショナールが言った。

「階下（した）に美味い店があるんです。きっとお気に召しますよ」

ショナールはこの〈われわれ〉という言葉が効果を発揮するのを期待した。

「賛成ですな。お礼といっては何だが、ご馳走させて貰えんかね」

ショナールはお辞儀をした。

（おやおや、ほんとに気のいい小父(おじ)さんだな。神様の使いだ）

「品書きをご覧になりますか？」

「お任せしますよ」

ニコラよ、今にみておれよ[8]

ショナールは歌いながら階段を四段飛びに下りていった。

料理屋に着くと、ショナールは注文を書いた。ヴァテル[9]もひと目見て蒼ざめそうな豪華な夕食だ。

7　現在のパリ七区、かつて貴族の邸宅が立ち並んだ高級住宅街。
8　出典は不詳なるも、カナダ、ケベックに伝わる民謡〈結婚なんてやめておけ、ニコラ〉（別題〈妻を選ぶ困難〉）に同一の歌詞が見られる。
9　フランソワ・ヴァテル。十七世紀フランスの著名な料理人。コンデ公ルイ二世に仕え、豪華な晩餐会の料理長を務めたが、食材の不足を恥じて剣で自殺したといわれる。

「それからいつものボルドーもね」

「誰が払うんです？」

「おれじゃない、階上（うえ）にいるおじが払うよ。たいへんな食通なんだ。だから飛び切りのご馳走を頼むぜ。上等の皿で、三十分後に持ってきてくれ」

………………………………………

八時になった。ブランシュロン氏は新たな友に是非とも砂糖業界への持論を伝えねばと思い立ち、自著をショナールに暗唱して聞かせた。

ショナールはそれにピアノで伴奏を付けた。

十時には、ブランシュロン氏とその友ショナールはギャロップを踊り、互いに友達口調で話す仲になった。十一時には終生の友情を誓い、互いに相手を遺産相続人にした遺言状（ゆいごんじょう）を書いた。

真夜中にマルセルが帰ってきてみると、ふたりは手を取り合って号泣していた。アトリエの床が涙で水浸しになりそうだった。食卓には盛大な宴の豪勢な食べ残しが積み上がり、何本もの葡萄酒の壜が空になっていた。マルセルはショナールを何とか正気に戻そうと試みたが、頭をもたせかけているブランシュロン氏から引き離そうとすると、うるせえぶっ殺すぞなどと怒鳴るのだった。

「恩知らずめ」

マルセルは燕尾服のポケットから榛を一摑み出して言った。

「せっかく晩飯を持ってきてやったのによ」

三　四旬節の恋人たち

四旬節の夜[1]、ロドルフは執筆のため早めに部屋に戻った。だが食卓に向かいペンをインクに浸すやいなや、妙な物音に気を散らされた。隣室とロドルフの部屋とを隔てる薄い壁に耳をつけると、口づけを交わす音とか、その他あれこれの恋人同士の物音が聞こえた。

「参ったね」

ロドルフは振り子時計を見ながら思った。

「まだ早いってのに……まただよ。お隣のジュリエットは雲雀が鳴いてもロミオを離そうともしない。今夜は仕事どころじゃないな」

ロドルフは帽子を被り部屋を出た[2]。管理人室に鍵を戻しにいくと、管理人の細君がどこかの色男の両腕に半ば抱きしめられていた。可哀想な奥さんはすっかり狼狽えて、門を開けてくれるのに五分もかかった。

「そりゃ、管理人の嫁さんだって女に戻るときはあるよな」

通りに出ると、片隅の戸口で消防夫と料理屋のおかみさんが手を取り合って愛の証(あかし)を確かめ合っていた。

「そうかい、そうかい」

ロドルフは兵士とその帰りを待つ健気(けなげ)な妻を思い浮かべ、

「今日は四旬節だってことを特段気に留めない異端者なんだろう」

ロドルフは近所に住む友人の部屋へ向かった。

「マルセルが部屋にいたらコリーヌの悪口でも喋って夜をすごそう。こういう時は何かやることを見つけないとな……」

扉を強く叩くと、半分ほど扉が開き、鼻眼鏡とシャツだけ身につけたマルセルが顔

1　カトリックでは、イエスが十字架で処刑されてから三日後に復活したことを記念する復活祭（三月から四月。年により日付が異なる）までの、日曜日を除く四十日を四旬節といい、飽食を慎みイエスの受難を偲ぶ。
2　『ロミオとジュリエット』は十六―十七世紀英国の劇作家シェイクスピアの劇。一五九五年頃初演。家が仇同士であるモンタギュー家のロミオとキャピュレット家のジュリエットの悲恋を描く。第三幕で、結ばれた二人に雲雀が朝の別れの刻を告げる。

を出した。

「いま駄目だ」

「なんで？」

「ほら」

マルセルが指差すと、カーテンのあいだから女の子が顔をのぞかせていた。

「わかってくれよ」

ぴしゃりと扉を閉められてロドルフは憎まれ口を叩いた。

「ぱっとしない女だな」

「何だよなあ」

ロドルフはぶつくさ言いながら道を歩いた。

「さてどうしようか、コリーヌの処でも行くかね。マルセルの悪口でも話そう」

いつもながら薄暗く人通りの少ない西通りを渡るとき、ロドルフは隙間風のような声で詩を呟きながらとぼとぼと歩くひとりの人影を見た。

「へっへっ！　立ちん坊の詩かい。おおい、コリーヌ」

「おや、ロドルフか。どこ行くの」

「きみの部屋だ」

「部屋に行ってもおれはいないよ」

「そこで何してる」

「待っている」

「何を?」

「ああ!」

コリーヌは馬鹿にしたような大袈裟な口ぶりで言った。

「二十歳を過ぎた男に何を待つことができようか、空の星か、流行りの歌か」

「普通に喋れよ」

「女の子と待ち合わせだ」

「そうかよ、お邪魔したな」

ロドルフはまた歩き始めた。

「ちぇっ、今日はクピド[3]の日か? どこに行ってもいちゃいちゃしてやがる。猥褻だ。破廉恥だ。警察は何してんだ」

リュクサンブール庭園がまだ開いていたので、ロドルフは近道しようと庭園に入っ

3　ローマ神話の愛の神。

た。人気のない小径を歩くと、ロドルフの跫に驚いた恋人たちが、後ろでひっそりとくっ付き合い、ある詩人が詠った〈静寂と蔭との二重の悦楽〉を求めて去っていった。

「またかよ。おおかた小説にこんな夜が出てくるんだろう」

だが知らず知らずのうちに、恋の魔力がロドルフの心にも染み込んでいた。ロドルフはベンチに腰掛け、切なげに月を見上げた。

そのうち、ロドルフは頭がぼうっとなって、ありもしないものが見えるようになった。庭園の神々や英雄たちの像も、その台座を離れ、傍の女神や姫君に愛をささやいているように見えるのだった。魁偉なヘラクレス[4]がゲルマンの巫女ヴェレダ[5]に恋歌を贈るのを確然と聞いた。巫女の衣の裾がロドルフには妙に短く見えた。池を眺めると、白鳥までもが飛び交う女妖精を追って泳いでいくのであった。

「はあ」

ロドルフは目下の神話的光景をすっかり真に受けていた。

「ああ、ユピテル[6]がレダ[7]との逢引に向かっている。守衛に見つからないといいが！」

ロドルフは両手で頭を抱え、激情の山査子の棘をますます深く心に突き刺すのだった。だが、この甘美な夢想のさなか、守衛に肩を叩かれてロドルフは急に我に返った。

「もしもし、閉園の時間ですよ」

「助かった」

ロドルフは思った。

「あと五分ここにいたら、ライン河[8]のほとりかアルフォンス・カール[9]の小説よりもたくさんの勿忘草(わすれなぐさ)[10]がこの胸に咲き乱れていたことだろう」

ロドルフは急いで公園を出た。甘ったるい恋の歌を小声で口ずさみながら。それはロドルフにとって恋のラ・マルセイエーズだった。

半刻ばかり後、ロドルフはいつしか〈プラド〉[11]という舞踏場(ダンスホール)に入り、ポンチ酒[12]を前

4　ギリシャ神話の剛勇無比の英雄。ゼウスの子。
5　ゲルマン人ブルクテリ族の巫女。
6　ローマ神話の主神。
7　ギリシャ神話で、主神ゼウスが白鳥に姿を変え、スパルタ王テュンダレオスの妻レダを誘惑したという挿話がある。ゼウスはローマ神話でユピテルと同一視された。
8　ハイネの詩〈ローレライ〉をはじめ、ライン河は多くのドイツロマン派の詩に詠われた。
9　十九世紀フランスの作家。『菩提樹の下で』(一八三二)、『わが庭を巡る旅』(一八四五)他、感傷的な作風で知られる。

に背の高い青年と話していた。この青年は、横から見ると鷲鼻で、前から見ると獅子鼻という変わった鼻で有名であった。才気にあふれ、かつては数々の浮名も流したこの大鼻先生は、こんな時、ロドルフのよき相談相手になるのだった。

「それじゃ」

大鼻先生ことアレクサンドル・ショナールが言った。

「恋がしたいんだね」

「そうなんだ……ついさっき、突然に。まるで心がひどい歯痛になったみたいだ」

「煙草をくれないか」

ショナールが言った。

「考えてもみろよ」

ロドルフが続けた。

「二時間前から、見ればよろしくやってるやつばかりだ。男も女も恋人ばかりだ。リュクサンブール庭園を通っていこうと思ったら、ありとあらゆる夢のような光景が見られたよ。胸が痛くなった。胸が悲歌を歌っているよ。そのたびにおれはめえと叫んだりくうくう唸ったりで、これじゃ羊と鳩の合いの子だ。羊毛と羽根が生えそうだよ、まったく」

「おまえ何飲んだんだ。勿体ぶるんじゃねえよ」

ショナールは苛々して言った。

「言っとくけど素面だよ。言い換えれば何も飲んでない。だが打ち明けよう、女の子に接吻したい気分なんだ。わかるか、アレクサンドル。人はひとりで生きるべきではないんだ。つまりだな、きみはおれが女の子を見つけるのを助けなきゃならんのだ……。これから舞踏場を一廻りしよう。そして最初に指差した女の子に、おれがその子を好きなんだって伝えてくれ」

「そんなの自分で言えよ」

ショナールが鼻にかかった見事な低音の声で言った。

「それがね、実は、その手のことをどうやって言ったらいいのか、すっかり忘れち

10　騎士ロドルフが恋人のために川辺の花を摘もうとして流され、〈わたしを忘れないで〉という言葉とともに恋人に花を投げ死んだというドイツの伝説からその名が付いたといわれ、悲恋の象徴として多くの文学作品に登場する。
11　セーヌ河の中洲、シテ島にあった舞踏場。
12　ブランデー、ラムなどの蒸留酒に果汁や砂糖などを加えた酒。

まったんだ。恋愛小説の序文もぜんぶ友達に書いて貰ったからね。結末を書いて貰ったことまである。出だしから書きはじめられたのはひとつもない」

「終わりまで書ければ御の字だ。それはそうと、言いたいことはよくわかるよ。おれが前に会ったオーボエが好きな女の子、おまえのこときっと気に入ると思うよ」

「ああ！　白い手袋に碧い眼ならいいな」

「ううん、眼は碧いけど、手袋はねえ……。まあ何もかも一度にってわけにもね……。とにかく、良家の娘さんがいるあたりに行こうじゃないか」

「待ってくれ」

ロドルフは広間の入口で立ちすくんだ。広間にはその場にふさわしい艶やかな女性たちが集っている。ほらここにも、愛らしい娘がひとり……、そしてロドルフは、片隅の優雅なドレスの娘を指差した。

「いいじゃないか！」

ショナールが言う。

「そこで待ってろ。恋の火箭を射ってきてやる。準備が整ったら呼ぶからな」

ショナールは十分ほどその娘と話していた。娘は時折嬉しそうに笑い、最後にロドルフに微笑を投げかけた。その微笑はこう言っているかのようであった。

〈いらっしゃい、あなたの弁護士には敵わないわ〉

「今ならいけるぞ。勝利はわれらのものだ。あの娘ならきっと物にできる。だがはじめは初心な感じでいけよ」

「わかってるよ」

「すまん、煙草を分けてくれ。さあ、行ってこい。あの娘の隣に座れ」

「あら！」

ロドルフが傍に座ると娘が言った。

「お友達、面白い方ね。狩りの喇叭みたいによくお喋りになるのね」

「あいつ、音楽家なんだ」

二時間後、ロドルフとその連れはサン＝ドニ街[13]の屋敷の前に立っていた。

「ここがあたしの家」

「あの、ルイズさん、次はいつ会えるかな、どこで会おうか」

「あなたのお家で、明日の夜八時ではどうかしら」

「ほんとに？」

13　現在のパリ一区と二区にある通り。娼婦街として知られる。

「約束よ」

そう言ってルイズはふっくらとした頬をロドルフに差し出した。ロドルフは若さと健康に熟したその瑞々しい果実に齧りついた。

ロドルフは幸福に酔い痴れて部屋に帰った。

「ああ！」

どたどたと部屋に駆け込み、ロドルフは溜息をついた。

「こんなことが起こっていいんだろうか。そうだ、詩を書こう」

次の朝、管理人は部屋に三十枚ほどの紙の束を見つけた。その一枚目にはでかでかと十二音綴詩句が一行。

恋よ、恋よ、青春の王子よ！

朝寝坊のロドルフだが、この日は朝早くに目が覚めた。寝不足だったがすぐに寝床を出た。

「ああ！　待ちに待った今日だ。……だがまだ十二時間もある。何をもってこの十二の永遠を埋めようか……」

書き物机に目を留めると、ペンがひとりでに震えるのが見えたような気がした。

〈書け〉と言われた気がした。

「そうだ、書くんだ。だが散文はまっぴら御免(ごめん)だ。……ここには居たくない。インクの臭いで息が詰まる」

ロドルフは絶対に友達と顔を合わせないようなカフェを選んで入った。

「見られたら恋してるのが露呈(ばれ)ちまう。そしたらあいつら、おれの理想が飛び立つ前に羽根を毟(むし)り取っちまうだろうからな」

ごく簡素な食事を済ませると、ロドルフは駅へ走って列車[14]に飛び乗った。三十分後、ロドルフはヴィル゠ダヴレイの森[15]にいた。

ロドルフは日がな一日森を歩き廻った。ふたたび芽吹き始めた自然の中でのびのびと身体(からだ)を伸ばし、日が暮れるまでパリに戻らなかった。

恋人を迎える聖堂を綺麗に片付けてから、ロドルフはこの場に相応(ふさわ)しく身形(みなり)を整えた。真っ白な服を持っていないのがつくづく悔やまれた。

14　一八三七年、パリから郊外のサン゠ジェルマン゠アン゠レーに至る鉄道が開通した。
15　パリから西に十二キロほどの森。コローの絵でも知られる。

七時を過ぎ八時を待ちながら、ロドルフは気も漫ろだった。その遅々とした責め苦は、ロドルフに過ぎた日々とそれを喜ばせた昔の恋を思い出させるのだった。やがてロドルフは早くも、いつものように夢想に耽った。熱烈な恋、十巻組の愛の物語、月光と夕陽を詠う真の抒情詩、柳の下の逢引、嫉妬、溜息、そのほか諸々。これまで、偶々女がロドルフの戸口に立つことがあっても、みなロドルフの額から光輪を、頸から涙の頸飾りを奪って去ってしまった。その繰り返しだった。

「女は帽子や半長靴にしか興味がないのさ」

と友人たちに慰められたものであった。

しかしロドルフは諦めなかった。数多くの学派の教えを齧ったが、ロドルフの切望を癒やすには至らなかった。恋の偶像となってくれる女性、天鵞絨の衣の天使をずっと待ち望んでいた。想いの丈を詠んだ十四行詩を柳の葉に記してその天使に贈りたかった。

ついに〈神聖な時刻〉の鐘が鳴った。鐘の余韻のなか、振り子時計を飾る石膏のアモールとプシュケ[16]が抱擁を交わしたような気がした。そのとき扉が二度、おずおずと叩かれた。

ロドルフは扉を開けた。ルイズが立っていた。

「ね、約束守ったでしょ」

ルイズが言った。

ロドルフはカーテンを閉め、新しい蠟燭を燈した。

ルイズは肩掛けと帽子を取り、寝台に座った。眩いばかりの敷布の白さにルイズは微笑み、それから少し顔を赤らめた。

ルイズは可憐というより美しかった。グルーズ[17]の画題をガヴァルニ[18]が完成させたかのように、初々しい顔立ちには無邪気さと悪戯っぽさの混じった魅力があった。巧みな装いが少女の瑞々しさを余すところなく引き立てていた。その装いはごく簡素ながら、産着から花嫁衣装まで女というものが備えているあの嬌媚を、この少女も生ま

16　アモールはクピド（キューピッド）の別名。アプレイウスの小説『黄金の驢馬』（二世紀後半）に、美しい娘プシュケに嫉妬した美の神ウェヌス（ヴィーナス）が息子のアモールに恋の矢を射させ、プシュケが醜い男に恋するよう仕向けるが、アモールは誤って矢で自分を傷つけ、プシュケに恋してしまうという挿話がある。
17　ジャン＝バティスト・グルーズ。十八世紀フランスの画家。市民生活を題材に風俗画で知られる。
18　ポール・ガヴァルニ。十九世紀フランスの画家。世相を反映した風刺画で人気を博した。

れながらに身につけていることを証していた。そのうえ、ルイズは立ち居振る舞いの術(すべ)を研究し尽くしているようであった。芸術家の眼でまじまじと見つめるロドルフを前に、ルイズが見せる婀娜(あだ)な身のこなしの数々は、しばしば自然に生じたものよりも優美であった。華奢(きゃしゃ)な沓(くつ)にすっぽりと収まった足は、アンダルシアや中国の細密画を愛するひとりの浪漫(ロマン)主義者の目にも、溜息が出るほど可愛らしかった。肌理(きめ)細かな手は見るからにこの少女が浮世の労働とは無縁なことを物語っていた。実のところその手は半年前から縫い針の痛みを恐れずにすんでいた。すなわちルイズは、気の赴(おもむ)くままに、またしばしば必要に迫られて、カルティエ・ラタン[19]の屋根裏部屋に一日の、というより一夜の巣を営み、そうして一時の恋ごころや飾紐(リボン)で気を惹くことができれば、何日かのあいだはそこで歌ってくれる、あの移り気な小鳥たちの一羽なのであった。

一時間ほどお喋りして、ロドルフは話の譬(たと)えに石膏のアモールとプシュケをルイズに示した。

「ポールとヴィルジニー[20]?」

「そうだよ」

ロドルフは答えた。こんなところで間違いを指摘してルイズの機嫌を損ねたくなかったのだ。

「よく出来てるわね」

（ああ！）

ロドルフはルイズを見つめた。

（この娘は小説なんかほとんど持っていないんだな。字の書き方もいい加減で、複数形にsを付けなかったりするんだろう。ロモン[21]の文法書を買ってあげなきゃな）

ルイズは沓がきついと言い、ロドルフはいそいそとルイズが半長靴の紐を解くのを手伝った。

そのとき蠟燭の火が消えた。

「あれっ？　誰だ、蠟燭を消したやつは」

19　ラテン語地区の意。セーヌ河左岸のソルボンヌ大学を中心とする地域で、学生や芸術家が多く住む。

20　十八—十九世紀フランスの作家ベルナルダン・ド・サン゠ピエールの小説（一七八八）。インド洋の島で育ったポールとヴィルジニーの純愛を描く。

21　シャルル・フランソワ・ロモン。十八世紀フランスの文法学者。

くすくすと楽しそうな笑い声がそれに応えた。

数日後、ロドルフは道で友達に会った。

「おまえ、何かあったのか？　最近全然顔を出さないな」

「恋の詩心(ポエジィ)を学んでいるところさ」

可哀想なロドルフの言うとおりだった。ロドルフはルイズに、この憐(あわ)れな娘が差し出せる以上のものを求めていた。だが、風笛(ミュゼット)[22]であるルイズに竪琴(リラ)の音色(ねいろ)を出すことなど無理な相談だった。ルイズの言葉はいわば愛を語る言葉であった。だがロドルフはことあるごとに品位ある言葉遣いをルイズに求めた。そんなふたりがわかり合えるはずがなかった。

一週間後、ロドルフに出会ったのと同じ舞踏場で、ルイズは金髪の青年に出会った。青年はルイズを何度も舞踏に誘い、夜が更けるとルイズを部屋に連れて帰った。青年は大学の二年生で、話が面白く、眼が綺麗で、ポケットからはちりんちりんと金貨の音がした。

ルイズは青年に紙とインクを頼み、ロドルフに手紙を書いた。

もうわたしにかからわないで。再ごのキスを迸ります。さようなら。ルイズその夜、部屋に戻ったロドルフがこの手紙を読んでいると、突然蠟燭が消えた。

「ああ、あれはルイズが来たときに燈した蠟燭だ」

ロドルフは感慨深げに言った。そして恨みと後悔の混じった口調で嘆いた。

「これでおしまいなんだろうな。そうとわかっていれば、もっと長続きするよう頑張ったのにな」

そしてロドルフは恋人からの手紙を抽斗に仕舞った。ロドルフは時折この抽斗を〈恋の墓場〉と呼んでいた。

ある日、ロドルフはマルセルの部屋で、パイプに火を点けようと床から紙切れを拾い上げると、そこに書かれているのがルイズの字であることに気がついた。

「この人の手紙、おれも持ってる」

ロドルフはマルセルに言った。

「ただ、おれのほうが間違いが二箇所少なかった。つまり、あの娘はきみよりおれのほうが好きだったってことじゃないか？」

22　フランスの民族楽器でバグパイプの一種。またはその楽器で伴奏される民衆的な歌曲。

「つまり、おまえは盆暗（ぼんくら）だってことだ」

マルセルは答えた。

「白い肩と白い腕の女の子は、文法なんか知らなくてもいいんだよ」

四　アリ＝ロドルフ　または已むを得ずのトルコ人

　非情な大家に部屋を追い出され、しばらく前から雲よりも当処のないその日暮らしをしていたロドルフは、晩飯抜きで眠る術、もしくは眠らず晩飯を得る術を体得せんと、弛まぬ努力を続けていた。料理人の名は〈偶然〉氏で、定宿は〈星空〉亭だった。だが、そんな逆境のうちにも、ロドルフがけっして失わないものがふたつあった。持ち前の明るさと、『復讐者』と題した芝居の原稿で、この芝居はパリ中のあらゆる劇場を盥廻しにされていた。

　ある日、芝居であまりに気味の悪い振り付けをした廉で豚箱行きとなったロドルフは、そこでモネッティおじさんに再会した。暖房器具の販売を営み、国民衛兵の伍長でもあるこのおじさんに会うのは久し振りだった。

　甥の窮状に心動かされたモネッティおじさんは、状況の改善を約束してくれた。それがどんなものだったのか、お話ししよう。六階分の高さに上るのが怖くなければだが。

しっかり手摺(てすり)を握って。ふうっ、百二十五段。さあ、着いた。一歩足を前に出せばそこは寝室の中。さらに一歩進むともう寝室を出てしまう。狭いと思うだろうが、この高さはどうだ。空気は美味(うま)いし見晴らしは最高だ。

家具調度としては、何本ものプロイセン風煙突、ストーヴ二台、火を入れなければとりわけ経済的な竈(かまど)、赤土や鉄の管が十二本ほど、そして暖房器具が山ほど。財産目録はまだ続く。壁に二箇所釘付けされた吊床(ハンモック)、脚が一本取れた庭椅子、蠟受けのついた燭台、それから諸々の美術品や風変わりな品々。

ふたつめの部屋は、部屋というか正しくは露台(バルコニィ)だが、春夏には鉢植えの綿杉菊(わたすぎぎく)が庭園の趣を作り出す。

中に入ると、この部屋の主である、喜歌劇(オペラ・コミック)のトルコ衣装を着た青年が食事を済ませたところだ。罰当たりにも預言者の戒めを破っていることは、豚脛肉(すねにく)の残骸や、かつては葡萄酒で満たされていたであろう空き壜から明らかである。食事が済むと、若きトルコ人は東洋の流儀でタイル張りの床に寝そべって、J・Gと印の付いた水煙管(みずぎせる)を物憂げに吹かし、東洋の至福に身を委ねつつ、見事なニューファンドランド犬の背を時折撫(な)でるのであった。犬が素焼きの置物でなければ、その愛撫(あいぶ)に応え尻尾を振ったことであろう。

　とその時、廊下から足音が聞こえ、扉が開き、男が入ってきた。何も言わず、まっすぐ机代わりのストーヴに歩み寄り、炉の扉を開け、筒状に巻いた紙の束(たば)を取り出し、目を通した。

「何だ、まだ通気口の章を書き終えていないのか」

　男がきついピエモンテ訛(なま)[1]りで言った。

「すみません、おじさん」

　トルコ衣装の青年が答えた。

「なにしろこの章は肝心なところだから、よく調べないと。勉強してるんです」

「おまえなあ、いつも同じこと言ってるじゃないか。で、集中暖房の章はどうなってる？」

「集中暖房ね、順調ですよ。ところでおじさん、少し薪(たきぎ)を頂けると助かるんですけど。ここはまるでシベリアですよ。寒くて凍(こご)えそうです。見ているだけで寒暖計が氷点下まで下がりそうです」

1　イタリア北西部の地域。

「何？　もうないのか」

「すみません、おじさん。薪にも一(ぴん)から十(きり)までありますが、おじさんの薪は特に小さいみたいで」

「熱が長持ちするやつを届けてやるよ」

「ああ、道理でなかなか暖かくならないんだ」

「とにかく、薪はあとで持って来させるから、集中暖房の章を明日までに書いてくれよ」

　ピエモンテのおじさんはそう言って出ていった。

「火があれば着想も湧くんだろうけど」

　トルコ衣装の青年は言った。青年はこの部屋に厳重に監禁されているのだった。古典派悲劇ならば、ここで聞き役[2]が登場するところだろう。それはきっとヌレディンとかオスマン[3]とかいう名前で、慎み深さと尊大さを併せ持ち、主人公の傍らに進み出ては巧みにその心中を聞き出すのだ。こんなふうに。

　　なんと痛ましき悲嘆が陛下の心を占めていることか
　陛下の高貴なる額は何故それほど蒼褪(あおざ)めているのか

アラーの神の思し召しと陛下の思惑とが相違えたか
暴虐非道のアリが冷酷なる厳命もて
陛下の眼を暫し喜ばせたかの美姫を
厳命もて彼処の岸辺に遠ざけたのか

だがこれは古典派悲劇ではないし、聞き役がいなくとも我慢しなければならない。ところで、われらが主人公の見掛けに騙されてはいけない。ターバンを巻いているからといって本物のトルコ人ではない。この若者こそ誰あろう、われらが友ロドルフである。目下、おじのモネッティ氏に厄介になり、『暖房のすべて』なる実用書を書いている。というのもモネッティ氏は暖房に関しては生き字引のような男で、暖房業一筋の人生を歩んできたのだ。この尊敬すべきピエモンテ生まれの暖房業者は、キケ

2　古典劇で主要人物の話を聞く役。
3　ヌレディンは十二世紀に現在のイラク、シリア近辺に存在したザンギー朝の二代目君主、オスマン一世は十三世紀から二十世紀前半までイスラム世界を支配したオスマン朝の始祖だが、いずれもムスリム世界ではありふれた名である。

ロの格言をもじった自前の格言を持っており、感極まると〈生まれながらに暖房屋〉と叫ぶのだった。いつか子孫の便宜のために、みずからが精通する実際的な技術の基礎をまとめた理論書を著したいと願っていた。そして、その思想の根本を伝えんがため、ご案内の通り甥のロドルフに白羽の矢を立てたのだった。ロドルフは食事と寝床と住居を与えられ、完成の暁には百エキュの礼金を貰えることになった。

当初、モネッティ氏はロドルフがやる気を出すようにと気前よく五十フランの前金を渡した。だがそんな大金を一年近く拝んでいなかったロドルフは、金を持ったまま半狂乱になって飛び出していったきり三日間戻ってこなかった。四日目、ロドルフは一文無しで帰ってきた。

『暖房のすべて』で特許を取るつもりのモネッティ氏は、一刻も早く本を完成させたかったので、ロドルフがいつまた逃げ出すかと思うと気が気ではなかった。そこで、無理にでも仕事をさせようと、逃げられないように服を取り上げ、最前からご覧の通りのトルコ衣装を代わりに与えたのだった。

しかしロドルフはこの方面にはまったく不案内だったため、執筆は遅々として進まなかった。暖房という大問題にちっとも関心を向けないロドルフの怠慢に、モネッティおじさんは食事を減らしたり煙草を取り上げたりといった数々の罰をもって報いた。

ある日曜日、血の汗で字を書くがごとき労苦のすえ、ようやく通気口の章を書き終えたロドルフは、指をきりきりと痛めつけるペンをへし折り、庭園に散歩に出た。あちらこちらの窓辺で、まるでロドルフを揶揄うようにぷかりぷかりと紫煙を燻らせる顔が嫌でも目に入り、ロドルフは切実に煙草が喫いたくなった。真新しい家の金ぴかの露台では、ガウンをひっかけた獅子のような風貌の男が高そうな葉巻を咥えている。その下の階ではひとりの絵描きが、琥珀の吸口のパイプから眼前に立ち昇るレヴァント煙草[5]の香ばしい煙を手で追い払っている。喫煙酒場の窓辺では太ったドイツ男がジョッキを片手に海泡石のパイプから機械のように規則正しく濃厚な煙を吹き上げている。その向かいでは徴税門[6]に向かう労働者の一群が寸詰まりのパイプを咥え歌

4　紀元前一世紀ローマの哲学者キケロの格言〈詩人は生まれながらのものであり、雄弁家は作られるものである〉のもじり。

5　レヴァントは地中海東部沿岸一帯の古称。十六世紀に新大陸からヨーロッパにもたらされた煙草は十七世紀初頭には中東にも伝わり、十九世紀にはトルコ、イラン等で重要な輸出品となった。

6　徴税門の外の安価な飲食店が目当てと思われる。一話註17、18を参照。

いながら通り過ぎてゆく。とにかく街中が煙草を喫っている人だらけなのであった。

「ああ！」

ロドルフは切なげな声をあげた。

「いまこの時、煙を吐き出していないのはおれとおじさんの煙突くらいのもんだ」

ロドルフは露台（バルコニイ）の手摺に頭をもたせかけ、人生とはかくも辛いものかと嘆いた。

そのとき、下からよく響く長い笑い声が聞こえた。この楽しげな笑い声は何処（いずこ）より来たる、と少し身を乗り出すと、一部始終を階下（した）の住人に見られていたのだった。

リュクサンブール劇場の若き看板女優、マドモワゼル・シドニイであった。

シドニイ嬢は自室の露台（バルコニイ）に歩み出て、刺繍（ししゅう）の施された天鵞絨（びろうど）の袋から煙草の葉を取り出すと、カスティリャ女らしい器用な指で小さな紙に乗せくるくると巻いた。

「おお、麗しき煙草屋娘……」

ロドルフは見惚（みと）れつつ呟いた。

シドニイの方は、

（あのアリババ、何者かしら）

と訝（いぶか）しんでいた。そして胸の裡（うち）で話の糸口を探した。

「あらいけない、燐寸（マッチ）を置いてきちゃった」

シドニイは独り言のように言った。

「どうぞ、これ使ってください」

ロドルフはそう言ってシドニイの露台(バルコニィ)にぱらぱらと燐寸(マッチ)を落とした。

「どうもありがとう」

シドニイは煙草に火を点けた。

「お美しいあなたのお役に立てたなら光栄です。ところでそのお返しにといっては何ですが、お願いがあるのです」

（まあ、もうお願いですって）

シドニイはロドルフをますます仔細(しさい)に見ながら思った。

「ねえ、トルコの男の人って移り気だけど優しいんですってね」

シドニイはロドルフを見上げた。

「なあに、お願いって？」

7　カスティリャはかつてスペインの大部分を領土とした王国。十五世紀にカスティリャ王国とアラゴン王国が連合しスペイン王国が成立したが、カスティリャはその後も地域名として残った。

「すみませんが、少し煙草を頂けないでしょうか。二日前に一本喫ったきりなんです……」

「もちろんよ。どうしましょうか、こちらまで下りてきてくださる？」

「それが、無理なんです……。実は閉じ込められてるんです。でも、ある簡単な方法を試してみる自由は残されています」

ロドルフは紐にパイプを結わえると、そろそろと階下の露台に下ろした。シドニイはそこにたっぷりと煙草の葉を詰めた。ロドルフはパイプを慎重に引き上げ、パイプは無事ロドルフの手に戻った。

「ああ！　あなたの瞳の輝きでこの煙草に火を点けることができたら、この一服がさらに美味しくなるでしょうに！」

使い古されたお世辞だったが、それでも悪い気はしなかった。

「お上手ね」

「いいえ、あなたの美しさは古代ローマの三美神[8]もかくやと思わせます」

（女誑しのアリババだこと）

「ねえ、あなたほんとにトルコのかた？」

「好きでこんな恰好してるんじゃないんです。必要に迫られてのことで。ところでぼく作家なんです」

「あたしは役者よ。ねえ階上（うえ）のかた、よかったらうちに夕御飯にいらっしゃい」

「ああ、そのお誘いには天にも昇る心持ちなのですが、まことに残念ながらお受けすることができないのです。さきほど申しましたように、おじのモネッティに閉じ込められておりまして。おじは暖房業者でして、ぼくは目下秘書を務めています」

「それならこうすればいいわ。いい？　あたし部屋に戻って天井を叩くから、そこをよく調べて。穴を塞（ふさ）いだ跡があるから。で、穴を塞いでいる板を何とかして外して頂戴。そうすれば、あたしたち自分の部屋にいながら一緒にいるみたいになるでしょ……」

ロドルフはすぐに取りかかった。五分ほどの作業ののち、上下の部屋で話ができるようになった。

「小さな穴だけど、ぼくの想いを伝えるには十分です」

「さあ、お食事にしましょう……食卓（テーブル）の支度をしてくださる？　そしたらお料理をお出しするわ」

8　一話註13を参照。

ロドルフはターバンに紐を付けて階下に垂らした。引き上げると中に料理が入っていた。そしてロドルフとシドニイは各々の部屋でともに夕食を始めた。ロドルフの口はパテを味わい、眼はシドニイの美貌を堪能した。

食事を終えると、ロドルフは言った。

「お蔭で胃袋が満たされました。ところで、ぼくの心もずいぶん長いこと満たされないままです。どうか心の飢えも満たしてくれませんか？」

「可笑しなひとね」

シドニイは家具の上に乗ると、手をロドルフの唇まで伸ばした。ロドルフはその手にくまなく口づけをした。

「ああ、あなたが聖ディオニュシウスのように手で頭を持てないのが残念です」

夕食の後、ふたりは親しく文学談義に花を咲かせた。ロドルフは自作の戯曲『復讐者』のことを話すと、マドモワゼル・シドニイはぜひ読んで聞かせてほしいと言った。ロドルフは穴の端に身をかがめ、『復讐者』を朗読した。シドニイはよく聞こえるように戸棚に肘掛け椅子を乗せて聞いてくれた。

「傑作だわ」

シドニイ嬢は断言した。

「あたし、劇場で少しは力があるから、あなたの劇を舞台に上げるよう頼んであげる」

このうえなく幸せな語らいの一時をすごしていたまさにそのとき、廊下から騎士団長勲章(コマンドゥール)[10]の受章者のように軽やかなモネッティおじさんの足音が聞こえた。穴を塞ぐ暇もなかった。

「手紙が来てるぞ。一箇月、おまえの居場所を探してたらしい」

「なになに……ええっ！　おじさん！　お金が入りますよ。花神祭翰林院(アカデミィ・デ・ジュ・フロロ)[11]の賞に選ばれたって知らせです。賞金三百フランですって。外套と服を返してください。トゥ

9　パリのディオニュシウスとも呼ばれるキリスト教の殉教者。三世紀頃、パリでケルト人を改宗させた咎でドルイド（ケルト人の司祭）に斬首されたが、落ちた首を拾い上げ再び説教を続けたという。

10　フランスの勲章のひとつで、レジオン・ドヌール勲章では勲三等、芸術文化勲章では最高位。

11　フランス南西部の都市トゥルーズで一三二三年に結成された、世界最古の文芸協会。古代ローマで春に行われた花の女神フローラの祭礼にちなみ、競詩会の優秀者には金銀製の花が贈られる。

ルーズ市庁の授賞式に行かないと!」

「それより、通気口の章はどうなったんだ?」

「何言ってるんですか、それどころじゃないでしょ。服を返してください。こんな恰好で出かけられるはず……」

「『暖房のすべて』を書き終わるまでは表に出てはならん」

おじさんは厳重に鍵をかけていった。

ひとり取り残されたロドルフだったが、躊躇(ためら)っている暇はなかった。毛布を露台(バルコニィ)に固く縛り付け、縄梯子(なわばしご)代わりにぶら下がった。無謀な試みだったが、この即席の縄梯子のお蔭でシドニイの部屋の露台(バルコニィ)に下り立つことができた。

窓を叩くと、シドニイが驚いて叫んだ。

「誰?」

「静かに。ここを開けて」

「どうなさったの、あなたどなた?」

「わからないの、『復讐者』の作者じゃないか。穴からきみの部屋に心臓を落っことしちゃったので、探しに来たんだ」

「可笑(おか)しなひと。一歩間違えば死んでたわよ」

「聞いてくれ、シドニイ……」

ロドルフは先ほどの手紙を見せながら懇願した。

「見えるだろ、ついに幸運と栄光がぼくに微笑んだんだ……愛にも同じように微笑んでほしい！……」

……………………………………………………………

翌日の朝、マドモワゼル・シドニイがくれた男物の衣装のお蔭でおじさんの家を逃げ出したロドルフは、花神祭翰林院（アカデミイ・デ・ジュ・フロロ）の手紙の主の許（もと）へ、百エキュの値打ちの金の薔薇を受け取りに走った。百エキュは薔薇が散る季節までロドルフの手許にあった。

ひと月後、モネッティ氏は甥から『復讐者』の初演に招待された。シドニイ嬢の熱演もあって、『復讐者』は十七回上演され、作者に四十フランの収入をもたらした。

それからしばらく経ち、初夏の候には、ロドルフはブローニュの森[12]を出てサン=ク

12　現在のパリ十六区に広がる森。十九世紀半ばに運動施設や遊歩道が整備され、一八五七年には凱旋門賞で有名なロンシャン競馬場も開設された。
13　現在のパリ十六区、ブローニュの森の南を走るラ・ポルト・ド・サン=クルー通りを指すか。

ルー通り[13]の並木、左三本目の木の五本目の枝があるあたりの部屋に居を移していた。

五　シャルルマーニュの硬貨

年の瀬も迫るころ、ビドー商会[1]は招待状を百通配達した。以下がその文面である。

拝啓
来週の土曜日、クリスマスイヴをぜひご一緒いたしたく、謹んでご招待申し上げます。大いに談笑しましょう。
敬具　ロドルフ、マルセル拝
追伸――人生なんてあっという間だ！
夜宴（ソワレ）のご案内

1　パリで印刷物の配達を手掛けた会社。

第一部

十九時　開場、ご歓談。

二十時　ご入場。喜劇『産後の床の山岳党』（オデオン劇場にて不採用決定）の才気煥発たる著者らの客間へご案内。

二十時三十分　名演奏家アレクサンドル・ショナール氏によるピアノ演奏。擬音交響曲〈諸芸術における青の影響について〉。

二十一時　論文〈悲劇における苦悩の廃止について〉最初の朗読。

二十一時三十分　超自然哲学者ギュスターヴ・コリーヌ氏とショナール氏による哲学と政治理論の比較討論。安全のため、両人を椅子に縛り付けて行います。

二十二時　文学者トリスタン氏の談話〈わが初恋〉、ショナール氏によるピアノ伴奏付き。

二十二時三十分　論文〈悲劇における苦悩の廃止について〉二度目の朗読。

二十三時　某国王太子による物語〈火喰鳥（ひくいどり）狩り〉。

第二部

零時　歴史画家マルセル氏による白鉛筆の目隠し即興粗描（デッサン）〈シャンゼリゼ通りにおけるナポレオンとヴォルテール[3]の会談〉およびロドルフ氏による即興講演〈『ザイール』[4]の著者と『オステルリッツの戦い』[5]の著者の比較を論ず〉。

零時三十分　半裸のギュスターヴ・コリーヌ氏による第四回古代オリンピックの再現。

一時　論文〈悲劇における苦悩の廃止について〉三度目の朗読。あわ

2　現在のパリ六区に建つ国立劇場。
3　十八世紀フランスの作家、哲学者。啓蒙主義を代表する人物のひとり。
4　ヴォルテールの戯曲。一七三二年初演。
5　同名の書籍は幾つかあり不詳なるも、十九世紀フランスの詩人シャルル・ミルヴォワの詩（一八〇六）を指すか。

せて、いずれ失業するであろう悲劇作家たちのために募金を行います。

二時　賭場の開帳および四人舞踏（カドリーユ）[6]の準備。四人舞踏（カドリーユ）は朝まで行われます。

六時　夜明けとともに閉会の合唱。

＊会のあいだ換気装置が作動しております。

ご注意　詩を朗読されるかたはご退場頂いたうえ警察に引き渡します。また、燃え残った蠟燭（ろうそく）はお持ち帰りにならないようお願い申し上げます。

二日後にはこの招待状が貧乏文士や絵描きたちのあいだに出廻り、噂が噂を呼んだ。招待客のなかには、ロドルフとマルセルがこんな大掛かりな夜宴（ソワレ）を開けるのかと疑うものもいた。

「怪しいもんだな。ラ・トゥール＝ドーヴェルニュ街[7]のロドルフの水曜会に何度か顔を出したが、椅子も碌（ろく）になくて座ったつもりになってくれなんて言われたし、飲み物だって不揃いな壺の濁った水しか出なかったぞ」

「いや、今度ばかりは本気のようだ。マルセルから式次第を見せて貰ったが、なかなか趣向を凝らしていたよ」

「女は来るかな」

「ああ、染物娘のフェミイが宴の女王役を買って出たらしい。それにショナールが社交界のご婦人がたを連れてくるだろうよ」

ここで、橋向こうのボエームたちを大いに驚かせたこの夜宴がいかにして開催の運びとなったか、その経緯を手短にお話ししよう。すでに一年前から、マルセルとロドルフは何度もこの豪勢な宴を告知していたが、開催日はいつも〈来週の土曜日〉だった。よんどころない事情により、予定が五十二回も繰り延べになっていたのだった。しまいには友人たちの嫌味を聞かずには表を歩くこともできないありさまとなった。だがマルセルとロドルフはきっと次の土曜に開くからと言い張った。やがて口先ばか

6　四組の男女が四角い形を作り、パートナーを入れ替えつつ踊る舞踏。上品なワルツや対舞踊(コントルダンス)に比べ活発な舞踏として十九世紀に人気を博した。

7　現在のパリ九区にある通り。ミュルジェールも一時この通りに住んでいた。

りでぜんぜん当てにならないやつという評判が立ち始め、いよいよマルセルとロドルフは、重ねてきた約束を果たして悪評を雪がねばと決意したのだった。前述の招待状にはそのような背景があったのである。

「もう後には引けないぞ、背水の陣だ」

ロドルフは言った。

「この夜宴を実現するためには、一週間で百フラン集めにゃならん」

「金なんて必要になればどこかから出てくるものさ」

マルセルが答えた。こうしてずうずうしくも偶然にすべてを任せたふたりは、もう百フランの見込みが立った気になってぐっすり眠った。無論、見込み違いであった。

二日前になっても状況に何ら変化は見られなかった。こうなったらこちらから偶然に手を貸してやらないと、シャンデリアを燈す段になってまた大恥をかくことになるぞとロドルフは考えた。ことを容易ならしむるため、ふたりは予定をより控えめに修正していった。

書き直しにつぐ書き直しで、お菓子を減らし、果物を厳選し、ようやく予算を十五フランにまで切り詰めた。

だいぶ見通しはよくなったが、いまだ解決には至らない。

「おい、さすがにこれ以上切り詰めるのは無理だぞ。何とかしないと」

「無理だよな」

「この前〈スッジャンカの戦い〉[8]を聞きにいったのっていつだっけ」

「二箇月前くらいじゃない？」

「二箇月か。よし、まずまずの間隔だ。おじさんも文句はないだろう。おれ明日〈スッジャンカの戦い〉の続きを聞いてくる。五フランくらい貰えるよ」

「おれはメディシス爺さんに〈廃墟の館〉の絵を売ってくる。こっちも五フランは入るな。時間があったら塔を三本と風車を加えよう。そうすれば十フランになる。何とかなりそうだぞ」

ふたりは安心し、ぐっすり眠った。お客を取られるのを怖れたベルジョイオーゾ公爵夫人[9]が日取りを変更してくれと頼んでくる夢を見た。

マルセルは朝早くに目を覚ますとすぐキャンバスを張り、意気揚々と〈廃墟の館〉

8　ナポレオンのロシア戦役における戦闘のひとつ。ナポレオン軍はロシア軍に敗北を喫した。
9　ナポレオン敗北にともなうオーストリアの支配を逃れフランスに亡命したイタリアの貴族。パリで社交サロンを開き、亡命貴族や芸術家たちが多く集った。

の建設をはじめた。カルーゼル広場[10]の古道具屋から直々に依頼された絵だ。一方ロドルフはモネッティおじさんを訪ねた。おじさんはナポレオンのロシア戦役[11]で命からがら生還したときの話を誰かに聞かせたくてうずうずしており、ロドルフは年に五、六回、金がなくなるとおじさんのところに出向いて、戦争の思い出話を存分に喋らせてあげるのだった。熱心に拝聴すれば、暖房業を営むこの退役軍人は気前よく金を貸してくれた。

二時ごろ、画布を抱え、項垂れてカルーゼル広場を歩くマルセルは、おじさんのところから戻ってきたロドルフに出くわした。見るからに芳しくない知らせを運んできたことがわかった。

「おい、上手くいったのか」

「駄目だ。おじさん、ヴェルサイユの美術館に行ってるってさ。きみは？」

「メディシスの爺い、廃墟の絵はもう結構と抜かしやがった。タンジール砲撃[12]の絵なら買うってよ」

「またお流れになったら、今度こそおれたちの評判はがた落ちだぞ。大物批評家の先生が、白ネクタイに黄色の手袋で来てみたら準備もできていませんでしたなんてことになったら、後から何書かれるか」

ふたりは不安に苛まれて部屋に戻った。

隣室の時計が四時の鐘を打った。

「あと四時間だ」

「でもさ、ほんとにもう金はないの？　ほんとに？」

「うちにも他処にもないよ。何処から出てくるっていうんだ」

「家具の下とか、肘掛け椅子の中とかさ。亡命貴族[13]はロベスピエール[14]時代に財産を隠したっていうぞ。この肘掛け椅子、もしかしたら亡命貴族のかもしれない。やけに座

10　現在のパリ一区、ルーヴル美術館に面する広場。現在こそパリ有数の観光地であるが、一八四〇年代までは、小汚い家屋が密集し薄暗い路地が縦横に入り乱れる胡乱な地区であった。
11　一八一二年のナポレオン一世によるロシア遠征。ナポレオン軍は大敗を喫し退却を余儀なくされた。
12　一八四四年、ジョワンヴィル公フランソワ・ドルレアンの艦隊がモロッコ北部の都市タンジールを砲撃した事件。
13　フランス革命を避け外国に亡命した貴族。
14　マクシミリアン・ド・ロベスピエール。十八世紀フランスの政治家、革命指導者。フランス革命期に恐怖政治を布き対立者を弾圧、粛清した。

りにくいから、中に何か金具でも入ってるんじゃないかってつねづね思ってたんだ……分解してみようぜ」

「面白いねえ、きみは」

マルセルはなおも部屋の隅をごそごそ漁っていたが、突然、勝利の雄叫びを上げた。

「助かった！　金目のものがあったんだった。ほら！」

マルセルはエキュ銀貨ほどの大きさの、錆と緑青で汚れた硬貨をロドルフに見せた。

それはいくらかは美術的な価値がありそうな、カロリング朝[15]時代の硬貨だった。かろうじて判読できる刻印によれば、シャルルマーニュ[16]時代のものらしい。

「せいぜい三十スーってとこだね」

「ないよりましだろ。ボナパルトは千二百の兵で一万のオーストリア軍を降伏させたんだからな。頭は使いようだ。この硬貨をメディシス爺さんのところで金に換えてくる。他に売れそうなものはないか？　そうだ、ロシアのジャコノウスキー鼓笛隊長の脛骨の複製も持っていこう。高く売れるかも」

「いいよ持ってって。でも困ったな、美術品がひとつもなくなっちまう」

マルセルが出かけているあいだ、万難を排して宴を実現させようと決意を新たにしたロドルフは、近所に住む超自然哲学者コリーヌに会いにいった。

「折り入って頼みがある。主催者としてぜひとも燕尾服(えんびふく)が要るんだが、持ってないんだ。きみのを貸してくれ」

「でも、おれだって招待されたからには黒燕尾服を着てかなきゃまずいだろ」

「きみはフロックコートでもいいよ。おれが許す」

「フロックコートなんてないよ。知ってるだろ」

「じゃあこうしよう。服がなければ来なくていいよ。それで燕尾服を貸してくれ」

「無茶言うな。式次第におれの名前も書いてあるじゃないか。おれ抜きってわけにいくか」

「他にもいろいろ抜きなものがあるんだけどね……とにかく、あの黒燕尾服を貸してくれ。来てくれるならどんな恰好(かっこう)でもいいよ。……べつに上着なしでも……給仕みたいな顔してればいい」

15　フランク王国の宰相ピピン三世がメロヴィング朝を廃し興した王国（七五一―九八七）。
16　カール大帝とも。ピピン三世の息子。西ヨーロッパを統一し、カロリング朝ルネサンスと呼ばれる文化隆盛の一時代を築く。

「冗談じゃないよ」

コリーヌは真っ赤になって言った。

「いつもの榛色(はしばみ)の上着を来ていくよ。何か釈然としないな」

そうぼやいているあいだにも、ロドルフはもうコリーヌの黒燕尾服を摑んでいた。

「あ、おい待てよ、中にいろいろ入ってるんだから……」

ここでコリーヌの燕尾服について説明しておかなければならない。そもそもこの燕尾服は青色だった。それをコリーヌが黒燕尾服と呼ぶのはただの口癖である。仲間内で燕尾服を持っているのはコリーヌだけなので、友人たちもまた、この礼服を〈コリーヌの黒燕尾服〉と呼んでいた。加えて、仲間内によく知られたこの燕尾服は独特な形をしていた。というより、誰も見たことがないくらい変な形をしていた。丈が短すぎるうえ尾がやたらに長く、ふたつのポケットは穴だらけで、常にコリーヌの座右の書が三十冊くらい押し込まれていた。友人たちは、図書館が休みの日には学者や作家はコリーヌのポケットに調べ物に行くんじゃないか、年中無休の図書館だからな、などと噂したものであった。

だがその日は、珍しくもコリーヌの燕尾服にはベール[17]の四折判と、超自然の力を論じた三巻組の概説書と、コンディヤック[18]と、二巻組のスウェーデンボルグ[19]と、ポープの『人間論』[20]しか入っていなかった。コリーヌは燕尾服図書館からごそごそとそれらの本を取り出して、ようやくロドルフに燕尾服を貸してくれた。

「まだ左のポケットが重いな。何か忘れてない？」

「あ、ほんとだ。外国書のポケットを忘れてた」

コリーヌはアラビア語の文法書二冊とマレー語の辞書、それから愛読書の中国語訳『畜産全書』を取り出した。

ロドルフが部屋に戻ると、マルセルが五フラン銀貨三枚をお手玉にして遊んでいた。はじめ、ロドルフはマルセルが差し出した手を拒んだ。何か良からぬことをして手に

17　ピエール・ベール。十七世紀フランスの哲学者、思想家。従来の神学的歴史観を批判し、啓蒙思想の先駆をなす。
18　エティエンヌ・ボノ・ド・コンディヤック。十八世紀フランスの哲学者、聖職者。ジョン・ロックの経験論的認識論を発展させた。
19　エマニュエル・スウェーデンボルグ。十八世紀スウェーデンの神学者、科学者、神秘思想家。霊力や霊界に関する論考を多く著した。
20　アレキサンダー・ポープ。十八世紀英国の詩人。思想詩『人間論』（一七三三—三四）で人間、神、宇宙の関連を詠う。

入れた金だと思ったのだ。

「早く支度しよう。十五フラン集まったんだぞ。……こういうわけだ。メディシス爺さんの店に行ったら骨董屋がいてね、あの硬貨を見てぶっ倒れそうな勢いで喜ぶんだ。何でも、コレクションのうちどうしても手に入らなかった最後の一枚だったんだってさ。世界中探したけど見つからなくて、もう諦めていたんだそうだ。骨董屋は硬貨を査べて、即座に五フランで買おうと言った。そしたらメディシス爺さんがしきりに肘で突っつくじゃないか。眼を見れば何が言いたいかわかったね。〈わしが値を釣り上げるから儲けを山分けしよう〉ってことだ。結局三十フランで売れて、あのユダヤ人の爺さんに十五フランやった。これがその残りさ。さあ、そろそろお客さんが来るぞ。ひとつあっと言わせてやろう。あれ、おまえ、その黒燕尾服」

「そうさ、かのコリーヌの黒燕尾服だ」

そう言ってロドルフがハンカチを出そうとすると、満州語の小さな本がポケットから落ちた。コリーヌが外国書のポケットから出し忘れたらしい。

ふたりはすぐ支度に取りかかった。部屋を片付け、ストーヴに火を入れ、シャンデリアの代わりに蠟燭を立てたキャンバスの枠を天井から吊るし、机を部屋の真ん中に持ってきて演台にした。大物批評家氏に座って貰うよう、ひとつきりの肘掛け椅子を前の方に置き、食卓の上にはありとあらゆる本を載せた。小説、詩集、娯楽読み物。それらの本の著者たちも来てくれるはずだ。さらに、文学流派のあいだで喧嘩騒ぎが起こるのを防ぐため、部屋を四つに区切り、それぞれの入口に大急ぎでこしらえた札を掲げた。

詩人の間　　浪漫派の間

散文家の間　古典派の間

そしてご婦人方は真ん中に集まって貰うことにした。

「これでよし！　でも椅子が足りないな」

「椅子なら玄関前にいくつもぶら下がってるじゃないか。あれ使おうよ」

「そうだな」

ロドルフは誰かの椅子を勝手に持ってきた。

六時の鐘が鳴った。ふたりは慌てて夕食に出かけ、戻ってきてすべての客間に燈火を点けた。客間は目もくらむほど明るくなった。

七時にショナールが女性を三人連れてやってきた。三人とも、金剛石と帽子を忘れてきたようだった[21]。ひとりは黒い染みのついた赤い肩掛けを着けていた。ショナールはその女性を指してロドルフに言った。

「人品卑しからぬご婦人だぞ。スチュアート朝[22]の没落によって亡命の身となられたのだ。今は慎ましくも英語を教えて生計を立てておられる。父君はクロムウェル卿[23]のもとで宰相を務めたお方だと伺っている。くれぐれも粗相のないようにな。あまり馴れ馴れしい口を利くんじゃないぞ」

やがて階段から大勢の足音が聞こえた。招待客が来てくれたのだ。招待客たちは一様に、ストーヴに火が入っているのを見て驚いていた。

例の黒燕尾服を着たロドルフはご婦人方を出迎え、時代がかった物腰で優雅に手に口づけした。招待客がいちどきに二十人ほど来たとき、そろそろ飲むものはないのかとショナールが言った。

「もうすぐ大物批評家先生が来るから、ポンチ酒に火を点けて貰おう」

とマルセルは答えた。

八時には招待客が揃い、いよいよ余興が始まった。ひとつ余興がおわるごとに飲物が振る舞われたが、それが何なのか誰にもわからなかった。

十時ごろ、白い胴衣を着けた大物批評家氏が現れた。批評家氏は碌に飲まずに一時間ほどで帰ってしまった。

真夜中近くなり、薪がなくなってひどく冷えてきたので、座っていた招待客たちは誰の椅子を火に焚べるかで籤引きをした。

一時にはみな立っていた。

招待客たちは心から楽しんでくれた。悔やむような失敗はひとつもなかった。強いていうなら、コリーヌの燕尾服の外国書ポケットにまたひとつ穴が開いたのと、クロムウェル卿の宰相の娘をショナールがひっぱたいたことくらいであった。

この記念すべき夕べは一週間のあいだ巷の語り草となった。宴の女王役をつとめた染物娘のフェミイは女友達と話すたびに言うのだった。

「綺麗だったのよ、蠟燭がきらきら瞬いてね」

21　当時、女性は公の場では帽子を被るのが作法で、無帽の女性はいかがわしげな目で見られた。
22　スコットランドとイングランドの王朝（一三七一―一七一四）。
23　オリヴァー・クロムウェル。一六四二年に始まる清教徒革命で実権を握り、一六四九年に国王チャールズ一世を処刑。アイルランドとスコットランドの反対派を制圧し、護国卿として独裁政治を布いた。

六　マドモワゼル・ミュゼット

マドモワゼル・ミュゼットは二十歳の綺麗な娘だった。パリに来てすぐ、きゅっとくびれた腰とたっぷりの愛嬌とささやかな野心があって、読み書きはろくにできないような娘たちがなるものに、ミュゼットもなった。しばらくはカルティエ・ラタン[1]の夜食どきの料理屋で、ちょっと調子はずれの可愛い声で田舎の輪舞歌（ロンド）を歌って客を楽しませた。そんな歌からマドモワゼル・ミュゼットという名がついたのだった。それから、錚々（そうそう）たる詩歌の宝石細工師たちにその名を謳（うた）われたのち[2]、ふらりとラ・アルプ街[3]を出て、ブレダ街[4]の愛の島（シテール）[5]の高台に移り住んだ。

ミュゼットが遊び達者な上流人士を悦（よろこ）ばせる婀娜（あだ）やかな女たちのひとりとなるのに時間はかからなかった。こうしてミュゼットは、パリの新聞のゴシップ欄を彩り石版画が版画屋の店先に並ぶ、夜の花形への道をおもむろに歩んでいったのだった。

だが、ミュゼットはその世界に身を置く他の女たちとは違った。真に女らしい女がそうであるように、ミュゼットにはまるで本能のように生まれながらの気品と詩ごころが具わり、贅沢とそれがもたらす快楽を愛した。その洒落た装いからは、美しいもの、雅やかなものへの渇望が見てとれた。庶民の生まれでありながら、どんな奢侈のなかにあっても少しも物怖じしなかった。とはいえ若く美しいミュゼットはけっして、自分のように若くも美しくもない男の愛人になろうとはしなかった。あるときなど、ミュゼットの気紛れな足許に黄金の階段を敷いてやった、ショセ゠ダンタン[6]のペ

1　三話註19を参照。
2　三話註22を参照。
3　現在のパリ五区、カルティエ・ラタンの通りのひとつ。
4　現在のパリ九区にかつて存在した通り。歓楽街として知られ、娼館や妾宅も多かった。現在のアンリ・モニエ街。
5　エーゲ海の島で、ギリシャ神話において泡から生まれた愛と美の女神アプロディテが流れ着いたとされる。十八世紀フランスの画家アントワーヌ・ヴァトーの絵画『シテール島の巡礼』（一七一七）および同作をモティフとしたドビュッシーの楽曲〈喜びの島〉（一九〇四）でも知られる。
6　パリ北西部、現在の九区にある繁華街。

ルー[7]と綽名される裕福な老人の熱心な求愛を、ミュゼットがきっぱりと断るのを大勢の人が見ている。気高く賢いミュゼットは、年齢や肩書や家柄がどうであろうと、馬鹿には我慢できなかったのだ。

ミュゼットは善良で美しい娘だった。恋愛については〈恋愛とはふたつの気紛れの交換である〉というシャンフォールの有名な格言の前半を[8]座右の銘にしていた。だからミュゼットが男の寵愛を受けるにあたり、昨今の恋愛の品位を貶めているあの恥ずべき取引がおこなわれることはけっしてなかった。みずから口にしていたように、ミュゼットは正々堂々と恋の遊戯を愉しみ、その率直さのお釣りを正当に要求しているのであった。

ミュゼットの気紛れは熱烈で本心からのものだったけれど、それが恋の高まりまで至ることはなかった。その気儘な心は何物にも縛られることなく、口説いてくる男たちの財布や高価そうな靴を見ても心動かされることはなかった。だからミュゼットの暮らしは定まることなく、二人乗りの青い四輪馬車と公共の乗合馬車、中二階の部屋と屋根裏部屋、絹の衣とインド木綿の衣とが間断なく入れ替わるのだった。可愛い少女よ、きみは澄んだ笑い声と陽気な歌声の、はじけるように潑溂とした、生きた詩だ。細い切れ込みの入ったブラウスの胸飾りの下で、誰にでも分け隔てなくときめくきみの可憐な心、ベルヌレットとミミ・パンソンの妹、マドモワゼル・ミュゼット。青春の花咲く小径を、軽やかに奔放に歩むきみを真に描き出せるのは、アルフレッド・ド・ミュッセの筆だけだ。そしてかのミュッセも、きみがあの調子はずれの綺麗な声で、お気に入りの田舎の輪舞歌を歌うのを聞いたなら、必ずやきみを讃えたことだろう。[9]

春のある日のことでした
恋してるんだと打ち明けました
黒い髪とクピドの心
綺麗な頭巾を蝶々みたいに

7　ペルーでは古くから黄金が産出することで知られた。
8　十八世紀フランスの作家セバスティアン＝ロシュ・ニコラ・ド・シャンフォールの格言〈社会に存在する恋愛とはふたつの気紛れの交換と二枚の表皮の接触にすぎない〉より。
9　ベルヌレットは十九世紀フランスの作家、詩人アルフレッド・ド・ミュッセの『フレデリックとベルヌレット』（一八三八）、ミミ・パンソンは同じくミュッセの『ミミ・パンソン』（一八四五）の登場人物。いずれも若い学生と貧しいお針子娘をめぐる物語である。

頭にのせた女のひとに

　これからお話しするのは、恋多きマドモワゼル・ミュゼットの人生を飾る、このうえなく微笑ましい逸話のひとつである。

　そのころ、ミュゼットは国務院(コンセイユ・デタ)のお役人の愛人だった。そのお役人は寛大にも財産の鍵をミュゼットの手に委ねていたので、ミュゼットは週に一度、ラ・ブリュイエール街[10]の素敵な客間で夜宴(ソワレ)を開くのを常としていた。パリで開かれる多くの夜宴(ソワレ)とよく似ていたが、やや異なるところがあって、それは椅子が足りないと誰かの膝に座ったり、杯が足りないとふたりでひとつの杯に酒を注いだりする、愉しい夜宴(ソワレ)だったということである。ミュゼットの友達で、しかもずっと友達でしかないロドルフは(なぜなのかどちらにもわからなかった)、友人の画家マルセルを連れてきてもいいかとミュゼットに訊いた。才能ある男で、いずれ翰林院(アカデミィ)の礼服を着るにちがいない、と。

「連れてきて!」

　ミュゼットが言った。

　夜宴(ソワレ)の夕方、ロドルフが迎えにいくと、マルセルはまだ支度をしていた。

「おい、まさか色柄のシャツで社交界に出るつもりじゃないだろうね」

マルセルは小さな声で答えた。

「これだと礼儀に悖るかな」

「悖るどころの騒ぎじゃないよ、みっともない」

「しまったなあ」

マルセルは青地に猟犬が猪を追いかけている柄のシャツを見ながら言った。

「他に持ってないよ……。しょうがない、付け襟をしていこう。それでメトセラ[11]のボタンを首まで留めてけばいい。そうすればシャツが何色かなんてわかりゃしないよ」

「またメトセラかよ」

「しょうがないだろ。さっき黒い釣り糸で繕ったばかりだし。神と仕立屋の思し召しだ。ちょうど新しいボタンも一揃い付いてる」

〈メトセラ〉というのはつまりマルセルの上着のことだった。衣装箪笥でいちばん年嵩なのでそう呼ばれていた。四年前に流行った仕立てで、おまけにどぎつい緑色だっ

10　現在のパリ九区にある通り。
11　旧約聖書創世記に登場する人物。エノクの子、ノアの祖父にあたる。九百六十九歳まで生きたとされ、聖書中もっとも長寿の人物である。

た。だが光の下では黒く見えるんだ、とマルセルは主張していた。

五分後にはマルセルは身支度を終えていた。申し分ない悪趣味さだった。まさに社交界に紛れ込もうとする貧乏絵描きそのものであった。

学士院会員（ランスティチュ）[12]への当選を告げられたカジミール・ボンジュール氏[13]でも、マドモワゼル・ミュゼットの部屋を訪ねたマルセルとロドルフほどには驚かなかったであろう。ミュゼットはこのところ上手くいっていなかった例のお役人についに棄（す）てられ、途方に暮れていたのであった。付けや家賃の取り立てが押し掛け、家具は差し押さえられて中庭に放り出された。翌日には家具屋が引き取りに来るという。だが、このような困難のさなかにあっても、マドモワゼル・ミュゼットは客を追い返そうなどとは夢にも思わなかったし、夜宴（ソワレ）を取り止めもしなかった。大真面目に中庭をととのえて客間にし、石畳に絨毯（じゅうたん）を敷いて、何もかもいつもどおりに支度をした。それから服を着替え、アパルトマンの住人みなをこのささやかな夜宴（ソワレ）に招いたのだった。天の神様も星々で空を飾り、宴に照明（あかり）を添えてくれた。

それは大いに愉快な夜宴（ソワレ）となった。ミュゼットの夜宴（ソワレ）がこれほど愉しく賑わったことはついぞなかった。家具や絨毯や長椅子が運び去られ、立ち退きの時刻が来ても、まだ踊りと歌が続いていた。

ミュゼットは歌いながらみなを見送った。

ら、り、ら、憶えていてね
木曜日のあたしの夜宴のこと
ら、り、り、ずっとずっと憶えていてね

マルセルとロドルフは帰らずにミュゼットと一緒にいた。部屋に戻ると、がらんとした部屋に寝台だけがぽつんと残っていた。

「やんなっちゃうわ。いきな遊びも楽じゃないわね。これからは〈星空亭〉に泊まらなきゃ。あの宿、あたし馴染み[14]なのよ。すごく風通しがいいのよね」

「ああ、もしぼくにプルトスの恵みあらば、ソロモン王[15]の神殿より見事なお屋敷を差

12　フランスの国立学術機関で、アカデミイ・フランセーズ、碑文・文芸アカデミイ、科学アカデミイ、芸術アカデミイ、倫理・政治アカデミイより成る。
13　十九世紀フランスの劇作家。アカデミイ・フランセーズ会員に何度も立候補するが、当選は果たせなかった。

し上げるところですが」

マルセルが言った。

「だってあなたプルトスじゃないでしょ。でも嬉しい。ありがと」

ミュゼットはアパルトマンの部屋を見廻した。

「……いいの、ここ飽きてたから。家具は古いし、もう半年近くもいたしね。ところでまだ夜宴（ソワレ）は終わってないわよ。最後はお食事で締めなきゃ」

「しめしめ、飯だ飯だ」

何かというとつまらない駄洒落（だじゃれ）を飛ばすマルセルであったが、この朝の駄洒落は特にひどいものであった。

徹夜のカード遊びで少し儲けたロドルフが、開いたばかりの料理屋でマルセルとミュゼットに昼飯をご馳走した。

昼飯が済んでもぜんぜん眠くならない三人は、一日の締めくくりに郊外へ行くことにした。たまたま駅の傍（そば）だったので、出発間際の始発列車[16]に飛び乗り、サン＝ジェルマン駅[17]で降りた。

一日森を歩き廻り、パリに戻ったのはもう夜の七時だった。マルセルは、きっとまだ昼過ぎだ、空が暗いのは曇ってるからだよと言い張っていたが、とっくに日が暮れていたのだった。

女の子と眼が合っただけで燃え上がってしまう火薬みたいな心のマルセルは、夜宴から昼までのあいだにすっかりミュゼットを好きになってしまった。ロドルフに告げた言葉によれば、ミュゼットに〈首っ丈まで〉惚れてしまったのだった。大切な自作の絵『紅海徒渉』[18]を売り払って、前より綺麗な家具を買ってあげるとミュゼットに申し出るほどだった。だから別れがひどくつらそうだった。ミュゼットはマルセルが手や頸やあれこれの装身具に口づけするのを拒まなかった。だがマルセルが心にまで入ってこようとすると、そのたびにやんわりと押し戻すのだった。

パリに着くと、ロドルフはマルセルとミュゼットを残して帰った。ミュゼットは家

14　ギリシャ神話で富を司るとされる神。善人に富を授けるという。
15　一話註38を参照。
16　三話註14を参照。
17　パリ西部に位置する町サン゠ジェルマン゠アン゠レーの駅。
18　旧約聖書出エジプト記による。エジプトを脱出したモーセ率いるヘブライ人は、紅海のほとりでファラオの軍勢に追い詰められるが、モーセが杖を振り上げると海がふたつに割れ海底を渉ることができたとされる。

まで送ってほしいとマルセルに頼んだ。

「これからも会いにいっていいかな。きみの絵を描きたいんだ」

「ありがと。でも行き先は教えられないわ。だって明日にはもう住むところがないかもしれないもの。あたしから会いにいくわ。あなたの服、繕ってあげる。誰でも勝手に出入りできそうなくらい大きな穴が開いてるから」

「待ってるよ、救世主を待つように」

「大袈裟ね」

ミュゼットは笑った。

マルセルは名残惜しそうにミュゼットの許を辞した。

「いい娘だなあ。あれこそ幸福の女神だね。もうふたつくらい穴を開けておこうかな」

三十歩も歩かぬうち、誰かがマルセルの肩を叩いた。ミュゼットだった。

「マルセルさん、あなた、フランスの騎士なのよね？」

「無論。ルーベンスの絵[19]と麗しい女性に身を捧げること、これぞわが信条」

「されば、気高き騎士様、わが窮状を拝見つかまつりて、ご同情したまわれ」

何だか文学的な口調でミュゼットは言ったが、文法は聖バルテルミの大虐殺[20]みたいに滅茶苦茶だった。

「大家が鍵を持っていってしまったの。もう夜の十二時なのに。おわかりになって？」

「承知つかまつった」

マルセルはミュゼットに腕を貸し、フルール河畔[21]のアトリエにミュゼットを連れて帰った。

ミュゼットは眠そうだったが、それでもやっと、マルセルの手を握って言った。

「約束、忘れないでね」

「ああ、ミュゼット、美しき少女よ」

マルセルは少し感動してしまった。

19 ピーテル・パウル・ルーベンス。十七世紀フランドルの画家。『キリスト昇架』（一六一〇）、『キリスト降架』（一六一一―一四）、『聖母被昇天』（一六二五―二六）他。
20 一五七二年、パリから地方各地に波及したフランスのカトリック信者によるプロテスタント信者の虐殺事件。聖バルテルミ（聖バルトロマイ）の祭日に勃発したためこの名がある。
21 パリ中心部、現在パリ四区に属するシテ島の北岸の通り。

「ここは安全な屋根の下だ。安らかにお休み。ぼくは外に出てるから」

「どうして？」

ミュゼットが訊いた。もう眼が閉じそうだった。

「あたし何も心配してないわ。ほんとよ。それに部屋はふたつあるんでしょ、あたしソファで寝るわ」

「うちのソファ、硬くて寝られたもんじゃないよ。砂利が入ってるんじゃないかってくらいだ。きみにはゆっくり休んでほしいからね、ぼくはすぐそこの友達のところに行くよ。そのほうがよく眠れるだろ。ぼくは約束はだいたい守る男だ。だけどぼくは二十二で、きみは十八で……ああミュゼット、じゃあね、お休み」

翌朝八時、マルセルは市場で花瓶いっぱいの花を買って部屋に戻った。ミュゼットは服を着たまま寝台に身を投げだして眠っていた。物音に眼をさまし、マルセルに手を伸ばした。

「律儀な人ね！」

「律儀な人、って、それ、間抜けって意味じゃないよね？」

「あら！　なんでそんなこと言うの？　嫌だわ。そんな意地悪を言わずに、その綺麗なお花を頂戴」

「きみのために買ったんだ。受け取ってくれ。そして、ぼくの歓待しへのお返しに、きみの綺麗な歌を聞かせてほしいな。ぼくの屋根裏部屋に、きみの歌の響きが少し残るかもしれない。そしたらきみが帰ったあとも、ぼくはきみの声が聞ける」

「ふうん、もう帰ってほしいの？　じゃ、あたしがまだ帰りたくないって言ったらどうするの？　ね、マルセル、あたし、廻りくどいのは嫌。あたし、あなたといると楽しいし、あなたもあたしといると楽しいでしょ。これはまだ恋じゃないかもしれないけど、恋の始まりかもしれない。だからあたしまだここにいるわ。この花が枯れるまで、ずっとここにいるわ」

「ああ！　でも二日もすればきっと枯れてしまうよ。こんなことなら乾花にすればよかった」

…………………………………………………………

半月が経ってもミュゼットとマルセルはまだ一緒だった。滅多にお金はなかったが、世界の誰より素敵な生活だった。ミュゼットはそれまでの恋とは違う愛情をマルセルに抱いていた。マルセルは自分が恋人をこんなにも真剣に愛していることが何だか不安だった。ミュゼットも自分がマルセルにこんなに夢中なのが怖いような気がしていたのだが、マルセルがそのことを知る由もなかった。朝起きると、マルセルは花が枯れていないか見にいった。花が枯れたらふたりの関係も終わってしまう。だが毎朝、花が瑞々(みずみず)しいままなのでマルセルは訝(いぶか)しんだ。やがてマルセルはその謎を解く鍵を見つけた。ある夜中、目覚めるとミュゼットが隣にいなかった。起きて部屋を見廻して、ようやく悟った。毎晩マルセルが寝ているあいだにミュゼットがこっそりと花瓶の水を換えていたのだった。花々がその死を免れるように。

七　黄金の河

三月十九日……古代アッシリアの都ニネヴェの建設を見たラウル＝ロシェット氏[1]のごとき高齢になっても、ロドルフは断じてこの日付を忘れることはないであろう。なにしろこの聖ヨセフの祭日、三月十九日の午後三時に、正真正銘の大枚五百フランを手に銀行を後にしたのだから。

ポケットに転がり込んだこの財宝を借金の返済などに遣うのは以ての外だった。以前から、無闇に散財せず倹約しなければと堅く誓っていたのである。その点に関しては確乎たる信念があった。余計な物を欲しがる前に必要不可欠な物を買わなければな

1　デジレ・ラウル＝ロシェット。十九世紀フランスの考古学者。一八四五年、古代アッシリアの都市ニネヴェの発掘調査について、まるで当時を見てきたかのような詳細きわまる報告をおこなった。

らないと常々言っていた。そういうわけで、ロドルフは借金は一文も返さず、前から欲しかったトルコ製のパイプを買い求めたのだった。

買ったばかりのパイプを咥(くわ)え、ロドルフは少し前に越してきたマルセルの部屋へ足を向けた。部屋に入るとき、ロドルフのポケットというポケットからじゃらじゃらと村のお祭りの鐘みたいな音がした。マルセルは聞きなれないその響きを耳にして、隣の相場師が株の儲けを数えているのかと思った。

「隣の野郎、また良からぬことを企んでやがるな。これ以上続くようならこんな部屋出ていってやる。あんな音がしてたんじゃ仕事にならん。貧乏絵描きなんか辞めて四十人の盗賊に弟子入りしようかな」

まさか友人ロドルフがクロイソス王[2]だとは夢にも思わず、マルセルはすでに三年近くも画架(イーゼル)に載っている『紅海徒渉』[3]の絵に向かった。ロドルフは黙ったまま、マルセルはさぞかし吃驚(びっくり)するだろうと考えていた。

(ふたりで大いに笑おう。さぞかし愉快だろうなあ!)

ロドルフは五フラン銀貨を床に落とした。

マルセルは眼を上げた。ロドルフは『両世界評論』[4]の論説みたいに真面目くさった顔をしている。

マルセルは銀貨を嬉しそうに拾うと、丁重に歓迎の辞を述べた。貧乏絵描きとはいえ客を歓待(もてな)す礼儀は弁(わきま)えているのである。それにロドルフが金策に出かけたのを知っていたので、上手くやりやがったなと驚きはしたが、金の出所は訊かなかった。

そうしてマルセルは何も言わずに作業に戻り、エジプト人をひとり紅海の波間に沈めた。首尾よくエジプト人が溺死したところで、ロドルフはまた銀貨を落とした。マルセルがどんな顔をするか凝(じっ)と観察しながら、誰もが知る顔一杯の三色(トリコロール)の髯(ひげ)の中で笑った。

硬貨の音が響き、マルセルは電気に撃たれたように勢いよく立ち上がった。

「何だ！ まだ続くのか？」

三枚目の銀貨がタイルの床を転がり、四枚目、五枚目がそれに続いた。しまいには部屋中で銀貨が四人舞踏(カドリーユ)を踊った。

茫然自失(ぼうぜんじしつ)のマルセルを見て、ロドルフはまるで『フランドルのジャンヌ』[5]初演時の

---

2 紀元前六世紀のリュディア王国最後の王。莫大な富で知られる。
3 六話註18を参照。
4 一八二九年に創刊された文学や政治経済を論ずる月刊雑誌。

仏蘭西劇場(テアトル・フランセ)の平土間の客のようにげらげら笑い、それからがばりとポケットに手を突っ込んだ。金貨銀貨が大混戦の障碍競馬(スティープル・チェイス)のごとく床を跳ね廻った。さながら黄金の河パクトロス[6]の氾濫(はんらん)、ダナエ[7]に降り注ぐユピテルもかくやと思わせる壮麗な眺めであった。

マルセルは固まったまま口も利けずに凝視していた。驚きのあまり、かつて好奇心に抗えなかったロトの妻[8]と同じことがマルセルの身にも起こったのだった。ロドルフが最後の百フランをざらざらと床に撒(ま)いたときには、マルセルの身体は半ば塩の柱になっていた。

ロドルフの大笑いは止まらない。この嵐のような笑いに比べれば、サックス氏[9]の管絃楽団(オーケストラ)の雷鳴も乳飲み児(ちのみご)の溜息みたいなものだったろう。

マルセルは驚愕と昂奮とで息も絶え絶えになりながら、これはきっと夢だと思った。付(つ)き纏(まと)う悪夢を払おうと、指を血が出るほど齧(かじ)り、激痛に思わず声を上げた。確かに目覚めている。足許(あしもと)を埋め尽くす黄金を見て、マルセルはまるで悲劇の台詞(せりふ)のように叫んだ。

「いかでこの眼を信じられようか！」

そしてロドルフの手を握った。

「どうかこの神秘を説明してくれ」

「説明できたら神秘とはいわないだろ」

5　十九世紀フランスの劇作家イポリット・ビスの劇『フランドルのジャンヌ』（一八四五）は仏蘭西劇場（テアトル・フランセ）（コメディ・フランセーズ劇場、十話註5を参照）で上演されたが、あまりの不評に一度で打ち切りとなった。

6　トルコを流れる河で、砂金を産することで知られる。ギリシャ神話によれば、フリギアの王ミダスはディオニュソス神から触れるものすべてを黄金に変える力を得るが、食物まで黄金に変わることに気付き、絶望してディオニュソスに助けを乞う。ディオニュソスの慈悲によりミダスがパクトロス河の水に浸るとその力は河に流されて消え、河の砂が金に変じたという。

7　ギリシャ神話に登場するアルゴス王アクリシオスの王女。孫に殺されるという神託を恐れたアクリシオスはダナエを幽閉するが、黄金の雨に姿を変えたゼウスにより身籠りペルセウスを産む。ゼウスはローマ神話でユピテルと同一視される。

8　旧約聖書創世記によれば、神がソドムとゴモラの町を滅ぼすことを知らされたロトは妻と娘を連れて町を逃れるが、振り返ってはならないという禁忌を犯した妻は塩の柱となった。

9　アドルフ・サックス。十九世紀ベルギーの楽器製作者。自身の名を冠したサクソフォンをはじめ多くの管楽器を考案した。

「でもどうしたんだこの金」

「この金はおれの汗の結晶だ」

ロドルフは硬貨を拾い集めて食卓に並べ、それから二、三歩退(さ)がって積み上げた五百フランをしみじみと眺め、胸の裡(うち)で思った。

（今こそ計画を実行に移すときじゃないか？）

「六千フランくらいあるかな」

食卓のうえでぐらぐら揺れている硬貨の山を見ながらマルセルが言った。

「いいこと考えた。おまえにわが『紅海徒渉』を買う権利をやろう」

突然、ロドルフは芝居がかった身振りで仰々しく語りはじめた。

「聞けマルセル。汝(な)が眼(まなこ)を眩(くら)ませしこの富は賤しき策術の果にあらず、吾(あ)が筆は人倫に悖(もと)ることなし。吾は豊かなれど誠実なり。この富は有徳(うとく)の人の吾に賜(たまは)りしものなり。吾はこの富もて労働を通じ高邁(こうまい)の士たらむと誓ひぬ。げに労働こそもっとも尊き務めなるべし」

「さてまた馬こそもっとも尊き獣なるべし」

マルセルが茶化した。

「一体何の演説だ。よくまあ次から次へと出てくるな。良識派(レコール・デュ・ボン・サンス)[10]に鞍替(くらが)えしたのか？」

「汝妨ぐるなかれ、な戯れそ。今や吾の纏ひし不撓の意志てふ鎧に汝が戯言も鈍かるべし」

「さあ、お題目はもういいだろ、結局何が言いたいんだ？」

「これこそわが計画なのだ。物質的困難から逃れて仕事に没頭するのだ。機械仕掛けの大作劇を書きあげ世に問うのだ。ボエーム暮らしもこれで終わりだ。世間並みの服を着るのだ。黒の燕尾服で社交界に出るのだ。後にくっついて来たいのなら、これからも一緒にいてやってもいいが、方針には従ってくれよ。もっとも厳格な倹約がわれわれの生活を支配するだろう。暮らしをきちんとすれば、われわれの前には何の心配もなく三箇月の仕事が保証されるのだ。だが倹約が必要だ」

「でもさ、倹約ってのは金が足りてるからできるんだぜ。おれたち、そんな経験一度もないぞ。まあそれでも六フラン前払いすればジャン＝バティスト・セイ[11]の本が買えるな。立派な経済学者だから倹約の技術について実際的なところを学べるかも……と

10　怪奇や幻想を尊ぶ十九世紀前半のロマン派演劇への反動として、フランソワ・ポンサール、エミール・オジエらの新古典派劇が現れ、その道徳的な内容から良識派とも呼ばれた。

ころで、パイプ新しくしたのか？」

「そうだよ、二十五フランだった」

「パイプひとつに二十五フラン？　それで倹約なんてよく言えたな！」

「そうだよ、パイプひとつにだ。おれ今まで二スーのパイプを毎日駄目にしちゃってたからね。一年たてば今度買ったパイプのほうが安上がりだろ。長い目で見れば倹約になる」

「なるほど、違いない。それは思いつかなかったな」

そのとき隣室の時計が六時を打った。

「晩飯にしよう」

ロドルフは言った。

「さっそく今夜から始めるぞ。だが晩飯に関しては一思案必要だ。おれたちは毎日、料理に貴重な時間を割いている。ところで労働者には時間こそが財産だ。ゆえに時間を節約しなけりゃならん。今日から夕食は外で取ろう」

「そうだな。すぐそこに美味い店もあるし。ちょっと高価いけど、そんなに歩くわけじゃないしな。時間の節約で埋め合わせられるってわけだ」

「今日はそこに行こう。けど、明日からはさらなる倹約を考えないと……料理屋に行くかわりに賄い婦を雇おう」

「いやいや、賄い婦より、料理もできる使用人を雇ったほうがいい。考えてみろ、そのほうがずっと得だ。掃除だろ、靴磨きだろ、おれの筆も洗わせよう。使い走りもな。絵の良し悪しも教え込もう。早い話が弟子だな。そうすれば家事や労働に取られてた時間を少なくとも日に六時間は節約できる」

「そうだ、おれも思いついた」

ロドルフが言う。

「あのさ、……まあとにかく飯に行こうか」

五分後、ふたりは近所の料理屋の個室に陣取り、倹約について議論を続けていた。

「考えというのはね、使用人を雇うかわりに恋人を作ったらどうかということだ」

「恋人を共有するのか？」

マルセルがぞっとしたように訊いた。

「倹約してるつもりがえらい無駄遣いになるぞ。終いに、せっかく貯めた金で匕首を

11　十九世紀フランスの経済学者。供給そのものが需要を生むとする〈セイの法則〉で知られる。

買って決闘沙汰になりかねん。使用人のほうがいいと思うなあ。第一、敬意を払って貰える」

「確かにな。じゃあ気の利いた使用人をひとり雇うか。多少読み書きができれば、文章の極意を教えてやってもいい」

「そりゃ一生の財産だな」

そう言ってマルセルが勘定を頼んだ。勘定は十五フランだった。

「あれ、意外と高価いな。いつもはふたりで三十スーってとこなのに」

「そうだな。でも安価い飯で我慢すると、夜中に腹が減って夜食を喰っちまうだろ。結局、晩飯に腹いっぱい喰ったほうが経済的なんだ」

「徹底してるな」

マルセルは感心した。

「おまえの言うとおりだ。今夜は仕事するのか？」

「するもんか。おじさんに会いにいく。頼りになる人でね。今後のことを相談して助言を貰おうと思うんだ。きみはどこか行くのか？」

「メディシス爺さんの店に行こうかな。絵の修復の仕事がないか訊いてくる。ところで、五フランくれないか」

「なんで?」

「ああ、それこそ金の無駄だよ。小銭とはいえ、原則を蔑(ないがし)ろにして貰っちゃ困るぜ」

「芸術橋(ポン・デザール)[12]の通行料だよ」

「そうだな、すまん。新橋(ポン・ヌフ)を渡るよ……だが馬車には乗るよ?」

そうして別れたが、不思議な偶然に導かれ、ふたりはばったり再会した。

「あれ、おじさんに会わなかったの?」

「きみこそ、メディシス爺さんの店に行ったんじゃないのかよ」

ふたりは笑いだした。

ふたりはごく早い時間に部屋に帰った……翌日の早朝に。

二日後、ロドルフとマルセルは別人のようになっていた。一等車で新婚旅行に出掛けるような恰好(かっこう)をして、その贅(ぜい)を尽くした身形(みなり)に、往来で行き会っても互いに相手を

12　ナポレオンの命によりセーヌ河に架けられた橋で、左岸のフランス学士院と右岸のルーヴル宮殿を結ぶ。ルーヴル宮殿は第一帝政期に芸術宮殿と呼ばれていたためこの名が付いた。一八四八年まで芸術橋(ポン・デザール)を渡るのには小額の通行料が必要であった。

見分けられないほどであった。

ふたりは合理的な倹約を弛（たゆ）まず実行していたが、仕事の合理化は当面実現する気配がなかった。バティストという三十四歳のスイス男を使用人に雇ったものの、その知性たるやジョクリスさながらだった[13]。おまけにどう考えても使用人に向いていなかった。ちょっと骨の折れそうな荷物を運ぶよう命じると、真っ赤になって憤り、小使いを顎（あご）で使って運ばせるのだった。それでもバティストにもいいところはあって、野兎を与えると食事どきには葡萄酒煮を作ってくれた。そのうえ使用人になる前は酒造りの職人だったそうだが、仕事への愛着をいまだ失っていないらしく、休みを願い出ては、その大半をみずからの名を冠した新たな美酒の開発に費やし、また胡桃（くるみ）酒の醸造にも成功した。だがもっとも得意とするところは、マルセルの葉巻を隠れ喫いする技術と、ロドルフの原稿にうっかり火を点けてしまう技術であった。

ある日マルセルが『紅海徒渉』のモデルとしてバティストに埃及王（ファラオ）の扮装をさせようとしたところ、バティストはその依頼をきっぱりと断り、お暇（いとま）を頂戴したいと言って給金の精算を求めた。

「いいだろう、今夜精算して渡すよ」

ロドルフが帰宅すると、マルセルはバティストを馘首（くび）にすると宣言した。

「そうだな、別に役に立ってないしな」

「まったくだ。あれじゃ生きた置物だ」

「料理も下手だし」

「すぐ怠けるし」

「馘首(くび)も已(や)むなしだな」

「うん、辞めて貰おう」

「だが、いいところもあるぜ。兎の葡萄酒煮はなかなかのもんじゃないか」

「胡桃酒もな。酒にかけちゃあいつはラファエロ[14]だ」

「でもまあ、いいところと言ってもそれくらいか。それだけじゃなあ。あいつと言い合いするので時間が無駄になるし」

「あいつがいると仕事にならん」

「あいつのせいで『紅海徒渉』が官展(サロン)[15]に間に合わなかった。埃及王(ファラオ)の恰好を嫌がりや

13　喜劇に登場する間抜けな召使。
14　ラファエロ・サンティ。十六世紀イタリアの画家、建築家。レオナルド・ダ・ヴィンチ、ミケランジェロとともにルネサンス三大巨匠のひとりとされる。

がって」

「あいつのせいで頼まれた仕事がちっとも終わらない。図書館で調べ物するのも嫌だとさ」

「あいつのせいでおれたちは滅茶苦茶だ」

「これ以上あいつを雇っておくことはできん」

「馘首(くび)だ馘首……だが、給金をやらないと」

「払ってやろうじゃないか、それで出ていってくれるなら。金をくれよ、おれが渡しとく」

「金？　おい、金の管理はおれじゃないぞ、おまえの役目じゃないか」

「何言ってんだ、きみが家計全般を引き受けたはずだろ」

「でもな、言っとくけどもう金はないぞ！」

「もうぜんぜんないのか？　そんなはずあるか、一週間で五百フランも遣っちまっただなんて。こんなにぎりぎりの倹約生活をしてるっていうのに。可能な限り切り詰めていたはずだ（実際は可能な限り余計な事に使っていた）。家計簿を見せてみろ、きっと何かの間違いだ」

「そうだな、金が見つかるわけじゃないが、ともかく家計簿を見てみよう」

ふたりが倹約の神の庇護のもとに付けはじめた家計簿は、ざっと以下の通りであった。

「三月十九日、収入、五百フラン。支出、トルコ製パイプ二十五フラン、夕食十五フラン、雑費四十フラン」

「なんでこんなに支出があるんだ？」

「だって朝まで外で飲んでたじゃないか。まあとにかく薪と蠟燭代は節約できたな」

「それから？」

「三月二十日、支出、昼食一フラン五十サンチーム、煙草二十サンチーム、夕食二フラン、柄つき眼鏡二フラン五十サンチーム」

「おい、それはおまえの眼鏡代じゃないか。なんで眼鏡が要るんだよ、別に眼は悪くないだろ」

「『レシャルプ・ディリス』で官展の評論記事を書かなきゃならなかったんだ。柄つき眼鏡がないと恰好が付かないよ。必要経費だ。それから？」

15　フランス芸術アカデミイ主催の展覧会。芸術家にとって官展への出展が認められることは大変な名誉であり、出世への第一歩であった。

「籐（とう）の杖（ステッキ）……」

「あっ、杖なんか買ったのか。きみこそ杖なんか何に使うんだよ」

「三月二十日の支出はこれで全部だ」

マルセルは無視して言った。

「三月二十一日は昼食、夕食、夜食を外で食べた」

「この日はそんなに遣わなかったよな」

「確かに、たったの……三十フランだ」

「何にそんなに遣ったっけ」

「忘れた。〈雑費〉とだけ書いてある」

「いい加減だなあ」

「三月二十二日、バティストを雇う。給金の前払い五フラン。街頭風琴（オルグ・ド・バルバリイ）弾きへの投げ銭五十サンチーム。極悪非道（バリバリイ）の両親に黄河に投げ込まれそうな中国の子供四人への義捐（ぎえん）金二フラン四十サンチーム」

「何だそりゃ」

ロドルフが遮った。

「ちょっと説明してほしいね。街頭風琴（オルグ・ド・バルバリイ）弾きには投げ銭するのに、中国の親は極悪非道なんて蔑むのか。だいたい中国人の子供にやる金が何処にあるんだよ。橙酒[16]は酒と決まってるもんだ」

「生まれつき心が広いんでね。続けるぞ。ここまでは倹約の原則からそう隔たっているわけじゃないな。三月二十三日、特筆事項なし。二十四日、同じく。この二日はいい日だったね。二十五日、バティストに給金の前払い三フラン。何だかしょっちゅうバティストに金をやってるみたいだな」

「その分あとから引くからいいさ。それから？」

「三月二十六日、芸術に有益なる出費三十六フラン四十サンチーム」

「そんなに有益な物って何を買ったんだっけ」

　ロドルフが訊いた。

「憶えてないな。三十六フラン四十サンチームも……何だっけ？」

「忘れたのかよ。……鳥の眼でパリを見下ろすんだって、ノートルダム大聖堂[17]の塔に

16　中国原産の 橙 をブランデーに漬けた酒。中国人と掛けた洒落である。
17　パリ、シテ島に建つカトリックの大聖堂。ヴィクトル・ユゴーの小説『ノートルダム・ド・パリ』（一八三一）の舞台としても知られる。

上ったじゃないか」

「入場料は八スーだったぜ」

「そうだよ、でも下りてからサン＝ジェルマン街[18]で晩飯を喰った」

「眺めがよすぎるのも考えものだな」

「三月二十七日、特筆事項なし」

「よし！　倹約成功だな」

「三月二十八日、バティストに六フラン前貸し」

「あ！　それならもうバティストの給金はぜんぶ渡してるじゃないか。ことによると給金より多く渡しちゃってるかも……調べてみないとな」

「三月二十九日、おや、二十九日は何も書いてない。支出の代わりに何か社会風俗記事の出だしが書いてある。三十日、ああ、うちで夕食会をしたんだよな。高価(たか)くついたなあ。三十フラン五十五サンチームだって。三十一日、今日だ。今日はまだ金を遣っていないね。どうだい、まめに家計簿を付けてただろ。合わせても五百フランにはならないはずだ」

「じゃあ少しは金庫に残っててもいいじゃないか」

「でもほら」

マルセルは抽斗(ひきだし)を開けて言った。

「すっからかんだ。蜘蛛(くも)が巣を張ってる」

「金は雲隠れか」

マルセルは空の金庫を呆然(ぼうぜん)と眺めながら言った。

「でもあれだけの金、一体どこに行ったんだろう」

「わかりきってるじゃないか、ぜんぶバティストにやっちまったんだよ！」

「おい、これを見ろ」

マルセルは抽斗から紙切れを見つけて言った。

「今月の家賃の受領証だ！」

「えっ、でもどうしてそこに？」

「支払い済みになってる。おまえ、大家に家賃払った？」

「まさか！」

「じゃあこれはどういうことだ？」

「いや、おれは絶対に……」

18　二話註7を参照。

ふたりは声を揃えて『白衣の婦人』[19]終幕の〈不思議なことがあるものだ〉を歌った。

それを聞いて音楽好きのバティストがすっ飛んできた。

マルセルは受領証をバティストに見せた。

「ああ、それね」

バティストはこともなげに言った。

「お話しするのをすっかり忘れてました。今朝がたお留守のときに大家さんがお出でになったんで、あたしが払っときました。二度手間を掛けさせるのもなんですから」

「金はどこから出したんだ」

「ええ、そこの開いてる抽斗からですよ。そのために開けときなすったのかと思ったんですが。それで、ははあ、きっと旦那さんがた、おいバティスト、大家さんが家賃を取りに来るから払っておくんだぞ、って言い忘れたんだなと、そう思いまして。ですんで、何も言われてませんが、言われたつもりで払っといたんです」

「バティスト」

マルセルは怒りに声を震わせて言った。

「言われてもいないことをするんじゃないよ。今日限りこの家にいなくてもいい。制服を返して貰おう」

バティストは制服である布のカスケット帽を脱いでマルセルに返した。

「結構。それじゃさっさと出て……」

「あのう、お給金は？」

「この野郎、よくそんなことが言えたな。もう給料より多く渡してるんだよ。たった二週間で十四フランも。そんなに何に遣うんだ。踊り子でも囲ってるのか？」

「それとも綱渡り芸人か」

ロドルフが口を挟んだ。

「でもそれじゃ、あたしは路頭に迷っちまいます。帽子もなしで！」

「もういい、帽子は持っていけ」

我知らず心を動かされ、マルセルはバティストにカスケット帽を渡した。

「おい、金がなくなったのはあのおっさんのせいだぞ」

ロドルフは哀れなバティストが部屋を出てゆくのを目で追った。

「今夜の晩飯はどうするんだ」

19　十九世紀フランスの作曲家フランソワ＝アドリアン・ボアエルデュー作曲の喜歌劇。一八二五年初演。

「そんなこと明日考えようぜ」

マルセルは答えた。

八　五フラン銀貨の値打ち

ロドルフがまだマドモワゼル・ミミと暮らす前の、ある土曜日の夜のことだ。ロドルフは食堂でマドモワゼル・ロールという服屋の女性と知り合った。ロドルフが流行(モード)雑誌『レシャルプ・ディリス』や『ル・カストール』[1]の主筆だと知ると、ロールは雑誌に店の宣伝を載せて貰おうと、さかんにロドルフに媚(こび)を売った。ロドルフはバンスラード[2]やヴォワチュール[3]、流麗洒脱(りゅうれいしゃだつ)なリュジエリ家[4]の一族も顔負けの気障(きざ)な殺し文

1　ビーバーの意。ビーバーの毛皮は帽子の材料に用いられた。
2　イザーク・ド・バンスラード。十七世紀フランスの詩人。ルイ十三世、十四世の宮廷で端正な詩やバレエの台本を多く手がけた。
3　ヴァンサン・ヴォワチュール。十七世紀フランスの詩人。ランブイエ公爵夫人のサロンの中心的人物で軽妙な詩や書簡で知られる。

句を滔々と返した。夕食が終わるころ、ロドルフが詩人だと知ったロールは、ロドルフを自分のペトラルカとするに吝かでないことを仄めかしつつ、明日またお会いできるかしらと単刀直入にロドルフを誘った。

(やった!)

ロールを送る途々ロドルフは思った。

(いい感じの女じゃないか。教養もありそうだし立派な洋服箪笥を持っていそうだ。どうにかして喜ばせてやりたいな)

家の戸口まで来ると、ロールはロドルフから腕を離し、こんな遠くまで送ってくれてありがとうと礼を言った。

「いえいえ!」

ロドルフは地面に着きそうなお辞儀をして、

「あなたがモスクワかスンダ列島にお住まいなら、お供する喜びがずっと続くのですが」

「それはちょっと遠いわね」

ロールが婀娜っぽく答えた。

「大通りを遠廻りしてくればよかった。頰の代わりに、せめて手に接吻することをお許し頂けますか」

そう言いながらロドルフは、ロールに抵抗する隙もあらばこそ、その唇に口づけした。

「あら、随分とせっかちなのね」

「恋の中継地点は駆歩(ギャロップ)で飛び越え、目的地へ急ぎましょう」

(変な人！)

そう思いながらロールは家に入った。

「綺麗な女(ひと)だなあ！」

ロドルフは呟きながら家路についた。

部屋に帰るとロドルフはすぐに寝てしまった。このうえなく甘美な夢を見た。舞踏

4　イタリア、ボローニャ出身の花火職人の一家。一七三〇年にパリに移住し、ルイ十五世の宮廷で壮麗な花火を披露した。
5　フランチェスコ・ペトラルカ。十四世紀イタリアの詩人。ラウラ（フランス語でロール）なる女性に捧げた恋愛詩で知られる。
6　バスティーユ広場からマドレーヌ寺院にいたる環状大通り。七月王政期にはパリ随一の繁華街として賑わった。

会で、劇場で、散歩道で、『驢馬の皮』[7]のお姫様が望んだ空の色、月の色、太陽の色のドレスよりも美しいドレスを纏ったロールが、ロドルフの腕を取っているのだった。

翌日、ロドルフはいつも通り十一時に起きた。最初に考えたのはやはりロールのことだった。

「最高の女だ」

ロドルフは溜息をついた。

「きっとサン＝ドニの女学校[8]出身だな。おれにもやっと、痘痕のない恋人ができそうだ。ようし、あのひとの力になってやろう。『レシャルプ・ディリス』の編集部に金を受け取りに行こう。手袋を買って、ちゃんとナプキンのある料理屋にロールを連れていくんだ。それにしてもこの燕尾服は冴えないなあ。いやしかし！　黒は男を引き立てるからな！」

そうしてロドルフは『レシャルプ・ディリス』の編集室に向かった。道を渡るときに行き合った乗合馬車にこんな広告が貼ってあった。

本日日曜日
ヴェルサイユ宮大噴水

ロドルフはこの広告を見て、足許に雷が落ちたよりも激しい衝撃を受けた。

「日曜日！　そうだ忘れてた。金を受け取れないじゃないか。今日は日曜か！　金のあるやつはみんなヴェルサイユに行っちまうな」

しかし人はどんなときも一縷（いちる）の希望に縋（すが）るものであって、もしかしたら物怪（もっけ）の幸いで会計係が来てはいないかとロドルフは自分が主筆を務める雑誌社へ急いだ。

すると、会計のボニファス氏は確かに編集部にちょっと顔を出していたのだが、すぐ出ていってしまったということだった。

「ヴェルサイユに行かれるそうです」

と見習いの少年がロドルフに言った。

「なんてこった。もはやこれまでか……。いや待てよ、待ち合わせは夜じゃないか。

7　十七世紀フランスの作家シャルル・ペローの童話。自身の娘である姫と結婚しようとする王に、姫は空の色、月の色、太陽の色のドレスを要求する。『驢馬と王女』の邦題でも知られる。

8　ナポレオン一世により設置された、レジオン・ドヌール勲章受章者の娘のための学校。

まだ午だ。あと五時間で五フラン作るとして、一時間あたり二十スー。ブローニュの森の馬みたいなもんだ。よし、行くぞ！」

ちょうどその辺りに、ロドルフが大物批評家と呼んでいる著述家が住んでいた。ロドルフは頼んでみようと思いたった。

「きっといるはずだ。締め切り前だからな。いないはずがない。五フラン貸して貰おう」

つぶやきながら階段を上ると、

「おや、きみか。いいところに来た。ちょっと頼まれてくれんかね」

（来てよかった！）

「昨日オデオン座に行ったかね」

「毎日のように行ってます」

「じゃ、新作の劇も見たね？」

「ぼくを誰だと思ってるんですか、オデオン座は庭みたいなもんですよ」

「そうだな。きみはあの劇場を支える女神柱の一本だ。募金もしてるそうじゃないか。そこでだ、頼みというのは他でもないんだが、昨日の新作はどんなだったか教えてくれんか」

「お安い御用です。ぼくは借金取りみたいに物覚えがいいんです」

ロドルフが紙に書こうとしていると、批評家氏が訊いた。

「誰の劇だった？」

「何とかいう男の人です」

「あんまり力はなさそうだな」

「確かに、トルコ人ほど強くはないでしょう」[10]

「なるほど、力はない、と。だがな、トルコ人が強いってのは評判倒れだぞ。サヴォワ人[11]とは違うからな」

「どうしてですか」

「それはな、サヴォワ人てのはオーヴェルニュ人だろう。そしてオーヴェルニュ人と

9　四話註12を参照。馬の意味は不明。有料の貸し馬があったか。
10　非常に力があることの比喩として〈トルコ人のように強い〉という表現がある。
11　サヴォワはフランス東端、現在のオーヴェルニュ＝ローヌ＝アルプ地域圏にある地域。元来高地のため農業が振るわず、煙突掃除などの肉体労働の出稼ぎで生計を立てるものも多かった。

いうのは使い走りで生計を立てとるからな。それに、徴税門[12]の仮面舞踏会やシャンゼリゼ[13]で棗椰子(なつめやし)を売ってる連中のほかは、トルコ人はもうおらんよ。トルコ人というのは先入観にすぎん。友達に東方に詳しいのがいるが、その男の言うには、トルコ人はみなコクナール街[14]で生まれたということだ」

「それは初耳です。面白い説ですね」

「そう思うか？　このことも書いとかんと」

「要約は以上です」

「そうか、ずいぶん短いんだな」

「横棒(ダッシュ)をたくさん引いて、そのあいだに先生の批評を入れれば字数が稼げますよ」

「あまり時間がないんだよ。それにわしの批評だけではまだ字数が足りん」

「三語にひとつ形容詞を入れたらいかがでしょう」

「劇のちょっとした、いやできれば長い感想を聞かせて貰えんかね」

「もちろんです。あの悲劇に関してはいろいろ言いたいことがありましてね、でも実はすでに『ル・カストール』と『レシャルプ・ディリス』に三度ほど書いたことなんですが」

「構わんよ。きみの意見というのは何行くらいになるかね」

「四十行ほどでしょうか」

「ほう！　そりゃ大作だな。ではその四十行の内容を教えてくれんか」

「はい」

そう答えながら、ロドルフは考えた。

（二十フランの原稿のネタを話してやりゃ、まさか五フラン貸すのを断りはしないだろう）

「ただ、念のため申し上げておきますが、ぼくの意見といっても別に目新しいものじゃありません。もう手垢（てあか）がついてますよ。なにしろ雑誌に書く前にパリ中のカフェで喋ってますからね、どこの給仕でも暗記しちまってるほどです」

「なに、どうということはない。……きみ、わしを知らんな？　生娘（きむすめ）のほかに世界に新しいものなどあるかね」

ロドルフは話し終わった。

12　一話註17、18を参照。

13　当時シャンゼリゼは現在のような高級繁華街ではなく、郊外の歓楽場のひとつだった。

14　現在のパリ九区ラマルティーヌ街。

「以上です」

「こりゃいかん、まだ二段足りんわい。……この深淵をいかに埋めるべきか。きみ、そこにいる間に何か逆説（パラドクス）[15]を考えてくれ」

「自前の逆説はちょっと持ち合わせがありませんが、いくつかは差し上げられます。ぼくが考えたんじゃなくて、貧乏暮らしをしている友達から五十サンチームで買ったものです。新品同様ですよ」

「素晴らしい、頼む」

「ああ、そういえばその友達にこれから十フラン借りにいくんでした。このごろじゃ逆説は鶉（うずら）の雛（ひな）ほどの値段でしてね」

そう言いながらロドルフはピアノやら金魚やら良識派（レコール・デュ・ボン・サンス）[16]やら化粧水代わりなどと言われるライン河畔の葡萄酒やらの出鱈目な文章を書き殴った。

「いいじゃないか。そこに徒刑場こそはこの世でもっとも誠実な人々の棲処（すみか）なりと加えてくれ」

「へえ、それはどういうことです？」

「それでちょうど二行埋まるんだ。よしできたぞ」

大物批評家氏は使用人を呼び、原稿を印刷所に持っていかせた。

（さあ、ここが正念場だ！）

ロドルフは丁重に批評家氏に借金を申し出た。

「ああ、きみ、すまんがここには一銭もないのだよ。ロロットのやつ、わしを破産させるつもりだ。さっきも小銭まで巻き上げていきおった。ヴェルサイユで青銅の海女神(ネレイス)[17]と怪物が水を吐き出すのを見にいくんだと」

「またヴェルサイユか！　猫も杓子(しゃくし)もヴェルサイユ、ヴェルサイユ。まるで伝染病だな」

「なぜ金が要るのかね」

「実は夕方五時に、ある女性と会うのです。出かけるときはかならず乗り合い馬車を使うようなお淑(しと)やかな女(ひと)です。ぼくの運命を、ほんの数日でもあのひとの運命に結び合わせたいのです。人生の悦楽を教えてあげるのが礼儀だと思います。晩餐(ばんさん)とか、舞踏会とか、散策とか……。だからどうしても五フラン必要なんです。もし手に入らな

15　一見矛盾しているようで、その実、ある種の真実を言い当てているような表現。

16　七話註10を参照。

17　ギリシャ神話に登場する海の女神たち。

ければぼくはフランス文学を軽蔑しますよ」

「その女性に借りたらいいじゃないか」

「はじめての逢引でそんなことできませんよ。頼れるのは先生しかいないんです」

「エジプトのすべての木乃伊にかけて、わが名誉にかけて誓うが、一スーのパイプも若き日の純真も贖うほどの金はない。だがそこにある本を二、三冊持っていきなさい。売れば幾らかにはなるだろう」

「日曜日ですよ。店はやってません。マンシュおばさんの店もルビグルの店も、セーヌ河沿いの露店もサン゠ジャック通りの古本屋も全部閉まってます。それにこの本は何です。眼鏡の著者近影付きの詩集? こんなの買い取ってくれませんよ」

「裁判所の命令でもなければばな。ではこれはどうだ、恋愛歌集と演奏会の切符だ。うまくやれば小銭くらいにはなるかもな」

「他にはありませんか、たとえばズボンとか」

「それならこれを持っていけ、ボシュエ[18]の本とオディロン・バロ[19]の石膏像だ。わが名誉にかけて誓うが、これ以上は逆さにしても何も出んぞ」

「ご厚意、感謝します。有難く頂戴します。でも全部で三十スーになったら、それこそヘラクレス十三番目の功業[20]ですよ」

ロドルフは十六キロも歩いたすえ、ここぞというときに遺憾なく発揮される口八丁で、件の詩集と恋歌の本とバロの石膏像を担保に洗濯屋のおかみさんから二フラン借りることに成功した。

「いいぞ、元手ができた」

と橋を戻りつつ、

「次は飯代だな。おじさんのところに行ってみよう」

半時間後、ロドルフはモネッティおじさんの家に着いた。甥の顔を一目見て用件を察したおじさんはあからさまに警戒し、ロドルフに口を開かせまいと、ことさらに商売人ぶって愚痴を並べた。

「嫌な時代だな、パンも値上がりするし、融資は断られるし、家賃を払わんといかん

18 ジャック゠ベニーニュ・ボシュエ。十七世紀フランスの神学者。ルイ十四世の宮廷説教師として王権神授説を説いた。
19 十九世紀フランスの政治家。第二共和制下では首相を務める。
20 ギリシャ神話の英雄ヘラクレスは兄エウリュステウスから命じられた十二の難題を完遂した。

し、商売も左前だ……。手形の決済に店員から金を借りにゃならんかったくらいだよ」

「こっちに廻してくれればお貸ししたのに。三日前に二百フラン入ったんです」

「そう言ってくれるのは嬉しいが、必要な金なんだろう？　そうだ、おまえは字が上手いから、請求書の写しを取ってくれんか」

(五フラン借りるのにずいぶんこき使われそうだ)

ロドルフは急いで仕事に取りかかった。

「おじさんは音楽がお好きですよね。演奏会の切符を持ってきました」

「それは嬉しい。晩飯を食べていくかね？」

「残念ですが、今夜サン＝ジェルマン街で夕食の約束があるんです。それで困ってるんですが、手袋を買う金を取りに帰る暇がないんです」

「手袋くらい持ってないのか。わしのを貸してやろうか？」

「ありがとう、でも寸法が合いませんよ。できたらお金を……」

「手袋なら二十九スーってところか？　ほら、持っていきなさい。社交界に出るからには身嗜（みだしな）みをきちんとせんとな。憐れまれるより羨（うらや）ましがられるほうがいいって、おまえのおばさんが言っとったよ。立派になって、わしは嬉しいよ……本当はもっと出してやりたいが、いま店にあるのがこれだけでなあ。さて、わしはそろそろ階上に行かんとな。店を放っておくわけにはいかん。お客がひっきりなしに来るもんでな」

「でもさっき、おじさんは聞こえないふりをして、ロドルフに二十九スー渡した。

「返すのは急がんでいいからな」

おじさんの家を辞し、ロドルフは思わず叫んだ。

「吝嗇だなあ！　これじゃまだ三十一スー足りない。どこかで手に入らないかなあ。だが諦めるのはまだ早い。神様の四つ辻に行こう」

ロドルフはパリの中心、すなわちパレ゠ロワイヤル[21]をそう呼んでいた。そこに行くと十分もしないうちに十人の知り合いに、とりわけ金を貸してくれそうな人に出会えた。

21　かつてリシュリュー枢機卿の邸宅で枢機卿邸と呼ばれた城館は、リシュリューの死後、王族の所有となり王宮と呼ばれるようになった。その後、革命の混乱期に当時の所有者オルレアン公ルイ゠フィリップ二世（七月王政の王ルイ゠フィリップの父）が借金返済のため商店街に改装し賃貸したため、多くの商店や飲食店が集まり、パリ有数の歓楽街として栄えた。

たからだ。今回は神様がお出ましになるまでに時間がかかったが、ようやくそのお姿を拝むことができた。白い帽子に緑色の上着、金の握りの杖……随分とお洒落な神様だ。

それはフーリエ信奉者[22]だが親切で裕福な青年だった。

「やあ、お会いできて嬉しく思います」

青年がロドルフに言った。

「少しお付き合いください。お話をしましょう」

ロドルフはその白い帽子の青年に連れられながら、

(やれやれ、これからファランステール[23]の拷問(ごうもん)に耐えなきゃならんのか)

と呟いた。実際、この青年のファランステール信奉は度を越していた。

芸術橋(ポン・デザール)[24]に差し掛かったとき、ロドルフは青年に言った。

「ここらで失礼します。実は橋の通行料を持ち合わせていないもので」

「ここはわたしが払います。行きましょう」

青年はロドルフを引き留め、傷痍(しょうい)兵に通行料の二スーを払った。

(さあ、ここが肝心だぞ)

ロドルフは橋を渡りながら考えた。対岸に渡ると、学士院(ランスティチュ)の時計塔の前でぎょっとしたように立ち止まり、絶望した表情で時計を指さして叫んだ。

「いかん、五時十五分前だ！　万事休すか？」

「どうなさったんです」

青年は驚いて訊いた。

「あなたに連れまわされたおかげで、待ち合わせに間に合わないんですよ」

「大事な待ち合わせですか？」

「そう思いますよ。五時までに金を作らなければならなかったのに……バティニョル[25]には……もう間に合わない……ああ、どうしよう」

「そうでしたか、それなら容易いことです。うちにいらっしゃい。お貸ししますから」

22　フランソワ・マリー・シャルル・フーリエは十九世紀フランスの社会思想家。いわゆる空想的社会主義者の代表的人物。
23　フーリエが提唱した理想的生活共同体およびその建物。
24　七話註12を参照。
25　パリ北部、現在の十七区の地域。

「それじゃ間に合いません。お住まいはモンルージュ[26]でしょう。ぼくは六時にショセ〝ダンタン[27]に行かなければならないんです。……困ったなあ」

「いま何スーかあります」

神様がおずおずと言った。

「……これじゃ足りませんよね」

「乗合馬車に乗る金があれば助かるのですが」

「これが今持ち合わせている全部です。三十一スーあります」

五時の鐘が鳴った。

「早くそれをください！　恩に着ます！」

ロドルフは金を受け取ると一目散に待ち合わせの場所へ急いだ。

「苦労したな」

ロドルフは硬貨を数えた。

「万金に値する百スーだ。でもようやく手に入った。これでロールも逢引（デイト）の相手がきちんとした男だとわかってくれるだろう。今夜は一サンチームだって持ち帰らないぞ。文学者の意地を見せてやろうじゃないか。金があれば文学者だって気前がいいってことを証明してやる」

ロドルフは待ち合わせの場所にロールを見つけた。

「ぴったりだ！　時間に正確なこと、ブレゲ[28]さながらだな！」

ロドルフはロールと夕べを過ごした。五フランは浪費の坩堝（るつぼ）に惜しみなく熔（と）かしてしまった。ロールはロドルフの礼儀正しい物腰を気に入った。だからロドルフがロールを部屋に招き入れるまで、家に送ってくれているのではないことに気付かなかった。

「わたし、いけないことしてるわ。送り狼になって落胆（がっかり）させないでね」

「ロールさん、ぼくは信頼に足る男として有名なんです。ぼくの誠実さには友達みなが驚いて、恋のベルトラン将軍[29]と綽名（あだな）したくらいですから」

26　パリ南郊の町。
27　六話註6を参照。
28　アブラアン゠ルイ・ブレゲ。十八―十九世紀スイスの有名な時計職人。
29　アンリ・ガティアン・ベルトラン。十八―十九世紀フランスの軍人。ナポレオン・ボナパルトの側近として活躍し、ナポレオンのセント゠ヘレナ島流刑にも付き添った。

九　北極の菫（すみれ）

そのころロドルフは従妹（いとこ）のアンジェルに恋していた。アンジェルにはそれが耐え難かった。シュヴァリエ技師の光学機器工房[1]の寒暖計は氷点下十二度を指していた。

アンジェルはすでに何度か登場している暖房業者モネッティおじさんの娘だった。

アンジェルは十八歳だった。ブルゴーニュの親戚の老婆に遺産相続人に指名され、その家で五年過ごした。人生において一度も若くて美しいころがなかったかのような老婆で、生涯通じて意地悪だった。アンジェルは信心深かったにもかかわらず、あるいはそれゆえにか、老婆の家に来たときは、幼さの中にもすでに娘らしい魅力の芽生えが見られる可愛らしい少女だったのに、五年を経るころには、美しいけれど冷たくて不愛想で薄情な女になっていた。退屈な田舎暮らしと、熱心すぎる信心と、四角四面な道徳教育が、アンジェルの心を卑俗で愚かしい偏見で満たし、想像力を狭め、心臓を振り子のようにただ規則正しく動くだけの器官にしてしまったのだった。血潮の代わりに聖水が流れているような女だった。パリに戻ったが、ロドルフが訪ねてもアンジェルは氷のようによそよそしかった。ロドルフは従兄妹同士につきものの、ポールとヴィルジニー[2]のような淡い恋ごころをはぐくんだあの頃の思い出を話してアンジェルの琴線を震わせようと試みるのだが、いつも徒労に終わるのだった。だが、ロドルフはアンジェルに心から惚れてしまっていて、アンジェルにはそれが耐え難かった。アンジェルが近く女友達の結婚式の舞踏会に出ると知って、ロドルフは意を決して、舞踏会に持参する菫の花束をアンジェルに約束した。父親の許しを得て、アンジェルは従兄の親切を受けることにしたが、白い菫じゃなければ嫌よ、と注文をつけた。

ロドルフはアンジェルからの嬉しい返事に有頂天になり、飛び跳ねたり鼻歌を歌ったりして〈サン゠ベルナール峠〉へ帰った。〈サン゠ベルナール峠〉とはロドルフが自室をそう呼んでいたのである。その理由はあとでお話ししよう。パレ゠ロワイヤル[3]に

1　パリ、シテ島の時計塔河岸にあった光学技師シュヴァリエ家の工房。店頭に寒暖計を掲げていた。
2　三話註20を参照。
3　八話註21を参照。

足を運び、有名なマダム・プレヴォの花屋の前を通ると、陳列窓に白い菫があった。試しに値段を訊いたところ、それなりの花束なら最低でも十フラン、もっと高いのもざらだと言われた。

「そんなあ！　十フランなんて、あと一週間しかないのに、そんな大金！　参ったな。でもアンジェルに花束を持たせてやりたいし……そうだ」

この出来事があったころ、ロドルフはまだ一介の文学青年にすぎず、収入といえば、パリで長いこと過ごした後に伝手で田舎の小学校の教師になった友達の大詩人が作ってくれた、月に十五フランの金利収入だけであった。ロドルフは金離れの良さを取り柄としており、いつもその収入を四日で遣い果たしてしまった。そして、哀歌詩人という神聖かつ実入りの悪い職業を棄てる気にはならなかったので、残りの日々は神様の籠から時折はらはらとこぼれ落ちてくる恩寵の糧[4]で露命を繋いでいたのであった。それでもロドルフはこの断食行を苦にしてはいなかった。毅然たる節制と、一日に金が入ったら何に遣おうかと日々巡らせる空想のおかげで、空腹の日々も楽しく過ごせていたのであった。毎月一日はさながら四旬節の断食が明ける復活祭[5]であった。このころロドルフはコントレスカルプ＝サン＝マルセル通り[6]の広い屋敷に住んでいた。その邸宅は、かのリシュリュー枢機卿[7]の腹心、ジョゼフ神父が住んでいたという話で、かつては〈陰の枢機卿の館〉と呼ばれていた。ロドルフの住居はその最上階で、パリでももっとも高所の部屋のひとつだった。まるで展望台のようなその部屋は、夏はこのうえなく居心地がよかったが、十月から四月にかけてはまるでカムチャッカにいるみたいだった。四方に窓があったがどれも割れていたので、冬じゅう酷寒の風が部屋に吹き込んで四重奏を奏でた。皮肉なことに煖炉までが、北風の神ボレアス[8]とその手下たちを恭しく迎えるかのように大口を開けていた。初めての冬、ロドルフは暖を取るのに独特な工夫を強いられた。所有していた僅かな家具をひとつずつ薪にしていったのである。一週間もすると、ロドルフの部屋はとてもすっきりした。つまり、寝台と椅子二脚だけになってしまったのであった。それというのもそれらは鉄製だったか

4　旧約聖書出エジプト記に記述される食物。神が天から降らせイスラエルの民の飢えを満たしたという。
5　三話註1を参照。
6　現在のパリ五区ブランヴィル通り。カルティエ・ラタン（三話註19を参照）にある。
7　十七世紀フランスの政治家。ルイ十三世の宰相として中央集権体制の確立と王権の強化に尽力し、またアカデミイ・フランセーズを設立して文学者や芸術家の保護に尽くした。
8　ギリシャ神話の風の神々アネモイの一柱。北風を司る。

らで、少なくとも火事への備えは万全であった。ロドルフはこの暖房法を〈煙突から家具を運び出す〉と表現していた。

そういうわけで、一月、眼鏡河岸（ケ・デ・リュネット）[9]で零下十二度を指していた寒暖計をロドルフの展望台に持ってくると、目盛がもう二、三度下がるので、ロドルフはこの部屋を〈サン゠ベルナール峠[10]〉とか〈スピッツベルゲン島[11]〉とか〈シベリア〉とか呼んでいたのだった。

アンジェルに菫の花束を約束した日の夜、部屋に帰ったロドルフは激怒した。四方の窓がまた割れて部屋の四隅で風がびゅうびゅうと四重奏を奏でていたからだ。この半月で三度目だった。ロドルフはあらゆるものを破壊して廻る風の神アイオロス[12]とその眷属にすさまじい呪詛の言葉を吐いた。ようやく友達の似顔絵で割れた箇所を塞ぐと、ロドルフは服も着たまま、蒲団とは名ばかりのぺらぺらのフェルト布のあいだに身を横たえて眠った。一晩中白い菫の夢を見た。

五日経ったが、ロドルフはまだその夢を実現する術を見つけられなかった。アンジェルとの約束の日はもう二日後だ。そのあいだにも寒暖計の目盛はなおも下がり続け、可哀そうなロドルフはまた菫が値上がりしたかもしれないと絶望した。だが遂に神様がロドルフを憐れんだのである。その恩寵がいかにしてロドルフを救ったかをお話しよう。
ある朝、昼飯でも奢（おご）って貰えないかと友人の画家マルセルに会いにいくと、マルセルは喪服を着た女性と何やら話している。女性は近所の未亡人だった。最近夫を亡くしたばかりで、墓に夫の片手を描いて貰いたいのだが幾らくらいになるだろうかという相談であった。絵の下にはこんな銘を入れるつもりだという。

可愛いおまえ、待っているよ。

余分な出費をしなくてもいいように、前もってこの際頼んでおきたいのだが、自分が夫のもとに召されたあかつきには、腕環（うでわ）をしたわたしの手を描き加えてほしい、と

9　時計塔河岸（ケ・ド・ロルロージュ）の別名。眼鏡屋が多く集まるのでそう呼ばれた。
10　スイスとイタリアの国境に聳える峠。冬季には酷寒の地となる。ダヴィッドの絵画『グラン゠サン゠ベルナール峠からアルプスを越えるボナパルト』（一八〇一―〇五）でも知られる。当地の修道院で救助犬として使役されたのがセント・バーナード犬である。
11　ノルウェーの島。年間を通じて寒冷な北極圏に位置する。
12　ギリシャ神話の風の神々アネモイの主。

も未亡人は言った。そしてそこには新たにこんな一文を加えてほしい、と。

やっと一緒になれたわね……。

「遺言(ゆいごん)に書いておくわ。是非お願いしたいの」

「なるほど、お話は承りました。ご提示頂いた金額に異存はありませんが……。旦那さんと握手できるよう、くれぐれもご遺言にはぼくの名前を忘れないでくださいよ」

「できるだけ早く描いて頂けたら嬉しいわ。急ぐことはないけれど。それから親指の傷跡を忘れないでね。まるで生きてるみたいな手にしてほしいの」

「物言わんばかりに生き生きした手にしますよ。どうかご安心を」

マルセルは未亡人を戸口まで送っていった。

だが未亡人はまた引き返してきて、

「そうだわ絵描きさん、もうひとつお伺いしたいの。夫のお墓に詩であの何とかいうのを書いて頂きたいんですけど、あの、故人は生前こんないいことをしましたとか、臨終(りんじゅう)の床でこんなことを言いましたとかいう、あのあれ……おわかりになる?」

「ああわかります、墓碑銘ですね」

「その墓碑銘っていうのを安く書いてくれるかた、ご存じじゃない？　じつはお隣のゲランさんてかた、代書屋さんなんですけど、ずいぶん高価いのよ」

ロドルフはマルセルの顔をちらりと見た。マルセルはすぐ言わんとするところを理解した。

「こちらにうってつけの男がおります。この男ならきっとお力になれるでしょう。才能ある詩人でして、これ以上の人物は見つかりませんよ」

「とても悲しい詩がいいわ。正式な綴りでね」

「この友人は正式な綴りを熟知しています。中学校では賞を総嘗めだったそうですよ」

「あら、甥も賞を取りましたのよ。まだ七歳の時ですけど」

「先が楽しみですね」

「でも、悲しい詩をお書きになれるの？」

「この男ほど達者な者はおりません。いろいろ面白くない目に遭っていますからね、悲しい詩の達人なんです。あまりに悲しいっていうんで、よく新聞で批判されているくらいです」

「まあ！　新聞に批評が載るほどのかたなの。それなら代書屋のゲランさんよりもお上手ね」

「そんなのと比べちゃいけません。どうかこの男にご相談なさい。けっして後悔なさいませんよ」

　未亡人は墓碑銘の趣旨を説明し、もし気に入れば十フラン支払うとロドルフに言った。要望はただひとつ、できるだけ早くということだった。ロドルフは翌日にでもマルセルを通じて詩を届けると約束した。

「貞淑なる妻アルテミシア[13]よ！」

　未亡人が出ていくとロドルフは叫んだ。

「お気に召す詩を書きましょう。喪の悲しみをうたう詩を惜しみなく捧げましょう。公爵夫人よりも誤りなき綴りで。おお、貞淑なる寡婦よ。その操(みさお)の報いに、天がそなたを永久(とこしえ)に生かさんことを。美し(うま)葡萄火酒(ブランデー)のごとくに！」

「おい、そりゃ困るぜ」

「そうだった、おまえはあの人が亡くならないと手が描けないものな。あんまり長生きされちゃ金にならんか。天よ、今のは取り消します。……それにしても来てよかった、ついてるぜ」

「ところでおまえ何しに来たんだ？」

「ちょうどそれを思い出してたところだ。一晩で例の詩を書かなきゃならんのなら尚のこと、手ぶらで帰るわけにはいかん。ひとつ、晩飯。ふたつ、煙草と蠟燭。みっつ、白熊の着包み」

「仮面舞踏会[14]に行くのか？　そういや今夜は初日だっけな」

「違うよ。ご覧のとおり、おれ、ロシア撤退戦[15]のナポレオン軍くらい凍えているんだ。綾織の緑の上着とスコットランドの毛織のズボンは気に入ってるんだが、いかんせん春物だしな。南の島にでも行くならいいかもしれんが。おれみたいに極地で生活するなら白熊の恰好をするのが理にかなってる、というか不可欠だ」

「いいよ、白熊のマルタンを持っていけよ。なかなかいい考えかもしれん。あれ懐炉みたいにあったかいしな。竈のパンみたいになるよ」

13　古代カリア国の女王。先立った夫マウソロスのためにマウソロス霊廟を建造させた。後にビザンチウムのフィロンはマウソロス霊廟を〈世界七不思議〉のひとつに挙げた。

14　パリのオペラ座で謝肉祭の期間に開かれる仮面舞踏会を指す。当時はサル・ル・ペルティエ劇場で開かれていた。

15　一八一二年ロシア戦役において、焦土作戦により退却を余儀なくされたナポレオン軍は、ロシア軍に大敗を喫した。

マルセルが喋っているあいだにも、ロドルフはもうその毛むくじゃらの動物の毛皮をかぶっていた。

「もう寒暖計が何度だろうがへっちゃらだ」

「その恰好で表に出るつもり？」

五サンチームの値札がついた皿に盛った夕食らしきものをふたりで平らげてからマルセルが訊いた。

「そのとおり。おれは世間の目など気にしないのだ。それに今日は謝肉祭[16]の初日だろ」

こうしてロドルフは、纏った毛皮にふさわしく熊のような傲然たる足取りでパリの真ん中を横切っていった。シュヴァリエ技師の光学機器工房の前を通ったときには親指を鼻に当て指をひらひらさせて寒暖計を揶揄った。

下宿の管理人を恐慌に陥れたあと、部屋に戻るとロドルフは蠟燭に火を燈し、意地悪な北風が悪さをしないよう注意深く周りに薄紙を巻くと、早速仕事に取りかかった。だがまもなく、身体は寒さから護られているが、両手が剝き出しであることに気付いた。指が悴んでペンも握れず、墓碑銘は二行と書き進められなかった。

「いかな勇敢な男といえども自然の猛威には敵わぬ」

ロドルフはぐったりと椅子に凭(もた)れかかった。

「カエサルはルビコン河を渉(わた)ったが[17]、そのカエサルとてベレジナ河[18]を渉ろうとはしなかっただろう」

しかし突然、ロドルフは熊の毛皮の下から歓喜の叫びを上げ、がばりと起き上がった。あまり勢いよく立ち上がったのでインクを白い毛皮にこぼしてしまった。チャタートン[19]に倣(なら)ってある考えがひらめいたのだ。

ロドルフは寝台の下からおびただしい紙の山を引っ張り出した。その中にはかの名作『復讐者』の膨大な原稿も十部ほどあった。この劇にロドルフは二年を費やし、書いては反故(ほご)にし、また書いては反故にし、書きつぶした原稿は七キロにもなろうかというほどだった。ロドルフはいちばん新しい原稿をわきに除(の)けると、残りを煖炉まで

16　四旬節（三話註1を参照）の直前に催される祝祭。仮装行列が行われ陽気に浮かれ騒ぐ。

17　紀元前四九年、ユリウス・カエサルが元老院の命に背(そむ)き、軍を率いてルビコン河を渡ったことでローマ内戦が勃発した。

18　現在のベラルーシを流れる河。ロシア撤退戦において渡河中のナポレオン軍がロシア軍に壊滅的な打撃を受けた。

抱えていった。

「いずれ何かの役に立つと思って……取っておいてよかった。ほら、いいぞ、素敵な散文の薪だ！　ああ、折角(せっかく)なら序文も書いとくんだった。そうすりゃもっと燃やすものが増えたのに……まあ、将来のことはわからないからな」

そうしてロドルフは何枚かの原稿を煖炉に焚(く)べた。炎の暖かみに悴(かじか)んだ手も治った。五分たって、『復讐者』の第一幕が煖炉の中で熱烈に演じられるなか、ロドルフは墓碑銘を三行書き上げた。

四方の窓から吹き込む風が煖炉の炎を見てどんなに驚いたかは筆舌に尽くしがたい。

ロドルフの毛並みを楽しそうに逆立(さかだ)て、北風が叫んだ。

「幻のようだ」

「おれたちが煙突を吹き抜けたら、火が消えて煖炉が燻(くすぶ)るだろうな」

別の風が言った。

だが、風たちが哀れなロドルフをいたぶろうとしたそのとき、南風が天文台[20]の窓に著名な天文学者アラゴ[21]氏の姿を認めた。アラゴ氏は風の四重奏団に警告するように指を振った。

南風は兄弟たちに叫んだ。

「さっさとずらかろう、暦には今夜の天気は穏やかだと書いてある。おれたち、天文台に背いているんだ。真夜中までに戻らないと、アラゴさんに居残りさせられるぞ」

そのあいだ、『復讐者』の第二幕が喝采の中で燃え上がり、ロドルフはさらに墓碑銘を十行書いた。だが第三幕では二行しか進まなかった。

「第三幕は短すぎる気がしてたんだ。やっぱり上演してみないと粗は見えないもんだな。さいわいこっちはもっと長いぞ。二十三場もある。この玉座の場面こそ、おれの栄光の玉座となるはずだったのだ……」

玉座の場の最後の長台詞が火の粉となって舞い上がり、ロドルフはなおも六行詩を書き続けた。

「この灼熱の勢いのまま第四幕だ。たっぷり五分は続くだろう。全篇独白劇なんだ」

19　トマス・チャタートン。十八世紀英国の詩人。中世の写本を発見したとして自作の詩を発表したが偽作が判明し十七歳で命を絶った。この人物をモティフとしたアルフレッド・ド・ヴィニイの戯曲『チャタートン』（一八三五）で、主人公チャタートンは自殺に際しそれまで書いた原稿を焼却する。

20　現在のパリ十四区に建つ天文台。十七世紀、ルイ十四世の治世に設立された。

21　フランソワ・ジャン・ドミニク・アラゴ。十九世紀フランスの物理学者、天文学者。

第四幕は結末に突き進み、やがて燃え尽きた。折しもロドルフは迸る壮麗な詩情で故人の辞世の言葉を飾り、故人に敬意を表しつつ墓碑銘を書き終えたところだった。

「もう一回上演できそうだな」

ロドルフはそう呟いて、残りの原稿を寝台の下に押し込んだ。

…………………………………………

翌日の夜八時、アンジェルは初めての舞踏会に出た。その手にはみごとな白い菫の花束、その真ん中にはこれも純白の二本の薔薇が咲いていた。舞踏会のあいだずっと、花束は女たちの賞讃と男たちの甘い言葉を集めた。従兄がささやかな自尊心を満たしてくれたのをアンジェルは少し嬉しく思った。何度も踊りの相手となった新婦の親族の青年に口説かれなければ、ロドルフのことをもっと長いこと考えていたかもしれない。立派な口髭をぴんと立たせた金髪の青年に口説かれれば、初心な娘はその釣り針に容易く引っかかってしまうのであった。青年はみなに菫を摘まれてしまった花束に二本だけ残った白い薔薇を求めたが、アンジェルは断った。舞踏会が終わるころ、二本の薔薇は長椅子の上に忘れられ、青年は駆け寄ってそれを拾い上げた。

そのころ、ロドルフの展望台は零下十四度で、ロドルフは窓に凭れ、メーヌの徴税門[22]の傍の、アンジェルが踊っているであろう舞踏場の照明を見つめていた。アンジェルにはそれが耐え難かった。

22　一話註17、18を参照。

十　嵐の岬

新たな季節の到来を告げる月の移り替わりには、恐るべき日もある。一般にそれは一日(ついたち)と十五日である。ロドルフはそのふたつの日付が近づくと恐怖に戦慄(おのの)かずにはいられなかった。このふたつの日付をロドルフは〈嵐の岬〉と呼んでいた。この日には、暁光(ぎょうこう)が東方の空の門を開くことはなく、その代わりに借金取りとか大家とか管理人とかそのほか大勢の集金鞄(かばん)をもった連中がどっと押し寄せるのであった。請求書や借金の証文(しょうもん)や督促状(とくそくじょう)が雨あられと届き、最後に不渡り手形の雹(ひょう)が降るのであった。

これが〈怒りの日(ディエス・イレ)〉[1]でなくて何であろうか。

ある年の四月十五日の朝、ロドルフは惰眠(だみん)をむさぼり、おじさんのひとりが遺言でペルー[2]の一地方をまるごと、ペルー娘もろとも譲ってくれる夢を見ていた。砂金を産むというパクトロス[3]の河に身を浸し、黄金色の夢が最高潮に達したまさにその瞬間、がちゃりと錠(じょう)の開く音がこの思い上がった相続人の夢を破った。

ロドルフは寝台から身を起こし、目も心も夢見心地のまま、あたりを見廻した。部屋の真ん中に立つ男がぼんやりと目に映った。今しがた入ってきたらしい。誰だろう。

朝っぱらから部屋に現れた、三角帽を被り、鞄を背負い、大きな札入れを携えたこの男にロドルフは見覚えがなかった。フランス式に仕立てた灰色の亜麻(あま)の服を着て、六階まで上ってきたせいでぜいぜい息切れをしていた。物腰は穏やかそうだが、開店直後の両替屋の勘定(かんじょう)台にいるみたいにせかせかと足音を立て歩き廻っていた。

ロドルフはすわ何事かと怖くなった。三角帽や服装を見て、警官が来たかと思ったのだ。

だが何やら詰め込まれた背中の鞄を見て、どうやら違うらしいと気を取りなおした。（わかった。この人はアンティル諸島[4]からの遺いで、おれが相続する遺産の内金を

1　キリスト教における世界の終末の日。イエス・キリストが再臨し、あらゆる死者を甦(よみがえ)らせ生前の行いを裁くとされる。
2　六話註7を参照。
3　七話註6を参照。

持ってきたんだ。でもそれにしちゃ、陽に灼けてないのは変だな)

ロドルフは男を手招きし、背負っている鞄を指した。

「言わなくてもわかるよ、そこに置いていってくれ。ご苦労さま」

男はフランス銀行の集金人であった。返事の代わりに、何だかよくわからない記号や色とりどりの数字が書かれた紙をロドルフに突き出した。

「受け取りが要るのかい？　そりゃそうだな。ペンとインクを取ってくれ。ほら、食卓の上だ」

「違います。集金に来たのです。これは百五十フランの手形で、今日は四月十五日ですよ」

「え？」

ロドルフはその手形を検めた。

「約束手形、ビルマン宛て。ビルマンって仕立屋じゃないか……あッ！」

ロドルフは悲壮な叫びを上げ、寝台に脱ぎ捨てた上着と手形とを代わる代わるに見た。

「もう十五日なの？　そんな馬鹿な！　まだ苺も食べてないのに！」

埒が明かないと思ったのか、集金人は、

「くれぐれも四時までにお支払い願いますよ」

と言って部屋を出ていった。

「誠実な人間には時など存在しないのだよ」

ロドルフは三角帽の集金人を恨めしそうに眼で追いながら呟いた。

「詐欺師（さぎし）め、鞄を置いてきゃいいのに」

ロドルフは寝台の帷（とばり）を閉め、ふたたび遺産相続の夢路をたどろうとしたが、途中で道を間違えたようだった。威張りくさって夢の国に入ると、仏蘭西劇場（テアトル・フランセ）[5]の支配人が現れ、ぜひとも先生の劇を上演させて頂きたい、と恭（うやうや）しく帽子を取ってロドルフに告げるのだった。業界の慣例を知るロドルフは報奨金を求めた。いよいよ支配人から金を受け取ろうとするその瞬間、別の四月十五日の遣いが部屋に入ってきて、ロドルフはまたも夢なかばで叩き起こされた。

4　カリブ海に位置し西インド諸島の主要部を構成する諸島。大航海時代以降、スペイン、オランダ、フランス、英国に分割統治され、プランテーション農業が行われた。
5　パリ、パレ・ロワイヤルに建つコメディ・フランセーズ劇場の別名。フランス最高峰の劇団といわれるコメディ・フランセーズ劇団の本拠地。

それはロドルフが住む下宿の家主、ブノワ氏であった。大家のほかに靴屋と金貸しも兼ねる、こんな男に勿体ないような名前だ。この朝、ブノワ氏は安葡萄火酒と借用書の嫌な匂いをぷんぷんさせ、空の袋を手にやってきた。

「何だよ……仏蘭西劇場の支配人じゃないのか……もしそうなら、白ネクタイでもして……袋には金がどっさり入ってるんだろうが」

「おはよう、ロドルフさん」

ブノワ氏が寝台に歩み寄りながら言った。

「ブノワさん……おはようございます。お越し頂き光栄です。どのようなご用件でしょうか」

「今日が十五日だと伝えにね」

「もう？　光陰は矢の如し。驚くほかありません。南京木綿のズボンを買わないと。四月十五日とは！　ああ、何ということか、もしブノワさんがお出でにならなければ夢にも思わなかったでありましょう。感謝に堪えません」

「感謝もいいが、百六十二フラン、耳を揃えて払ってもらわんとな。大した額じゃないが、期日は期日だからね」

「ぼくとしてはそんなに急がなくてもって思うんですが……ねえブノワさん、ご迷惑をお掛けするつもりはないんです。少し待って頂ければ、その大したことない額が何倍にも……」

「あのねえ、あんたもう何度も家賃を滞らせてるじゃないか」

「わかりました、この際だ、けりを付けましょう。ねえブノワさん。これで終わりにしようじゃありませんか。ぼくにとっちゃどっちでもいいんです。今日だろうと明日だろうと……人はみないつかは死ぬ運命なんだから……この場で清算しちまいましょう」

大家はしわだらけの顔をにんまりとほころばせた。空っぽの袋まで期待に膨らんでいるようだった。

「幾らになりますか」

「まず家賃二十五フランが三月で七十五フラン」

「大家さんの思い違いでなければね。それから？」

「二十フランの靴が三足」

「ちょっとちょっと、待ってくださいよブノワさん、それとこれとは別です。それは

6　キリスト教の聖人である聖ベネディクトゥスのフランス名がブノワである。

大家さんとじゃなく、靴屋さんとの話です。勘定を分けてほしいですね。数字は大事です。いい加減にしちゃいけません」

「よかろう」

ブノワ氏はようやく伝票の一枚に〈受領済〉と書き込めるかもしれないという希望に声を和らげた。

「靴だけの勘定書きもあるぞ、ほら。二十フランの靴三足で六十フラン」

ロドルフはすっかりよれよれになった靴に憐れみのまなざしを向けた。

「可哀そうに、彷徨えるユダヤ人が履いてたとしてもここまでぼろぼろにはならないだろう。マリイの後を追っかけたせいで、こんなに擦り切れちまったんだな……どうぞブノワさん、続けてください」

「六十フランと、それから貸した金が二十七フラン」

「待った、ブノワさん、それぞれの聖人様はそれぞれの祠にと今しがた決めたはずです。あなたは友人としてぼくにお金を貸してくださったんでしょ。靴は靴として、それとこれとの勘定はきちんと分けないと。で、ここからは信頼と友情の話です。ブノワさんのぼくへの友情は幾らなんですか」

「二十七フランだよ」

「二十七フランね。ずいぶん安価いご友人をお持ちなんですね。そうすると、七十五フランと六十フランと二十七フランで……〆てお幾ら？」

「百六十二フランだ」

ブノワ氏は三枚の勘定書きをひらひらさせた。

「百六十二フラン……驚いた。足し算というのは実に偉大な発明です。ところでブノワさん、勘定の件はこうして片が付きましたから一安心ですね。今後の見通しも立つというものです。来月には受け取りをお願いすることになると思いますよ。今のところ、ブノワさんのぼくへの信頼と友情は深まる一方でしょうから、万一の場合にはもう暫くのご猶予を頂戴することになるかもしれません。ですが、大家さんと靴屋さんがどうしてもお急ぎと仰言るのでしたら、わが友人として、どうかご両人を説得してくださいますように。変な話ですが、大家と靴屋と友人というブノワさんのみっつの人格に思いを致すとき、ぼくはいつも神の三位一体の存在を信じざるを得ないのであります」

ロドルフの出鱈目な屁理屈を聞きながら、ブノワ氏は赤くなるやら蒼くなるやら黄

7　一話註28を参照。

色くなるやら白くなるやら、そして借家人が減らず口を叩くたび、ブノワ氏の顔の上でこの憤怒の虹が次第にどす黒くなってゆくのであった。

「すまんが、おちょくられるのは好きじゃないんでな。こっちはもうさんざん待ってるんだよ。出ていって貰おう。もし今夜までに金が払えなかったら、……わかっているだろうな」

「金、金、金か！　何も恵んでくれと頼んでるわけじゃないでしょう。それにね、もし金があったとしても鐚一文払うつもりはありませんよ。……金曜は厄日だよ、まったく」

ブノワ氏は嵐のごとく怒り狂った。もし家具がブノワ氏のものでなかったら、肘掛け椅子か何かの脚を蹴り折っていたことだろう。

ブノワ氏はさんざん脅し文句を喚いて出ていった。

「袋をお忘れですよ」

ロドルフは後ろから大声で呼んだ。

「あんな商売があるか！」

ひとりになり、可哀そうなロドルフは呟いた。

「ライオンの調教師のほうがまだましだ。でも……」

寝台から飛び出すと大急ぎで服を着て、

「こんなところにいないほうがいいな。借金取り連合軍の襲撃は当分収まりそうもない。逃げるに如かずだ。昼飯も喰わなきゃならんし。そうだ、ショナールのところに行こう。飯を奢って貰って幾らか貸りよう。百フランあれば十分なんだが……とにかくショナールに会いにいこう」

階段を下りていくとブノワ氏がいた。美術品か何かのごとく空っぽの袋を見るに、他の間借人からの集金も失敗したようだ。

「ぼくのことを聞かれたら、アルプスかどこか、田舎に旅行中だと言っといてください。それか、もうここには住んでないと言って貰ってもいいです」

「本当のことを言うさ」

ブノワ氏が答えた。小さいが威圧の効いたその口調の言わんとするところは明らかだった。

ショナールはモンマルトルに住んでいた。パリの反対側だ。ロドルフにとっては危険極まりない大遠征だった。

「今日は街中が借金取りに埋め尽くされているみたいな気がする」

だが敢えて廻り道はしなかった。逆に、ある望みを抱いてパリの真ん中の危険な道を歩いた。往来を集金人が背負って歩く金は今日一日で何百万フランにもなるだろう、もしかしたら道端で千フラン札の一枚でもヴァンサン・ド・ポール[8]を待っているのではないかと思ったのである。そこでロドルフは目を皿のようにして緩然(ゆっくり)と歩いた。だが見つかったのは針が二本きりだった。

二時間歩いてようやくショナールの部屋に着いた。

「なんだ、おまえか！」

「そうだ、昼飯を奢られに来た」

「そりゃ悪いときに来たな。半月ぶりに女が来ててね。あと十分早ければよかったんだが……」

「じゃあ百フランばかり貸して貰えないかな」

「おまえまで！」

ショナールは吃驚(びっくり)して言った。

「おまえ、金を借りにきたのか。さてはおまえもやつらとぐるなんだな！」

「月曜日に返すから」

「そう言うやつはだいたい返さないもんだ。今日が何日か忘れたのか？　悪いが何もしてやれないな。だが望みを捨てるにはあたらない。まだ今日という日は終わっていないからな。また神様のお導きがあるかもしれん。神様はきっと朝寝坊なんだ」

「ふん、神様は鳥の世話で忙しいんだろう。[9] マルセルのところに行こう」

マルセルはそのころブレダ街[10]に住んでいた。行ってみると、〈紅海徒渉〉が描かれているらしい画布(カンバス)の前でひどく切なげな顔をしていた。

「どうしたの。何か嫌なことでもあったのか」

「いや、聖週間[11]が十五日も続いていてね」

ロドルフにはマルセルの言わんとすることが確然(はっきり)とわかった。

「塩漬け鰊(にしん)と黒大根か。そうか、思い出すな」

確かに、ロドルフもひたすら鰊しか食べるものがなかったときの塩(しょ)っぱい記憶を無

8　十六―十七世紀フランスの聖職者。貧者の救済に力を尽くし、捨て子のための養育施設を設立した。
9　新約聖書マタイ福音書の一節、〈空の鳥を見よ、播かず、刈らず、倉に収めず、然(しか)るに汝らの天の父は、これを養ひたまふ〉に基づくと思われる。
10　六話註4を参照。
11　復活祭前日までの一週間。イエス・キリストの受難を偲び、かつては水とパンだけの厳格な節食が行われた。

くしてはいなかった。

「だが困ったぞ。おれ、きみに百フラン借りようと思って……」

「百フラン！　……そうやっていつまでも夢を見ているがいいさ。人が飢え死にしかけてるときに、そんな途方もない大金を借りにくるなんてな。大麻（ハシシュ）でもやったのか？」

「何だよ、何にもやってないぞ」

ロドルフは友人を紅海のほとりに残して去った。

午（ひる）から四時まで、ロドルフは知り合いの家を順番に訪ね歩いた。延べ三十二キロ、四十八の街区[12]を踏破したが、金を貸してくれるものはいなかった。十五日の力は遍（あまね）く厳正に及んでいるのであった。そうこうするうちに夕食の時刻が近づいてきたが、肝心の夕食が近づいてくる気配はなかった。何だか難破船メデューズ号の筏（いかだ）[13]で漂流しているような心細さであった。

新橋（ポン・ヌフ）を渡っているとき、ふと思い出して、ロドルフは踵（きびす）を返した。

「そうだ、今日は四月十五日……四月十五日じゃないか。あの招待状の晩餐会、たしか今日だったよな」

ポケットを探り、一枚の紙片を取り出すと、そこにはこう書かれていた。

ラ・ヴィレット門
於〈大征服者亭〉(グラン・ヴァンクール)
三百名様ご招待

人類の救世主
ご降誕の祝宴

一八四＊年四月十五日
一名様限り有効

---

12 当時パリは十二区に分かれ、各区はさらに四街区に分かれていた。したがって四十八の街区はパリ全域を指す。

13 一八一六年、フランスの軍艦メデューズ号はモーリタニア沖で難破、乗組員の一部は急造の筏で飢餓に苦しみながら十三日間漂流し、生き残ったのは十五名であった。この事件をモティフとしたテオドール・ジェリコの絵画『メデューズ号の筏』(一八一九)が知られる。

但し、葡萄酒は一人半壜までといたします。

「救世主様の信者諸君と意見を同じくすることはないだろうが、食卓はぜひとも同じくさせて貰おう」

ロドルフは鳥のようにラ・ヴィレット門まで飛んでいった。

〈大征服者亭(グラン・ヴァンクール)〉の広間に入ると、既に大変な人混みだった。三百席の広間にどう見ても五百人くらいが押し合いへし合いし、見渡す限りに仔牛肉(こうし)の人参(にんじん)添えの地平が広がっていた。

次いでスープが出た。

招待客たちが匙(さじ)を口に運んでいると、突然、五、六人の私服刑事と大勢の警官が、警視を先頭にどやどやと広間になだれ込んできた。

「当局の命により、かかる宴会は禁じられております。[14]直(ただ)ちに解散しなさい」

「あーあ！」

ロドルフは他の招待客たちとともにぞろぞろと外に出た。

「運命がスープをひっくり返していきやがった」

ロドルフはしょんぼりと部屋に戻った。着いたのは夜の十一時だった。

ブノワ氏が待っていた。

「おかえり、ロドルフさん。今朝がた、わしが言ったこと覚えているね。金は持ってきたんだろうな」

「今夜入るはずです。明日の朝お渡ししますよ」

ロドルフは戸棚に鍵と燭台を探したが見つからない。

「ロドルフさん、悪いが部屋は別の人に貸しちまったよ。もう空きは無いから、どこか他処(ほか)を当たるんだな」

ロドルフは大らかな心の持ち主であったし、美しい星月夜だったから、心配はなかった。天気が崩れたら前みたいにオデオン劇場の前桟敷(さじき)で寝ればいい。ただ、所持品だけはブノワ氏に要求した。所持品というのは原稿の束(たば)だった。

「よかろう。そういったものを差し押さえる権利はないからな。机の中にあるから持っていくがいい。今度入った人がまだ寝てなかったら、入れてくれるだろうよ」

14　七月王政期、政治集会が禁止されたため、宴会に偽装した政治集会、いわゆる改革宴会がしばしば行われた。時のギゾー内閣による改革宴会の弾圧が二月革命を招いた。

昼間のうちに新たに部屋に入ったのはミミという娘であった。ロドルフはかつてミミと愛の言葉を交わしたことがあった。

ふたりはすぐに相手を認めた。ロドルフは小声でささやき、ミミの手を優しく握った。

「ごらん、ひどい雨だ」

ロドルフは今しがたどっと降り始めた雷雨を指差した。

ミミは部屋の隅に立っていたブノワ氏につかつかと近寄って言った。

「大家さん、あたしこのかたを待ってたの……もう誰も部屋に入れないでね」

「そうかい、そりゃよかったね！」

ブノワ氏は苦虫を噛み潰(つぶ)したかのような顔で言った。

ミミが有り合わせのもので大急ぎの夜食を作っているあいだに、十二時の鐘が鳴った。

「ああ！　四月十五日が終わった。嵐の岬を過ぎたんだ。ねえ可愛いミミ」

ロドルフは美しい娘を抱き寄せてうなじに口づけした。

「きみはぼくのこと、表に放り出したりはしないよね。きみはいつも優しく迎えてくれるな……」

十一　ボエームのカフェ

文学者にしてプラトン派哲学者、カロリュス・バルブミュシュがいかに齢(よわい)二十四にしてボエームの一員となったか、その経緯(いきさつ)を記そう。

当時ボエーム四人衆は、大哲学者ギュスターヴ・コリーヌ、大画家マルセル、大音楽家ショナール、大詩人ロドルフなどと相手を呼び合い、規則正しくカフェ〈モミュス〉に通い詰め、いつも四人一緒にいるものだから〈四銃士〉などと綽名(あだな)されていた。確かに四人はいつも連れだって、帰るときも一緒だった。遊戯(ゲーム)に興ずるのも、しばしば勘定(かんじょう)を踏み倒すのもいつも一緒で、この息の合った団結ぶりは高等音楽院(コンセルヴァトワール)の管絃楽団(オーケストラ)もかくやと思わせるほどであった。

四人はカフェの一室を集合場所に決めた。その部屋は四十人の客が寛(くつろ)げるほど広かったが、四人の他は客がいなくなってしまった。四人のせいで、この部屋は生半可(なまはんか)な客にはとても足を踏み入れられない場所になってしまったのだった。

敢えてこの魔窟に立ち入ろうとする一見客は、入ったが最後、この柄の悪い四人組の餌食となり、大抵は新聞も半碗の珈琲も中途のまま、匙の代わりに前代未聞の芸術論、政治論、経済論でクリームを掻き廻され、這う這うの体で逃げ出すのだった。始終そんな話ばかりしているので、給仕も青春の花盛りだというのに阿呆になってしまったほどであった。

だが、あまりに度を越した勝手放題にカフェの主人がいよいよ堪忍袋の緒を切らし、ある夜、部屋に押し掛けて、大仰な演説口調で不満をぶちまけた。

「ひとつ、ロドルフ氏は店を開けるとすぐ朝食に来て、この店の新聞をぜんぶ自分の部屋に持っていってしまいます。甘い顔すりゃ付け上がりおって、新聞の帯封が切られていると不機嫌になる始末だ。そんなもんだから他のお客さんは新聞が読めなくて、晩飯まで政治のことが何ひとつわからんのです。〈ボスケの会〉のみなさんは今度の閣僚の名前もろくにご存じないのですぞ。

それにロドルフ氏は『ル・カストール』を当店に置くよう求めておりますが、ありゃ本人が主筆をやってる雑誌ではありませんか。当店の主人ははじめ断りました。だがロドルフ氏とお仲間は十五分おきに給仕を呼んで、〈『ル・カストール』だ！『ル・カストール』を持ってこい！〉と馬鹿でかい声で叫ぶのであります。この再三の要求に他のお客さんがたまでが興味を唆(そそ)られて『ル・カストール』をご要望なさいますので、『ル・カストール』を置くことにしました。帽子屋の雑誌であります。どうも見たところ、毎月の雑報欄の挿絵と哲学記事はギュスターヴ・コリーヌ氏によるもののようであります。

ふたつ、そのコリーヌ氏とご友人ロドルフ氏は、頭脳労働の息抜きと称して朝の十時から真夜中までバックギャモンで遊んでおります。当店にはバックギャモンの卓はひとつしかないのでして、両氏が卓を独占するため、他のお客様はバックギャモンに興ずる権利を奪われておるのであります。卓を譲ってくれと何度頼んでも『貸出中だよ！』と取り付く島もないのであります。そういうわけで、〈ボスケの会〉の皆様は、せっかく集まっても初恋の思い出話かカード遊びでもするよりほかないのであります。

みっつ、マルセル氏は、カフェが公共の場であることを忘れ、画架(イーゼル)、絵具箱、その他道具一式を持ち込み、剰(あまつさ)え男女のモデルまで店に呼ぶという狼藉(ろうぜき)をはたらいております。〈ボスケの会〉の風紀を蔑(ないがし)ろにする行いであります。

よっつ、ショナール氏はマルセル氏に倣(なら)い当店にピアノを入れようかなどと抜かしております。そればかりか、事もあろうに自作の交響曲〈諸芸術における青の影響について〉の一節をお客様がたに合唱させるのであります。止(とど)めにショナール氏は当店の燈籠(ランタン)にこっそりとこんな透(す)かし紙を入れたのであります。

声楽、器楽、無料で教えます
性別不問
お問い合わせは帳場まで

このため当店の帳場はむさ苦しい恰好(かっこう)をした問い合わせの男女で大混雑を呈しておるのであります。

さらにショナール氏は当店においてフェミイなる染物屋の小娘と逢引をしております。いつ見ても帽子を忘れているような娘[1]であります。

ボスケの若旦那はかような自然の摂理に反する店には金輪際(こんりんざい)足を踏み入れぬと宣言されております。

いつつ、ごくごく控えめな注文しかせんくせに、それに飽き足らずこの一味はさらにさもしい倹約を試みておるのであります。珈琲豆に菊苦菜(チコリ)を混ぜるのを見たなどと言いがかりを付け、アルコールの濾過器を持ち込んで勝手に珈琲を淹(い)れ始めるのであります。砂糖もどこやらから安価(やす)く調達してきたのを使うのであります。これは衛生試験所への侮辱であります。

むっつ、この一味の会話に感化された給仕のベルガミが（その立派な頬髯のため[2]そう呼ばれていた）、その倹しい生まれも忘れ、ずうずうしくも女給に詩を贈りおったのです。母、妻の務めを捨てよと唆す内容であります。そのふしだらな文体を見るに、この手紙はロドルフ氏とその文学の有害なる影響のもとに書かれたと認められるのであります。

従いまして、まことに遺憾ながら、コリーヌ氏とそのお仲間にはどこか他処に移って頂き、そこで存分に革命的会合を開いて頂きたいと、当店の主人は要請するものであります」

四人の中でも雄弁家キケロ[3]をもって任ずるギュスターヴ・コリーヌがこれに異を唱え、かくのごとき苦情は根も葉もないたわごとである、むしろこの店は知性の殿堂に選ばれたる栄誉に浴しているのである、コリーヌおよびその朋友が去れば、この四人

1　五話註21を参照。
2　十九世紀英国の王ジョージ四世の妻キャロラインの愛人の名。立派な頬髯を蓄えていた。
3　四話註4を参照。キケロは雄弁をもって知られる。

により芸術カフェ、文学カフェとして名を成したこの店は凋落の一途をたどるであろうと口から出まかせの持論を述べた。

「だが、あんたやお仲間は碌に注文もしないじゃないか」

「主人が非難するところのこの節制こそ、われわれの振る舞いが正当たることの論拠となるのである。蓋し、われわれが店で遣う金の多寡は主人次第なのである。つまり付けが利くようにすればよいのである」

「おれたちが帳簿を付けてもいいぜ」

とマルセルが言い添えた。

主人は無視して、今度はベルガミが主人の妻に贈った煽情的な手紙について釈明を求めた。不適切な恋情を焚きつけた張本人と名指されたロドルフは断固として無実を主張した。

「それに、奥さんの貞節が砦のように堅いことは確かなのであって……」

「そうとも」

主人が思わず顔をほころばせた。

「うちの嫁はサン＝ドニの女学校[4]を出とるんだからな」

結局、コリーヌが舌先三寸で主人を丸め込み、四人が今後勝手に珈琲を淹れぬこと、

『ル・カストール』を無料で店に納めること、染物娘のフェミイは帽子を被ること、日曜の午(ひる)から二時までバックギャモンを〈ボスケの会〉に明け渡すこと、何より、今後一切付けで飲み食いしないことという取り決めで手打ちにしてしまったのであった。数日のあいだは順調であった。

クリスマスイヴに四人はめいめい女を連れて〈モミュス〉に集った。ミュゼット、ロドルフの新しい恋人でシンバルみたいに賑やかな声の可愛らしい娘ミミ、ショナールが夢中な染物娘のフェミイ。この夜はフェミイも帽子を被っていた。まだ誰も会ったことのないコリーヌの彼女は、いつものように家でコリーヌの原稿の清書をしていた。この日ばかりはと葡萄火酒(ブランデー)をたっぷり添えた珈琲が済むと、誰かがポンチ酒を注文した。こんな奮発をする常連客はめったにいないので、給仕は二度も注文を聞き返したほどだった。カフェに初めて入ったというフェミイは、脚付きの杯で飲む酒が嬉しくて陶然(うっとり)していた。マルセルは新しい帽子を誰から貰ったのかでミュゼットと言い争っていた。まだ蜜月(ハネムーン)のミミとロドルフは、黙って見つめあったり妙な抑揚でお喋りしたりを繰り返していた。コリーヌは女の子から女の子へと飛び歩い

4　八話註8を参照。

ては、『詩神年鑑』[5]の硝子細工みたいに典雅な詩を、気障な口調でささやいていた。

この愉快な集まりが悦楽に身を任せているあいだ、片隅の卓に着いた見知らぬ男が、眼の前で繰り広げられる騒々しい光景を妙な目で見つめていた。

半月ほど前から毎晩やってくる男だった。ボエームの連中が巻き起こす恐るべき喧噪に抗しうるのはこの男ただ一人であった。どんなに耳障りな騒音にも身動ぎひとつせず、数学的ともいえる規則正しさでパイプを燻らしながら、まるで財宝を護るかのように眼をかっと見開き、物音ひとつも聞き逃すまいと耳を澄ましているのであった。とはいえ、男は温和で裕福そうであった。というのはポケットに忍ばせた懐中時計から金の鎖が伸びていたからである。あるときマルセルは帳場でこの男と遭遇したが、男は二十フラン金貨で勘定を払っていた。それから四人はこの男を〈資本家〉と綽名するようになった。

目敏いショナールが、みなの杯が空であることを指摘した。

「おい、今夜はめでたいクリスマスイヴだぜ。敬虔なキリスト教徒としては、お代わりを頼まないと」

とロドルフが言った。

「その通り！」

マルセルが同意した。

「ここはひとつ、凄いのを頼もう」

「コリーヌ、給仕を呼んでくれ」

とロドルフが言い、コリーヌは一心不乱に呼（よ）び鈴（りん）を鳴らした。

「何を頼むんだ？」

マルセルが訊いた。

コリーヌは深々とお辞儀（じぎ）して、女たちを指し、

「いつ何を頼むかはご婦人がたが決めることだ」

「あたし三鞭酒（シャンパン）がいい」

ミュゼットが大きな声で言った。

「何言ってんだ、そもそも三鞭酒（シャンパン）なんて酒のうちに入らん」

マルセルが喚（わめ）く。

「だって好きなんだもん。ぱちぱち音がするし」

5　十八―十九世紀フランスの文学者ソトロ・ド・マルシが一七六五年に創刊した年刊の詩華集。

「あたしはボーヌ[6]の甘口葡萄酒がいいな」

ミミがロドルフをやさしく見ながら言った。

「小さな籠に入ってるの」

「酔っ払っちゃった？」

ロドルフが訊いた。

「ううん、でも酔っ払いたい気分なの」

ロドルフはその言葉にぎょっとなった。ミミは甘口葡萄酒を飲むといつも変な酔い方をするのだ。

「あたしは〈パルフェ・タムール〉がいいな。おなかに優しいから」

フェミイがよく弾む長椅子の上で跳ねながら言った。

ショナールが鼻にかかった声で何か言って、フェミイはぞくぞくっと身を震わせた。

「おう！　いいぞ！　もしかしたら一晩で十万フラン遣っちまうかもな！」

マルセルが言った。

「帳場ではまだ注文が足りないと不平を言ってるぞ。やつらを驚かしてやろうじゃないか」

ロドルフが続けた。

「そうとも、今夜はお祭りだ。それにご婦人がたの言葉は絶対だぞ。献身が恋を育むのだ。葡萄酒は悦楽の果汁だ。悦楽は若者の義務だ。女の子は咲き誇る花々だ。花々には水をやらなければならぬ。さあ飲もう！　おうい、給仕君！」

コリーヌは呼び鈴の紐（ひも）を滅茶苦茶に引いた。

給仕が北風のように飛んできた。

三鞭酒（シャンパン）や甘口葡萄酒やそのさまざまな酒の注文を聞いて、給仕はありとあらゆる驚愕（きょうがく）の表情を浮かべた。

「おなかの底が抜けたみたい。いくらでも入りそうよ。ハムも食べたいな」

ミミが言った。

「あたしは鰯（いわし）と牛酪（バタ）」

ミユゼットが言った。

「廿日大根（ラディッシュ）と、お肉を少し」

フェミイが言った。

「つまりこのまま夜食にしたいってことだろ、それならそう言えばいい」

6　ブルゴーニュ地方の町で葡萄酒の産地として名高い。

マルセルが言った。

「これでおなかも満足だわ」

女たちが応えた。

「給仕君！　夜食になりそうなものを持ってきてくれたまえ」

コリーヌが厳かに注文した。

給仕は吃驚仰天して顔が三色旗みたいになった。

それからのろのろと帳場に下り、今しがたの物凄い注文を店主に伝えた。

店主は冗談かと思ったがまた呼び鈴が鳴り、今度は店主みずからが、以前から一目置いているコリーヌに注文を取りにいくと、今夜はクリスマスイヴのお祝いなんだから、是非とも注文したものを持ってきて貰いたいとのことであった。

店主は言葉もなく、ナプキンを揉みながら引っ込んだ。かみさんと十五分ほど相談したが、サン＝ドニ女学校の自由な教育のおかげで、美術や文芸をこよなく愛するこの女性は、夜食を出してやることにした。

「まあ、今夜は本当に金があるのかもしれんしな」

店主は注文をすべて階上に持っていくよう給仕に命じてから、常連客とのカード遊びに没頭した。何と浅はかなことであろうか。

十時から真夜中まで、給仕はひたすら階段を上っては下り、上っては下り、注文を届けるたびにまた注文が追加された。ミュゼットは英国式の給仕をさせ[7]、一口食べるごとに皿を替えさせた。ミミは店にあるすべての葡萄酒をすべての杯で味わった。コリーヌは咽喉に果てしなきサハラ砂漠が広がっているかのようであった。フェミショナールは十字砲火のごとく辺りをぎらぎらと睨めつけ、ナプキンを歯で裂きつつ、フェミイの膝と間違えてテーブルの脚を摘んだりしていた。マルセルとロドルフは正気の鐙から落馬することはなかった。お開きの時間が来たらどうするつもりなのかと気が気ではなかったのである。

謎の男はこの光景をまことに興味深げに眺めていた。ときおり、男の口が微笑むように開くのが見えた。窓が閉まるときの軋みのような音も聞こえた。男が声を殺して笑っているのだった。

真夜中まであと十五分を残し、帳場のおかみさんが勘定をもってきた。二十五フラン七十五サンチーム。まさしく天文学的金額だった。

「おい、誰が店の親爺と談判するか、籤で決めようぜ。今回は手強そうだぞ」

7　給仕が各々の会食者の皿に取り分ける方式。

四人はドミノ札を籤の代わりに引いた。不運にも全権大使に選ばれたのはショナールだった。

ショナールは音楽家としては一流だが、駆け引きとなるとからきし駄目であった。ショナールが帳場に行くと、ちょうど店主が馴染客との勝負に負けたところだった。三回やって一度も上がれない屈辱に打ちのめされ、カフェ〈モミュス〉の雰囲気がぴりぴりしていた。ショナールが二、三の提案を申し出ただけで、店主は怒髪天を衝くほどに怒り狂った。ショナールは音楽家としては一流だが、性格は聖人君子というわけにはいかなかった。二丁拳銃さながら続けざまに悪態を返し、口論に油を注いでしまった。店主は階段を駆け上がり、どうしても代金を払って貰う、払うまでは店を出ること罷りならんと宣言した。コリーヌがその節度ある雄弁術で仲裁に入ろうとしたが、店主はコリーヌが裂いてぼろぼろにしたナプキンを見てますます逆上した。そして代金の抵当に、こともあろうに哲学者コリーヌの榛色の上着と女の子たちの外套に手をかけた。

それを見たボエームたちと店主とのあいだで罵詈雑言の一斉掃射が繰り広げられた。

そのあいだ三人の女の子は恋愛とお洒落の話をしていた。

そのとき、例の謎の男がその不動を解き、おもむろに立ち上がると、ゆるゆると何事もなさそうな様子で歩み寄ってきた。そして店主を部屋の隅へ呼ぶと、何やら小声で話した。ロドルフとマルセルはそれを目で追っていた。店主は男に、

「確かに承知しました、バルブミュシュさん。宜しく願いますよ」

と言って出ていった。バルブミュシュ氏は自分の食卓に戻り、帽子を被ると、右を向き、三歩でロドルフとマルセルの傍に来た。そして帽子を取って男たちにお辞儀し、女たちに挨拶を送った。それから手巾（ハンカチ）を取り出して洟（はな）をかむと、おずおずと話し始めた。

「どうも、ご無礼をお許しください。実は以前からお近づきになりたいと願っていたのです。しかし今までお話をする機会に恵まれませんでした。今日この機会にぜひ自己紹介をさせて頂きたい」

「勿論（もちろん）です」

見知らぬ男がやってくるのを見ていたコリーヌが言った。

ロドルフとマルセルは何も言わずにお辞儀を返した。だがショナールのまことに上品な慎み深さがすべてを台無しにしてしまうところであった。ショナールは威勢よく

「悪いけどお近づきになんかなれねえな。こっちは礼儀作法なんかまるっきり……あ、煙草（たばこ）を一服貰えますか？……とにかく、こいつらもきっと同じ意見ですよ」

「わたしもみなさんと同じく芸術の徒であります」

バルブミュシュが言った。

「みなさんのお話を聞いて気付きました。われわれは好みを同じくする者であると。みなさんと親しくなって、毎晩ここでお会いすることができれば、これに勝る喜びはありません。……この店の主人は粗雑な男ですが、わたしから文句を言っておきました。あなたがたはお帰りになってよろしいのです。……どうか、この店でまたみなさんにお会いできますよう、わたしからのほんの気持ちということで……」

ショナールは真っ赤になって憤慨（ふんがい）した。

「金が無いのに付け込もうってんだな。受け取れないね。この人が勘定を払ったんなら、おれは二十五フラン賭けてこの人と撞球（ビリヤード）をやる。手合割（ハンデ）も付けてやるよ」

バルブミュシュはこの挑戦を受け、寛大に勝負に負けた。バルブミュシュの度量の広さはボエームたちを感嘆せしめた。みなは翌日の再会を約してカフェを出た。

「これで貸し借り無しだ。おれたちの面目（めんぼく）は保たれたな」

ショナールがマルセルに声をかけた。

「また奢って貰おうぜ」

コリーヌが言った。

十二　ボエーム入会試験

〈モミュス〉でボエームの連中の夕食代を肩代わりしてやった夜、カロリュス・バルブミュシュはギュスターヴ・コリーヌに同行する許しを得た。先ほど四人を厄介ごとから救ってやったあの酒場で、四人の会合を見かけてからずっと、バルブミュシュは特にコリーヌに注目していたのだった。前からこのソクラテス[1]に親近感を抱いていたので、いずれ弟子たるプラトン[2]にならねばならない。そこで、ボエームへの手引きとして、バルブミュシュはコリーヌを選んだのだった。道すがら、まだ開いているカフェがあったので、バルブミュシュは一杯飲りませんかと申し出た。だがコリーヌは

1　古代ギリシャの哲学者。〈無知の知〉を説き、西洋哲学の祖のひとりとされる。
2　古代ギリシャの哲学者。ソクラテスの弟子。万物の背後には不変の理想的範型〈イデア〉が存すると説いた。

提案を断ったのみならず、カフェの前をますます大股（おおまた）で歩き過ぎると、超自然的フェルト帽を目深（まぶか）に被り直すのだった。

「なぜお入りにならないのです？」

あくまで丁重にバルブミシュが訊いた。

「訳があるんだ。この店の女給が本式の学問を知りたいと言ってね、店に入るとどうしても長話になるんだよ。それでお午（ひる）でも他の時間でも、日中はこの道は絶対通らないようにしている。いや、簡単なことでね、以前この辺りにマルセルと住んでたんだ」

「でも、ぜひポンチ酒でも一杯奢（おご）らせて頂いて、少しお話ししたいところですが。この近くでいい場所をご存じないですか？」

バルブミシュはここぞとばかりに機知に富んだところを見せようと、

「その……数学的難題に煩（わずら）わされずに入れそうな店を」

コリーヌはちょっと考えて、

「ここは小さいが、ぼくの経済事情でも安心だ」

と一軒の酒場を指さした。

「いい店ですか？」

バルブミュシュは顔をしかめ、躊躇したようだった。

コリーヌは、バルブミュシュの慎重で落ち着いた態度、少ない口数、控えめな微笑、何より飾りの付いた鎖や懐中時計から、大使館員ではないか、だからこんないかがわしい居酒屋に入ると品位を損ないはしないかと恐れているのかな、と思った。

「誰に見られる恐れもないよ。この時間なら外交官はみんな寝てるよ」

バルブミュシュは付け鼻で変装しておけばよかったと考えながらも、思い切って店に入った。せめてもの用心に、バルブミュシュは個室を頼み、扉の覗き窓にナプキンをかけた。それでやや安心したらしく、バルブミュシュはポンチ酒を注文した。酒で気がほぐれたバルブミュシュは前より饒舌になり、身の上をひとくさり話したあと、自分を正式にボエームの仲間に加えてほしい、ついてはぜひ口を利いて貰えないだろうかとコリーヌに頼んだ。

コリーヌは、自分としてはぜひ力になってやりたいところだが、確然したことは何も約束できない、と答えた。

「ぼくは構わない、本当だよ。でも仲間のことまでは責任取れないな」

「しかし、お友達がわたしを入れてくれないとしたら、どんな理由からでしょうか」

コリーヌは今まさに口に運ぼうとしていた杯を食卓に置き、大胆なバルブミュシュに改まった口調で次のようなことを言った。

「芸術をやってるって？」

「はい、あの知性の高貴なる畑を慎ましく耕しています」

バルブミュシュは得意げに凝(こ)った表現で答えた。

なかなか面白い言い廻しをしやがる、とコリーヌは思い、身を乗り出して訊いた。

「音楽は詳しい？」

「コントラバスを弾(ひ)きます」

「そりゃあ哲学的な楽器だな、あの重厚な音色は。そうか、音楽に詳しいなら、四重奏(カルテット)に五番目の楽器が入ると、和声の法則をどうしても乱さずにおかないことはわかるだろう？」

「五重奏(クインテット)になります」

「ごめん、何だって？」

「五重奏(クインテット)」

「なるほど。では同様にだね、三位一体、あの父と子と聖霊の三角にもう一人を加えたら？　それはもはや三位一体ではないよね。四角になっちまう。信仰が根本から崩れてしまうってことだ」

「ちょっと待ってください」

バルブミュシュは遮った。その知能はコリーヌの理屈の荊に足を取られつつあった。

「よくわからないのですが……」

「注意して聞いてくれよ。天文学には詳しいかい？」

「少しは。大学入学資格を取りましたから」

「〈大学入学資格者さん、とリゼットが呼ぶ……[3]〉こんな歌があったね。その後の節は忘れたけど……。まあいい、東西南北の四方位があることは知ってるね。さて、そこに五番目の方位ができたとしたら？　自然の調和に混乱が生じる。いわゆる天変地異だ。わかる？」

「結論としては何が仰言りたいのですか？」

「結論というのは話の終着だ。死が人生の終着であるように、結婚が恋の終着であるように。さて、いいかい、ぼくたちは四人で暮らすのに慣れてるんだ。そこにもうひ

3　出典は不明なるも、少女リゼットを詠う歌曲を多く残した十九世紀フランスの歌謡作家ピエール゠ジャン・ド・ベランジェの歌詞の一節か。

とりが加わることで、ぼくたちの生活や考え方や趣味や性格の和合をつかさどる調和が崩れやしないかと気掛かりなんだよ。謙遜なしに言わせて貰うと、ぼくたちはいずれこの時代の芸術の四方位となるだろう。そういう考えに慣れちまってるから、そこに五番目の方位ができると困ってしまうんだな……」

「でも四人が五人でも大差ないでしょう」

バルブミュシュが喰い下がる。

「かもしれないが、それはもう四人じゃない」

「それは些末（さまつ）なことです」

「この世に些末なものなどないよ。一切は一切の中に存する。小川が集まりて大河となり、短い詩句から堂々たる詩が生まれ、砂粒が積みあがって山となる。『諸国民の知恵』[4]の一節だ。セーヌ河沿いの本屋にまだ一冊だけ売ってるよ」

「つまり、お友達はわたしを迎え入れるのに難色を示すとお考えなのですね」

「難色、大いにありうるね。なんしょくといっても同性愛じゃないぜ」

コリーヌはこんな時でも洒落（しゃれ）を挟むのを忘れない。

「えっ、何です？」

「あ、いや……ただの思いつきだ。ところで、知性の高貴なる畑というが、とりわけどんな畝を耕しているの」

「大哲学者たちと古典派の大作家たちがわが亀鑑です。かの人々から学び、わが糧としています。わたしを虜にして止まないこの感激を最初に与えてくれたのは『テレマック』[5]でした」

「『テレマック』はセーヌ河沿いの本屋にたくさんあるからいつでも買えるね。ぼくは古本で五スーで買った。もしよかったら差し上げてもいいよ。蓋しあれは傑作だね。あの時代にしちゃ、よく書けてる」

「そうでしょう。高邁なる哲学と神聖なる文学、それこそわたしの切望するものです。芸術とは聖職だと思うのです」

「然り、然り、然り……こんな歌もあるね。『悪魔ロベール』[6]だったかな

4　諺や格言を集めた本。
5　十七―十八世紀の宗教家、文人フェヌロンが王太子ブルゴーニュ公の教育のために執筆した教訓小説。無論、ボエームらの趣味には合わぬ作品である。
6　ドイツ出身でパリで活躍した十九世紀の作曲家ジャコモ・マイアベーアの歌劇。一八三一年初演。コリーヌの引用は第一幕のロベールと騎士たちの合唱〈黄金は幻影なり／そを生かしめん〉のもじり。

然り、芸術とは聖職なり
　そを生かしめん」

「そう、それがわたしの持論です。芸術とは荘厳なる職業であって、作家は不断の努力をもって……」

「ちょっと失礼」

一時の鐘が鳴るのを聞いてコリーヌは遮った。

「この分じゃ夜が明けちまう。大事な人を心配させたくないんでね」

そして独り言を言った。

（帰るって約束したもんな……今日はきみのための日だよって）

「確かに、晩くなりました。出ましょうか」

「家は遠いの？」

「ロワイヤル＝サン＝トノレ街の十番地です」

ああ、あそこか、えらく立派な建物だったな、とコリーヌは思い出した。

「友達に話しておくよ」

別れ際にコリーヌは言った。

「あいつらが良くしてくれるよう、力を尽くすよ。……そうだ、ひとつ助言してもいいかな」

「ぜひ」

「ミミとミュゼットとフェミイに好かれるようにしたまえ。あの娘たちには誰も逆らえないからね。あの娘たちを味方に付ければ、話はずっと簡単だと思うよ」

「努力します」

翌日、コリーヌはボエームの集まりに顔を出した。ちょうど昼時分で、この日は昼飯の方も時間を違えることなく、三組のカップルは山ほどの菜薊のソース和えをがつがつと食べていた。

「やあ、豪勢にやってるじゃないか。こんなご馳走がいつまで続くかね。ところで今日ここに来たのは他でもない、昨夜カフェで会ったあの気前のいい男の大使としてなんだ」

「昨日の金を返せっていうんじゃないだろうね」

7　現在のロワイヤル街。パリ中心部、コンコルド広場からマドレーヌ寺院へ伸びる通り。

マルセルが訊いた。

「まあ！　そんな人には見えなかったけど。きちんとした人だったじゃない」

ミミが声を上げた。

「違う、あの青年はおれたちの仲間になりたがってるんだ。いわば会社の株を買って利益の配当を受けようというわけだ」

三人のボエームは頭を上げ、顔を見合わせた。

「そういうわけなんだが、ひとつ会議といこうじゃないか」

「それで、おまえの子分はどんな地位の人なんだ」

「子分じゃないよ。昨日別れるとき、おまえたちが後を尾けろって言ったんじゃないか。向こうもご一緒したいって言うしさ、ふたりで飲みにいったんだ。親切にぜんぶ奢ってくれてね、いい酒をご馳走になったが、丸め込まれたわけじゃないぜ」

「結構千万」

ショナールが言った。

「どんなやつなのか、掻い摘んで教えてくれよ」

「心広くして折り目正しく、安酒場に入るのを躊躇い、文学の大学入学資格者にして性は純朴、コントラバスを奏し、時には五フラン銀貨で勘定を払うような男だ」

「結構千万」

ショナールが言った。

「で、何が望みなんだ？」

「言っただろ、途轍もない望みだ。おれたちと〈おれおまえ〉の仲になりたいのさ」

「要するにおれたちを利用しようってんだろ」

マルセルが言った。

「おれたちの四輪馬車に便乗して有名になりたいんだ」

「何やってる人なの」

ロドルフが訊いた。

「そうだよ、何をやってるんだ？」

マルセルも訊いた。

「何をやってるかって？　文学と哲学を合わせたようなものだ」

「哲学の知識はどれほどのものなんだ？」

「ちょっと齧った程度じゃないかな。芸術を聖職と呼んでいたよ」

「聖職かい」

不安げな様子でロドルフが言った。

「そう言ってたよ」

「じゃあ、文学はどんなのを?」

「『テレマック』がお気に入りだそうだ」

「結構千万」

　菜薊(アーティチョーク)の毛を嚙みながらショナールが言った。

「何が結構千万だ馬鹿野郎。外でそんなこと抜かすんじゃねえぞ」

マルセルが苛々(いらいら)と怒鳴った。

先ほどからフェミイのソースに奇襲をかけていたショナールは、むかっ腹を立てて食卓の下でフェミイを蹴(け)っ飛ばした。

「もう一度聞くけど、どんな地位の人なんだ? 仕事は? 名前は? どこに住んでる?」

「かなりの地位だ。金持ちの家庭教師で何でも教えているそうだ。名前はカロリュス・バルブミュシュ。金廻りがよくてロワイヤル街の下宿に住んでる」

「家具付きかな[8]」

「まさか。自前だろ」

「おれも一言いいかい」

マルセルが言った。

「おれにはコリーヌが丸め込まれたようにしか見えん。幾らだか知らんが酒を奢られて、投票前に自分の票を売っちまったようなもんだ。いや、もう少し言わせてくれコリーヌ、何か言いたいならその後だ。コリーヌは金で買われて、あのよくわからん男を実物よりもいいやつみたいにきみらに紹介したんだ。さっきも言ったが、あいつの考えはお見通しだぜ。おれたちに付け入ろうとしているんだ。きっとあいつ、ここに将来有望そうな若いのがいるから、ちょいと小遣いでもやって、こいつらが有名になった暁（あかつき）には便乗してやろうとでも思ったんだろ」

「結構千万」

ショナールが言った。

「ソースはもうないの？」

「ないよ。絶版だ」

ロドルフが言った。

8　当時、家具付き下宿（オテル・ガルニ）といえば劣悪な安下宿を指し、たとえ賃貸住宅でも自前の家具を持つことが経済的自立の証とされた。

「別の言い方をすれば、コリーヌの覚えめでたきあの男は、狡猾にも悪意をもっておれたちの友情という名誉を得ようと望んでいるかもしれない。いいか、ここにいるのはおれたちだけじゃない」

　そう言ってマルセルは女の子たちに意味ありげなまなざしを向けた。

「あのコリーヌの子分は、文学を隠れ蓑に甘言を弄しておれたちの団欒に割り込もうとしているだけだ。よく考えてほしい。おれはやつの入会に反対票を投ずる」

「ひとつだけ訂正を求めたい」

　ロドルフが発言する。

「傾聴に値する演説だった。ただ、マルセルはそのカロリュスという男が、おれたちの名誉を貶める目的で、文学を隠れ蓑におれたちの集まりに侵入しようとしていると言ったね」

「あれは言葉の綾だよ」

「聞き捨てならないな。不適切発言だ。文学を隠れ蓑とは何だ」

「わたくしは報告者としてここに来たのである」

　やにわにコリーヌが立ち上がった。

「発言を続けさせて貰いたい。わが友マルセルは嫉妬のあまり我を忘れ、分別を欠いたのだ。それで訳もわからず……」

「言葉を慎め！」

マルセルが怒鳴った。

「……訳もわからず、巧みな画家でありながら、詰まらぬ言葉の綾を弄び、その結果、後に論壇に立った、かの才気煥発なる弁者に、その不適切な発言を咎められることになった」

「この大馬鹿野郎！」

マルセルは叫んで食卓を殴りつけた。皿が一斉にがちゃんと飛び上がった。

「人の気持ちを何だと思ってやがるんだ。この問題に口を出す資格はないね。胸を開きゃ心臓の代わりに古本でも詰まってるんだろう」（ショナールがげらげら笑った）

この騒ぎのあいだ、コリーヌは白ネクタイの襞に堰き止められた溢れんばかりの雄弁を泰然と揺すっていたが、静けさが戻るとまた口を開いた。

「諸君、マルセルの疑念が諸君に抱かしめたであろうカロリュス・バルブミュシュに対する根も葉もない警戒心を、わたくしが一言の下に消し去ってみせよう」

「やれるもんならやってみろ」

マルセルが嘲笑した。

コリーヌはパイプに火を点け、燐寸を一息に吹き消した。

「これよりも容易いことだ」

「いいぞいいぞ！」

にわかに興味が増したロドルフとショナールと女の子たちが一斉に囃し立てた。

「諸君、わたくしは謂れなき中傷に晒されている。酒と引き換えに自分の立場を売ったとね。だが確乎たる信念に基づき、わたくしはわが良心、誠意、倫理観に対する中傷には応えぬ。（情感を込めて）しかし、諸君には自重を促したい。（拳で腹を二度叩き）諸君にとって疑わしきは、諸君もよく知るところのわたくしの慎重さであろう。見知らぬ男を招き入れ、諸君の、いわば感傷的な幸福を壊そうとしているとして諸君はわたくしを責めるが、かかる邪推はここにおられるご婦人がたの貞節に対する侮辱であり、さらにはそのよき趣味に対する侮辱である。何となれば、カロリュス・バルブミュシュは酷い不細工なのである（フェミイが何か言おうとして、食卓の下でがたんと音がする。ショナールが恋人の馬鹿正直を咎めて蹴っ飛ばしたのである）。

加えて、わが論敵が諸君の警戒心に付け込みカロリュスに向ける悪意の唾棄すべき論拠を粉砕せしめる事実がある。それはカロリュスがプラトン主義哲学者だということである（男たちに衝撃が走り、女たちは騒ぎ出す）」

「プラトン主義ってなあに？」

フェミイが訊いた。

「女に接吻（キス）ひとつできない男が罹（かか）る病気よ。前の彼氏にそんなのがいたわ。二時間で別れたけど」

とミミが言った。

「何よそれ、つまらない男！」

ミュゼットが言った。

「然（しか）り。恋愛におけるプラトン主義とは水割りの葡萄酒のごときものだ。われわれは生（き）の葡萄酒を飲もうではないか」

「青春ばんざい！」

ミュゼットが言った。

コリーヌの声明により、ボエームたちに確然（はっきり）とカロリュス・バルブミュシュに対す

9　プラトンの哲学に由来する哲学体系。プラトンは外面的な美ではなく永遠不変なる〈美〉のイデアをこそ希求すべきと説いたことから、禁欲的、精神的な愛をプラトニック・ラヴと俗称するようになった。

る親愛の情が芽生えた。コリーヌは言葉巧みにバルブミュシュが堅物であるという印象を植え付け、そこから生ずる好感を味方に付けようとした。

「いかなる偏見がかの青年に向けられるか、それはわたくしの与り知らぬところである。いずれにせよかの青年はわれわれを助けてくれたではないか。わたくしがかの青年を招き入れんとしたのは軽率ゆえにと諸君は咎めるが、わたくしはそれをわが名誉への侵害と見做さざるを得ない。わたくしは蛇のごとき慎重さをもって事に臨んだのである。投票によってこの慎重さが否認されるならば、わたくしはこの任を辞する」

「信任投票に懸けるってことか?」

「いかにも」

三人は鳩首協議し、コリーヌが申し立て通りきわめて慎重な男であると認定した。

続いてコリーヌはマルセルに発言を譲った。ようやく公正さを取り戻したマルセルは、報告者コリーヌの結論に賛成票を投ずるのも吝かではないと表明した。だが、ボエームの友愛の門戸をカロリュス・バルブミュシュに開くか否かの最終票決に移る前に、マルセルは修正案を提出した。

「新入者を認めるか否かは重大な問題だ。習慣や性格や思想を知らぬがために、この友愛結社に軋轢をもたらすかもしれない。だからひとりひとりがそのカロリュスってやつと一日過ごして、生活とか好みとか文才とか洋服箪笥の中身とかを調査するんだ。そうして各々印象を伝え合った上で、加入を認めるか否かを決議するってのはどうだろう。加えて仮に加入が認められても、一箇月は見習い期間だ。そのあいだは馴れ馴れしい口を利くことも、道で仲間の腕を取ることもできない。晴れて正式加入の運びとなったら、新入者持ちで盛大なる祝宴を催そう。その予算は少なくとも十二フランとする」

この修正案は賛成三、反対一で可決された。反対票を投じたのはコリーヌだった。いまだ仲間たちの誠意ある信頼が認められず、この修正案は自らの慎重さを蔑ろにするものである、というのが理由であった。

その夜、コリーヌはわざとごく早い時間にカフェに行った。最初にカロリュスに会いたかったのだ。さほど待たぬうちにカロリュスが来た。大きな薔薇の花束をみっつ抱えていた。

「何だいこの薔薇の花園は」

コリーヌは吃驚して言った。

「昨日教えて頂いたことを思い出したんです。お友達はきっとご婦人がたと一緒でしょうから、この花束を渡そうと思って。綺麗でしょ」

「確かにね。十五スーはするんじゃない？」

「まさか。十二月ですから十五フランしますよ」

「へえ！　この簡素なフローラの賜物(たまもの)[10]がエキュ銀貨三枚[11]かい！　馬鹿なことするねえ。ペルーに親戚でもいるのか？　まあこの十五フランの花束は窓から毟(むし)り散らすことになるだろうね」

「えっ、なんでですか？」

コリーヌはマルセルが仲間たちの嫉妬心を煽(あお)るような疑念を吹き込んだこと、バルブミュシュを仲間に入れるか否かでボエームたちが激しく言い争ったことを教えた。

「きみの意図はけっして邪(よこしま)なものではないと抗議したが、納得してないみたいだ。だからあまり女の子に優しくして焼き餅を焼かせないよう気を付けたまえ。差し当たってはこの花束を何とかしよう」

コリーヌは花束を物置に隠した。

「それだけじゃない、仲間はきみと友情を結ぶ前に、ひとりひとり個別に会って、きみの性格や好みを知りたいと言っているよ」

バルブミュシュが三人に悪印象を与えぬよう、コリーヌは各々の気質をざっと説明した。

「認められるよう頑張りたまえ。そうすれば入れてくれると思うよ」

カロリュスは万事呑み込んだというふうに頷(うなず)いた。

やがて三人が女の子を連れてやってきた。

ロドルフは礼儀正しく、ショナールは気さくに、マルセルはまだよそよそしくバルブミュシュに接した。カロリュスは男たちに対しては努めて明るく親しげに、女たちにはまったく無関心のように振る舞った。

その夜、別れ際に、バルブミュシュはロドルフを翌日の食事に誘い、お午(ひる)に来てくれませんか、と頼んだ。

ロドルフは誘いを受けることにした。

10　ローマ神話の花の女神。
11　巻頭に記した通り、十九世紀前半には一エキュ＝三フランで換算されることが通例だったが、これはアンシャン・レジーム時代に一エキュ＝三リーヴル（＝三フラン）だった名残である。革命後、五フラン銀貨が発行され、こちらもエキュ銀貨と俗称されたため、〈エキュ銀貨〉は五フランを指すこともあった。

「よし、最初の人物調査だな」

翌日、約束の時刻にロドルフはバルブミュシュを訪ねた。なるほどバルブミュシュはロワイヤル街の、隅々まで居心地の良さが行き渡った豪勢な部屋に住んでいた。真っ昼間というのに窓の鎧戸を閉め、カーテンを引いて、食卓には二本の蠟燭が燃えているばかりなので、ロドルフは驚いてバルブミュシュに説明を求めた。

「学究は神秘と科学の娘です」

バルブミュシュは答えた。ふたりは席に着き語り合った。一時間ほど話したところで、粘り強く言葉巧みに、バルブミュシュはある一文を会話に織り込んだ。表現は控えめながら、それは幾晩もの徹夜の成果である自作の朗読を聞いてほしいという要請にほかならなかった。

嵌められたな、とロドルフは思った。しかしまた、バルブミュシュがどんな文章を書くのか聞いてみたくもあった。ロドルフは丁寧にお辞儀をし、ぜひお書きになったものを……

とみなまで言わぬうちにバルブミュシュは扉に飛び付いて中から鍵をかけ、ロドルフの傍らに戻ると小型の手帖を取り出した。ごく小振りの薄い手帖だったのでロドルフは思わず安堵の笑みを浮かべた。

「こちらがお書きになった原稿ですか？」

「いいえ、わたしが書いたものの目録です。聞いて頂く原稿の番号を探しますので……あった、『ドン・ロペスまたは運命の女神』、第十四稿、戸棚の三段めか」

そう言いながらバルブミュシュは戸棚を開けた。中にぎっしりと原稿が詰まっているのが見え、ロドルフは背筋がぞっとした。バルブミュシュはその一束を取り出し、ロドルフと差し向かいに座った。

ロドルフはバルブミュシュが手にしている、シャン゠ド゠マルス練兵場[12]くらいありそうな大判の帳面に目をやった。四冊もあった。

「詩じゃなさそうだな……それにしても〈ドン・ロペス〉とは！」

バルブミュシュは最初の帳面を開き、朗読を始めた。

〈――冬の寒い夜に、疲れた驢馬に乗った、轡を並べたふたりの外套を着た騎士たちが、荒寥なシエラ・モレナ山脈の、恐怖の静寂の中の、一本の道を進んでゆくのであった……〉

12　現在のパリ七区シャン゠ド゠マルス公園。その北西にエッフェル塔が建つ（一八八九年完成）。

（この部屋は何処だったかな）

　この書き出しに驚愕しつつロドルフは考えた。バルブミュシュはなおも第一章の朗読を続けている。延々とこの調子であった。

　ロドルフは上の空で聞きながら、どうにかここから逃れる術はないかと考えていた。

（窓は……いや、閉まってるし、おまけに五階だ。なるほど、あの用心はそういうことか）

「第一章は如何でしたか？　どうか忌憚のないご意見を頂戴したい」

　バルブミュシュが言った。

　主人公ロペスが自殺について何やら大時代な哲学を開陳していたのをぼんやり思い出したロドルフは出まかせに答えた。

「ドン・ロペスの偉大な人物像がよく分析されていますね。〈サヴォワの助任司祭の信仰告白〉[13]を思わせます。ドン・アルバルの驢馬の描写がなかなか面白かった。ジェリコ[14]の粗描のようです。風景描写がまた素晴らしい。思想という点では、ジャン＝ジャック・ルソーの種子をルサージュ[15]の畑に播いたというところですか。難を言えば、読点がやや多いように思います。あと〈それからというもの〉という言葉を入れすぎです。上手に使えば文章に彩りが加わりますが、使いすぎるのはよくありません」

バルブミュシュは別の帳面を取り出し、また『ドン・ロペスまたは運命の女神』という題名を読み上げた。

「ドン・ロペスという名前の人に会ったことがあります。煙草(たばこ)とかバイヨンヌ[16]のチョコレートを売っていました。あなたのドン・ロペスと親戚かもしれません……どうぞ続けてください……」

第二章が終わると、ロドルフはバルブミュシュを遮(さえぎ)った。

「咽喉(のど)が痛くなりませんか？」

「いいえまったく。いよいよイネジリャの物語に入りますよ」

13　スイスに生まれフランスで活躍した十八世紀の思想家ジャン＝ジャック・ルソーの教育小説『エミール』（一七六二）の一挿話。主人公エミールの教師の回想として、サヴォワの助任司祭が良心と自然に基づく宗教観を語る。
14　テオドール・ジェリコ。十九世紀フランスの画家。『メデューズ号の筏』（一八一九）等。
15　アラン＝ルネ・ルサージュ。十七―十八世紀フランスの劇作家、小説家。喜劇や通俗小説を多く著した。喜劇『チュルカレ』（一七〇九）、長篇小説『ジル・ブラース物語』（一七一五―三五）等。
16　フランス南西部の都市。ハムやチョコレートが名物である。

「それは楽しみですが……もしお疲れなら別に……」

「第三章！」

バルブミュシュが高らかに読み上げる。

ロドルフはしげしげとバルブミュシュを観察した。首がひどく短く、血色がよい。

そう気が付き、

(まだ希望は残っている)

とロドルフは思った。

(そのうち卒中を起こすかもしれない)

「続いて第四章です。この恋愛の場面をどうお感じになるか、ぜひご意見を伺いたい」

バルブミュシュはふたたび朗読を始めた。

登場人物の会話がもたらす効果を読み取ろうとロドルフの顔を見たバルブミュシュは、ロドルフが椅子の上で身をかがめ、首を伸ばして遠くの音を聞き取ろうとするような姿勢をしているのに気付いた。

「どうかなさいましたか」

「シッ！　聞こえませんか？　どうも〈火事だ！〉と言っているようだ。外を見てみましょう」

バルブミュシュは耳を澄ましたが何も聞こえなかった。

「耳鳴りだったかもしれない。どうぞ、続けてください。ドン・アルバルという人物はとても面白い。気高(けだか)き若者ですね」

バルブミュシュはなおも朗読を続けた。若きドン・アルバルの台詞(せりふ)には咽喉の限りに大袈裟な抑揚をつけて、

〈おお、イネジリャ、もしもあなたが、天使だとしても、または悪魔だとしても、またはどこで生まれたのだとしても、わたしの命は、あなたのものだ。もしもわたしの行く所が、天国だとしても、または地獄だとしても、わたしは、あなたに従(つ)いていくだろう〉

そのとき誰かが扉を叩き、バルブミュシュの名を呼んだ。

バルブミュシュは戸を小さく開いて外を覗いた。

「管理人です」

事実それは管理人だった。手紙を届けにきたのだった。バルブミュシュは急いで封を切った。

「しまった、野暮用ができてしまいました。残念ですが続きはまた次の機会というこ

とにしてください。すぐ出かけなければならないのです」

（ああ助かった！　あれは天からの救いの手紙だな。神様の封印が見えるようだ）

「お差し支えなければ、この手紙の用事にご同行願えませんか。用事が済んだら夕食にしましょう」

「構いませんよ」

夜、ロドルフが仲間たちのもとに帰ると、みなバルブミュシュのことを知りたがった。

「いいやつだと思うかい？　不愉快なところはなかった？」

マルセルとショナールが訊いた。

「ああ、でも高価くついたよ」

「何だと？　おまえに何か買わせたのか？」

ショナールが憤激して言った。

「いや、長篇小説の朗読を聞かされた。ドン・ロペスとドン・アルバルってのが出てきて、そのふたりの美男子が恋人に天使だの悪魔だのと呼びかける話さ」

「そりゃひでえ！」

ボエームたちは声を揃えて叫んだ。

「だが、文学は文学として、カロリュスをどう思う?」

コリーヌが訊いた。

「いいやつだと思うよ。まあきみらも自分の目で確かめるといい。ひとりひとり順番に会いたいってさ。明日の昼飯にはショナールを招待したいそうだ。ただ、原稿を入れた戸棚には用心しろよ。あんなに恐ろしい家具があるとはな」

ショナールは時間通りにバルブミュシュを訪ね、まるで財産の差し押さえに来た競売官か通達官さながらに調査をおこなった。もっぱら家具調度に目を光らせ、夕方帰ってきたときにはショナールの頭の中は報告書でいっぱいになっていた。

「どう思う?」

「うん、あのバルブミュシュってやつ、何から何まで高級品を揃えてるね。葡萄酒の銘柄も全部知ってるし、飯も美味(うま)かった。おれのおばさんの家じゃお祝いのときしか出てこないようなご馳走(ちそう)だ。ギャルリ・ヴィヴィエンヌの仕立屋とパサージュ・デ・パノラマ[17]の靴屋がご贔屓(ひいき)のようだ。それにね、気付いたんだが、あいつ、背恰好(せかっこう)が

17　ギャルリ・ヴィヴィエンヌとパサージュ・デ・パノラマはいずれも現在のパリ二区にある天窓商店街(パサージュ・クヴェル)。高級店が軒を連ね国内外の買物客や観光客で賑わった。

ちょうどおれたちくらいだ。だから服が要るときあいつに借りられるじゃないか。コリーヌが言うほど堅いやつでもなさそうだよ。行こうぜって言うとずっと付いてきて、あいつの奢りで二度も昼飯を喰った。二度目の店は謝肉祭のときにいろいろ馬鹿騒ぎをやらかした酒場だったが、馴染客みたいに入ってったな。で、明日はマルセルを招待したいそうだ」

バルブミュシュは四人の中でもマルセルがいちばん自分をボエームの仲間に入れることに懐疑的なのを聞いていたので、特に念を入れてマルセルを饗応した。マルセルはバルブミュシュを気に入った。というのも、バルブミュシュが教え子の家族の肖像画の仕事を紹介しましょうと約束してくれたからだ。

マルセルは帰って報告した。かつて偏見からバルブミュシュに見せていた敵意はもう見られなかった。

四日目、コリーヌは入会が認められたことを伝えにいった。

「本当ですか！　入れて貰えるんですね！」

バルブミュシュは有頂天で言った。

「そうだよ。だが修正すべき点がある」

「どういうことでしょうか」

「つまり、直してほしい些細な癖がいくらかあるってことさ」

「みなさんを見習います」

見習い期間のあいだ、プラトン主義哲学者バルブミュシュは足繁く四人を訪ね、その生活習慣をより深く身に付けようと努めたが、愕然とすることが度々あった。

ある朝、コリーヌは喜びに顔を輝かせてバルブミュシュの部屋に入ってきた。

「さあ、きみはもうぼくたちの仲間だ。見習い期間は終わったよ。あとは歓迎の祝宴の日取りと場所を決めるだけだ。それを話し合いに来たんだ」

「ええ、それでしたらいいところがあります。教え子のご両親がいま田舎に行っていまして。教え子というのは子爵なんですが、一晩家を貸してくれるというのです。そこなら気兼ねは要りませんよ。ただ、その子爵も招待しなければなりませんが」

「それは微妙だなあ。まあ、子爵殿の文学の見識を拡げてやるか。だがその人がいいって言うかな」

「大丈夫ですよ」

「いいねえ、じゃ、あとは日取りを決めるだけだな」

「今夜カフェで決めましょう」

そしてバルブミュシュは教え子のポール子爵に会い、名誉ある文学と芸術の結社に加わることを許されたので、入会を祝うためささやかな宴と晩餐を催したい、ついてはあなたもぜひ参会してほしいと申し出た。

「あなたはあまり遅く帰るわけにはいきませんし、宴会は夜中まで続くでしょう。双方の便宜を図って、この家を会場にしようと思うのです。召使のフランソワは口が堅いから、ご両親に知られることはありません。あなたもパリ随一の才能ある芸術家や作家と知り合うよい機会ですよ」

「著作のある方々ですか？」

「もちろんです。おひとりはご母堂も購読されている『レシャルプ・ディリス』の主筆ですよ。たいへん優秀な、まもなく有名になろうという方々で、個人的に親しくさせて貰っているのです。魅力的なご婦人がたも一緒ですよ」

「女の人も来るんですか」

「とても綺麗なご婦人がたです」

「ありがとう、先生。いいですとも、ぜひここで祝宴を開きましょう。ありったけのシャンデリアに燈を点して、家具の覆いはみな外させます」

その夜、バルブミュシュはカフェに行き、祝宴は次の土曜日に決まったと告げた。「ボエームたちはめいめい恋人に、精一杯お粧ししてくるようにと伝えた。

「忘れないでくれよ、本物の社交界に出るんだ。だからきちんと身支度していかなきゃ。あまりごてごてしないで、それでいて華やかにね」

この日から、街はミミとフェミイとミュゼットが社交界に出るという噂で持ち切りとなった。

こうして祝宴の日の朝がきた。コリーヌ、ショナール、マルセル、ロドルフは揃ってバルブミュシュに会いにいった。朝早くに現れた四人を見てバルブミュシュは驚いた様子だった。

「会を日延べしなければならない事情ができたのですか」

バルブミュシュは心配そうに訊いた。

「そうだとも言えるし違うとも言える」

コリーヌが答えた。

「いや実はね、おれたち堅苦しいのは嫌なんだが、初対面の人と同席するとなると、それなりに礼儀作法を守りたくもある」

「つまり?」

「つまりね、今夜、祝宴に客間を提供してくれる若い貴族に会うじゃないか。その人への礼儀という点でも、おれたちの自尊心という点でも、こんなだらしのない恰好じゃ台無しになりかねない。だからぜひ今夜のために見栄えのする服を貸して貰えないかと、そういうお願いで来たわけだ。わかってくれると思うが、あんな豪邸の大理石の部屋に、とてもじゃないけど上っ張りやオーバーコートじゃ入れないよ」

「しかし、四着も黒燕尾服(えんびふく)を持っていませんよ」

「ああ、きみが持ってる服で何とかするから大丈夫」

「では、どうぞご覧ください」

バルブミュシュは洋服がぎっしり吊るされた衣装部屋の扉を開けた。

「何とまあ、まるで上等な服を揃えた武器倉庫だね」

「帽子がみっつも！」

ショナールが驚嘆した。

「頭はひとつなのに帽子をみっつも持ってどうするんだ？」

「ほら、靴も！」

ロドルフが言った。

「靴もたくさんあるな！」

コリーヌが唸(うな)った。

またたくまに四人は衣装一式を選び終えた。

「今夜は女の子たちもお洒落してくるからね」

　そう言って四人は帰ろうとした。

「あの、何も残ってませんけど、わたしの服は？」

　バルブミュシュは服がすっかりなくなってしまった外套掛けを呆然と眺めた。

「どうやってあなたがたをお迎えすればいいんです？」

「ああ、きみはいいんだよ」

　ロドルフが言った。

「きみが主役なんだから。礼儀作法なんて気にするな」

「しかし、夜会服とズボンとフランネルの胴衣と部屋履きしか残ってません。あなたがたがみんな持っていってしまって」

「どうってことないよ。おれたちが許す」

　ボエームたちはそう言って帰っていった。

　六時、ポール子爵邸の食堂には豪勢な晩餐が並んでいた。ボエームたちがやって来た。マルセルは少し足を引きずって、何だか機嫌が悪そうだ。若きポール子爵は女の子たちの前に進み出て、上座へと案内した。ミミはたいへん奇抜な装いをしていた。ミュゼットは艶やかな衣装を纏い、色とりどりのステンドグラスみたいなフェミイは気後れしてなかなか食卓に着こうとしなかった。

二時間半の晩餐は非常な盛会のうちに過ぎた。ポール子爵は隣席のミミを熱心に口説き、フェミイは料理が来るたびに追加の注文をした。ショナールはすっかり酔っ払い、ロドルフは即興の詩を披露したが、拍子を取るたびに杯を叩いて割ってしまった。コリーヌはマルセルと話していたが、マルセルはまだ不機嫌だった。

「どうかしたのか」

「足が痛くてかなわん。カロリュスのやつ、お嬢さんみたいな足なんじゃないか」

「それなら次はもっと大きな靴を作らせろって言えばいい。何とかしてやるから大人しくしてろよ。とにかく客間に行こう。いい酒が呼んでるぞ」

晩餐にもまして絢爛たる祝宴が始まった。中でも〈借金取りの行進〉の楽章はアンコールに応え三度も演奏された。ピアノの絃が二本飛んだ。ショナールはピアノで新作の交響曲〈乙女の死〉を見事に弾いた。

マルセルはまだ仏頂面だった。バルブミュシュがそのことを指摘すると、マルセルは言った。

「悪いけど、おれたちは親友にはなれそうもないよ。身体の相性が合わないと、たいていは気持ちも合わないものだ。哲学的にも医学的にも証明されていることだよ」

「つまり？」

「つまり」

マルセルは足を見せた。

「きみの靴はおれには小さすぎる。ということはおれときみは性格も合わないってことだ。でも宴会は楽しかったよ」

午前一時になり、ボエームたちは暇（いとま）を告げ、遠廻りして家に帰った。バルブミュシュはすっかり昂奮して若きポール子爵にくどくどと長話をした。ポール子爵はそのあいだ、マドモワゼル・ミミの碧（あお）い瞳を想い出していた。

十三　引越し祝い

詩人ロドルフがマドモワゼル・ミミと暮らしはじめた頃のことだ。急に無口になったと思っていたら、ふらりと何処かに行ってしまって一週間も顔を見せないので、ボエームたちはひどく心配していた。ロドルフが行きそうな場所を手当たり次第に捜したが、どこで訊いても

「ここ一週間はお出でになっておりません」

という答えだった。

特に哲学者コリーヌの心配は一方ではなかった。というのは、コリーヌはその数日前、ロドルフに高邁なる哲学論文を託しており、ロドルフが主筆を務める高級帽子雑誌『ル・カストール』の雑報欄に掲載されることになっていたからだった。全ヨーロッパの論争を呼ぶであろうあの哲学論文は無事掲載されただろうか？　可哀想なコリーヌはそればかり考えていた。当時のコリーヌは、まだ文章が刊行物に掲載された

ことがなく、自筆の論文が活字に印刷されたら世の反響はいかばかりかと始終夢想していたことを思えば、この心配も尤（もっと）もだと合点（がてん）がいくだろう。この自尊心の満足を得たいがため、六フランも遣ってパリ中の文学サロンに足を運んだが、『ル・カストール』が取り上げられることはなかった。居ても立ってもいられぬコリーヌは、雲隠れした主筆ロドルフを見つけるまでは一分たりとも休まないと自らに誓ったのであった。

ここには書ききれないほどの偶然が重なり、コリーヌは自らの誓いを果たすことができた。二日後にロドルフの居場所がわかったのだ。朝の六時にコリーヌはロドルフに会いにいった。

ロドルフはサン゠ジェルマン街のうら寂しい通り[1]にある家具付き下宿の六階にいた。なぜ六階かといえば、七階がなかったからである。コリーヌは戸口に立ったが、鍵穴に鍵はない。十分ほど扉を叩いたが返事はなかった。朝っぱらからの騒音に、管理人が上ってきて苦言を呈した。

「まだお休みなんでしょう」

1　一話註16を参照。

「だから起こしてやるんだ」

なおも扉を叩きながらコリーヌは言った。

「お出(い)でになりたくないようですな」

そう言って、管理人はエナメルの靴とぴかぴかに磨かれた女物の半長靴(ボティーヌ)を戸口に置いた。

コリーヌはその男物と女物の靴をしげしげと見た。

「新品のエナメル靴！　部屋を間違えたか。ごめん、用があるのはこの部屋じゃないや」

「どちら様にご用でしょうか」

「女物の半長靴(ボティーヌ)なんてなあ」

コリーヌはロドルフの冴(さ)えない暮らしを思い浮かべ、なおも独(ひと)り言(ごと)を言っている。

「やっぱり間違いだ。ロドルフの部屋じゃないな」

「いいえ、ロドルフ様のお部屋はこちらですよ」

「じゃあきみが間違えてるんだ」

「まさか、そんな」

「いや、確かに間違ってるのはきみの方だ。だってこの靴は何だい」

「ロドルフ様のお靴ですよ。何かご不都合でも？」

「じゃあこっちの半長靴（ボティーヌ）は？　これもロドルフ様のか？」

「お連れ様のです」

「お連れ様だって！」

コリーヌは仰天した。

「あの助平（すけべ）！　だから出てこないんだな！」

「そりゃあお客様の勝手でしょう。お名前を伺えれば、ロドルフ様にお伝えしますが」

「いや、いい。居場所はわかったからな。また来るよ」

コリーヌは一目散（いちもくさん）にこの特種（とくだね）を仲間たちに知らせにいった。

大方の反応は、エナメル靴の一件はコリーヌの豊かな想像力が生んだ作り話だろうというものであった。そして満場一致でロドルフに女がいるなんて冗談じゃないという結論に達した。

だが本当に冗談ではなかった。その夜、マルセルのもとに、仲間たちに宛てた手紙が届いたのである。

友人各位
明晩ささやかな晩餐会を催したく、謹んでご招待申し上げます。
文学者ロドルフ夫妻[2]

追伸――料理は一皿ではありません。

「諸君、コリーヌの言うことは本当だった」

とマルセルが告げた。

「ロドルフのやつ、女ができたんだ。で、おれたちを晩餐に招待するってさ。追伸によればちゃんとした飯が出るらしい。正直言ってこの箇所は文学的誇張じゃないかと思うが、とにかく会ってみないとな」

翌日約束の時間に、三人は四旬節の断食(だんじき)[3]の最後の日みたいに腹を空かせてロドルフ宅へ向かった。ロドルフは真っ赤な猫と戯(たわむ)れていて、若い娘が食卓の準備をしていた。

「やあ、来たね」

ロドルフはひとりひとりと握手し、傍らの娘を指した。

「我が家の主を紹介しよう」

コリーヌが茶化した。何か巧いことを言わずには気が済まないのだ。

「ミミ、友達を紹介するよ。さあ、スープを取り分けてくれ」

ショナールはさっとミミのほうへ駆け寄ってミミの美しさを讃えた。

「ああミミさん、あなたは野に咲く一輪の花のように可憐だ」

本当に食卓の上に何枚も皿が並んでいるのを見て、ショナールはどんなご馳走が出るのかと、つい火にかかっている鍋の蓋を開けてしまった。鍋にはオマール海老がごろりと入っていて、ショナールは感激した。

コリーヌはロドルフを脇へ呼び、例の哲学論文はどうなっているのかと質した。

「大丈夫、いま印刷してるところだ。次の木曜に出るよ」

コリーヌの喜びようはとてもここに書き表せるものではない。

2　法的な結婚をしたわけではなく同棲の関係だが、半ば冗談でこう名乗っているのであろう。十五話註1も参照。

3　三話註1を参照。

「諸君、長いこと連絡もしないですまなかった。じつは蜜月(ハネムーン)だったんだ」

そうしてロドルフは可愛らしいミミとの馴れ初(そ)めを語った。ミミは十八歳六箇月の若さと二客の茶碗と、これもまたミミという名の真紅(しんく)の猫を持参金に、ロドルフの許(もと)にお嫁に来たのであった。

「さあ諸君、新しい門出のお祝いだ。でも言っとくけど、大盤振(おおばんぶ)る舞(ま)いとはいかないぜ。西洋松露(トリュフ)はないが、その代わりに真心はたっぷり籠もってる」

たしかに真心というあの愛らしい女神が絶えず来客たちのあいだに行き渡っていたけれど、ロドルフが謙遜するこの食事もなかなかきちんとしたものだった。実際ロドルフはこの日のために大奮発したのだ。コリーヌは料理のたびに別の皿が出てくると言って、

「ミミさんは竈(かまど)を統べる皇后たちを飾る青綬(コルドン・ブルー)[4]に相応(ふさわ)しい！」

と高らかに讃えた。ミミはさっぱり意味がわからなかったので、ロドルフが通訳した。

「とても料理上手だって意味だよ」

オマール海老が食卓に現れると、一同から感嘆の声が上がった。ショナールがおれは博物学を修(おさ)めたのだなどと言ってこのオマール海老を切り分ける役目を買って出た。

調子に乗ってナイフを一本駄目にしたうえ、いちばん大きな一切れを取ったので満座の不興(ふきょう)を買った。ことオマール海老に関しては、ショナールには自尊心というものがないのである。みながオマール海老を取り分けてもまだ一人分残っていたが、ショナールはぬけぬけと、これは現在制作中の静物画のモデルにするのだと言って脇に除(よ)けてしまった。

みなは寛大なる友情をもって、この並外れた食欲がもたらす法螺(ほら)を信じた振りをした。

コリーヌはデザートがことのほか気に入った様子で、ショナールがいくらそのラム酒のケーキをヴェルサイユ宮殿の柑橘園の入場券と交換してくれと頼んでも断固として拒んだ。

このあたりから会話が弾(はず)んできた。赤い蠟封の葡萄酒が三本空になると緑の蠟封の葡萄酒が三本並んだ。飲んでいるうちにまた別の酒が出た。壜の頸(くび)には王立シャン

4　十六世紀フランス王アンリ三世により創設された聖霊騎士団は青綬(コルドン・ブルー)をあしらった十字架をその証に佩用した。騎士団は美食で知られ、やがて優れた料理人を青綬(コルドン・ブルー)と称するようになった。

パーニュ連隊の銀の兜がついている。酒屋の親爺によると、サン＝トゥアン[5]の葡萄を使った三鞭酒もどきで、店仕舞いのためパリで一本二フランで投げ売りしているのだ、ということであった。

　しかし何処の酒かは問題ではない。われらがボエームたちはとっておきの杯に注がれたその酒を正真正銘のアイ[6]の美酒として受け取った。狭い壜の口から解き放った栓はやや勢いに欠けたが、一同はその豊かな泡を愛で、さすが銘酒は違うと言って陶然するのだった。ショナールは僅かながら残っていた正気を働かせて自分の杯とコリーヌの杯をすり替え、コリーヌはもうすぐ『ル・カストール』に載るはずの哲学論文をミミに解説しつつ、ビスケットを深々と芥子壺に差し入れていたかと思いきや、急にまっ蒼な顔で立ち上がり、もう夜の十時で太陽はとっくに寝床に入っているというのに、ちょっと窓辺で夕陽を見てくると言い残して行ってしまった。

「この三鞭酒、あんまり冷えてないのが残念だな」

と言いつつ、ショナールはまた空いた杯を隣の杯とすり替えようと狙っているが上手くいかない。

「ミミさん」

窓辺での深呼吸から帰ってきたコリーヌがミミに話しかけた。

「三鞭酒(シャンパン)は氷で冷やしますが、氷は水が凝固したものです。ラテン語でアクアです。水は摂氏二度で凍ります。ところで四季というものがあります。えー、夏、秋、冬というあれです。この冬が、かのロシア撤退戦を引き起こしたのです。おいロドルフ、三鞭酒(シャンパン)で半行詩(エミスティシュ)[8]を作ってくれよ」

「えみすて酒ってどんなお酒？」

何のことかわからないミミがロドルフに訊いた。

「酒じゃないよ。詩の一行の半分ってこと」

そのとき突然コリーヌがロドルフの肩を叩き、おろおろした声で言った。

「なあ、そういえば明日って木曜だよな」

「いいや、明日は日曜だよ」

「違う、木曜だ」

5　パリ北郊の町。

6　シャンパーニュ地方の三鞭酒(シャンパン)の名産地。

7　五話註11を参照。

8　十二音綴詩句(アレクサンドラン)を半分で区切った六音綴詩句。

「日曜だって」

「日曜じゃねえだろ」

コリーヌは頭を振った。

「あしたは……もく……よう……」

そう言いながらコリーヌは皿のクリームチーズに顔を突っ込んで眠ってしまった。

「こいつ、木曜木曜って何が言いたかったんだろ」

「あ、わかった！」

ロドルフはコリーヌを苛む執拗な固定観念の意味を理解した。

「『ル・カストール』に論文が載るのが待ちきれないんだな。ほら、寝言でも言ってる」

「よし、こいつには珈琲は要らないな。ね、ミミさん」

ショナールが言った。

「そうだ、ミミ、珈琲を淹れてくれよ」

ロドルフが言った。

ミミが立ち上がろうとしたそのとき、やや正気を取り戻したコリーヌがミミの腰に手をやって引き留め、さも大事なことのように耳元でささやいた。

「ミミさん、珈琲はアラビア原産で、山羊（やぎ）が発見したのです。その飲用の習慣がヨーロッパにも伝えられ、ヴォルテール[9]は一日七十二杯も珈琲を飲んだそうです。砂糖抜きで、とびきり熱いのを頼みます」

（物識り（ものし）な人ね！）

珈琲とパイプを運びながらミミは思った。

やがて散会の時刻になった。真夜中の鐘はとっくに鳴っていた。ロドルフはそろそろお開きの時間だと友人たちに理解させようとした。正気を保っていたマルセルは立ち上がった。

だがショナールはまだ壜に葡萄火酒（ブランデー）が残っているのに気付き、酒があるうちはまだ真夜中ではないと宣言した。コリーヌは椅子に馬乗りになって、

「月、火、水、木」

とぶつぶつ呟いている。

「おいおい」

ロドルフは慌（あわ）てた。

9　五話註3を参照。

「今夜は泊められないぜ。前だったら大歓迎だったところだが、今は事情が違う」

そう言ってロドルフはミミを見つめた。ミミの眼は穏やかに輝き、早くふたりきりになりたいと願っているようだった。

「どうしよう、何とかしてくれよマルセル。こいつらを帰らせる巧(うま)い手を考えてくれ」

「そうだな、おれが考えたんじゃないが、真似してみよう。前に見た喜劇で、頭のいい召使(めしつかい)がシレノス[10]みたいに酔っ払った三人を主人の家から戸口に立たせた方法だ」

「思い出した、デュマの『キーン』[11]だな。たしかにまったく同じ状況だ」

「よし、あの劇が本質を捉えているか否か、ひとつ試してみよう。まずはショナールだ。こら！　ショナール！」

「へえっ？　どうしたの？」

ショナールはすっかり心地よい酔いに浸っている。

「酒はもう一滴もないぞ。喉が渇いた」

「だよな。酒壜が小さすぎるんだ」

「そこでだ、ロドルフはこの部屋で夜を明かそうと言ってる。だが店が閉まる前に酒を買いにいかないと……」

「通りの角に店がある。ショナール、ちょっと行ってきてくれ。おれにはラム酒を二本頼む」

「おう、わかった、任しとけ！」

ショナールは自分のと間違えてコリーヌの上着を引っかけた。コリーヌはナイフで食卓布（テーブルクロス）に菱形（ひしがた）模様を描いている。

「一丁上がり」

飛び出していったショナールを見てマルセルが言った。

「お次はコリーヌだ。こいつは一寸（ちょっと）厄介だぞ。そうだ、いいこと思いついた。おい、こらコリーヌ！」

マルセルは乱暴にコリーヌを小突いた。

「何？　何？　何？」

「ショナールはさっき帰ったが、おまえの榛（はしばみ）の上着を着ていっちまった」

10　ギリシャ神話の酒の神ディオニュソスの従者かつ教師で、常に酩酊していたとされる。
11　十九世紀フランスの作家アレクサンドル・デュマの劇。一八三六年初演。実在の俳優エドマンド・キーンをモティフとする。

　コリーヌはあたりを見廻した。確かに自分の上着があったあたりにはショナールの小さな格子縞(こうしじま)の服が掛かっている。不意にある考えが脳裡(のうり)をかすめ、コリーヌは気が気ではなくなった。例によって昼間コリーヌは古本屋巡りをして、十五スーでフィンランド語の文法書とニザールの『牛飼いの娘の葬列』[12]という小説を買ったのだった。この二冊の戦利品と共に、哲学問答の武装として七、八冊の高等哲学の本もいつも上着のポケットに入れて持ち歩いていた。この書庫をショナールが持っていってしまったのかと、コリーヌはだらだら冷や汗をかいた。

「何ということだ！　なんであいつ、おれの上着を？」

「間違えたんだろ」

「でも本が……あれを悪用されたら……」

「心配するな。あいつが読むわけないよ」

「ああ、それはわかってるが……パイプに火を点(つ)けるのに使うかも」

「そんなに心配なら、今ならまだ間に合うぜ。さっき出ていったばかりだからな。門のあたりで追いつくよ」

「絶対に捕まえてやる」

　コリーヌは十人分のお茶を載せて運べそうなほど大きな鍔(つば)の帽子を被った。

「二丁上がり」

マルセルがロドルフに言った。

「ようやく解放されたな。おれももう帰るよ。戸を叩いても開けないよう管理人に言っとく」

「おやすみ、ありがとうな」

マルセルを見送って階段を上っているとき、どこからか猫の長い鳴き声が聞こえ、ロドルフの深紅の猫がそれに応えて細く開いた扉から巧みに抜け出そうとした。

「哀れなロミオよ！　ジュリエットが呼んでいるよ。[13]さあ行っておやり」

ロドルフは恋する猫のために扉を開けてやった。猫は階段を一跳びに駆け下り、いとしい恋人の許へ飛んでいった。

12　十九世紀フランスの批評家デジレ・ニザールが一八三四年に『パリ評論』誌に発表した短篇小説。ニザールはユゴーらロマン派の作品を退廃（デカダンス）として退けたが、〈牛飼いの娘の葬列〉はいかにもロマン派風の感傷的な凡作である。なおラルースの『十九世紀世界大辞典』（一八六六―七六）には、この作は一八三一年に単行本として刊行され、後にニザールはこの本の回収、破棄に生涯の一部を費やしたと記述されているが真偽は不明。

13　三話註2を参照。

鏡の前で悩ましいほどに可愛く髪を巻いているミミとふたりになり、ロドルフはミミに歩み寄って抱きしめた。それから、音楽家が演奏の前に幾つかの和音を弾いて楽器の調子を確かめるように、若いミミの膝に座り、肩に音を立てて長い口づけをした。娘の若々しい肉体(からだ)がびくっと震えた。

楽器の調子は完璧だった。

十四　マドモワゼル・ミミ

ロドルフよ、何故きみはそんなに変わってしまったのだ。あの噂は本当なのか。確乎たるきみの信念を、あの不幸がこれほどまでに打ち砕いてしまったのか。きみのいつもの陽気さに喪の帷をかけ、痛快な逆説の鐘を鳴り止ませたあのつらい出来事を、笑いに満ちたボエームの叙事詩を記述するべきわたしが、沈鬱な調子で物語ることなどどうしてできようか。

わが友ロドルフよ。生きるうえでぶつかる困難は大きいほうがよいとわたしは思うが、だからといって川に身投げすることはないのだ。過ぎたことはさっさと忘れるがいい。とりわけその孤独から逃れるのだ。そこにはきみを永遠に悔やませる幽霊が犇めいているのだから。いまだ過去の喜悦と苦悩に満ちた追憶が反響するあの静寂から逃れるのだ。きみがかくも愛したあの名を、吹き荒ぶ忘却の風に男らしく投げ捨てるがいい。きみの手許に残された、狂おしい愛欲の唇が噛んだ巻き毛の束とか、今のきみにとってはこの世のどの毒薬よりも危険な香水が睡(ねむ)るヴェネツィアの小壜とか、あの名で呼ばれていた娘の持ち物一切も一緒に。そして花束を、綿紗(めんしゃ)の、絹の、天鵞絨(びろうど)の花束を、白い茉莉花(ジャスミン)を、アドニス[1]の血が緋(あけ)に染めた花一華(アネモネ)を、碧(あお)い勿忘草(わすれなぐさ)を、遠く短い幸福の日々にあの娘がつくってくれた可憐な花束を、みな火に焚(く)べてしまうがいい。わたしもミミをいい娘だと思っていた。きみがあの娘を愛することを喜ばしく思っていた。でも忠告を聞くんだ。あの飾紐(リボン)も、薔薇色や青や黄色の、ミミが頸飾(くびかざ)りにして見るものを切ながらせた、あの可愛らしい飾紐(リボン)も燃やしてしまうがいい。あの娘がセザールだのジェロームだのシャルルだの、日替わりみたいに色男どもとの計算ずくの色恋に赴(おもむ)くとき、あの娘の身を飾っていた、あの透(す)かし織りや頭巾(ボンネット)や、あれやこれやの装身具も燃やしてしまうがいい。あのとき、きみは窓辺で待っていたね。冬の北風と霜に凍えながら、あの娘を待っていたね。燃やしてしまえ、ロドルフ、容(よう)赦(しゃ)なく、かつてあの娘のものだった、あの娘をきみに偲ばせるすべてを。燃やしてしまえ、愛の手紙も。ほら、ここにもまだ一通ある。きみはこの手紙に、泉から水が湧き出るように涙を零(こぼ)したね。ああ、不幸なわが友よ！

あなたが戻らないからおばさんのうちに行きます。ここにあるお金を持っていき

ます。これで馬車に乗るの。リュシルより

ロドルフ、この夜、きみは夕食をとらなかった。覚えてるか？　きみはうちに来て、心配していない証拠とばかりに、花火みたいにぽんぽんと冗談を飛ばした。ミミがおばさんの家にいると信じていたから。もしもわたしが、ミミはセザール氏かモンパルナスの喜劇役者と一緒にいるのだと言ったら、きみはぼくの咽喉笛（のどぶえ）を搔き切っただろう。ほら、その手紙と同じくらい、簡潔ながら思いの籠もったこの書き置きも燃やしてしまえ。

半長靴（ボティーヌ）がほしいな。あさって買いにいけるように、ぜったいお金を作っておいてね。

1　ギリシャ神話に登場する美少年。美の女神アプロディテと冥府の女王ペルセポネに愛される。アプロディテに嫉妬したペルセポネがアプロディテの恋人である軍神アレスを唆し、アレスはアドニスを殺す。そのときアドニスの流した血が花一華（アネモネ）の花となったという。

ああ、友よ、その半長靴（ボティーヌ）は、きみではない男と対舞踊（コントルダンス）[2]を踊ったのだ。そんな記憶もみな火に焚べて、灰を風に撒（ま）いてしまえ。

ロドルフ、だがまず、人類愛のため、そしてきみが主筆を務める流行雑誌（モード）、『レシャルプ・ディリス』と『ル・カストール』の名誉のためにも、きみがそのひとりよがりな悲嘆のあいだに手放した、よき趣味の手綱を取り直すのだ。さもないと大変なことになる。きみにはその責任があるのだよ。また羊脚袖（マンシャ・ジゴ）や股袋（ボン）付きのズボン[3]なんかが流行りだし、終（しま）いに全人類の眉を顰（ひそ）めさせ天の怒りを招くような帽子が流行でもしたらどうするのだ。

今こそ、われらが友ロドルフとマドモワゼル・リュシル、またの名ミミの恋を語るときが来た。人生の二十四年目をうろうろしていたころ、ロドルフは突然、人生を大きく左右するこの恋に心を掴まれたのだった。すでに何度かお話ししているように、ミミに出会ったころのロドルフは、浮き沈みの激しいやくざな生活を送っていたが、貧乏暮らしのさなかでも、確かにボエームの国の誰よりも陽気な男だった。一日にささやかな晩飯にありつけて、気の利いた文句のひとつでも思い付けば、緋の衣を纏（まと）った皇帝よりも誇らしく、黒燕尾服の縫い目という縫い目から、嬉しいなあ、有難いなあと感謝の言葉を漏（も）らし、その日の寝床になるかもしれない舗道を胸を張って歩いていた。ロドルフが加わっていた芸術結社では、そうした若者たちに共通の気取りとして、恋などというものは贅沢品であり、物笑いの種であるかのように装う風潮があった。ギュスターヴ・コリーヌなど、ずっと前から付き合っていた仕立屋の娘に昼夜を問わず自作の哲学論文の原稿を書き写させたおかげで、娘は心も顔もすっかり窶れてしまったほどだったが、当のコリーヌは、恋とは下痢のようなものであって、季節の移り目に罹れば不機嫌が身体から出てすっきりするのだなどと嘯いていた。このような似非懐疑論者たちのなかにあって、ロドルフは唯ひとり、ある種の畏敬をもって恋を語ろうとした。誰かが不幸にもこの話題の手綱をロドルフに預けたが最後、ロドルフは、愛されることの幸福について、静謐な湖の蒼さについて、微風のうたう歌について、星々の奏でる音楽について、……一時間はそんな甘ったるい悲歌をぶつぶつと呟きつづけるのであった。この奇行から、ショナールはロドルフに口風琴という綽

2　十七―十八世紀に流行した舞踏で、男女が対になって踊る。

3　羊脚袖は一八三〇年代に流行した、羊の脚のように肩の付け根が大きく膨らみ次第に細くなる形の袖。股袋付きのズボンは下から覆うように前部を閉じる形のズボンで十八世紀に流行した。

名を付けたほどであった。マルセルも、まるでドイツの詩みたいに星菫趣味なロドルフの長広舌を、その若禿に引っかけて、勿忘草[4]ならぬ勿禿草などと巧いことを言ったものであった。そのころロドルフは、自分のなかで青春とか恋とかいったものはもうすべて片が付いたと本気で思っていた。自分の心はもう死んでしまったと信じ、傲慢にも〈深き淵より〉[5]を歌ったりしていたのだ。だがロドルフは頑なに不感不動を保とうと努めていたに過ぎず、いつまた恋の目覚めが訪れても不思議はなかった。喜びに飢えていたのだ。いまはもう望んではいない、心を苛むあの愛おしい痛みのすべてに、これまでになく敏感になっていたのだ。ロドルフよ、それを求めたのはきみだ。同情はすまい。きみが苦しんでいるその病を、何よりも切望する者もいるのだ。とりわけそれが永久に癒えてしまったと気付いたときに。

そんなころ、ロドルフは若きミミに再会した。以前からふたりは互いを見知っていた。再会したとき、ミミはロドルフの友達と付き合っていたが、ロドルフはそのミミを自分のものにしてしまった。ロドルフがミミと暮らしていると知って、はじめ、友人たちは非難囂囂だった。だがミミがお高くとまったところのない感じのよい娘で、パイプの煙に頭を痛くすることもなく、文学の話も嫌がらないので、友人たちもすっかりミミと打ち解け、ミミを仲間として遇するようになった。ミミは可愛い娘だった。とりわけ、感じやすく詩心のあふれるロドルフの好みに相応しい娘だった。ミミは二十二歳だった。小柄で、お茶目な娘だった。その顔は、これから絢爛たる貴婦人の肖像となるであろうその下絵のようだったが、整った目鼻立ちを、澄んだ碧い眼の仄かな光がやさしく照らしているかのようであった。憂鬱なとき、不機嫌なときには、まるで獣のように残忍な表情を見せることもあった。人相学者なら、その表情にひどい身勝手さや冷淡さを読み取ったかもしれない。だが普段はその可愛らしい顔に、若々しく潑剌とした微笑と、やさしい、というより男を虜にせずにはおかない艶めかしいまなざしを湛えていた。若き血潮が熱く急速にその血管を流れ、白椿のように透き通ったその肌を薔薇色に染めていた。ロドルフはその儚げな美しさを愛していた。夜中に何時間も、眠る恋人の青白い額に隈なく口づけをしたものだった。そんなとき、ミミの物憂げに潤んだ眼は、半ば閉じたまま、美しい褐色の髪の帷の下できらきらと輝くのであった。しかしとりわけロドルフを虜にしたもの、

4　三話註10を参照。

5　旧約聖書詩篇第百三十篇、〈ああヱホバよわれ深き淵より汝を呼べり〉より。悔悛の七詩篇のひとつで、死者の鎮魂のために唱えられる。

それはミミの手であった。家事の務めにあっても、ミミは労働を知らぬ女神よりも白くその手を保っていた。その手はいかにも小さくて、かよわくて、唇を触れると快かった。ロドルフはふたたび花開いた心をこの子供のような手に託した。だがこのミミの白い手が、やがてロドルフの心を薔薇色の爪で引き裂くことになるのだった。

ひと月が経つころ、ロドルフは暮らしをともにするこの娘がひとつの暴風雨であることを知った。ミミには大きな悪癖があったのだ。近所づきあいを好み、心安くなった街の囲われ女たちのところに入り浸るようになった。まもなくロドルフがミミの交友を知ったころには、ロドルフの懸念は現実のものとなっていた。新しい女友達が享受するさまざまな贅沢（ぜいたく）を目の当（ま）たりにして、それまでは他愛もないもので喜び、ロドルフの精一杯の心づくしで満ち足りていたミミの心に、野望の密林が生じたのであった。ミミは絹や天鵞絨（びろうど）や透かし織りの服を夢見るようになった。どれほど禁じても、ミミは女友達に会うのをやめなかった。女友達は口を揃えて、服をねだってもたかが毛織の服を買う百五十フランもくれないような貧乏芸術家とは別れるよう忠告した。

「あんたみたいに綺麗だったら、すぐにもっといい暮らしができるわよ。探しなさいよ」

ミミは探した。下手な言い訳をしてちょくちょく家を空（あ）けるようになったミミを見て、ロドルフは疑念という茨(いばら)の道に足を踏み入れた。だが浮気の気配を感じてもロドルフは頑なに目を閉じた。ロドルフはそれでもミミを愛していたのだ。ミミはロドルフの、妬(ねた)み深く、気紛れで、何かにつけ怒りを顕(あら)わにする不可解な愛を理解できなかった。すでにミミはロドルフに対して、習慣から生じる生温かい好意しか覚えなかった。そのうえ、ミミの心の半分は初恋で擦り切れ、もう半分はいまだ初恋の記憶で満たされていた。

八箇月がこうして過ぎた。楽しい日々と苦々しい日々が代わる代わるに続いた。そのあいだロドルフは数えきれないほどミミと別れようと思った。ミミは愛が冷めた女の粗雑な振る舞いをありったけロドルフに見せつけた。ふたりにとって生活は地獄以外の何物でもなかった。だがロドルフは日頃の諍(いさか)いにもいつしか慣れていた。むしろこの状況が終わることだけを恐れた。この状況が終わるときには、青春の情熱も、久方ぶりに感じていた心の昂(たかぶ)りも消えてしまうのだと思った。それに、包み隠さず言うならば、心を引き裂かれるかのような不安の一切を、束(つか)の間(ま)、ミミが忘れさせてくれることもあったのだ。時折ミミはロドルフを子供のように膝に屈(かが)ませ、魔法のように碧いまなざしで見つめてくれた。失くしていた詩心を取り戻せたのはミミのお蔭だった。青春を取り戻せたのはミミのお蔭だった。ふたたび灼熱(しゃくねつ)の恋ができたのはミミのお蔭だった。諍いの嵐のさなかにあっても、月に二度か三度は、ロドルフとミミが涼やかな愛のオアシスに足を止め、心を通わせられる夜があった。そんなとき、ロドルフは瑞々(みずみず)しい微笑を湛(たた)えたミミの顔をかき抱き、陶酔(とうすい)のひとときに愛情が即興で紡(つむ)ぎだすあの愚かしくも美しい言語を、何時間でも、溢れるままにミミにささやくのであった。はじめミミは心を打たれたというより驚いて黙って聞いていたが、感極まったロドルフの、ある時は優しく、ある時は陽気な、ある時は悲しげな言葉は、やがて少しずつミミの心を捉(とら)えた。この愛に触れて、ミミは心を麻痺させる冷たい氷が融けてゆくのを感じた。ロドルフの熱情はミミにも伝染し、ミミは居ても立ってもいられずにロドルフの頸に抱きつき、言葉にならない口づけで思いの丈を伝えた。抱き合い、まなざしを交わし、手を握り合ったふたりを夜明けの光が照らし、そんなとき、熱っぽく湿ったふたりの唇は、なおも五千年の昔から夜な夜な恋人たちの口の端にのぼる、あの不滅の言葉を呟くのだった。

しかし翌日になると、まことに他愛もないことでふたたび口論がおこり、愛は怯(おび)えてまた暫(しばら)く身を隠してしまうのだった。

だが、ロドルフはついに悟った。このままではミミの白い手に奈落の底へ引き込まれ、未来も青春も失うだろうと。束の間、ロドルフの裡(うち)で冷徹な理性の声が愛に勝(まさ)った。そして、ミミはもう自分を愛していないのだと、その証拠を数え上げ、理路整然とみずからを納得させた。やがてロドルフは、ミミが与えてくれたあの優しいひとときは、カシミヤの肩掛けや新しい服を買い与えられてはしゃぐ女が、あるいは〈白パンがなければ黒パンでもご馳走〉という諺の通り、浮気相手に会えなくなった女が夫に抱くような、いっときの気紛れに過ぎなかったのだと思い至った。それでもミミが何をしようと許すことができた。ただ愛されないことがつらかった。ロドルフは最後の決心をして、他の恋人を見つけるがいいとミミに告げた。ミミはけらけら笑って小馬鹿にした。だがきっぱりと肚を括ったように、夜から夜へと家を空けても何も言わないロドルフを見て、これまでにない決意の堅さにミミはやや不安を抱いた。そこで二、三日は優しくしてみたものの、ロドルフは思い直すこともなく、好い人は見つかったかいと訊くばかりであった。

「まだ探してもいないわ」

とミミは答えた。

だが実のところ、ミミはロドルフに言われる前から探していたのだった。この半月でふたりの男の気を惹こうとした。まず女友達のひとりがある若者を紹介してくれた。若者はインドのカシミヤ織りや紫檀の家具に囲まれた未来をちらつかせたが、ミミから見ると、この学生さんは代数は得意かもしれないが、恋の秀才とはとてもいえなかった。恋の家庭教師になるのはまっぴらだった。いずれカシミヤ織りの毛糸を作るはずの羊がまだチベットの草原で草を食み、見事な家具となるはずの紫檀の樹がまだ新世界の密林で葉を繁らせているうちに、ミミは恋の入門者をその場に置いて帰った。

次はブルターニュの貴族だった。ミミはすぐにこの貴族の青年にぞっこんになった。なにしろ伯爵夫人になれるかもしれないのだ。

ミミの言葉にもかかわらず、ロドルフは浮気の気配を感じとっていた。本当はどうなのか知りたかった。ミミが一晩中帰ってこなかったある朝、ロドルフは当たりをつけた場所に走り、動かぬ証拠を目の当たりにして、嫌というほど心臓を打ちのめされた。悦楽の輝きに縁どられた眼で、ミミが新たな恋人の貴族の腕をとり、自身もまた貴族のように屋敷から出てくるのをロドルフは見た。貴族の青年は、美しきヘレネを奪ったパリス[6]ほど新しい恋人を誇っているようには見えなかった。

現れたロドルフにミミは少し驚いた。ロドルフに歩み寄ったが、五分ほどどちらも押し黙っているだけであった。そしてふたりは別れた。ふたりの破局は決定的になった。

家に帰り、ロドルフはミミのものを手当たり次第に箱に詰めた。

ミミと別れた翌日、仲間がひっきりなしにロドルフを見舞い、ロドルフは一部始終を話した。仲間はみな、まるで祝い事のようにロドルフの別れを喜んだ。

「力になるよ、お疲れさん」

ミミがロドルフをどれほど苦しめ、悲しませたかを目の当たりにしていた仲間のひとりが言った。

「不実な女から心を取り戻せよ。力になるよ。すぐ立ち直って、オルネとかフォントネ＝オ＝ローズ[7]の緑の道を新しい恋人と歩き廻れるようになるさ」

ロドルフはきっぱりと、後悔も絶望もこれでお終い（しまい）にすると宣言した。仲間はロドルフをマビーユ[8]の舞踏会に連れていきもした。『レシャルプ・ディリス』の名でこの優美と歓楽の庭に潜り込んだが、ロドルフの服装は流行（モード）雑誌の主筆としてはあまりに

6　ギリシャ神話の一挿話。絶世の美女ヘレネはスパルタ王メネラオスの妻となるが、トロイアの王子パリスに魅了され共にトロイアへと去る。メネラオスとその兄アガメムノンはヘレネを取り戻すべくトロイアに攻め込み、トロイア戦争が起こる。

7　いずれもパリ郊外の町。

8　現在のパリ八区、モンテーニュ通りにあった舞踏場。

お粗末なものであった。

新しくできた友達とも杯を交わした。ロドルフは思い切り誇張を交え、面白可笑しくみずからの不幸を物語った。興にまかせて一時間も賑やかに喋った。

「どうにも痛々しいね」

ロドルフの口から雨粒のように降り落ちる皮肉の数々を聞いてマルセルが言った。

「あいつ、陽気すぎるよ。わざとらしいくらいな」

「彼って素敵！」

ロドルフから花束を貰った女が言った。

「服は変だけど、誘われたら踊っちゃうかも」

その言葉を聞きつけるや否や、ロドルフは女の前に立ち、リシュリュー元帥[9]のごとき八十度の優美なお辞儀をして、麝香と安息香が薫る甘い言葉に包んで舞踏への誘いを述べた。絢爛たる形容詞や大時代な美辞麗句がきらきらと鏤められたこの誘い文句と、赤い踵の靴[10]でも履いているかのようなロドルフの優美な物腰に、女は暫し呆気に取られた。まるで年月を経たセーヴル磁器のごとき、一世一代の紳士的な振る舞いだった。女は誘いを受けた。

ロドルフは比例算を知らぬのと同じほど舞踏のいろはにも疎かったが、蛮勇を振るってずんずんと広間へ出ると、古今のいかなる振り付け師も思い付かなかった珍妙なステップを即興で踏みはじめた。それは後に〈後悔と溜息のステップ〉と呼ばれ、その独創は非常な好評を博したものである。三千本の瓦斯燈(ガスとう)がロドルフを揶揄(からか)うようにちろちろと舌を出しても、ロドルフは踊りをやめずに新作の口説き文句を女にささやきつづけた。

「痛々しいね」

またマルセルが言った。

「見てられないよ。ロドルフのやつ、まるで割れた硝子(ガラス)の上を転げ廻る酔っ払いだ」

「ま、とりあえずロドルフにいい女ができたってわけだ」

ロドルフが女とどこかにしけこむのを見て別の誰かが言った。

「さよならくらい言えよな」

マルセルが大声で言った。

9　第三代リシュリュー公爵。十八世紀フランスの軍人。数々の浮名で知られる。

10　十七世紀の貴族が宮廷で赤い踵の靴を履いたことから、上品で洗練された物腰の人物を赤い踵の靴を履いているという。

ロドルフは戻ってきてマルセルの手を握った。苔むした墓石のように冷たく湿った手だった。

ロドルフの相手は大柄なノルマンディー娘で、活発で積極的だった。生まれつきの純朴さは、贅沢で気儘なパリ暮らしのなかでいけすかない貴族趣味に染まっていた。セラフィヌとかいう名で、貴族院議員リウマチ氏とかいう男の愛人として月に五十ルイ貰い、女を殴るしか能のないどこかの店員の男とその金を分け合っていた。女はロドルフを気に入ったようだった。女に手を上げることはなさそうだと思って、ロドルフを連れて帰った。

「リュシル、誰か来たらあたしは留守だと言って頂戴」

女は小間使いに命じ、部屋を出て、五分後にとっておきのドレスを着て戻ってきた。ロドルフは身動きもせず黙っていた。この家に入ったときから、わけもなく悲しくて、声を出さずに啜り泣いていた。

「あたしのこと見てくれないのね。話しかけてもくれないの」

セラフィヌは心外そうに言った。

（さあ、顔を上げて女を見るんだ、これはただ芸術のためなんだ）

そしてロドルフは、『ユグノー教徒』[11]のラウルのように、〈何という美しさであろ

う〉と叫びそうになった

まさしく目が覚めるほどの美しさであった。衣服が巧みに際立たせる見事な身体の線が、半ば透き通った薄布に浮かび、震い付きたくなるような色気を放っていた。已むに已まれぬ欲情にロドルフの体中の血管が脈打った。頭が熱い靄に包まれたかのようだった。美への愛着とは違った目で、ロドルフはセラフィヌを見つめ、この美女の両手を取った。綺麗な手だった。ギリシャの彫像師の狂いなき鑿が模ったかのような手だった。その美しい手がロドルフの手の中で震えるのを感じた。芸術への思いは次第に薄れ、ロドルフはセラフィヌを引き寄せた。セラフィヌの顔はすでに愛欲の暁光に赤く染まっていた。

〈この女は実に悦楽の楽器だ。まさに愛のストラディヴァリウス[12]だ。一曲奏でてもい

---

11 イタリアに生まれパリで活躍した十九世紀の作曲家マイアベーアの歌劇。一八三六年初演。一五七二年の聖バルテルミ虐殺事件（六話註20を参照）を背景に、ユグノー教徒の騎士ラウルとカトリック貴族の娘ヴァランティーヌの悲恋を描く。〈何という美しさであろう〉は、第一幕でラウルが歌う〈白貂よりなお白く〉の一節。

12 イタリアの絃楽器製作者ストラディヴァリによるヴァイオリン。名器として名高い。

いじゃないか）

ロドルフは早鐘のごとく脈打つこの美人の胸の鼓動を確然と感じた。

そのとき、戸口の呼び鈴が響いた。

「リュシル、リュシル、開けては駄目。誰にも会わないって言ったじゃないの」

リュシルという名が二度呼ばれるのを聞いて、ロドルフははっと身を起こした。

「あなたにはいかなる迷惑も掛けたくない」

ロドルフは言った。

「それに、もう行かなきゃ。夜も遅いし、うちが遠いんでね。おやすみ」

「行ってしまうの？」

セラフィヌの眼が前にもまして輝いた。

「どうして、どうして行ってしまうの？　迷惑なんかじゃないわ。いてくれていいのよ」

「悪いね。今夜、火の土地から親類が来るんだ。歓待してやらないと遺産の分け前がおじゃんになっちまう。おやすみ」

ロドルフは急いで外に出た。小間使いがロドルフの足許を照らそうとして、ロドルフはつい娘を見てしまった。ゆっくりとした足取りの、儚げな娘だった。無造作に波打つ黒髪と対照的に、顔は真っ蒼だった。ふたつの病んだ星のように碧い両眼がきらきらと光っていた。

「おお、幽霊よ」

ロドルフは恋人と同じ名と同じ顔のこの娘から後退った。

「消えてくれ！　おれをどうしようというんだ？」

ロドルフは階段を駆け下りた。

「あの、奥様、あの若い方、頭が変になったのですか？」

召使の娘はセラフィヌの部屋に戻って言った。

「そうね、頭がおかしいんだわ」

セラフィヌは苛々と答えた。

「お行儀よくしてなきゃ駄目よね。レオンの馬鹿、今夜うちに寄る気になってくれないかしら」

レオンとは例の議員先生で、その愛は鞭のようにセラフィヌを苛んでいた。

ロドルフは一目散に下宿に駆け戻った。階段を上ると、緋色の猫がみゃあみゃあと

13　スペイン名ティエラ・デル・フエゴ。南アメリカ南端に位置する諸島。

悲しげに鳴いていた。かれこれ二晩も、近所の屋根に恋の冒険に出てしまった不実な恋人、アンゴラ猫のマノン・レスコー[14]をむなしく呼び続けているのだ。

「可哀想に」

ロドルフは呼びかけた。

「おまえも裏切られたんだね。おまえもおれみたいにひどいこと言われたのか。いいさ、慰め合おう。なあ、女心は男には計り知れないものなんだよ」

部屋はむっとするほど暑いのに、氷の上着を着せられたように寒気がした。それは孤独の冷たさだった。何物にも紛らわすことのできない、恐ろしい夜の孤独の冷たさだった。蠟燭を燈すと荒んだ部屋が浮かび上がった。家具という家具から空の抽斗が飛び出て、底知れぬ悲しみが天井から床まで満ちわたったこの小さな部屋が、ロドルフには砂漠よりも果てしなく思えた。歩くとミミの荷物が足に触れた。朝には取りに来ると言っていたのにまだ来ていないのかと少し嬉しかった。どんなに強がっても、絶望がすぐ傍まで近づいているのがわかった。宵の乱痴気騒ぎの苦々しい悦楽の報いとして、これから無慈悲な長い夜がやってこようとしているのだ。それでも、心の裡にずっと押さえつけていた苦しみが目を覚ますまでに、この疲れ切った体が眠りに落ちてくれたらとロドルフは願った。

寝台に近づいて帷を開け、二日前から誰も寝ていない蒲団を見ると、並んで置かれたふたつの枕が目に入り、その一方の下から女物の帽子の飾りが覗いていて、声にならない暗い苦悶に、硬い万力でぎりぎりと心臓を締め付けられているような気がした。寝台の脇にくずおれ、両手で顔を覆い、がらんとした部屋に目を向け、ロドルフは叫ぶのだった。

「ああ、ミミ、きみがいてくれて嬉しかったのに。ほんとに出ていってしまったのか。きみを去らせてしまったなんて！　もう会えないなんて！　綺麗な褐色の髪のミミ、ここでずっと寝ていたのに、もうここで寝てくれないのか？　おれを愛撫し、霊感を授けてくれたきみの気紛れな声、怒った声にも陶然するほどのあの声をもう聞くことはないのか？　青い血管の透けたきみの白い手、おれの唇と契りあったあの白くて可愛らしい手は、おれの最後の口づけを受け取ってしまったのか？」

ロドルフは愛しいミミの髪の香りがまだ残っている枕に顔をうずめ、狂おしい恍惚に沈んだ。恋人と過ごした美しい夜な夜なの亡霊が褥の底から立ち上るのが見える

14　十八世紀フランスの作家アベ・プレヴォの長篇小説。一七三一年刊。若き貴族デ・グリュは美少女マノン・レスコーに激しい恋を抱くが、贅沢好きで奔放なマノンに翻弄される。

ようだった。夜の静寂(しじま)のなか、ミミの朗らかな笑い声がきらきらと響きわたるのが聞こえるような気がした。みなを惹きつけ陽気にさせるミミの明るさをロドルフは想った。ふたりの危なっかしい生活の苦しさや惨めさを、ミミはいつもあの明るさで忘れさせてくれたのだった。

ロドルフはミミと過ごした八箇月を思い返して夜を過ごした。あの娘(こ)は一度でもおれを愛してくれたことはなかったんだろう。でもあの娘(こ)の優しい嘘は、おれに初めての青春と勇気を与えてくれた。

疲れに打ちひしがれ、泣き明かして赤く腫(は)れた眼を閉じたそのとき、白々とした夜明けがロドルフを捉えた。一睡もせず迎える、重く苦い朝。どんなに斜に構えた皮肉屋にも、記憶の底を浚(さら)えば一度や二度はこんな朝があるはずだ。

朝、やってきた友人たちは、恋の橄欖山(かんらんざん)[15]の一夜を苦悩に苛まれ、げっそり窶(やつ)れたロドルフの顔を見てぞっとした。

「思った通りだ」

マルセルが言った。

「昨日あんなに狂躁(はしゃ)いだのが祟(たた)ったんだな。——まあじきに治るだろう」

そうして仲間たちは遠慮なしにミミの噂話を始めた。その一語一語が棘(とげ)のように口ドルフの胸に突き刺さった。ミミは家でも他処でもおまえを間抜け扱いして欺いていたんだ、――結核病みの天使のように蒼白いあの娘は悪意と非情の宝石箱だ、と仲間たちは諄々とロドルフに言い聞かせた。

仲間たちはロドルフの未練が軽蔑へと変わるよう、入れ替わり立ち替わり、準備してきた役割を遂行したのだった。だがその目的は半ばしか果たされなかった。絶望が怒りに変わってしまったのだ。腹立ち紛れに前日纏めた荷物に飛びつくと、ミミが持ってきたものを出し、ロドルフが買ってあげた品々、とりわけミミが大切にしていた服や装身具をそっくり別にしてしまった。つまり荷物の殆どである。ここ最近、ミミのお洒落欲は際限がなくなっていた。

翌日の昼間、ロドルフがひとりで部屋にいると、ミミが荷物を取りに来た。ロドルフは恋人の頸に飛びつきたい気持ちを、あらゆる自尊心の力で抑えなければならなかった。無言の非難とともにミミを部屋に入れ、ミミはミミで、どんな意気地なしでも思わず鉤爪を立てたくなるような、冷たく心をえぐる侮辱の言葉でそれに応えた。人を小馬鹿にして居丈高にねちねちとロドルフを責めるミミの態度に、ロドルフはと

15　オリーヴ山とも。新約聖書に記述される、イエスが捕縛される前に最後の祈りを捧げた山。

うとう怒りを爆発させた。ミミは殺されるのではないかと真っ蒼になった。ミミの叫び声に隣近所の住人たちが駆けつけ、ミミを部屋から救い出した。

二日後、ミミの女友達がやってきて、ロドルフが取り除(の)けてしまったミミの持ち物を返してほしいと言った。嫌だ、とロドルフは答えた。

ロドルフはミミが寄越(よこ)したこのアメリという娘と話した。アメリによると、ミミはいまたいへん困ったことになっていて、じきに住むところもなくなるだろうという。

「じゃ、ミミがぞっこんだったあの彼氏は？」

「あいつ、ミミと付き合う気なんてなかったのよ。ずっと前から別の女がいたの。ミミはただの遊びだったのね。ミミ、今はうちにいるんだけど、こっちはいい迷惑だわ」

「ふうん。身から出た錆(さび)だね。自業自得(じごうじとく)だ。ま、ぼくの知ったことじゃない」

そうしてロドルフは、きみは世界でいちばん綺麗だよ、などとアメリを口説きだした。

アメリはロドルフに会ってきたとミミに報告した。

「何て言ってた？　ね、どうしてた？　あたしのこと、何か言ってた？」

「何にも。あんた、もう忘れられてるわよ。いま他の女(ひと)と付き合ってるんだって。素敵な服を買ってあげたそうよ。ずいぶんお金が入ったらしくて、王子さまみたいにぱりっとした恰好してたわ。あのひと、すごく優しいのね。あたしのこと綺麗だなんて褒めてくれたのよ」

（どういうことか、だいたい見当がつくわ）

ミミは思った。

来る日も来る日も、アメリは何かと口実をもうけてロドルフに会いにいった。何を話しても、結局はミミの話になった。

「元気にやってるわよ。今の境遇も気にしてないみたい。あと、その気になったらまたここに来るかもって。縒りを戻そうってんじゃなくて、あなたのお友達をちょっと誘惑いたいみたい」

「いいんじゃない、来れば。どうなることかね」

そうしてロドルフはまたアメリに愛をささやくのだった。アメリは帰ってその言葉をミミに伝え、いまロドルフは自分に夢中なのだと宣言した。

「また手や頸に接吻してくれたのよ。ほら、赤くなってるでしょ。明日は舞踏会に連れてってくれるって」

「ねえアメリ」

ミミは不機嫌そうに言った。

「言いたいこと、わかるわよ。ロドルフはあんたが好きだから、もうあたしなんて眼中にないっていうんでしょ。でもね、そんなにロドルフやあたしに構ってるのは時間の無駄よ」

実のところ、ロドルフがアメリを口説くのは、ただアメリをたびたび自分の部屋に来させてミミの話をしたいがためであった。目的のためには形振り構っている場合ではなかったのだろう。アメリはロドルフの心がまだミミに向いていて、ミミも元の鞘に収まるに吝かでないと気付いていたので、巧く誤魔化してこのふたりが近づくきっかけができぬように努めた。

舞踏会の日、アメリは朝からロドルフを訪ね、まだ気は変わっていないかと訊いた。

「もちろん。現代最高の美人のお供をする機会を逃すつもりはないね」

アメリは小間使いの端役として一度だけ場末の劇場に立った夜に身につけた媚態をつくった。

「夜までに支度しとくわね」

「あ、そうだ。ミミにこう伝えてよ。ぼくのために彼氏にちょっと嘘をついて、うちで一晩過ごしてくれないか、って。そしたら荷物を返すよ」

アメリは、この言葉を伝えはしたが、ロドルフの真意とは裏腹な意味をそこに込めた。

「ロドルフったら最低ね。ろくでもないことを言ってきたわよ。そうやってあんたを下品な連中の笑いものにするつもりなんだわ。あいつの部屋になんか行ったら、荷物を返して貰えないばかりか、せせら笑ってあんたを仲間たちに渡しちまうでしょうね。それがあいつらの遣り口なのよ」

「あたし、行かない」

とミミは言った。そして支度するアメリを見て訊いた。

「舞踏会に行くの？」

「そうよ」

「ロドルフと？」

「そうよ。近くまで迎えに来てくれることになってるの」

「嬉しそうね」

待ち合わせの時刻が近づくと、ミミはアメリの彼氏の許（もと）へ走った。

「アメリ、あたしの前の彼氏と浮気するつもりよ」

虎のように嫉妬（しっと）し棍棒のように怒り狂った彼氏は、アメリの許に押しかけ、今夜は一緒にいろと言い渡した。

八時になり、ミミはロドルフとアメリの待ち合わせの場所へ急いだ。人待ち顔でぶらぶら歩くロドルフを見つけたが、声をかけられないまま、二度もロドルフの側(そば)を通りすぎた。この夜のロドルフはとてもお洒落だった。一週間来の心痛が、その顔にどことなく毅然とした表情を与えていて、ミミは何だかひどく心を動かされた。ミミは思いきってロドルフに声をかけた。ロドルフは怒ることなく、ああ、元気かい、どうしたの、と訊いた。声はごく穏やかだったが、その優しい口調で自分を抑えようとしているようでもあった。

「悪い知らせよ。アメリが舞踏会に行けなくなったの。彼氏が引き留めるものだから」

「じゃ、ひとりで行くか」

ミミは何かにつまずいた振りをしてロドルフの肩に寄りかかった。ロドルフはミミに腕を貸した。

「家まで送るよ」

「だめなの。あたしアメリのところに居候(いそうろう)してるんだけど、いま彼氏が来てるから、帰るまで外に出てないと」

「さっきアメリに伝言を頼んだんだけど、聞いた?」

「聞いたけど、あんなこと、今でも信じられない。ねえロドルフ、いろいろ言いたいことあるでしょうけど、あたしがあんな取引に応じるほど軽い女だと思われてたなんて心外だわ」

「何か誤解してるみたいだね。それともアメリの言い方がまずかったのか。まあ済んだことさ。いま九時だ。あと三時間あるから、どうか考えてほしい。真夜中まで鍵を戸に挿しておくから。じゃあ、さよなら。あるいは、また後で」

「さよなら」

ミミは震える声で応えた。

そしてふたりは別れた……。ロドルフは部屋に戻ると、服を着たまま寝台に寝そべった。十一時半にミミが入ってきた。

「泊めてほしいんだけど」

ミミが言った。

「アメリの彼氏が帰らないから、部屋に入れないの」

ふたりは朝の三時まで語り合い、思いを伝えあった。よそよそしい口調に時折親しげな呼びかけが混じった。

四時に蠟燭が燃え尽きた。ロドルフは新しい蠟燭を燈そうとした。

「燈けなくていいわ」

ミミが言った。

「もう寝ましょ」

五分後、ミミの綺麗な褐色の髪は枕の上にあった。優しさに満ちた声で、ミミは青い血管の透けた白い小さな手に口づけをもとめた。まるで真珠のような、敷布に劣らぬほど真っ白な手に。ロドルフは蠟燭を燈すのをやめた。

翌朝ロドルフは先に寝台を出て、荷物の包みをミミに見せ、穏やかに言った。

「ほら、きみの荷物だ。約束通り持っていっていいよ」

「ああ、あたし疲れてるの。こんな荷物、一度に持っていけないわ。取りにくるのはまた今度にする」

ミミは服を着ると、荷物から襟飾りと袖飾りだけを出した。

「残りはまた取りにくる……ちょっとずつね」

ミミは微笑んだ。

「そりゃ困る。全部持っていくか、何も持っていかないかだ。これで終わりにしたい」

「あたし、そうじゃなくて、ここからまた始まりにしたいな。そしてずっと続いてほしい」

ミミはそう言ってロドルフに抱きついた。

一緒に昼食をとって、郊外へ出かけた。リュクサンブール庭園を通るとき、ある高名な詩人が向こうから歩いてきた。ロドルフはこの詩人に何くれとなく目をかけて貰っていたので、何となくきまりが悪くて、気付かない振りをしようとしたが、その間もなく詩人はすぐ近くまで来ていた。行きあうと、詩人はロドルフに親しげに手を振り、それからミミににっこり微笑みかけた。

「あのかた、どなた？」

ミミが訊いた。

ロドルフが詩人の名を言うと、ミミは喜びと自尊心に顔を赤らめた。

「あの有名な恋の詩人に会うなんて、幸先がいいよ。仲直りしたぼくたちに幸運が訪れるだろう」

「大好きよ。さ、行こ」

人目もはばからず、ミミはロドルフと手を繋いだ。

（やれやれ、信じて裏切られるのと、裏切られるのを恐れて何も信じないのと、どち

らがましだろうか）
とロドルフは思った。

十五　愛されるドネク・グラトゥス限り……

画家マルセルとマドモワゼル・ミュゼットとの馴れ初め（なれそめ）はすでにお話しした。ある朝、パリ十三区の区長たる[1]〈気紛れ〉の仲立ちにより結ばれたふたりは、心は共有せずそれぞれが管理するという取り決めのもとに結婚したつもりだった。だがある夜、派手な口喧嘩をして、いますぐ別れようという結論に達したあと、別れのしるしに握手をしたが、手のほうはぜんぜん別れたがっていないのに気付いた。ふたりの気紛れは知らないうちに愛に変わっていたのだった。ふたりは苦笑いしつつそのことを認めないわけにいかなかった。

1　フランスの結婚式は役所で自治体の首長が執り（と）行うが、一八五九年までパリの行政区は十二で、十三区の区長は存在しない。つまりマルセルとミュゼットは法的な結婚をせずに同棲を始めたのである。

「これは大事だぞ。どうしてこんなことになっちまったんだろう」

「不用意だったわね。油断したわ」

　そのとき、当時隣に住んでいたロドルフが入ってきた。

「何かあったの」

「それがね、たった今面白いことに気付いたんだ。なんと、おれたち愛し合ってるらしい。寝てるうちにそうなったんだろうな」

「へえ、寝てるうちに、ね。どうだかね。だけど、愛し合ってることをどうやって証明する? 大袈裟に言ってるだけじゃないの?」

「ほんとだよな。喧嘩ばかりしてるくせにな」

「でも、もう離れられないのよね」

「よろしい、おふたりさん、みなまで言うな。恋心を出し抜こうとして、ふたりとも失敗したんだな。おれとミミもそうだよ。朝から晩まで喧嘩ばかりしてるが、それでも二年目の暦がもうすぐ終わりそうだ。それが長続きの秘訣なんだよ。相手を肯定し、同時に否定する。そうすりゃ、フィレモンとバウキス[2]みたいな家庭を築けるよ。きみたちはおれとミミにそっくりだ。ショナールとフェミイもこの下宿に入りたいなんて恐ろしいことを言ってたが、そうなったら三組で楽しく暮らせるかもな」

そのときギュスターヴ・コリーヌがやってきた。三人はミュゼットとマルセルに起こった事件を話した。

「哲学者、おまえはどう思う？」

コリーヌは屋根のように鍔（つば）の広い帽子の毛をこすり、ぼそぼそと言った。

「前からわかっていたよ。恋とは偶然の戯れだ。うかつに手を出すと火傷（やけど）するが、人間は独りでいるべきではない」

夜、部屋に戻ったロドルフはミミに言った。

「新しい報（しら）せだ。ミュゼットはマルセルにぞっこんで、もう離れたくないんだってさ」

「可哀想！　あの恋多きミュゼットが」

「マルセルもミュゼットにべた惚（ぼ）れらしいよ。理屈屋のコリーヌに言わせれば、屋烏（おくう）に及ぶってやつだ」

2　ギリシャ、ローマ神話に登場する老夫婦。旅人に扮した神を歓待したため、神はふたりを祝福し、住居を神殿に変え、ふたりをその神官にした。ふたりは天寿をまっとうしたのち、楢（なら）と菩提樹に姿を変えたという。

「可哀想！　あの嫉妬深いマルセルが」

「本当だよな。あいつもおれもオセローの後継者だからなあ」

ほどなくして、ロドルフとマルセルのカップルにショナールらも加わった。同じ下宿に染物娘のフェミイを連れて移り住んできたのである。

この日から下宿の住人たちは火山の上で眠るようなありさまとなった。そして家賃の支払いの時期になると一斉に部屋の解約届けを大家に送った。

確かに、この恋人たちの一組にでも嵐が吹き荒れない日はまずなかった。ミミとロドルフが、もう口を利く気力もなくなって、銃撃戦さながら手当たり次第に物を投げ合うこともあった。だがもっとも頻繁なのはショナールで、悲しそうなフェミイに杖を向けてあれこれと詰った。マルセルとミュゼットの部屋からは言い合いの声は聞こえてこなかった。少なくとも戸や窓を閉めるだけの嗜みはあったということだ。

偶々これらの家庭が平和なときでも、他の下宿人たちはやはりこの束の間の調和の犠牲になった。壁が薄いのでボエームたちの出鱈目な生活の内幕が筒抜けだったのだ。こうして隣の下宿人たちは、見たくもないのに謎に包まれたボエーム的生活の一端を垣間見ることになった。おかげで下宿人たちは講和条約よりむしろ開戦の狼煙を望んだほどであった。

まことに奇妙な六箇月の共同生活であった。この共同体のなかでは、誇張なしに、真の友愛が実践されていた。そこに入ればすべてはみなのもので、幸運も不幸も分かち合っていた。

ひと月のうちに、手袋なしでは表にも出ないほどきちんとした日があり、朝から夜までご馳走に舌鼓（したつづみ）を打つ愉快な日があるかと思えば、靴も履（は）かずに中庭に下りるようなだらしない日もあり、みなで昼飯を抜いた後でさらに寄り集まって晩飯も我慢する、ミミの言葉を借りれば〈お皿も食器もお休み〉の日もあった。

だが驚くべきことに、若くて綺麗な女の子が三人もいるのに、この共同体の中で男たちのあいだに軋轢（あつれき）が生じる気配はなかった。男たちは恋人のつまらぬ我儘（わがまま）に辟易（へきえき）することがしばしばであったが、それでも女と友情のどちらを取るかで躊躇（ためら）うことは片時もなかった。

恋はわれ知らず芽生（めば）えるものである。即興演奏のようなものだ。対して友情とはい

3　十六―十七世紀英国の劇作家シェイクスピアの四大悲劇のひとつ（一六〇二）。ヴェニスの軍人オセローが部下イアーゴーの計略により妻デズデモーナの不倫を疑い、嫉妬のあまり殺害に及ぶ。

わば築き上げるものだ。その感情の歩みは慎重である。愛が心の利己主義とすれば、友情は理性の利己主義である。

ボエームの集いが結成されてから六年が経っていた。親密な日々のうちに過ぎたこの長い時間は、ボエームたちの際立った個性を損ねることなく、ひとつの共通の理念、他処(よそ)では得られなかったであろう調和をこの共同体にもたらしていた。ボエームたちの生活は独特で、他処者(よそもの)には理解不可能な仲間内の言葉で話した。ボエームの何たるかを知らぬ人々はその自由な生き方を冷笑主義(シニスム)と呼んだが、ただ自分に正直だっただけだ。無理強いされるのが我慢できず、不正(いんちき)を憎悪し、俗物どもを唾棄(だき)した。際限のない自惚(うぬぼ)れを咎(とが)められると、毅然として野心溢れる未来の計画を縷々(るる)並べ立てるのであった。みずからを卑下することなく、その才能を心から信じていた。

だが、六箇月を共に過ごしたあと、突如として不和が疫病のようにこの若者たちを襲ったのであった。

先陣を切ったのはショナールだった。ある日ショナールは、フェミイの片方の膝がもう一方より形が良いことに気付いた。人体の形態的美観という点で厳格な純粋主義を標榜するショナールは、それまでさんざん小言を言うのに使った杖を土産(みやげ)にフェミイを追い出すと、無料(ただ)で泊めてくれる親戚の家に戻ってしまった。

半月後、今度はミミがロドルフから若きポール子爵の四輪馬車に乗り換えた。カロリュス・バルブミュシュの元教え子で、お陽様色のドレスを買ってあげると口説かれたからだ。

次はミュゼットだった。部屋を飛び出して、マルセルの恋人になる前に入り浸っていた止事（やんごと）なき遊び人たちの世界に華々しく返り咲いた。諍（いさか）いも煩悶（はんもん）も熟考もなく、あっさりしたものだった。もともと気紛れから愛に変わったふたりの繋がりは、別の気紛れが生じればすぐに途切れてしまうのだ。

謝肉祭の夜、ミュゼットはマルセルと連れ立ってオペラ座の仮面舞踏会に出かけたが、対舞曲（コントルダンス）のさいに、以前言い寄られたことのある若い男と組になったのだった。ふたりともすぐに互いを思い出し、踊りながら言葉を交わした。おそらく何の気なしにミュゼットは目下の生活を青年に教え、思い付くままに過去の華やかな生活への愛惜を語った。四人舞踏（カドリーユ）が終わるころ、ミュゼットの心は変わっていた。エスコートしてくれたマルセルに手を預ける代わりにこの青年の手を取り、青年はミュゼットを連れて人混みに紛れてしまった。

マルセルは心配してミュゼットを捜した。一時間後、青年と腕を組んだミュゼットを見つけた。オペラ座のカフェの外で、唇はずっと歌を口ずさんでいた。隅でもじもじしているマルセルに気付くと、ミュゼットはマルセルに手を振った。

「すぐ戻るわ！」

「つまり、待たないでってことか」

マルセルはミュゼットの言葉を翻訳した。嫉妬はあったが、マルセルは理知的な男だし、ミュゼットのことをよくわかっていた。だからミュゼットを待たなかった。部屋に戻ったマルセルは、胸は悲しみで一杯で、腹は空っぽだった。何か残り物はないかとごそごそ戸棚をあさると、かちかちのパンの欠片と燻製鰊の骨が見つかった。

「西洋松露には敵わなかったな」

少なくともミュゼットは夜食にありつけるだろう。マルセルは手巾で洟をかむ振りをしてそっと目の端を拭い、寝台に寝そべった。

二日後、ミュゼットは薔薇色の寝室で目を覚ました。玄関では青い四輪馬車がミュゼットを待っていた。求めるだけで流行服の妖精たちが素晴らしい贈り物をミュゼットの足許に届けてくれた。ミュゼットは美しかった。優美な品々に囲まれて、ミュゼットはますます若やいで見えた。ミュゼットはまた元の生活を始め、あらゆる宴会に顔を出し、ふたたび人気者になった。証券取引所の片隅から議会の食堂に至るまで、どこでもミュゼットの噂でもちきりだった。新しい恋人アレクシスは好青年だった。

愛の言葉をミュゼットが冗談みたいに聞き流すことによく不平を漏らした。そんなときミュゼットはにっこり笑ってアレクシスを見つめ、アレクシスの手をぱちんと叩き、そうしてこう言うのだった。

「ねえ、何をお望みなの？　あたし、六箇月もサラダと牛酪(バタ)抜きのスープばっかり食べさせる男と暮らしてたのよ。インド木綿(もめん)の服を着せられて、オデオン座にばかり連れていかれたわ。しみったれた男だった。愛は無料(ただ)ですものね。あたし、あのろくでなしに夢中だったから、ずいぶん愛を遣い込んじゃった。もう愛なんてちょっとの欠片(かけら)しか残ってないけど、あなたはそれを集めて頂戴。邪魔しないから。でもあなたを騙(だま)したわけじゃないのよ。飾紐(リボン)にお金がかからないのなら、あたしまだあの絵描きと一緒にいたかもしれない。八十フランのコルセットを着けたら、胸がどきどきする音が聞こえなくなったわ。心臓をマルセルの部屋の抽斗(ひきだし)に忘れてきたのかしらって不安になるくらい」

下宿の住人たちは、ボエームの三組のカップルの消滅を喜び祝った。この慶事を祝して家主は豪華な晩餐会(ばんさんかい)を催し、下宿人たちの窓に煌々(こうこう)と照明(あかり)が燈(とも)った。

ロドルフとマルセルは一緒に暮らすようになった。ふたりとも新しい恋人を作ったが、実のところ名前もよく知らなかった。時折、一方がミュゼットのことを話し、もう一方がミミのことを話した。そんなとき、話は一晩中尽きることがなかった。ふたりはよく、かつての生活や、ミュゼットの歌声や、ミミの歌声や、眠らずに過ごした夜のことや、気怠い朝や、夢に描いた晩餐を想い起こした。そんな記憶の二重唱の中で、ふたりは過ぎ去った一時間一時間をたどり直すのであった。そして最後はいつも、おれたちはまだ幸せなんだ、何といってもこうしてふたり、冬の煖炉に火を熾して、気楽にパイプをふかして、独りだったら小声で呟くようなことを世間話みたいに大声で語り合えるのだから、と言い合うのであった。青春の一端を持ち去ってしまったあの恋人を本当に愛していたということ、そして、たぶんまだ愛し続けているのだということを。

ある夜、マルセルが大通りを渡っているとき、傍の馬車から下りる若い女にふと目をやると、真っ白なストッキングが丸見えになっていた。御者もこの思わぬ余禄に目を楽しませているようだった。

(綺麗な脚だなあ、あんな女と一緒に歩きたいものだ……さあ、どうやって声をかけようか。得意分野とはいえ……こういうのは初めてだな)

マルセルは名も知らぬその娘に近づいた。顔はまだ見えない。

「もしもし、つかぬことを伺いますが、この辺に手巾が落ちてませんでした?」

「これでしょ、どうぞ」

娘は手巾(ハンカチ)をマルセルに手渡した。

マルセルは崖から落ちたみたいに驚いた。

だが目の前で娘の笑い声がぱっとはじけ、マルセルは我に返った。このファン
ファーレみたいな笑い声に、かつての恋の記憶が甦(よみがえ)った。

ミュゼットだった。

「あら、女誑(たら)しのマルセルさんじゃないの。この娘(こ)はどう？　いい娘だと思わな
い？」

「まあ、悪くないね」

「こんな時間にどこに行くの？」

「あの建物に行くのだ」

マルセルは小さな劇場を指さした。入場券を持っていたのだ。

「芸術(ラール)を愛でに？」

「いいや。ロールを愛でに行くのだ」

そう言いながら、心の中で
（ちぇっ、これじゃ駄洒落(だじゃれ)だ。今度コリーヌに売りつけよう）

と思った。コリーヌは駄洒落を蒐集（しゅうしゅう）しているのだ。

「ロールって誰よ」

ミュゼットのまなざしにいくつもの疑問符が浮かんでいる。

マルセルはさらに悪乗りした。

「ぼくの追う幻影だ。このささやかな劇場で頑是（がんぜ）ない娘を演じているのだ」

そう言ってマルセルは架空の胸飾りを揉（も）みしだいた。

「今夜はやけに洒落たことを言うのね」

「きみこそ、やけに興味津々（しんしん）じゃないか」

「そんなに大きな声出さないでよ。周りに聞こえるわよ。喧嘩してると思われるじゃない」

「そんなこと、今に始まったことじゃない」

ミュゼットはこの言葉の中にある種の挑発を読み取ったらしく、すぐに言い返した。

「これが最後でもないんでしょ？」

明快なこの一言が、弾丸のようにマルセルの耳元をかすめた。

「麗しき天の星々よ」

マルセルは星を仰（あお）いで言った。

「証人になってくれ、先に引金を引いたのはぼくではないと。わが胸当てを持て、早く！」

　これをきっかけに炎が燃え上がった。

　目覚めたばかりの、かくも激しいこのふたつの気紛れを繫ぎあわせるのに、あとは適切な連子符（トレ・デュニオン）を見つけるだけだった。

　ミュゼットはマルセルを、マルセルはミュゼットを見つめ、歩いていった。何も言わなかったが、心の全権代表たるまなざしが互いの意図を伝えていた。無言の駆け引きが十五分も経つころには、まなざしの対話はすでに合意に達していた。残すは講和条約を締結するのみであった。

　ふたりはまた話し始めた。

「ね、本当はどこにいくところだったの？」

「言っただろ、ロールに会いにいくところだった」

「そのひと、綺麗？」

「まるで巣の中で卵が孵（かえ）るように微笑（ほほえ）む唇の女（ひと）だ」

「そうでしょうね」

「ところできみは何処（どこ）からあの馬車の翼に乗ったんだい」

「アレクシスを駅まで送ってきたの。家族に会うんだって」

「どんな人、そのアレクシスって」

今度はミュゼットが今の恋人の魅力的な肖像を語った。こうしてマルセルとミュゼットは、大通りの真ん中をぶらぶら歩きながら、甦った恋の対話劇を続けるのだった。ふたりとも、優しさと揶揄い(からか)とがくるくると入れ替わる無邪気な態度で、ホラティウスとリュディア[4]がかくも優雅に新しい恋を讃え、最後にかつての恋に追伸を添える、あの不滅の頌歌(オード)を一節、また一節と再現していった。そうしてある曲がり角に差しかかったとき、突然、夜廻りの警邏隊(けいらたい)がどやどやと現れた。

ミュゼットは怯え(おび)た振りをして、マルセルの腕にしがみついて言った。

「まあ、どうしよう。見て、きっとまた革命が起きるんだわ[5]。逃げましょ。怖いから送ってね」

「どこに?」

「あたしのうち。すごく綺麗な部屋よ。夜食を作ってあげる。政治の話をしましょ」

「嫌だね」

マルセルはアレクシス氏のことを考えた。

「せっかくのお誘いだけど、きみのうちには行かないよ。他人(ひと)の杯で飲みたくないからね」

マルセルに拒まれ、ミュゼットはしばらく黙っていた。そのとき記憶の靄（もや）の向こうに、うっすらとこの貧乏芸術家の粗末な部屋が見えた。というのも、マルセルが億万長者になったようには見えなかったからだ。ミュゼットは妙案を思いついた。別の警邏隊に出くわしたとき、ミュゼットはまた怯えた様子で、

「きっと暴動になるわ。もう帰りたくない。ね、マルセル、友達のうちまで送って。たしかあなたの近所に住んでるはずなの」

新橋（ポン・ヌフ）を渡りながら、ミュゼットはけらけらと笑い出した。

「どうかした？」

「ううん、そういえばその友達、引っ越していまはバティニョル[6]に住んでるんだっ

4　ホラティウスは紀元前一世紀、古代ローマの詩人。ウェルギリウスと並び古代ラテン文学黄金時代の詩人のひとり。抒情詩集『歌集（カルミナ）』第三巻第九歌はホラティウスと女性リュディアとの対話で、過去の恋を偲びつつ現在の恋愛を伝え、最後に本心の愛を告げ合う。

5　この話の設定である一八四〇年代半ばは、農作物の不作と不景気のため政情不安が高まりつつあった。やがて七月王政に対する民衆の不満が一八四八年二月の革命を招く。

6　八話註25を参照。

た」

マルセルとミュゼットが腕を組んで帰ってきても、ロドルフは驚かなかった。

「恋ってやつは、きちんとけじめを付けないと、結局はこうなるんだよな」

十六　紅海徒渉（としょう）

マルセルがかの名高き油彩画に取り組んでから、もう五、六年になる。これは旧約聖書の〈紅海徒渉〉[1]の場面を描いた絵だ、とマルセルは主張していた。そしてこの色彩の傑作は、もう五、六年も、官展（サロン）の審査員から頑なに拒絶されているのであった。アトリエからルーヴル美術館へ、そしてまたルーヴル美術館からアトリエへと、絵が道順を覚えてしまいそうなくらいに何度も何度も往復しているため、台車に載せたらひとりでに美術館まで走っていくのではないかと思われるほどであった。この絵をもう十遍も描き直し、隅から隅まで筆を加えているのに、来る年も来る年も方形の間（サロン・カレ）[2]から締め出されているのは、審査員たちの個人的な悪意のせいではないかとさえマルセ

1　六話註18を参照。
2　ルーヴル美術館の一室で官展（サロン）の会場となった。

ルは思った。暇なとき、学士院（ランスティチュ）のわからず屋どもに敬意を表し、辛辣（しんらつ）な似顔絵のついた罵詈雑言（ばりぞうごん）の小辞典を制作したりもした。この冊子は評判になり、トルコの君主（スルタン）の絵で知られる二流画家ジョヴァンニ・ベリーニ[3]の不滅の嘆きの挿絵が付けられ、パリ中のアトリエや国立美術学校（エコール・デ・ボザール）で人気を博した。パリの画学生なら誰でも、この辞書を一冊、記憶に留めていたものだ。

展覧会のたびに落選の憂き目に遭ったが、マルセルは希望を失わなかった。この絵は、寸法はだいぶ小さいけれど、三世紀を経てもなお輝きを失うことのない、かのヴェロネーゼの大作『カナの婚宴』[4]と対をなすに相応（ふさわ）しい作品なのだと、文字通り自画自讃していたのであった。そういうわけで、毎年官展（サロン）の時期が来るたびにマルセルはいそいそとこの絵を出品した。ただ、全体の構図は崩さずに、細部をいくらか修正したり、題名を変えたりすることはあった。審査員の目を誤魔化すための、また『紅海徒渉』は問答無用で落選（おと）してやろうと決めこんでいるらしい審査員の裏をかくための、涙ぐましい努力であった。

一度はこの絵を『ルビコン河徒渉』[5]という題で審査に出したこともあった。だがカエサルの下手な扮装をした埃及王（ファラオ）はすぐに見破られ、丁重にお引き取り願われた。その翌年は背景を雪が積もっているように白く塗りつぶし、片隅に樅（もみ）の木を置き、エジプト人にナポレオン近衛兵（このえへい）の服を着せて、『ベレジナ河徒渉』[6]という題を付けたりもした。

このときも審査員は、緑の棕櫚（しゅろ）の刺繡（ししゅう）がついた礼服[7]の袖口で何度も眼鏡を拭（ぬぐ）い、けっしてこの企みにひっかからなかった。落選しても落選しても懲（こ）りずに送られてくるこの絵を、とりわけ紅海の波打ち際で後肢立ちする色とりどりの巨大な馬を、審査員はすっかり見憶えてしまっていたのだ。この馬はマルセルにとってあらゆる色彩の

3　十五―十六世紀イタリアの画家。不滅の嘆きの絵とはベリーニが多く描いた、十字架から降ろされるイエスと嘆く母マリアをモティフとする『悲嘆（ピエタ）』を指すと思われる。なお、オスマン帝国に招かれ君主（スルタン）メフメト二世の肖像を描いたのは兄のジェンティーレ・ベリーニで、両者の混同がみられる。

4　十六世紀イタリアの画家パオロ・ヴェロネーゼの絵画（一五六二―六三）。イエスがガラリヤのカナの婚宴で水を葡萄酒に変えたという新約聖書の記述をモティフとする。

5　九話註17を参照。

6　九話註18を参照。

7　フランス学士院の礼服。正しくはオリーヴの葉の刺繡だが、しばしば棕櫚の葉と混同される。

実験台だった。マルセルは日頃からこの馬を〈微細なる色彩の一覧〉と称していた。陰影の効果によってあらゆる色彩の組み合わせを表現していたからだ。だが審査員はまたも、この細部に目もくれず、この絵を門前払いにした。

「上等じゃないか。わかってたよ。来年は『パノラマ商店街（パサージュ・デ・パノラマ）』[8]って題で出してやろうかな」

「いつかはきっと騙（だま）せるよ、騙せるよ、さあ騙せ、ほら騙せ」

音楽家ショナールが、新曲の節（ふし）に滅茶苦茶な歌詞を付けて歌った。雷鳴の騒音を模したかのようなこの酷（ひど）い歌の伴奏を聞いた近隣のピアノたちは、次は自分の番ではないかと戦々恐々とした。

「わが紅海のごとく顔を赤らめ、恥に悶（もだ）えることなしに、いかでこの絵を落選（おと）しえようか……」

絵を眺めながらマルセルは呟いた。

「麗しき青春をおれのフェルト帽みたいに擦り切らせて描いたこの絵には、千金の色彩と万金の才能が煌（きら）めいているというのに。これは透明絵具の技法に新たな地平を開く意欲作なんだぞ。だがじきにやつらも根負けするだろう。そっちがその気なら、こっちは死ぬまで送り続けてやる。この絵をやつらの記憶に刷り込ませてやる」

「そりゃ、その調子ならいつかは刷り込まれるだろうけどな」

ギュスターヴ・コリーヌがうんざりしたように言った。そして心の中で付け加えた。

（こいつは綺麗だ、見事なもんだ……仲間うちでなら幾らでも言ってやるがね）

マルセルはショナールのピアノ伴奏に乗せ、なおもぶつぶつと恨み言を連ねた。

「そうだ、やつらはおれを受け入れられないんだ。政府はやつらに年金を払い、住居を与え、勲章を授け、その目的はただひとつ、年に一度、三月一日に楔木枠に張ったおれの百号の絵を落選すためだ。……やつらの思惑はわかっているぞ。そうだ、お見通しだ。絵筆を折れと言うんだな。絵が認められなくて、絶望のあまり窓から身を投げればいいというんだな。そんな汚い手でおれを思い通りにしようとは、ずいぶん見くびってくれるじゃないか。もう官展の季節なんか待たない。今日から永久に、『紅海徒渉』はやつらの頭上に吊るされたダモクレスの絵[9]となるのだ。こうなったら毎週やつらの全員に送り付けてやる。やつらの住処に、団欒のさなかに、私生活の只中に。やつらの幸福な家庭は滅茶苦茶になるだろう。葡萄酒は不味くなり、肉は焦げ臭くなり、かみさんは刺々しくなるだろう。やつらはじきに気が変になって、学士院

8　十二話註17を参照。

の会合に行くにも拘束衣を着せなきゃならなくなる。わははは、ざまあ見やがれ」

数日が経ち、マルセルが迫害者たちへの恐るべき復讐計画をすっかり忘れたころ、メディシス爺さんが訪ねてきた。本名はサロモンというのだが、ボエームたちはみな、このユダヤ人の古道具屋をメディシス爺さん[10]と呼んでいた。当時、ボエームの絵描きや物書きでこの爺さんを知らぬものはなく、みながこの爺さんのお得意だった。爺さんはありとあらゆる古道具を扱っていた。家具一式は十二フランから千エキュまで取り揃えていたし、どんなものでも買い取ってくれ、そこにみごとに儲(もう)けを乗せて売るのだった。メディシス爺さんの商売に較べれば、プルードンの交換銀行[11]など児戯に等しかった。古今のいかなる抜け目ないユダヤ商人といえど、メディシス爺さんの商才に敵(かな)うものはないであろう。カルーゼル広場[12]に面した爺さんの店は、望みの物が何でも見つかる魔法の場所であった。あらゆる自然の産物、あらゆる美術品、地球が生み出したもの、人の才が生み出したもの、とにかく何もかもを扱っていた。この世に実在するもので爺さんが売り買いしないものはなく、さらには頭の中のことまでが商売の対象だった。いい考えを持ち込めば買い取り、自分で使ったり、また他人に売ったりする。文学者や芸術家でメディシス爺さんを知らぬものはなかった。どのパレット、どのインク壺も爺さんの馴染(なじ)みだった。さながら芸術のアスモデウス[13]であった。三文小説の下書きを葉巻で買い取り、十四行詩（ソネ）を部屋履きと引き換え、よくできた皮肉を獲れたての魚と交換した。物書きたちが世間のあれこれの噂を喋れば時給を払った。議会の傍聴席でも私的な夜宴（ソワレ）の招待状でも爺さんに頼めば必ず手に入った。一夜、一

9　〈ダモクレスの剣〉のもじり。ダモクレスは紀元前四世紀のシラクサ王ディオニュシオスの廷臣。王の権勢を羨むダモクレスは玉座に招かれ宴を共にするが、頭上に馬の尾の毛一本で剣が吊るされているのに気付き、権力の危うさを思い知らされたという故事より、ダモクレスの剣とは栄華と破滅とは隣り合わせであること、またいつ訪れるかもしれぬ破滅に怯えるさまをいう。

10　ルネサンス時代のフィレンツェで絶大な権力と財力を誇り、ボッティチェッリ、レオナルド・ダ・ヴィンチ、ミケランジェロら多くの芸術家を支援したメディチ家（フランス名メディシス）にちなむと思われる。

11　ピエール・ジョゼフ・プルードンは十九世紀フランスの社会思想家。貨幣に代わる〈交換券〉を発行することで商品に対する貨幣の優位性をなくし、売り手と買い手との等価交換を促す〈交換銀行〉（後に〈人民銀行〉）を提唱した。

12　五話註10を参照。

13　ユダヤ教、キリスト教における悪魔。旧約聖書外典トビト記などに記述される。伝説では召喚した者に財宝の在り処を教えるともいわれる。

週、ひと月と宿無しの貧乏絵描きを泊め、その見返りに絵描きたちはルーヴル美術館の名画を模写して渡した。あらゆる劇場の楽屋に顔が利き、どの芝居の席だろうと特別な優待切符だろうと都合してくれた。頭の中に二万五千人の名簿があって、名士から無名人まで、住所も名前も隠し事も残らず覚えていた。

以下は爺さんの出納（すいとう）帳簿の一部である。百聞は一見に如かず、メディシス爺さんの壮大無比な商売の一端をご覧頂こう。

一八四＊年三月二十日

・売、古美術商Ｌ＊＊氏へ、シラクサ包囲戦のさいにアルキメデス[14]が用いていたコンパス。七十五フラン。

・買、新聞記者Ｖ＊＊氏より、翰林院（アカデミイ）会員＊＊＊氏の全集、未裁断[15]。十フラン。

・買、同じくＶ＊＊氏より、翰林院（アカデミイ）会員＊＊氏の全集への批評記事。三十フラン。

・売、翰林院（アカデミイ）会員＊＊＊氏へ、全集への批評記事、十二段。二百五十フラン。

・買、文学者Ｒ＊＊氏より翰林院（アカデミイ）会員＊＊＊氏全集への批判的意見。十フランと石炭五十リーヴル[16]、珈琲豆二キロ。

・売、＊＊＊氏へ、デュ・バリイ夫人[17]遺品の磁器の壺。十八フラン。

・買、D＊＊氏の娘より、頭髪。十五フラン。
・買、B＊＊氏より、風俗記事一揃いとセーヌ県知事の最近の綴りの間違い三点[18]。六フランとナポリの短靴左右揃。
・売、O＊＊嬢へ、金髪。百二十フラン。
・買、歴史画家M＊＊氏より、好色画集。二十五フラン。

14　紀元前三世紀、古代ギリシャの科学者。〈流体中の物体はその物体が押しのける流体の重量に等しい上向きの浮力を受ける〉という〈アルキメデスの原理〉を発見した。伝説では、紀元前二一二年、第二次ポエニ戦争でローマ軍がシラクサを占領したさい、アルキメデスが描いた図形をローマ兵が壊し、「我が図形を乱すな」と抗ったため殺されたという。

15　フランスでは二十世紀中頃まで書籍は仮綴じのままページを裁断せず販売され、購入者がペーパーナイフなどでページを切り開いて読み、必要に応じて製本し直すのが一般的であった。

16　一リーヴルは五百グラム。

17　本名マリイ＝ジャンヌ・ベキュ。十八世紀フランスの高級娼婦(クルチザヌ)。ルイ十五世の愛妾。王太子妃マリイ＝アントワネットと対立したことでも知られる。

18　当時のセーヌ県知事クロード・フィリベール・バルトロ・ランビュトは綴りの間違いが多いことで有名だった。

・売、フェルディナン氏へ、R＊＊・ド・P＊＊男爵夫人が教会に行く時刻。加えてモンマルトル街の中二階の部屋を一日貸す。計三十フラン。
・売、イジドール氏へ、アポロン[19]に扮した肖像画。三十フラン。
・売、R＊＊嬢へ、番のオマール海老と手袋六組。三十六フラン。内、二フラン七十五サンチーム受領済。
・同じくR＊＊嬢へ、＊＊＊帽子店への支払い猶予六箇月の仲介。手数料交渉中。
・＊＊＊帽子店へR＊＊嬢を斡旋。謝礼として天鵞絨三メートル、透かし織り六オーヌ[20]。
・買、文学者R＊＊氏より、百二十フランの債権証書。＊＊＊新聞社宛て、現在会社清算中。五フランとモラヴィア産煙草[21]二リーヴル。
・売、フェルディナン氏へ、恋文二通。十二フラン。
・買、画家J＊＊氏より、アポロンに扮したイジドール氏の肖像画。六フラン。
・買、＊＊＊氏より、〈海底の諸革命について〉と題された原稿の束七十五キロ。十五フラン。
・貸、G＊＊伯爵夫人へ、ザクセン焼の器。二十フラン。
・買、新聞記者＊＊＊氏より、『パリ通信』紙の原稿五十二行。百フランと煖炉の置物一個。
・売、O＊＊商会へ、＊＊＊氏による『パリ通信』紙の原稿五十二行。三百フランと煖炉の置物二個。
・貸、S＊＊・G＊＊嬢へ、寝台と二人乗り馬車を一日。無料（S＊＊・G＊＊嬢の収支総額は勘定元帳二十六、二十七を見よ）。
・買、ギュスターヴ・C＊＊氏より、亜麻織物産業に関する記事。五十フランとフラウィウス・ヨセフスの[22]稀覯本。
・売、S＊＊・G＊＊嬢へ、最新流行の家具一式。五千フラン。
・同じくS＊＊・G＊＊嬢へ、薬局の支払い。七十五フラン。

19　ギリシャ神話の神。ゼウスの息子で芸術を司り、また羊飼いの守護神でもある。後に太陽神と同一視された。
20　一オーヌは約一・二メートル。
21　モラヴィアは現在のチェコ東部地方。南部の都市ホドニンでは十八世紀より煙草産業が営まれている。
22　一世紀帝政ローマの政治家、著述家。紀元六六年のエルサレム陥落の様子を『ユダヤ戦記』（八〇頃）に記述した。

・同、牛乳屋の支払い。三フラン八十五。

等々……。

この抜き書きを見れば、メディシス爺さんがどれほど手広い商売をしているかがおわかりになるだろう。とにかく何でも手に入り、何でも買い取ってくれるので、勘定が少しばかり怪しくても文句を言う者はいなかった。

独特の真面目くさった物腰でボエームたちの部屋に入ったメディシス爺さんは、いい時に来たと北叟笑(ほくそえ)んだ。四人のボエームが顔を突き合わせ、凶暴な食欲を議長として、パンと肉という重大な議題について侃侃諤諤(かんかんがくがく)たる議論を戦わせていたからだ。そう、この日は月末の日曜日。運命の日、不吉な日なのだった。

四人はメディシス爺さんの来訪を歓呼(かんこ)の声とともに歓迎した。この爺さんには時間が何より大切で、ただの挨拶で寄るはずがないからである。来たからには何か儲(もう)け話があるということだった。

「おこんばんは、みなさんお揃いで。景気はいかがです」

「おいコリーヌ」

寝台に寝そべって水平の美に浸っていたロドルフが飛び起きた。

「歓待の務めを果たせ。お客さんに椅子をお出ししろ。お客さんは神聖なものだぞ。ようこそいらっしゃい。族長アブラハム[23]としてご挨拶いたします」

コリーヌは青銅のように硬い肘掛け椅子を持ってきてメディシス爺さんの傍に置いた。

「どうぞどうぞ、シンナ[24]になったおつもりで、お掛けになってください」

メディシス爺さんは肘掛け椅子にどっかりと腰を下ろし、その硬さに不平を言いかけたが、この肘掛け椅子は他でもない爺さん自身が、即興の才に欠ける代議士の演説原稿と引き換えにコリーヌに売ったものだと思い出した。爺さんが座るとポケットからちりんちりんと銀色の音色がした。この美しい交響楽に、四人のボエームは夢見心地になった。

ロドルフがマルセルに耳打ちした。

23　旧約聖書創世記に記述される、大洪水の後に人類の父としてヤハウェ神に選ばれた最初の預言者。ユダヤ教、キリスト教、イスラム教の始祖とされる。
24　『シンナ』（一六四一）は十七世紀フランスの劇作家ピエール・コルネイユの戯曲および主人公の名。第五幕の冒頭に〈シンナよ座るがよい〉との台詞がある。

「快い伴奏じゃないか、さあ、爺さんの歌を聞かせて貰おう」

「マルセルさん、あんたの為になる話を持ってきました。芸術界で頭角をあらわすまたとない機会ですぞ。蓋し、芸術の道は不毛の荒野、栄光はそのオアシスですな」

「メディシス爺さん」

マルセルは焦れったそうに言った。

「尊いあなたの守護聖人、〈その半分で手を打とう〉の名にかけて、短めに頼みます」

「そうだ、ピピン王[25]みたいに短く！　小ピピンの王衣も寸詰まりだ、爺さんのあそこの皮もそうなんでしょ、聖ヤコブの子孫だから[26]」

コリーヌが言った。

「こらこら！」

ボエームたちはいっせいに叫び、足許の床板が割れて罰当たりなコリーヌが地獄に堕ちるのではないかと見守った。

だが今のところコリーヌが地獄に堕ちる気配はない。

「では取引といこう。資産家の美術愛好家がいてな、ヨーロッパ中を巡回する展覧会を開きたいというので、目ぼしい絵を集めてくれと頼まれとるんだ。この展覧会にあんたも出品してみんかと思ってな。要するに、あんたの『紅海徒渉』を買おうというわけだ」

「現金払いで？」

「現金払いで」

メディシス爺さんのポケットの管弦楽団（オーケストラ）が妙なる調べを奏でた。

「おい、嬉しいか？」

コリーヌが言った。

「いいから黙ってろ」

ロドルフが怒鳴った。

「こいつの減らず口を封じるには苦悶（くもん）の梨[27]が要るな。この頓馬（とんま）、金になる話だとわからないのか？　おまえみたいな無神論者には何にも有難いものなんてないんだろう」

25　八世紀フランク王国の王ピピン三世は背が低かったため〈短軀王〉と呼ばれた。
26　ヤコブは旧約聖書創世記に記述されるアブラハムの孫。ヤハウェ神とアブラハムとの契約のひとつに、男子は生後八日目に割礼を受けるべしとの掟がある。
27　中世ヨーロッパで異端審問のさいに用いられたとされる拷問具。洋梨状の金属製器具で、螺子（ねじ）により外側に開く仕掛けになっており、口などに挿入して開くことで苦痛を与える。

コリーヌは椅子の上に立ち、沈黙の神ハルポクラテス[28]の恰好をした。

「どうぞ、続けてください」

マルセルは絵を見せて言った。

「値の付けようもありませんから、そっちで値段を付けてくれませんか」

メディシス爺さんは真新しい銀貨を五十エキュ食卓に置いた。

「残りは？　これは手付金ですよね？」

「マルセルさん、ご承知でしょうが、わしは一度言ったことを引っ込めたりせんのだ。これ以上は出さんですよ。よくお考えになるがいい。五十エキュすなわち百五十フラン。これで全部です」

「これだけ？　これじゃ埃及王（ファラオ）の外套がせいぜいだ。コバルトブルーの絵具だけで五十エキュしますよ。せめて手間賃くらいは欲しいなあ。ねえ、銀貨の高さを揃えてくださいよ。切りのいいところまで、もう一声。そしたらレオ十世猊下（げいか）[29]と呼んであげますよ、レオ十世の再来って」

「もう値段は付いとる。これ以上は鐚（びた）一文出しません。その代わりといっては何だが、みなさんに晩飯をご馳走しましょう。葡萄酒も揃っているし、デザートも奮発しますぞ」

「誰も異存はないな？」

コリーヌが大声で言い、拳骨（げんこつ）で食卓を三度叩いた。

「ご落札！」

「いいさ、手を打とう」

マルセルが言った。

「絵は明日取りに来させますからな。さあ出かけましょう、食事の支度はできとります」

四人は『ユグノー教徒』の歌を合唱しながら階下（した）へ下りていった。

いざ食卓へ、食卓へ！[30]

---

28 ギリシャ神話の沈黙の神。元来は沈黙とは無関係な古代エジプトの神だが、人差し指を咥えた幼児の姿で描かれたため、その仕草が沈黙を表すと誤解された。

29 十六世紀のローマ教皇。ミケランジェロ、ラファエロら芸術家を支援し、ルネサンス文化の最盛期を築いた。

30 『ユグノー教徒』は十四話註11を参照。〈いざ食卓へ、食卓へ！〉は第一幕で歌われるカトリック貴族たちの合唱。

メディシス爺さんの饗応(もてな)しはまことに豪勢だった。見たこともないご馳走が四人の前に並んだ。この晩餐以来、オマール海老はショナールにとって神話上の食物ではなくなった。ショナールはこの蝲蛄(ざりがに)の親分をいたく気に入り、やがて熱に浮かされたようにオマール海老の虜(とりこ)となってしまった。

四人は収穫祭みたいに酔っ払って、この素晴らしい宴を辞した。マルセルは悪酔いして、仕立屋の前を通りかかったときには、夜中の二時だというのに、受け取ったばかりの百五十フランを次の服の前金にと店主を叩き起こすところだったが、辛(かろ)うじて頭脳に理性が燃え残っていたコリーヌがマルセルを破産の縁から引き戻した。

この祝祭から一週間ののち、マルセルは自作が出品されたという画廊がいかなるものであったかを知ることになる。サン＝トノレ街[31]を通りかかると、何やら人混みができていて、マルセルは足を止めた。みな、ある店先に懸かった看板を熱心に見ている。その看板こそ他ならぬマルセルの絵であった。メディシス爺さんが食料品屋の主人に売ったのだった。ただ、『紅海徒渉』にはなおも若干の修正が加わり、題名も変わっていた。蒸気船が描き足され、『マルセイユの港にて』なる題が付いていた。野次馬たちは口々にこの絵を褒めそやした。マルセルはこの成功に気を良くして、踵(きびす)を返して呟いた。

「民の声は神の声[32]、か」

31　現在のパリ一区にある通り。

32　八世紀イングランド出身でフランク国王シャルルマーニュ（五話註16を参照）に仕えた神学者アルクィンの書簡に見られる、輿論（よろん）を重んずべきことを説いた言葉。

十七　三美神の身支度

朝寝坊のミミは、ある朝、十時の鐘とともに目覚め、ロドルフが隣にも部屋の中にもいないので吃驚した。前の晩、ミミが寝る前、ロドルフは机に向かって、受けたばかりの非文学的な仕事を徹夜でやっつけようとしていたのだ。その仕事が終わるのはミミにとって大いに重要なことであった。その報酬が入ったら、いつかミミが〈二人形〉[1]で見かけた布地で春服を仕立ててくれることになっていたから。〈二人形〉は有名な洋品店で、ミミは足繁くこの店に通ってはお洒落心を満たしていたのであった。だからいよいよロドルフがこの仕事に取り掛かると、ミミはいまどれくらい捗っているのかと気になって仕方がなかった。机にかじりついて何か書いているロドルフの傍に行っては、心配そうに訊くのであった。

「ね、あたしの服、できそう？」

「もう袖までできたよ。待っててね」

夜中にロドルフが仕事が上手くいっているときの癖で指を鳴らしているのを聞いて、ミミは寝台の上でがばりと身を起こすと、寝台の帷のあいだから褐色の髪の顔をのぞかせた。

「あたしの服、できた？」

「ああ」

ロドルフはびっしりと文字を書き込んだ四枚の大きな原稿用紙をミミに見せた。

「いまブラウスができたよ」

「嬉しい！　あとはスカートね。スカートができるまであと何枚？」

「それはスカート次第だけど、きみは小柄だから、三十三字五十行で十枚も書けば、いいスカートができるね」

「あたし、たしかに小柄よね」

ミミは真剣な顔で言った。

「でも、布をたっぷり使った服がいいな。あんまりぴったりしたのは嫌よ。いまゆっ

1　現在サン＝ジェルマン＝デ＝プレの文学カフェとして名高い〈二人形〉は、一八八五年まで服飾店であった。店名は店の名物である二体の人形に由来する。

たりした服が流行りなの。そうして、衣擦れの音がさらさら聞こえるような、綺麗なプリーツを付けたいな」

「いいよ。一行あたり十字増やそう。きっと綺麗な衣擦れの音がするよ」

そしてミミはふたたび幸福な眠りについた。ところがミミはうっかりミュゼットとフェミイに、ロドルフが服を作ってくれるのだと自慢してしまっていた。無論ふたりはマルセルとショナールにロドルフの献身ぶりを話し、そして単刀直入に、ロドルフは偉いわ、見習いなさいよとけしかけたのだった。

「だって、あと一週間もしたら、あたし表に出るのにあなたのズボンを借りなきゃならなくなっちゃう」

ミュゼットはマルセルの髭を引っ張ってねだった。

「気前のいいお客から十一フラン貰えることになってる。その金が手に入ったら、流行りの無花果の葉を買ってあげるよ」

「あたしには？」

フェミイがショナールに訊いた。

「部屋着だって穴だらけなのよ」

ショナールはポケットから三スー引っぱり出してフェミイに渡した。

「ほら、これで針と糸が買えるから、あの青い部屋着を繕(つくろ)えばいいだろ。〈趣味と実益を兼ねる〉ってことを楽しく学べるよ」

結局、マルセルとショナールはロドルフを交えて極秘会議を開き、おのおの協力し合って恋人の正当なお洒落心を満たしてやろうと決めた。

「あの娘(こ)たち可哀想だよ」

ロドルフが言う。

「お洒落なんてくだらんものだが、そのくだらんものがあの娘たちには是非とも必要なんだ。おれたち、ここのところ絵も文学も仕事は順調じゃないか。株屋みたいに儲(もう)かってる」

「確かに、文句のつけようがないな」

マルセルが同意する。

「絵の方も景気がいい。レオ十世[3]の御代(みよ)かと思うくらいだ」

2　旧約聖書創世記において、エデンの園で禁じられた善悪の知識の実を食べたアダムとイヴが羞恥を知って無花果の葉で裸体を隠したという記述から、衣服を冗談めかして言ったもの。

3　十六話註29を参照。

「ところでミュゼットから聞いたけど、おまえこの一週間、朝から晩までどこかに行ってるそうじゃないか。ほんとに仕事してるのか？」

「それがいい仕事でね、メディシス爺さんが紹介してくれたんだが、アヴェ・マリア兵舎[4]で肖像画を描いてる。兵隊が十八人、ひとりあたま六フラン、一年間は似ているって保証付きでね。何だか時計を買うみたいだけどな。できるもんなら一連隊まるごと描いてやりたいくらいだ。だからおれも、メディシス爺さんから金が入ったらミュゼットの服を作ってやりたいと思うよ。というのも報酬はモデルとでなく爺さんとの取り決めだから」

そこへショナールが、さも何でもないことのように、

「おれ、実は眠ってる金が二百フランあるんだ」

と言い出した。

ロドルフは思わず叫んだ。

「何だと？　その金、早く叩き起こせ」

「二、三日したら受け取りに行くつもりだ。入ったら知らせるよ。少しばかり道楽に散財しようかと思ってね。特に、隣の古道具屋にあった南京木綿（ナンキンもめん）の服と喇叭（らっぱ）は見るたびに欲しくなってたんだ。自分へのご褒美ってやつさ」

「でも」

ロドルフとマルセルは口を揃えて、

「そんな大金、どこにあるんだ」

「まあ聞きたまえ」

ショナールは勿体（もったい）ぶってふたりのあいだに座った。

「隠したって始まらない、学士院会員（ランスティチュ）となり納税の義務を負うまで、口に入るのはライ麦のパンばかり、日々のパンを捏（こ）ねるのはしんどいものだ。だが見方を変えれば、おれたちは孤独じゃない。神が芸術の才能を授けてくれたように、おれたちはそれぞれ恋人を選んだじゃないか。運命を共有するひとを」

「今日、言うことが違うな」

マルセルが混ぜ返す。

「そこでだ、どれだけ倹約したところで、元手が無いんじゃ、貯金も儘（まま）ならない。いつも皿からはみ出すくらいの食欲があれば尚更（なおさら）だ」

4　現在のパリ四区、サン＝ジェルヴェ地区に存在した兵舎。アヴェ・マリア修道院跡に設置されたためこの名で呼ばれた。

「何が言いたいんだ」

ロドルフが焦(じ)れったそうに訊いた。

「つまりだね、目下の状況に鑑(かんが)みて、互いに相手を見下そうとするのは間違いだってことさ。おれたちの社会的資産は芸術を除けば零(ゼロ)に等しかったが、その零(ゼロ)の前に別の数字を書き込める機会が来たんだからな」

「おい待てよ。誰が相手を見下してるって？　確かにおれはいずれ大画家となる人間だが、今は小遣い銭のために兵隊の似顔絵描きに甘んじてるじゃないか。何だか栄光の未来への梯子(はしご)をいそいそと下りてるような気がするくらいだ」

「おれだって」

ロドルフも反論する。

「きみは知らんかもしれんが、有名な歯医者の依頼で、半月前から入れ歯の啓蒙詩を書いてる。十二音綴詩句(アレクサンドラン)十二行で十五スー、牡蠣(かき)より少し高いくらいのもんだ。だが何を恥じよう。わが詩神(ミューズ)が手を拱(こまぬ)いているのを見るくらいなら、〈パリ案内〉にだって喜んで恋歌を書くさ。そう、竪琴は歌うためにあるのだし、ミミが半長靴(ボティーヌ)を欲しがっているからな」

「じゃあ、もうじき氾濫(はんらん)するであろう黄金の河パクトロスが何(いず)れの水源より来(きた)るかを知っても、きみたちは分け前を求めないと言うのだな？」

ショナールの二百フランの話とは以下のようなことであった。

半月ばかり前、ショナールはある楽譜屋に入った。ピアノ講師や調律を求める客がいれば紹介して貰えることになっていたのだ。

「ああよかった！　いい時に来てくれました。ついさっき、ピアノを弾ける人はいないかって頼まれたところだったんです。英国人ですが、金払いはよさそうですよ……でもあなた、本当に弾けるんでしょうね？」

ここで謙遜したら却って悪印象だとショナールは考えた。それに音楽家、とりわけピアノ弾きと謙遜とは、まず相容れぬものである。ショナールは落ち着き払って答えた。

「ぼくはピアノにかけては一流ですよ。もしぼくが肺を病んで、偉大な頭髪を蓄え、黒の燕尾服でも着ていたら、今ごろは太陽みたいに有名になっているでしょう。あなたはわが〈乙女の死〉の総譜の製版費用八百フランを請求する代わりに、ぼくの前に跪いて、銀の皿に三千フランくらい入れて寄越しているところです。五オクターヴの上で十年鍛えたこの指は、白鍵でも黒鍵でもそれは軽やかに弾きこなします」

紹介されたのはバーン氏という英国人であった。屋敷に着くと、青服の召使がショナールを迎え、緑服が案内し、黒服が応接間に通した。入ると目の前にひとりの英国人がハムレット[5]よろしく、まるで人類の卑小さを思い煩(わずら)ってでもいるような沈鬱な様子で座っていた。ショナールが来意を告げようとしたそのとき、けたたましい悲鳴が響き、ショナールは思わず口を噤(つぐ)んだ。耳を引き裂くがごときその悲鳴は、下階の露台(バルコニィ)の止まり木で、一羽の鸚鵡(おうむ)が発したものであった。

「おお、あの動物が、動物が、殺すでしょう、わたしを」

英国人が肘掛け椅子から飛び上がってぼそぼそと呟いた。

そのとき鸚鵡が喋りだした。そこらの鸚鵡とは比べものにならないほど語彙が豊富であった。終(しま)いには女の声に昂奮した鸚鵡が国立高等演劇学校(コンセルヴァトワール)式の抑揚で、ラシーヌ作『フェードル』の有名な語り、〈テラメーヌの注進(レシ)[6]〉の冒頭を朗々と語り始め、ショナールはどうしようかと思った。

この鸚鵡はある人気女優が可愛がっているのだった。その女優は色恋の競馬場で、なぜ、どのようにしてかは知らないが馬鹿げた値段が付けられ、やんごとなき殿方の夜食の品書きに名が記されて、生きたデザートとなる女たちのひとりであった。今どきのキリスト教徒の男は、古びたものといえば出生証明書しか持たないようなあの罰当たりな女たちを連れていることが、一種の社会的地位の証(あかし)なのだ。こういう女たちは可愛らしくありさえすれば他の不都合はどうということはなく、一番危ないのは、こういう女を紫檀の寝台に寝かせてやったがために身代を潰してしまうことである。だが、こういう女たちの美貌は香水屋で量り売りで買え、布切れに垂らした水滴三粒で雲散霧消する程度のもので、その知性は笑劇の歌一曲で言い尽くせ、その才能を証し立てるものといえば偽客の空疎な拍手しかないのにもかかわらず、なぜああも立派な、名も高く分別もあり最新流行のお召し物で身を包んでいるような殿方が、ああも在り来たりな情事に逆上せあがり、月並みなことこの上ない出来心から、召使ですら目もくれぬような女たちを昼も夜も崇め奉るものか、不思議千万としかいいようがない。

この女優も、そんな当代の美姫のひとりであった。ドロレスという名で、スペインのアンダルシア生まれだと自称していたが、実のところそのアンダルシアとはパリの

5　シェイクスピア四大悲劇のひとつ（一六〇三年初版）。父親のデンマーク王を叔父に毒殺された王子ハムレットは煩悶しつつも父の復讐を誓う。

6　十七世紀フランスの劇作家ジャン・ラシーヌ作『フェードル』第五幕で、アテナイ王子イポリットの死を知らせる乳母テラメーヌの有名な長台詞。

コクナール街[7]のことだった。コクナール街からプロヴァンス街[8]までは十分もかからないが、ドロレスにはたっぷり七、八年の長い道程であった。暮らしは次第に乱脈になったが、それとともにドロレスの名は高まった。最初の挿し歯を入れた日にドロレスは馬を一頭貰った。二本目の差し歯を入れた日には二頭貰った。そして今、ドロレスは贅沢三昧に暮らしている。ルーヴル宮殿みたいな屋敷に住み、道の真ん中でロンシャンへの[9]行列よろしく馬車を走らせ、パリの上流人士を招いて舞踏会を催す。こういうご婦人のいう〈パリの上流人士〉とはつまり、あらゆる馬鹿と厚顔無恥からなる、おべっかだけが取り柄の暇人の集まりということだ。パリ中の、独逸歩兵[10]遊びにうつつを抜かし、屁理屈を捏ねては喜んでいる遊び人、頭も手も使ったことのないのらくら者、自分や他人の時間を溝に棄てるしか能のない輩、他にやることがないので物書きをやっているようなでもしか文士、強請り集りで喰っているやくざ者、いんちき貴族、よくわからない秘密結社の構成員、何かにとり憑かれたかのような、何処から来て何処へ帰るのやら見当もつかない流れ者の芸術家、札付きの女たち、母から受け継いだ大切な果実を、かつては往来で、今は閨房で金に換えるイヴの娘たち、芝居の初演によく見られる、額にゴルコンダ[11]の金剛石を、肩にチベットの絹織物を着けた、産着から死装束まで堕落しきってはいるが、春のはじめの菫と青春のはじめの恋とでいっとき華やいでいるような連中。ドロレスの舞踏会に顔を見せるのは、こういった、赤新聞が〈パリの上流人士〉と呼ぶ面々であった。このドロレスが例の鸚鵡の主人なのであった。

この鸚鵡の演説の才は巷(ちまた)の評判を攫(さら)ったが、次第に近隣の恐怖の対象となった。露台(バルコニィ)に出されると、止まり木を演台に朝から晩まで延々と喚きたてるからだ。ドロレスを訪ねてきた記者たちが政治用語を教えると、砂糖関税問題について驚くべき熱弁を振るった。ドロレスが舞台で喋る台詞(せりふ)をそっくり覚えてしまい、ドロレスの調子が悪い時には台詞の代役を務めるほどであった。さらにドロレスは色恋の言葉なら何

7　八話註14を参照。
8　現在のパリ八区から九区にまたがる通り。
9　現在ロンシャン競馬場があるブローニュの森にはかつてクララ会女子修道院が建ち、聖週間（十話註11を参照）に行われるミサには上流人士が贅を凝らした馬車で参列した。シャンゼリゼを通り修道会へと向かうこの豪華な馬車行列は革命期に一時廃れるが、王政復古とともに復活し、着飾った上流人士が富を競った。
10　カード遊びの一種。ドイツ歩兵が広めたのが名の由来とされる。
11　インド南部の都市。上質の金剛石(ダイヤモンド)の産地として知られる。

箇国語も話せて、世界津々浦々の男たちをお客にするので、この鸚鵡も何語だろうとぺらぺらで、時にはヴェル＝ヴェル[12]に言葉を教えた船乗りたちでも顔を赤らめるような下品な言葉を、世界各国語で披露するのであった。この鳥のお喋りは、十分くらいなら上手いものだと感心もするだろうが、際限なく聞かされるのは拷問以外の何物でもなかった。だが隣近所から幾度苦情を持ち込まれても、ドロレスは聞く耳を持たなかった。立派な一家の主である二、三の下宿人が、鸚鵡の節操のないお喋りによる風紀の悪化に憤慨し、部屋の解約を楯に大家に迫ったが、その大家もまたドロレスに骨抜きにされているのであった。

バーン氏は三箇月我慢したが、ある日、とうとう堪忍袋の緒が切れた。その怒りを壮麗な正装でなんとか覆い隠し、まるでウィンザー城のヴィクトリア女王[13]の式典に参列するかのような出で立ちで、ドロレスに謁見を求めたのであった。

ドロレスは英国人を見て、はじめ〈憂鬱卿〉の扮装をしたホフマン[14]が来たかと思い、饗応しに昼食を勧めると、英国人は亡命したスペイン人に二十五課まで習ったフランス語で重々しく答えた。

「わたし、受諾します、あなたの招待を、もしわたしたちがあの……不愉快な鳥を食べるでしょうならば」

そして英国人は、英国訛りを耳ざとく聞きわけて挨拶に〈国王陛下万歳〉を口ずさんでいる鸚鵡の籠を指さした。

揶揄われていると思い、ドロレスがむっとしたところに、英国人がさらに言った。

「わたし、とてもお金持ち、だからわたし、払うでしょう、あの鳥の値段」

あの鳥は可愛がっているのだから他人の手に渡すつもりはない、とドロレスは答えた。

「おお！　わたし、手に入れる、あの鳥、違います。足の下です」

そう言って英国人は足を上げ、靴の踵を見せた。

12　一八世紀の詩人ジャン゠バティスト・グレッセの詩〈ヴェル゠ヴェルまたはヌヴェル聖母訪問会の鸚鵡の旅〉（一七三四）に詠われる鸚鵡。修道院で修道女たちに敬虔な言葉を教わり可愛がられていたヴェル゠ヴェルは、ロワール河の船頭に預けられて船乗りの粗雑な言葉を覚える。修道院に戻ったヴェル゠ヴェルの言葉を聞いて修道女たちは慌ててラテン語を思い出させようとするが、消化不良で死んでしまう。
13　十九世紀英国の女王。ヴィクトリア朝と呼び慣わされる大英帝国の最盛期を築いた。
14　エルンスト・テオドール・アマデウス・ホフマン。十八―十九世紀ドイツの作家。幻想文学の傑作を多く遺した。

ドロレスは怒りにぶるぶる震えて今にも逆上するところであったが、そのとき英国人の指環(ゆびわ)が見えた。その金剛石(ダイヤモンド)から見て、金利の収入(あがり)だけで年に二千五百フランはあるだろうと思われ、俄雨(にわかあめ)に打たれたようにドロレスの怒りは収まった。五万フランはしそうな指環を小指に嵌(は)めたこの男に腹を立てるのは得策ではないだろうと考えたのだ。

「あら、ご免なさいね、この子、うるさかったかしら。奥に仕舞いますから。そうすればもう聞こえませんわ」

英国人は何も言わず満足そうな仕草をし、それからまた靴の踵を見せつつ、

「しかし、こちらのほうが……」

「どうぞご心配なく。あそこなら閣下(ミロード)のお耳を煩(わずら)わせることもございませんことよ」

「おお！　わたし、閣下(ミロード)ない……ただの紳士(エスクワイヤ)であるだけです」

だが、バーン氏がこのうえなく優美なお辞儀(じぎ)をしてドロレスの許(もと)を辞そうとすると、利に敏(さと)いドロレスは円卓に置かれた小さな包みを取り、

「ね、今夜、＊＊＊劇場であたしの舞台があるの。あたしの出る劇が三本もございますのよ。よろしかったら、桟敷席(さじき)の切符を買って頂きたいのですけど。そんなに高価(たか)くありませんから」

　そう言って十枚ほどの切符を英国人の手に握らせた。

（こうやってご機嫌を取ってやったんだもの、紳士なら断れないでしょうよ。そうして、薔薇色のドレスを着て舞台にいるあたしを見れば……上階と下階だもの、きっと！　あの金剛石の指環は億万長者への鍵なのよ。みっともない、陰気くさい人だけど、船酔いしないでロンドンに行ける願ってもない機会だわ）

　切符を貰った英国人は、もう一度それが何の切符かを聞き返し、それから値段を訊ねた。

「桟敷席は六十フランですわ。それが十枚だから……、いえ、今でなくてもよろしいのよ」

　財布を取り出そうとする英国人を見てドロレスは言った。

「ねえ、ご近所の誼で、ちょくちょくお出でになって頂けたら光栄ですわ」

「わたし、好みません、支払いが遅くなること」

　英国人は千フラン札を出して卓に置くと、十枚の切符をポケットに入れた。

　ドロレスは金の入った小箪笥の抽斗を開け、

「お釣りをお返ししますわ」

「おお！　いいえ、それは心付けです」

そうして、呆気にとられたドロレスを残して英国人は帰っていった。

（心付けですって！　なんて無神経な男でしょ。お釣りを返さないと）

英国人の無作法に自尊心を逆撫でされたドロレスだったが、考えるにつれ冷静さを取り戻した。二十ルイとは悪くない臨時収入だし、これまでもっと安価い無礼だって我慢してきたじゃないか、そう思ったのである。

（まあいいわ、気にしなくても。誰かに見られたわけじゃないし、今日は洗濯屋の支払いの日じゃない。それに、あの英国人、フランス語は得意じゃないみたいだし、挨拶代わりのつもりなんでしょ）

そう考えて、二十ルイは有難く貰っておくことにした。

その夜、舞台が終わると、ドロレスはかんかんに怒って帰ってきた。バーン氏が切符を使うことなく、桟敷席が空っぽのままだったのだ。

零時半にドロレスが舞台に立つと、がらがらの桟敷席を見た女優仲間たちの嬉しそうな顔が目に入った。

剰え、ひとりがもうひとりに、がらんとした立派な桟敷席を指してこんなことを言うのが聞こえた。

「可哀想なドロレス、やっと前桟敷がひとつ埋まっただけじゃない」

「桟敷席はがらがらよ」

「管弦楽団（オーケストラ）も寂しいし」

「あーあ、広告にドロレスの名前があると、排気ポンプみたいにお客さんが出てっちゃうのよね」

「それで席を値上げしようってんだもん、何考えてるのかしら」

「きっと売り上げも散々よね。賭けてもいいわ、貯金箱かストッキングの底に入るくらいがやっとよ」

「あっ見て、ドロレス、あの赤天鵞絨（あかびろうど）の衣装を着てる」

「躄蟹（ざりがに）の山盛りみたい」

「あんた最近の入りはどうだったの？」

「満員御礼よ。それも初日で。椅子席は一ルイだったのよ。でもあたしに残ったのはたったの六フラン。あとは洋服屋が全部持ってっちゃった。霜焼（しもや）けにならなくてすむならサンクトペテルブルクでも行きたいわ」

「何よ、あなたまだ三十じゃない。もうロシアでどさ廻り？」

「しょうがないでしょ。あんたはどうなのよ。売り上げはもうすぐ出そう？」

「あたしは半月後。でももう切符は千エキュ売れてるわ。陸軍学校の子たちの分は抜きでね」

「あっ、管弦楽団（オーケストラ）がみんな出てっちゃった！」

「ドロレスが歌うからよ」

実際、そのときドロレスは衣装と同じくらい顔を真っ赤にして、酸っぱい葡萄酒みたいな声で歌っているところだった。やっとのことで歌い終えると、ドロレスの足許に花束がふたつ投げられた。例の女優仲間のふたりが投げたのだった。ふたりは桟敷席の端から身を乗り出して叫んだ。

「ブラヴォー、ドロレス！」

ドロレスの憤懣（ふんまん）がいかばかりだったか、容易に想像がつくであろう。深夜に部屋に帰ると、時間も構わず窓を開けて鸚鵡を起こし、昼間の約束を信じて安らかに床に就いていたバーン氏はまたも安眠を妨げられた。

この日から、ドロレスと英国人とのあいだで戦争が勃発したのであった。束の間（つかのま）の休息も休戦もない、両陣営とも総力を挙げての大戦争であった。鸚鵡はドロレスに教わってますますアルビオン[15]の言語に対する学識を深め、明けても暮れても、聞くに耐えない金切り声で英国人に罵詈雑言（ばりぞうごん）を浴びせかけるのだった。実際そのやかましさは耐え難く、ドロレス自身の生活にも支障を来（きた）すほどであったが、今にバーン氏が音（ね）を上げて出ていくだろうと思っていた。そうなればドロレスの自尊心も満たされるはずであった。一方英国人は、考え付く限りの報復のまじないを実行した。まず自宅の客間で太鼓の教室を開いたが、警察に禁止された。バーン氏のやり口は次第に巧妙になった。今度は拳銃の射撃場を作って使用人たちに毎日五十枚もの的を蜂の巣にさせた。また警察が来て、屋内での火器の使用を禁ずる条例の文面を見せたため、バーン氏は射撃練習をやめた。だが一週間後、ドロレスの部屋の天井からざあざあと雨が降ってきた。大家が飛んでいくと、バーン氏は部屋で海水浴をしていた。広い部屋の壁を金属板で覆（おお）い、戸を堅く締め切って、急拵（きゅうごしら）えの貯水槽に百本もの水道管で水を溜めて五トンの塩を溶かしてあった。それはまごうことなき小さな海であった。何ひとつ欠けていなかった。魚まで泳いでいた。中扉の上の板を外し、そこから海に入るのだ。部屋での海水浴はバーン氏の日課となった。そのうち潮の匂いが街に漂い、ドロレスの寝室の床は海水に浸かった。

大家は血相を変え、バーン氏に部屋の損害賠償の訴訟を起こすと息巻いた。

「わたし、うちで海水浴することの権利、持ちませんか」

15　ブリテン島の古名。

「あるわけないだろう」

「もしわたし、その権利持たないでしたら、わかりました」

バーン氏はフランスの法は守るつもりだった。

「残念、わたし、たくさん楽しいでしたけれど」

その夜、バーン氏は海の水を抜かせた。確かに、そろそろ潮時であった。寄せ木張りの床には牡蠣（かき）がびっしりくっついていた。

だがバーン氏は諦めなかった。この風変わりな戦争を合法的に継続する手立てを模索していたのである。ふたりの諍いはパリ中の暇人たちの恰好の娯楽となっていた。劇場の待合や公共の場所で人が集まるとこの事件の噂で持ち切りだった。だからドレスは名誉に懸けてこの争いに勝つつもりでおり、どちらが勝つか賭ける者まで出た。

バーン氏がピアノのことを思いついたのはそんなときだった。悪くない思いつきだった。もっとも不快な楽器こそ、もっとも不快な鳥に抗し得るのだ。バーン氏はすぐに実行に移した。ピアノを借りてピアノ弾きを募った。こうしてショナールがこの部屋にやってきたのだった。バーン氏は下階の鸚鵡から多大な迷惑を蒙（こうむ）っていることと、あの女優を和解に応じさせるためにこれまであの手この手を尽くしてきたことを切々とショナールに訴えた。

「閣下（ミロード）、それならあの鳥を片付けるいい手があります。香芹（パセリ）を喰わせるんです。鳥には香芹（パセリ）が青酸にも等しい猛毒であることは化学者の衆目の一致するところです。絨毯（じゅうたん）に香芹（パセリ）の刻んだのを撒（ま）いて、窓から鸚鵡の籠に振りかけてやればいい。アレクサンデル六世教皇の晩餐[16]に招かれたみたいにいちころですよ」

「わたし、そのこと考えました、しかし、鳥、用心多いです。ピアノのほうが確実です」

ショナールはしげしげとバーン氏を見つめた。そもそもバーン氏の言うことがよくわからなかったのだ。

「これがわたしの考えです。女優と鳥は昼まで寝ます。わたしの言うことわかりますか」

「わかりますよ。どうぞ続けてください」

「わたし、寝ること邪魔すること計画しました。この国の法律、わたしに許します、朝から夜まで音楽をすること。わたしの期待わかりますか」

16　アレクサンデル六世は十五―十六世紀のローマ教皇。一説によると、政敵コルネート枢機卿の毒殺を目論（もくろ）むも毒入り葡萄酒を誤って自分が飲んだために死亡したという。

「でも、ぼくのピアノを一日中、しかも無料で聞けるなら、むしろ喜ぶかもしれませんよ。なにしろぼくの腕前は一流ですからね。もしぼくが肺を病んで……」

「おお！　おお！　わたし、良い音楽を頼まないでしょう。あなたの楽器を叩くことだけ必要でしょう。このように」

そう言ってバーン氏はがらがらと音階らしきものを弾いた。

「いつも、いつも、同じ音、容赦なし。ねえ、音楽家さん、いつも同じ音です。わたし、医学少し知っています。これ、頭が変になる。女と鳥、頭が変になります。これがわたしの計画です。さあ、すぐ始めてください。わたし、お金たくさん払うでしょう」

「……とこういうわけさ。そんな仕事を半月ばかり続けてるんだ。まったく同じ音階だけを、朝の七時から夜までね。高邁な芸術とはとても言えないが、已むを得まい。あの英国人、おれの出鱈目な音に月二百フランもくれるんだから。こんな幸運を断るくらいなら首を縊ったほうがましだね。あと二、三日で最初の給料を貰えることになってる」

こうして三人はそれぞれの事情を話し、金が入ったら長いことお洒落ができなかった女の子たちの春服を買ってやろうということで話が決まった。さらにショナールが、誰かに先に金が入ってもあとのふたりを待って同じ時に買おう、ミミとミュゼットとフェミイが揃って新しい服を愉しむことができるように、と提案し、ロドルフとマルセルも同意した。

さて、この協定から二、三日が経った。最初に金ができたのはロドルフだった。入れ歯の詩の報酬が入ったのだ。八十フランだった。二日後にはマルセルが兵隊の似顔絵十八枚の報酬としてメディシス爺さんから一枚当たり六フラン受け取った。

金が入ったことが女の子たちに露呈せぬよう、素知らぬ顔をしているのは大変だった。

「金の匂いが漏れそうだよ」

「おれもだ。早くショナールに金が入らないと、いつまでも世を忍ぶクロイソス王[17]を演じてるわけにはいかないぞ」

だがその翌日、ついにショナールが、黄金色の南京木綿の上着を颯爽（さっそう）と羽織って現れた。

「まあ素敵！」

17　七話註2を参照。

粧しこんだ恋人を見てフェミイが声を上げた。

「その服、どうしたの？」

「小切手帖に挟まってたのさ」

ショナールは答え、ついてくるようロドルフとマルセルに合図を送った。三人きりになると、

「金が入ったぞ、ほら、山のようにある」

と一摑みの金貨を見せた。

「ようし、さっそく出発だ。店という店を略奪しつくすぞ。ミュゼット、喜ぶだろうなあ！」

「ミミもきっと喜ぶぞ、さあショナール、行こうぜ」

「ちょっと考えさせてくれないか」

ショナールが答えた。

「行き当たりばったりな流行であの娘たちを飾り立てるのはおそらく軽率というものだ。考えてみろ、あの娘たちが『レシャルプ・ディリス』の広告絵みたいになったら、そんな贅沢はあの娘たちの性格に由々しき影響をおよぼすとは思わないか？　おれたちのような若者が、老いぼれのペテン師みたいに女の子に振る舞うべきなのか？　た

かだか十四フランとか十八フランをフェミイの服に遣うのが惜しいんじゃないぜ。だが心配なんだ。新しい帽子が手に入ったら、フェミイのやつ、もうおれのこと相手にしなくなっちゃうんじゃないかってね。あの娘(こ)は花で髪を飾るだけでじゅうぶん綺麗じゃないか。よう哲学者、おまえはどう思う？」

　ショナールは部屋に入ってきたコリーヌに訊いた。

「忘恩は善意の娘だからな」

　コリーヌは哲学者らしいことを言う。

「それにさ、あの娘(こ)たちが綺麗な服でお洒落(しゃれ)しているときに、おまえたちはそんなボロ服で、どの面(つら)さげてその横を歩くんだ？　召使かなんかに見えるぞ。おれは違うけどな」

　と南京木綿の上着を見せびらかして、

「お蔭さまで、おれは何処に出ても恥ずかしくないけどね」

　ショナールは不安げだったものの、結局、明くる日は女の子たちのために街の服屋で大いに散財しようと改めて話が決まった。

　そしてこの章の始まりがその翌日の朝というわけである。ロドルフがいないのでミミが驚いていると、生地(きじ)の見本を抱えた〈二人形(レ・ドゥ・マゴ)〉洋服店の小僧と帽子屋を連れて、三人が下宿の階段を上がってきた。お目当ての喇叭(らっぱ)を手に入れたショナールが、先頭で『カイロの隊商』[18]の序曲を高らかに吹き鳴らした。

帽子や生地を買って貰えるわよと中二階のミミがミュゼットとフェミイを呼んだので、ふたりは雪崩(なだれ)のように階段を駆け下りてきた。目の前のささやかな贅沢に、三人の女の子は喜びで我を忘れそうだった。ミミは笑い声を抑えることができず、雌山羊(めやぎ)みたいにぴょんぴょん跳ね、薄布のスカーフがひらひらと踊った。ミュゼットはマルセルの頸(くび)に飛びつき、緑の小さな半長靴(ボティーヌ)をシンバルみたいに打ち鳴らした。フェミイはショナールを見ながら、

「ああ、アレクサンドル、アレクサンドル！」

と涙声で言うばかりだった

「アルタクセルクセス王の贈り物[19]が拒まれることはなさそうだ」

とコリーヌが言った。

ようやく女の子たちの驚喜の喧騒が静まり、めいめい布地を選んで支払いが済むと、ロドルフが女の子たちに、明日の朝までに新しい服で出かけられるように準備してほしいと言った。

「そうして郊外に行こう」

「素敵！」

　ミュゼットが叫んだ。

「一日で布を買って裁断して仕立てて着たこと、前にもあるわ。まだ一晩あるんですもの、朝までにちゃんと準備しておくわ、ね、そうでしょ？」

「準備する！」

　ミミとフェミイが声を揃えた。

　ミュゼットとミミとフェミイはすぐに仕立てに取りかかった。十六時間、鋏も針も止まることはなかった。

　夜が明けると同時に月も明けた。五月だ。春の甦りを祝って復活祭[20]の鐘が何日も前から鳴り響き、あちこちから春が嬉し気な急ぎ足で、ドイツの歌にあるように、愛しい人の窓の下に五月の木を植える許婚の若者のごとき軽やかな足取りでやってく

18　十八―十九世紀ベルギー出身の音楽家、アンドレ・グレトリの歌劇。一七八三年初演。
19　紀元前五世紀、古代アケメネス朝ペルシアの王アルタクセルクセスは、医師ヒポクラテスを懐柔しようと贈り物をしたが、拒絶されたと伝えられる。
20　三話註1を参照。

る。春が大空を青に、木々を緑に、何もかもを美しい色に彩り、冬の寒さに凍え靄の褥に寝そべって頭を厚い雪雲の枕に凭せかけた太陽を起こし、励ます。

〈おおい太陽君、時間だぞ、ぼくはここだ。急いで仕事にかかろう。ぐずぐずしないで、新品の綺麗な光の衣を纏うんだ。それから露台に出て、ぼくの訪れをみなに知らせてくれ〉

太陽はすぐに姿を現し、宮廷の王侯貴族さながら、誇らしく堂々と天空を巡る。東方への巡礼から戻った燕たちが空いっぱいに飛び廻る。山査子の花が藪を白く飾る。森の下草に菫の芳香が漂う。鳥たちはもう翼の下に恋歌の手帖を携え巣を飛び立っている。まさしく春が来たのだ。詩人と恋人たちの真の春が来たのだ。赤鼻と伸びた爪の、最後の薪の最後の灰も疾うに燃え尽きた煖炉の傍で貧者を尚も身震いさせる、マチュー・ランスベール[21]が告げる嫌な春ではない。暖かな微風が澄んだ空を流れ、今年初めての近郊の農村の匂いを街に届ける。やがて目映く熱い陽光が窓硝子を打つだろう。陽光が病人たちに告げる。

〈さあ窓を開けなさい、われわれは活力の源だ〉

このうえなく無垢な少女たちが、無邪気な初恋の相手、鏡に向かって身を屈める屋根裏部屋で、陽光が告げる。

〈お嬢さん、窓を開けて、綺麗なきみを照らさせておくれ。われわれは晴天の使い。さあ、今こそ平織(ひらおり)の服を着て、麦藁(むぎわら)帽子を頭にのせて、素敵な編上げ靴を履くがいい。みなが踊る木立(こだち)には今朝開いた花々が色とりどりに咲き誇り、もうすぐヴァイオリンも日曜日の舞踏会のために目を覚ますだろう。御機嫌よう、綺麗なお嬢さん〉

近くの教会でお告げの祈り(アンジェラス)[22]の鐘が鳴るころ、お洒落で勤勉な三人娘は、ほんの二、三時間眠っただけで、もう鏡の前に立ち、新しい服の最後の点検に余念がない。

フェミイもミミもミュゼットも同じくらい可愛らしく、同じくらい着飾って、三人の顔は長いあいだ焦(じ)らされた望みがようやく叶った満足できらきら輝いていた。

ことにミュゼットの美しさは目がくらむほどだった。

「こんなに嬉しいの初めて！　神様が一生分の幸せを一度にくれたみたい。もう残ってないんじゃないかって怖くなっちゃう！　でも、もう幸せが残ってないのだとしても、また作ればいいわ。あたしたち、幸せの作り方を知ってるものね」

そう言ってミュゼットはマルセルに抱きついた。

21　十七世紀ベルギーの伝説的占星術師。予言を交えた暦を作成したとされる。

22　朝、正午、夕刻に鳴らされる、聖母マリアへの受胎告知を言祝ぐ祈りの時刻を知らせる鐘。

フェミイはなんだかつまらなそうだった。

「緑や小鳥は好きだけど、郊外じゃ誰にも会わないじゃない。あたしの可愛い帽子も綺麗なドレスも、誰も見てくれないじゃない。せめて大通り（ル・ブルヴァール）[23]を通っていきましょ」

朝八時、ショナールが喇叭（らっぱ）で高らかに出発を知らせるファンファーレを吹き、街中の肝（きも）をつぶした。隣近所の人たちは窓に顔をくっつけてボエームたちの行進を見送った。コリーヌもこの祝祭に加わり、行進の殿（しんがり）で女の子たちの日傘を運んだ。そうして一時間が経ち、この愉快な一団はフォントネ＝オ＝ローズ[24]の草原を思い思いに散策した。

夕方帰ると、その一日会計係を務めたコリーヌが、六フラン遣い損ねたと言って残金を食卓に置いた。

「これ、どうしよう？」

「国債でも買ったら？」

ショナールが応えた。

23　現在のパリ二区と九区にまたがるイタリアン大通り（ブルヴァール・デ・ジタリアン）のこと。パリ随一の繁華街で多くの観光客や買物客で賑わった。

24　十四話註7を参照。

十八　フランシーヌのマフ[1]

一

ボエームの中でも真のボエームというべき人々と交わる中で、わたしはジャック・D**という青年と知り合った。彫刻家で、いずれは偉大な才能を発揮するであろう男だった。だが貧困はそのための猶予を与えてくれなかった。ジャックは一八四四年三月、聖ルイ病院の聖ヴィクトワール[2]病室、第十四寝台で窶れて死んだ。

わたしがジャックと知り合ったのはこの病院でのことだ。わたしも長患いのためこの病院に入院していた。先にも述べたように、ジャックには偉大な才能の片鱗があったが、けっして自惚れてはいなかった。わたしがジャックと交際した二箇月、ジャックは死の腕が自分を抱きとめるのを感じていたが、一度でも泣き言を言うのを聞いたことはないし、真価を知られぬ芸術家を嘲笑うあの悲しみに身を任せることもなかった。ジャックの死は少しも恰好いいものではなかった。断末魔に顔を歪めて死んでいった。その死は人間の苦痛という苦痛が集まるこの場所で目撃したなかでも比類ない惨めな光景としてわたしの脳裡に焼き付いている。知らせを受けて遺体を引き取りに来たジャックの父親は、役所から請求された三十六フランをずっと値切っていた。教会の葬式代も値切り、拝み倒して六フランに負けさせた。遺体を柩に納める段になって、看護人が病院の掛布を取り上げ、そこにいた故人の友人のひとりに、死装束の代金を払ってほしいと言った。その友人は一文無しだったので、ジャックの父親に訳を話した。父親は激怒して、まだわしから金を毟り取るつもりかと怒鳴った。

この聞くに堪えない言い合いに立ち会っていた見習い修道女が、遺体を見て、思わず素朴だが心の籠もった言葉を口にした。

「ああ、お父上様！　可哀想なご子息をこんなふうに埋葬してはいけません。こんな

1　筒状の防寒具で左右から手を入れて用いる。
2　現在のパリ十区に建つ病院。十七世紀初頭のペスト流行の際に、時の王アンリ四世が設立した。

に寒いのですから、せめてシャツ一枚でも掛けてあげてくださいまし。裸で神様の前に立たなければならないなんてあんまりです」

父親は友人に代金として五フラン渡し、グランジュ゠オ゠ベル街[3]の古着屋で買うようにと命じた。

「そのほうが安上がりだからな」

こういった父親の冷淡な振る舞いをわたしは後から聞いた。父親は息子が芸術などに現(うつつ)を抜かしているのが許せなかったのだ。その怒りは柩を前にしても鎮まることはなかった。

マドモワゼル・フランシーヌとそのマフのことを話そうと思っていたのに、ずいぶん話が逸(そ)れてしまった。フランシーヌはジャックの最初の、そしてたったひとりの恋人だった。だがジャックの寿命は長くなかった。父親に丸裸で埋葬されそうになったとき、まだ僅か二十三歳だった。ジャックはわたしに恋人のことを話してくれた。聖(サント)ヴィクトワール病室で、ジャックは第十四寝台、わたしは第十六寝台に寝ていた。こんなところで死ぬのはまっぴらだと思うようなひどい場所だった。

ああ、読者よ、わが友ジャックが話してくれた通りにここに書き記すことができれば、それは一篇の美しい物語となるだろう。だがその前にパイプを一服お許し願いたい。この使い古した陶器のパイプは、ジャックが医師から煙草を禁じられた日、譲ってくれたのだ。だがその夜、看護人が眠りに就くと、ジャックはこのパイプをわたしに借り、それから煙草を分けてくれと頼んだ。一口か二口でいいと言うので、喫わせてやった。見廻りにきた修道女サント＝ジュヌヴィエーヴも煙に気付かぬ振りをしてくれた。なんて優しい修道女だろう！ わたしたちに聖水を振りかけにきてくれるあなたは、なんと清らかで、なんと美しかったことか！ 綺麗な襞のついた白い面紗に顔を隠したあなたが、遠くから暗い丸屋根の下をしずかな足取りでやってくるのが見えたものでした。ジャックは心からあなたを敬愛していました。ああ、善良なる修道女、あなたは地獄のような場所に現れたベアトリーチェ[4]でした。わたしたちが泣き言ばかり言っていたのは、あなたに慰められたかったからです。それほどにあなたの慰めは身に沁みました。もし雪降りしきるあの日にわが友ジャックがこの世を

3 現在のパリ十区、聖ルイ病院の西側にある通り。

4 十三―十四世紀イタリアの詩人ダンテ・アリギエーリの長篇詩『神曲』（一三〇七―二一頃）において、煉獄の山頂でダンテを迎え天国へと導く女性。ダンテ自身の初恋の女性がモデルといわれ、しばしば〈永遠の女性〉の象徴とされる。

去ることがなければ、きっとあなたの部屋に置いて貰おうと可愛らしい天使像を彫ったことでしょう。善良なる修道女(シスター)サント＝ジュヌヴィエーヴよ。

読者その一――それはいいけど、マフはどうした？　どこにもマフなんて出てこないぞ。

読者その二――フランシーヌ嬢もだ。いつになったら出てくるんだ？

読者その一――何だか辛気(しんき)臭い話だね。

読者その二――まあ最後まで読んでみるか。

――ご容赦願いたい。ジャックから貰ったパイプのせいで、また話が逸れてしまった。だがそもそも、面白可笑(おか)しい話しか書かないなんて約束した覚えはない。ボエームだってけっして毎日陽気に遊び暮らしているばかりではないのだ。

ジャックとフランシーヌはラ・トゥール＝ドーヴェルニュ街のある下宿で出逢った。四月の終わり、同じころに越してきたのだった。

はじめの一週間は付き合いもなかったが、隣人同士の常として、やがてふたりは親しくなった。だが言葉を交わす前から、相手がどんな人間かはわかっていた。フランシーヌは隣が貧しい芸術家だと知っていたし、ジャックは隣が義理の母親の虐り(いび)に耐えかねて家を出た、しがないお針子娘だと聞いていた。フランシーヌは想像を絶する倹約をして何とか家計の帳尻(ちょうじり)を合わせていた。人生の喜びを一度も知らなかったから、それを羨(うらや)むこともなかった。ふたりがどのような経緯(いきさつ)で、壁一枚隔てて暮らす男女の慣習法に服することになったのか、お話ししよう。四月のある夜、ジャックは憔悴(しょうすい)して部屋に帰ってきた。朝から何も食べておらず、理由もない悲しみに沈んでいた。いつだろうと何処だろうとお構いなしに、卒中の発作のように突然心を襲うあの悲しみに。とりわけ独り貧しく暮らす者は、しばしばそんな悲しみに捉われるものだ。狭い部屋が息苦しくなって、窓を開けて少し外の空気を吸った。美しい夕暮れだった。沈みゆく夕陽はモンマルトルの丘[5]を憂鬱な色に染めていた。ジャックは夕闇の静けさに漂う春の和声の軽やかな合奏に耳を傾け、窓辺で物思いに耽(ふけ)った。そうしているとますます物悲しい心持ちになるのだった。一羽の烏(からす)が鋭い啼(な)き声をあげて目の前を横切っていった。ジャックは烏たちがあの敬虔(けいけん)な孤独者エリヤ[6]にパンを運んだ日々を夢想し、いまや烏もそんな隣人愛を持ち合わせていないのだな、と思った。

5　一話註32を参照。

遣り切れなくなって窓を閉め、カーテンを引いた。洋燈の油を買う金がないので、グランド・シャルトルーズ修道院に詣でたとき買った松脂の蠟燭に火を燈した。悲しみは深まるばかりだった。ジャックはパイプに煙草の葉を詰めた。

「幸い、まだ拳銃を見えなくするだけの煙草はある」

ジャックは呟き、パイプに火を点けた。

その夜、ジャックが拳銃を見えなくしようと思ったのは、悲しみがあまりに深かったからだ。心を責め苛む数々の苦悩のなかでそれは最後の希望であり、ジャックはいつもこうして気を紛らわせていたのだった。ジャックは煙草の葉に阿片丁幾を数滴垂らし、立ち上る紫煙が小さな部屋の何もかもを、とりわけ壁に吊るした拳銃を、厚く覆い隠してしまうまでパイプを喫った。十口も喫えば十分であった。拳銃が完全に見えなくなるころ、煙草と阿片丁幾の相互作用で眠りに誘われるのが常であった。そうしてあの悲しみも、大抵は夢の入口でジャックを解放してくれるのだった。だがその夜、手許の煙草を喫い尽くし、拳銃がまったく見えなくなっても、ジャックの苦い悲しみは去らなかった。そしてその夜、ジャックとは裏腹に、フランシーヌは愉しく部屋に帰ってきた。ジャックの悲しみと同じく、フランシーヌの愉しみにも理由はなかった。それは空から降ってきて神様が良き心に投げ入れる、あの愉しみだった。

フランシーヌは機嫌よく歌を口ずさみながら階段を上がった。だが扉を開けようとしたとき、開いていた廊下の窓から一陣の風がさっと吹き込み、フランシーヌの蠟燭を消した。

「もう、嫌になるわ。また六階も上ってこなきゃいけないなんて！」

そのときフランシーヌはジャックの部屋の扉から漏れる明かりに気付いた。不精な気持ちと、それを支える好奇心に唆され、フランシーヌは隣の芸術家から火を借りようと思った。

「隣同士ですもの、よくあることよね。怖がることないわ」

フランシーヌは小さく二度、ジャックの扉を叩いた。こんな夜中に誰だろうと驚いたジャックが扉を開けた。だが部屋に足を踏み入れるや否や、フランシーヌは充満する煙に息が詰まり、ものひとつ言う前に気が遠くなって、燭台と鍵を床に落として椅子に座りこんでしまった。もう真夜中で下宿人はみな寝静まっている。助けを呼ぶの

6　旧約聖書列王記に記述される預言者。偶像崇拝を行うアハブ王に対し神は旱魃の罰を下し、ケリテ川のほとりに身を隠したエリヤに烏が食物を運んだという。

7　グルノーブル山中、スイス、イタリアとの国境近くに建つ修道院。

は止したほうがいいとジャックは判断した。隣の娘さんにあらぬ噂が立ってはいけないと思ったのだ。そこで窓を開けて幾らか風を入れるにとどめた。娘の顔に何度か水滴を落とすと、ようやく娘は目を開け、おもむろに意識を取り戻した。五分後、すっかり元通りになったフランシーヌは、ジャックに来訪の理由を述べ、先刻の無作法を何度も詫びた。

「もうすっかり元気だから、自分で戻れますわ」

ジャックはすでに部屋の扉を開けてくれていたが、そのときフランシーヌは、まだ蠟燭に火を貰っていなかったばかりか、部屋の鍵も失くしてしまっていることに気付いた。

「馬鹿ねえ、あたしって」

フランシーヌは燭台を松脂蠟燭に近づけて言った。

「火を貰いにきたのに手ぶらで帰ろうとするなんて」

だがそのとき、少し開いていた戸口と窓から風が吹き込んで蠟燭の火を消し、部屋が真っ暗になった。

「何だか、わざとやってるのかって感じよね。ご迷惑ばっかりかけてごめんなさい。すみませんけど燈りを点けてくださいな。鍵を探すわ」

「もちろん」

ジャックは手探りで燐寸（マッチ）を捜した。

すぐに燐寸（マッチ）は見つかったが、そのときふと妙な気を起こして、ジャックはこっそり燐寸（マッチ）をポケットに入れた。

「しまった、困ったな、燐寸（マッチ）、もうないんだった。さっき帰ってきたときに最後の一本を使っちまったんだ」

「まあ、どうしよう。蠟燭なしでも部屋には帰れるけど。迷子になるほど広い部屋じゃないものね。でも鍵がないわ。ね、お願い。一緒に捜して。きっとその辺に落ちてるはずよ」

「捜しましょう」

ふたりは暗闇の中で鍵を捜しはじめたが、あたかも同じ本能に導かれているかのように、ふたりの手は同じ場所を彷徨（さまよ）い、一分に十遍も触れ合った。そうして、ふたりは同じくらいに手際が悪くて、鍵はついに見つからなかった。

「いまは月が雲に隠れているけど、いつもは月明かりがこの部屋に入ってくるんだ。少し待とう。そのうち明るくなって手許も見えるようになるよ」

ふたりは月が出るのを待ちながらお喋りをした。真っ暗な狭い部屋で、春の夜に。

はじめは他愛もない世間話だったのが、そのうちに身の上を打ち明け合うようになって、……その後は、みなさんもご存じの筈……だんだん何の話をしているのかわからなくなり、一言一言がさりげない駆け引きに満ち、しだいに声が小さくなって、やがて言葉は吐息に変わって……。手が触れ合うと、心から口の端に上る考えも消え、そして……みなさんも身に覚えがあるはずだ。ああ、若い恋人たちよ。青年よ、憶えているか。少女よ、憶えているか。今日、手に手を取り合って歩くきみたち、ついこのあいだまで出会ってもいなかったきみたちよ。

ようやく月が雲間から出て、部屋を光で満たした。フランシーヌははっと我に返り、小さな叫びを上げた。

「どうしたの？」

ジャックは訊ね、フランシーヌの腰に手をまわした。

「何でもない。ノックの音が聞こえた気がしたの」

そしてジャックに気付かれぬように足を伸ばして、寝台の下に今しがた見つけた鍵を押しやった。

もう鍵なんて見つからなくてもよかった。

・・・・・・・・・・・・・・・・・・・

読者その一――これは娘には読ませられんな。
読者その二――ここまで読んでもフランシーヌのマフなんて出てこないぞ。それにこのフランシーヌって娘がどんな様子なのかも全然わからん。黒髪なのか金髪なのか。

読者よ、ご辛抱願いたい。約束通りマフのことも書くから。マフは最後にご覧に入れよう。わが友ジャックが可哀想な恋人フランシーヌにしたように。そう、先ほど空白の行で述べたとおり、フランシーヌはジャックの恋人になった。フランシーヌは金髪だった。金髪で快活な少女だった。通例このふたつの特徴は相容れぬものである。二十歳まで恋を知らなかった。だが、間近に迫る漠とした死の予感が、もし恋を知りたいのならぐずぐずしている暇はないとフランシーヌを唆していた。

フランシーヌはジャックに出会い、ジャックを愛した。ふたりの関係は六箇月続いた。春に結ばれ、秋に離れ離れになった。フランシーヌは肺結核に侵されていた。自分でもわかっていた。恋人のジャックもわかっていた。フランシーヌと一緒に暮らすようになってから半月後、友人の医師がジャックに告げた。木の葉が黄色くなるころ、あの娘は死ぬだろう、と。

フランシーヌはそのことを告げられ、自分が恋人にもたらした絶望を察した。

「葉っぱが黄色くなったからどうだっていうのよ」

とフランシーヌは言った。心の中の愛をありったけ微笑に込めて。

「秋が何だっていうの。今は夏で、木の葉は緑よ。ね、今を楽しみましょ……もしあたしが死にそうになったら、そのときはあたしを抱きしめて、あたしを引き留めてね。あたし、あなたの言うこと聞くから。死んだりしないから」

　こうしてこの愛らしい娘は、五箇月のあいだ、唇に歌と微笑を絶やすことなく、ボエームの赤貧の暮らしを生きたのだった。ジャックは自分を誤魔化しつづけていた。

「フランシーヌはじきにもっと悪くなる。治療が必要だ」

と何度も忠告され、薬代を工面（くめん）しようとパリ中の知り合いを訪ね歩いたりもした。だがフランシーヌはそんな話を聞こうとせず、薬を窓から捨ててしまうのだった。夜中に咳の発作に襲われると、ジャックに聞こえぬように、フランシーヌはこっそりと部屋を抜けて外の廊下に出た。

　連れ立って郊外に出かけたある日、ジャックは木の葉が黄色くなっているのに気付いた。ジャックは遅れて歩いてくる、何だか夢を見ているようなフランシーヌを悲しく見つめた。

　フランシーヌはジャックの顔が蒼褪（あおざ）めているのを見て、その原因が自分にあることを察した。

「馬鹿ねえ」

フランシーヌはジャックに口づけして言った。

「まだ七月じゃない。十月まであと三箇月もあるのよ。今みたいに、これからも夜も昼も愛し合えば、一緒に過ごす時間が倍になるわ。それにね、木の葉が黄色くなるころにあたしがもっと悪くなるのなら、樅（もみ）の森に住めばいいわ。樅の木ならずっと緑のままだから、ね」

…………………………………………………

十月になると、フランシーヌは寝台から起きられなくなって、ジャックの友人の手当てを受けていた。ふたりの小さな部屋は中庭に面した最上階で、そこまで一本の木が伸びていたが、日を追うごとにその木から葉が落ちていった。ジャックはその木がフランシーヌの目に入らぬようにカーテンを閉めるのだが、フランシーヌは開けてほしいとせがむのだった。

「ね、ジャック、あの木がつけている葉っぱより百倍も接吻（キス）してあげる……これからだんだんよくなるわ……早く外に出たいな。でもこれから寒くなるし、手が霜焼けで赤くなるのは嫌だから、マフを買って」

病のあいだにフランシーヌが望んだものは、このマフひとつきりであった。

万聖節[8]の前夜、常にもまして悲しそうな顔のジャックを見て、フランシーヌはジャックを元気づけようとした。病が快方に向かっていることを見せようと、フランシーヌは起き上がった。

そのとき医師が来て、寝ているようにとフランシーヌに厳しく命じた。

フランシーヌはジャックの耳元で、

「ね、元気出して」

と呟いた。何もかも終わりだった。フランシーヌは死のうとしていた。

ジャックはその場で泣き崩れた。

「望みのものをあげるといい」

医師が言った。

「もう助からない」

フランシーヌは眼で医師の言葉を聞いた。

「だめ、聞かないで」

フランシーヌはジャックに手を伸ばして叫んだ。

「聞いちゃだめ。嘘よ。あしたまた一緒にお出かけしようね……万聖節だもの。きっと寒くなるわ。ね、マフを買って……お願い。今年は霜焼けになりたくないの」

ジャックは友人と部屋を出ようとしたが、フランシーヌが医師を引き留め、ジャックに言った。

「ね、マフを買ってきて。上等なのがいいな、ずっと使えるように」

そして部屋に取り残されたフランシーヌは医師に言った。

「ね、先生、あたし死ぬのね、知ってるわ……。でも死ぬまえに、一晩だけ生きる力をくれるものが欲しいの。お願い、あたしをもう一晩だけ綺麗にして。そのあとで死にたい。神様はあたしが長生きするのをお望みじゃないから……」

医師がフランシーヌの苦しみを除こうと手を尽くしているとき、部屋を北風が吹き抜け、ささやかな中庭の木から奪った黄色の葉をフランシーヌの寝台に落とした。

フランシーヌはカーテンを開けて木を見た。葉は一枚も残っていなかった。

「最後の一枚だったのね」

フランシーヌは葉を枕の下に入れた。

8　諸聖人の日とも呼ばれるカトリック教会の祭日のひとつで、聖人と殉教者を祭る日。十一月一日。

「明日までは保(も)つよ」

医師が言った。

「あと一晩は生きられる」

「ああ、嬉しい……冬は夜が長いから……」

ジャックが帰ってきた。マフを持って。

「とっても綺麗。出かけるときはこれを着けるね」

ジャックは一晩中フランシーヌに付き添っていた。

翌日は万聖節だった。午(ひる)の鐘が鳴ったとき、末期(まつご)の苦しみがフランシーヌを襲い、全身がぶるぶる震えた。

「手が冷たい。ね、マフを頂戴」

フランシーヌは痩せ細った手をマフに伸ばした……。

「いよいよだ。接吻(キス)しておやり」

と医師が言った。

ジャックはフランシーヌの唇に口づけした。死に際にマフを取ってやろうとしたが、フランシーヌは頑なに放そうとしなかった。

「嫌よ、嫌よ、着けたままにしておいて。冬なんだから。寒い。ね、ジャック……好きよ、ジャック……これからどうするの？　ああ、つらいな……」

翌日、ジャックは独りぼっちになった。

読者その一――ほらみろ。ちっとも楽しい話じゃない。

仕方ないではないか、読者よ。人生は笑いだけではない。

二

万聖節の朝、フランシーヌは死んだ。

ふたりの男が枕辺でフランシーヌを看取った。立ったままの男は医師で、寝台の脇に跪（ひざまず）き、口づけすることで絶望のしるしを残そうとするかのように、亡骸（なきがら）の両手に唇を押し当てているのが、フランシーヌの恋人ジャックである。六時間以上も前から、ジャックは重苦しい茫然自失に陥っていたが、窓の下を流れる手廻し風琴（オルガン）の音色にはっと我に返った。

風琴（オルガン）が奏でているのは、毎朝フランシーヌが目覚めると歌っていた歌の調べだった。

深い絶望からのみ生ずるあの不条理な希望がジャックの心を貫いた。ジャックは一箇月前、フランシーヌが死に瀕してはいるがまだ生きていた頃に立ち返った。現在を忘れ、束の間(つかま)、亡きフランシーヌはまだ眠っているだけなのだ、やがて目を覚まして、口を開いてあの朝の歌を歌ってくれるのだと想像した。

だが、風琴(オルガン)の音色が鳴りやまぬうちにジャックは現実に戻った。フランシーヌの口は永久に閉ざされ、もう歌うこともない。そしてフランシーヌの最後の想いがその口に浮かべた微笑は唇から消えつつあった。死が生まれはじめていた。

「しっかりしろよ」

友人の医師が言った。

ジャックは医師を見つめ、再び立ち上がった。

「終わりなのか、もう望みはないのか」

友人はこの悲しい戯言(ざれごと)に答えず、寝台のカーテンを閉めた。それからジャックのほうに向き直り、片手を差し出した。

「フランシーヌは死んだよ……覚悟していたはずだ。やれるだけのことはやった。善い娘(こ)だったよ、ジャック、この娘(こ)はおまえを本当に愛していた。おまえがこの娘(こ)を愛したよりもずっと深く愛していた。おまえの愛にはいろんな感情が混じっていたが、この娘の愛は、純粋に愛だけだったからな。フランシーヌは死んだ……だがこれで終わりじゃないぞ。葬式の手配をしなきゃならん。隣のおばさんに、おれたちが出ているあいだ付き添っていてもらおう」

ジャックは友人に引っ張られて、役所やら葬儀屋やら墓地やらの手続きに一日歩き廻った。ジャックは文無しだったので、友人が自分の時計や指環や服を質に入れて葬式代を作った。葬儀は翌日に決まった。

ふたりは夜遅く部屋に帰った。隣人の女性が何か食べなきゃ駄目よとジャックに言った。

「はい、そうします。寒いし、少し力を付けとかないと。今夜しなきゃならないことがあるんです」

隣人も医師も、何のことかわからなかった。

ジャックは食卓に着くと、喉が詰まるのではないかという慌ただしさで食べ物を掻きこみ、それから酒を求めたが、杯を口に運ぼうとして床に落としてしまった。粉々に割れた杯を見たジャックの胸に思い出が甦り、その思い出もまた、束の間の重苦しい痛みを呼び覚ました。フランシーヌがはじめてジャックの部屋に来てくれた日、すでに病に侵されていたフランシーヌは具合が悪く、ジャックはこの杯に砂糖水を入れてフランシーヌに与えたのだった。のちに一緒に暮らしはじめると、この杯はふたりの愛の記念となった。

稀に懐が温かくなることがあれば、ジャックは医師に勧められた強壮酒を一壜か二壜買って帰った。フランシーヌがそれを飲んだのもこの杯だった。優しいフランシーヌはこの酒を源に気持ちのよい陽気さを汲みだしていたのだった。

ジャックは半時ほども黙ったまま、この脆く愛おしい思い出の破片を見つめていた。心までが粉々になって、その破片が胸に突き刺さっているような気がした。ようやく我に返ると、ジャックは破片を拾い集め、抽斗に入れた。それから隣人の女性に蠟燭を二本所望し、管理人に水を入れた手桶を持ってこさせるよう頼んだ。

「ここにいてくれ」

帰る素振りを見せたわけでもないのに、ジャックは医師に言った。

「力を貸してほしい」

水と蠟燭が届いた。ジャックと友人は部屋にふたりきりだった。

ジャックは木の椀に水を注ぎ、同じ量の石膏の粉を溶かした。

「何をする気だ？」

「何をする気か、だと？　わからないのか？　フランシーヌの顔の型を取るんだよ。

ひとりになると怖気(おじけ)づいちまうかもしれない。だから一緒にいてくれ」

そう言うと、ジャックは寝台のカーテンを開け、亡骸(なきがら)の顔に掛かっていた布を取った。手が戦慄(わなな)き、押し殺した嗚咽が唇から漏れた。

「蠟燭をくれ。それからこっちに来て、その椀を持っていてくれ」

蠟燭の一本を、フランシーヌの顔がくまなく見えるよう寝台の頭側に立て、もう一本を足側に立てると、筆で眉と睫毛と髪に橄欖油(オリーヴ)を塗り、いつもフランシーヌがしていた通りに整えた。

「こうすれば、死面(マスク)を剝(は)がしても痛くないよ」

ジャックは呟いた。

準備が済み、亡骸の頭を好ましい姿勢に向けると、ジャックは石膏を型を取るのに必要な厚みになるまで何層も注いだ。その作業は十五分ほどで首尾よく終わった。

フランシーヌの顔に不思議な変化が起こった。まだ十分に凝(かた)まっていなかった血が石膏の熱で温まり、表面に浮かび出たのだろう、白くくすんだフランシーヌの額や頬に、僅(わず)かに薔薇色が透(す)けて見えたのである。型を取りあげると瞼(まぶた)がわずかに開いて静謐な碧(あお)い瞳がのぞき、そのまなざしには微(かす)かな知性が宿っているようであった。唇は微笑を浮かべようとしているかのように少し開き、末期の瞬間(とき)に言い忘れた、心でのみ聞き取れる言葉を発しようとしているかのようであった。

どこで知性が尽き、どこから無がはじまるのか、誰に言い得よう。恋に高鳴った心臓が最後の鼓動を搏つとともに、その恋もまた死に絶えるのだと、誰に言い得よう。すでに肉体は死装束を纏っているとしても、魂が敢えてその牢獄にとどまり、その牢獄の底で悔恨や涙を見守ってくれることはあり得ないのだろうか。去るものには、留まるものを危ぶむ理由が幾らもあるというのに。

ジャックが芸術の技法でフランシーヌの顔を留めようと思ったとき、彼岸の想いが立ち戻り、終わりのない休息の眠りについたフランシーヌを目覚めさせたのかもしれない。遺してきた男が、恋人であると同時に芸術家でもあることを思い出したのかもしれない。恋人で芸術家、そのどちらが欠けてもジャックはジャックでなくなってしまうことを思い出したのかもしれない。ジャックにとって愛こそが芸術の魂であり、ジャックがフランシーヌを愛したのも、ジャックにはフランシーヌが女であり、恋人であり、人の形をした愛情だったからだと思い出したのかもしれない。だからこそフランシーヌは、ジャックにとって理想の具現だった人の姿を残そうと、死して冷たくなってもなお、ふたたびその顔を、愛のあらゆる輝きと若さのあらゆる恵みで覆ってくれたのかもしれない。フランシーヌは芸術として甦ったのである。

たぶんフランシーヌは本当にそう思っていたのだ。真の芸術家には、ごく稀にだが、神話とは逆に、生きたガラテイアを大理石に変えたいと願うピュグマリオン[9]もいるのだ。

断末魔の苦悶が消えたこの静かな顔を目にしたならば、死に先立つあの長い苦痛を誰も信じられぬであろう。フランシーヌはまだ愛を夢見ているようであった。そんなフランシーヌを見ていると、この娘は美に殉じたのだと言いたくなるほどであった。

医師は疲れ切って片隅で居眠りしていた。

ジャックはふたたび疑念に囚われていた。幻影に取り憑かれた精神は、自分があれほどに愛した女がまもなく目を覚ますのだと頑なに信じようとしていた。先ほど型を取った際に遺体の神経が僅かに収縮したのだろうか、時折、亡骸のこわばりが解けることがあった。この偽りの生命活動はジャックに幸福な錯覚を抱かせた。それは朝まで続いた。朝、警視が訪れ、死亡を確認し、埋葬の許可を下した。

9　ピュグマリオンはギリシャ神話に語られるキプロスの王。みずからの理想の女性を彫刻したガラテイアの像に恋し、ガラテイアが命を得ることを望む。ピュグマリオンを哀れんだ愛の神アプロディテがガラテイアに命を与え、ふたりは結ばれる。

蓋し、その美しい骸を目にして、気も狂れぬばかりの絶望がジャックに恋人の死を疑わせたのだとしたら、同様にその死を認めさせたのは無謬なる科学であった。隣人の女性がフランシーヌに死装束を着せるあいだ、ジャックは別室に連れていかれた。数名の仲間が葬儀に駆け付けていた。ボエームたちはジャックを前にして何も言わなかった。兄弟のように親しかったにせよ、こんなときはどんな慰めも苦痛を深めるばかりだ。相応しい言葉を見つけるのは難しく、どんな言葉も痛々しい。だから仲間たちは言葉をかける代わりに、黙って代わる代わるジャックの手を握った。

「フランシーヌが亡くなって、ジャックはさぞかしつらいだろう」

ひとりが言った。

「だろうな」

画家のラザールが答えた。一風変わった精神の持ち主で、ごく早いうちからその固い決意によって青春のあらゆる反抗精神を抑えるすべを知っており、芸術家としての自己が人間としての自己を打ち消しているような男だった。

「だがジャックは敢えてこの不幸を人生に招き入れたんだ。フランシーヌに出逢ってから、ジャックは変わったよ」

「フランシーヌがいてジャックは幸福だったな」

「幸福か！　おまえさんの云う幸福とは何かね。人をいまのジャックみたいな状態に陥らせる情熱を、どうして幸福と呼べるものかね。ジャックに何か傑作を見せてみたまえ。目もくれんだろうよ。もう一度恋人に会うためならティツィアーノ[10]だろうとラファエロ[11]だろうと足蹴にするだろうよ。その点、わが恋人は死ぬことも、欺くこともないからな。ルーヴル美術館にいるジョコンダ[12]って女だ」

ラザールが芸術と感情についての持論をもうひとくさり続けようと口を開けたとき、教会への出立が告げられた。

簡単な祈りののち、葬列は墓場に向かった。奇しくもその日は万霊節[13]に当たっていたため、墓場には人が犇めいていた。柩車のあとを無帽で歩くジャックを大勢が振

10　ティツィアーノ・ヴェチェッリオ。十六世紀イタリアのルネサンスを代表する画家のひとり。
11　七話註14を参照。
12　いわゆる〈モナリザ〉のこと。十五―十六世紀イタリアの芸術家レオナルド・ダ・ヴィンチの代表作のひとつ（一五〇三―一九頃）。
13　死者の日とも。万聖節の翌日の十一月二日。キリスト教で死者たちの魂のために祈りを捧げる日。

り返って見た。

「可哀想にな、若いのに。きっと母親だろう……」

「いや、父親じゃないか」

「いやいや、ありゃ妹だな」

そこにひとりの詩人がいた。心残りというものがどのような形をとるものか、年に一度、十一月の霧のなかでしめやかに執（と）り行われるこの記憶の典礼に、観察に来ていたのだった。詩人は歩き去るジャックを見て、恋人の葬列に随（つ）き従っているのだな、と見抜いた。

用意された墓穴に着くと、ボエームたちは脱帽し、輪になって並んだ。ジャックは縁に立ち、友人の医師が腕を取って支えていた。

墓掘りの男たちは時間が惜しいらしく、さっさと終わらせたがっていた。

「弔辞はなしだとよ！」

片方の男が言った。

「こっちにゃそのほうが好都合。さあ相棒、一仕事やっつけるか！」

柩（ひつぎ）が馬車から出され、綱で結わえられ、墓穴に下ろされた。墓掘りの男が穴に下りて綱を解き、また上ってきて、相棒の手を借りて円匙（シャベル）で土をかけはじめた。やがて墓穴が埋まり、その上に小さな木の十字架が立てられた。

友人の医師は、嗚咽の中でジャックがこんな身勝手な叫びを漏らすのを聞いた。

「おれの青春が！　おれの青春が埋められてしまう！」

ジャックは〈水呑み仲間〉[14]と称する集まりに入っていた。これはあの名作「パリに出た地方の偉人」[15]で語られる、キャトル＝ヴァン通り[16]の著名な文学サークルを模して結成されたものらしい。ただ、その登場人物たちと〈水呑み仲間〉の連中とのあいだには大きな違いがひとつあった。あらゆる模倣者がそうであるように、〈水呑み仲間〉の連中は、そこで実施せんとしている集いを誇張していたのである。ド・バルザック氏の著書の中では、クラブの会員はみなその志を全うし、その集いの意義を証明しているが、〈水呑み仲間〉はその設立から暫くの年月を経たのちに、会員みなが終にその生きた証となる作品に名を留めることもないまま死に絶え、自然消滅したというただその一点からも、その違いが理解されるであろう。

14　ミュルジェール自身、同名の芸術サークルに加盟していた。
15　オノレ・ド・バルザックの小説『幻滅』（一八三七―四三）第二部の題。
16　現在のパリ六区にある通り。

フランシーヌと暮らしているあいだ、ジャックは〈水呑み仲間〉とは疎遠になっていた。生活の必要に追われ、この集いの設立の日におごそかに署名し宣誓した幾つかの取り決めを破らざるを得なかったのである。

いつまでも愚かな傲慢（ごうまん）の竹馬に乗って背伸びしているこの若者たちは、芸術の頂をけっして去らないこと、すなわちいかに極貧に喘（あえ）ごうとも生活のために譲歩するを潔（いさぎよ）しとせぬことを至上の原則としていた。だからこそ、詩人メルキオール[17]はみずからが詩才と呼ぶものを宣伝文や政権公約の代筆に用いることを断じて拒んだのであろう。詩人ロドルフにはそのような拘（こだわ）りはない。器用貧乏なロドルフは、眼の前に百スー硬貨があればいかなる手段を使ってでもそれに飛びつかずにはおれなかった。だが、襤褸（ぼろ）は纏（まと）えど心は錦の画家ラザールは断じて、われらが友マルセルが、かの〈メトセラ〉[18]の異名を持つ、歴代の恋人たちの手による繕（つくろ）いの跡が星のように散らばる著名な上着と引き換えに描いたような、指に鸚鵡（おうむ）を留まらせた仕立屋の肖像などにみずからの筆を汚しはしなかった。〈水呑み仲間〉の連中と思いを一にしたころは、彫刻家ジャックもこの集団の掟に従っていた。だがフランシーヌと出逢ってからは、独りのときには常に墨守（ぼくしゅ）していたこの規律を、すでに病に侵されていた哀れな娘に押し付けるわけにいかなかった。何よりもジャックは誠実で実直な男だった。ジャックは

〈水呑み仲間〉を主宰した頑固者のラザールに会いにいき、今後は金になる仕事なら何でもするつもりだと告げた。

「おまえさん、愛の告白は芸術家の責任放棄だよ。おれたちは、おまえさんが望むなら友人づきあいはしてやるが、もう志を同じくする仲間ではいられないな。存分に金のための労働をしたまえ。おれから見れば、おまえさんはもう彫刻家じゃない。左官屋だ。確かに葡萄酒は飲めるようになるだろうさ。だがね、おれたちはこれからも水を飲み、軍用パンを齧(かじ)るよ。痩せても枯れても芸術家だからな」

ラザールがどう言おうと、ジャックは芸術家であった。だがフランシーヌを手放したくない一心で、ジャックは手当たり次第に金になる仕事をした。工芸家ロマニュジ[19]の工房に暫く勤めたりもした。手際がよく創意工夫に富むジャックは、真面目な芸術

17　ミュルジェールの短篇集『青春生活の情景』（一八五一）の一篇「軒下の詩人」に同名の詩人が登場する。
18　六話註11を参照。
19　十八―十九世紀フランスの工芸家ルイ゠アレクサンドル・ロマニュジ、もしくは同時代の工芸家ジョゼフ゠アントワーヌ・ロマニュジを指すか。

を棄てることなく、俗な物づくりでも評価を得て、やがてジャックの作るものは高級品店に欠かせなくなった。だが、真の芸術家が例外なくそうであるように、ジャックも怠惰で浮世離れした男だった。ジャックの中で遅まきの、しかし激烈な青春が目覚めていた。その終わりを間近に感じていたジャックは、それをフランシーヌの両腕の中で燃やし尽くしたいと願った。だから割のいい仕事が戸を叩いても断ることがたびたびあった。そのためにふたりでいる時間を取られてしまうし、恋人の目の輝きを夢見ているほうがずっと心地よかったからだ。

フランシーヌが死んでから、ジャックは〈水呑み仲間〉の友人にまた会いにいった。だが連中はみなラザールの精神を信奉し、芸術の利己主義に凝(こ)り固まっていた。ジャックが求めたものはそこにはなかった。みな、ジャックの絶望をほとんど理解しようとせず、ただ口先の理屈でそれを和らげようとするばかりだった。わかっては貰えないのだという思いに、ジャックは自分の苦しみが話の種になるのを見るより、それを遠ざけておくことを選んだ。〈水呑み仲間〉と縁を切り、独りで生きていこうと思った。

フランシーヌの埋葬から五、六日が経ったころ、ジャックはモンパルナス墓地[20]の墓石屋に赴(おもむ)き、ある取引を申し出た。墓石屋はフランシーヌの墓のためにジャックが図案した装飾を作り、さらにジャックに白大理石の塊(かたまり)を提供する。その見返りにジャックは三箇月、石切りでも彫刻でも、墓石屋の望むとおり働く、というものである。そこで墓石屋は法外な注文を幾つもジャックに課した。少し後でジャックの工房に行ってみると、ジャックはすでに仕事に取り掛かっていた。墓石屋はその働きぶりを見て、ジャックを自分のところに遣わした偶然は幸運の女神だったのだと確信した。一週間後、フランシーヌの墓の装飾が出来上がった。真ん中には木の十字架の代わりに石の十字架が立ち、そこに故人の名が刻まれていた。

ジャックが取引した墓石屋は善人だったので、熔鉄百キロとピレネーの大理石三平方ピエ[21]はジャックの三箇月の仕事の手間賃としてはあまりに安すぎると思った。ジャックの才能はすでに何千エキュもの収入を墓石屋にもたらしていたのである。出資するから業務提携を結ばないかと墓石屋が持ち掛けたが、ジャックは断った。代わり映えのしない石像ばかり作らされるのは芸術家肌のジャックには耐え難かったのだ。それに、もう望みのものは貰っていた。大理石の塊である。ジャックはフランシーヌ

20　パリ南部、現在の十四区にある墓地。一八二四年に設置された。
21　一ピエは約三十二・五センチメートル。

の墓のために、この母胎から一世一代の傑作を生み出すつもりだった。

春の訪れとともに、ジャックの生活は上向いてきた。友人の医師が、最近パリに越してきた外国の金持ちを紹介してくれたのである。目抜き通りに豪邸を建てているところで、豪華絢爛たるこの小宮殿の建設に錚々たる芸術家たちが集められていた。ジャックは客間の煖炉の設計を依頼された。わたしにはいまでもジャックの図案が見えるようだ。見事な作品だった。炎を囲む大理石はそれ自体が一篇の冬の詩であった。ジャックの工房では狭すぎたので、まだ無人のその邸宅の一室で制作する許しを得た。さらに報酬からかなりの額の前金も受け取ることができた。ジャックは真っ先に、フランシーヌが死んだとき立て替えて貰った金を友人の医師に返した。それから急いで墓場に行き、フランシーヌがその下に眠る土に花々を植えた。

だが春の盛りになると、花々は蓬々たる青草に混じり伸び放題になってしまった。ジャックはそれを引き抜くことができなかった。その花々の中に、少しずつフランシーヌが生きているような気がしたのだ。持ってきた薔薇と三色菫をどうするかと庭師に訊かれ、隣の新しい墓の上に植えてくれとジャックは答えた。貧しい者の貧しい墓だった。囲いもなく、墓石の代わりに木の墓標が一本立っているだけの墓だった。墓標には黒ずんだ造花の花環が掛かっていた。貧しい者の貧しく痛ましい供物だった。

ジャックは来たときと別人になったような心持ちで墓場から出て、生まれて初めてのように胸躍らせながら春の麗しい太陽を眺めた。これと同じ太陽が、白い手で草花を摘みつつ田園を逍遥するフランシーヌの髪を幾度も黄金色に輝かせたのだ。ジャックの心のなかで嬉しい思いが群れをなして歌った。外環通り[22]沿いにある小さな居酒屋の前を通ったとき、そういえば以前、嵐に見舞われてフランシーヌとこの店で雨宿りがてら夕食を取ったことがあったな、と思い出した。ジャックは店に入り、前と同じ食卓で夕食を注文した。デザートが葡萄の蔓模様の小皿で運ばれてきた。ジャックはその小皿を覚えていた。フランシーヌはこの判じ絵を解くのに三十分もかかったのだった。そしてまた、菫色の酒をすこし飲んだフランシーヌが気持ちよさそうに歌っていた歌も思い出した。その酒はわりあい安くて、葡萄酒よりも陽気になれるのだった。こんな記憶がどっと甦ってきたが、不思議とつらくはなく、ただ愛おしさばかりが募った。詩や夢想を愛する者なら誰でもそうであるように、ジャックも縁起をかつぐ性格だった。これはきっと、さっきすぐ傍でジャックが歩く足音をフランシーヌが聞いて、墓からこんなに素敵な思い出を贈ってくれたのだと思った。その思い出を涙で

22　〈徴税請負人の壁〉（一話註17を参照）の外側を取り巻く大通り。

濡らしたくはなかった。ジャックは居酒屋を出ると、頭を上げ、目を輝かせて速足で歩いた。胸が高鳴り、唇からは笑みさえ零れそうだった。そして道すがら、フランシーヌが歌っていた歌を口ずさんだ。

愛は漂う　あたしの街を
開けておかなきゃ　あたしの窓を

ジャックが口の中で弄ぶこの繰返句は、まだ思い出でもあり、すでにただの歌でもあった。ジャックはその夜、自分でも気付かぬままに、悲痛から憂愁へ、憂愁から忘却へと続くあの途に、最初の一歩を踏み入れていたのかもしれない。悲しいかな、人が何を望もうと、何を為そうと、一切は過ぎゆくという不滅かつ公平な掟がそれを命ずるのだ。

おそらくはフランシーヌの亡骸から芽吹き、墓を覆っていたあの花々のように、青春の活気がジャックの心に咲き誇り、過ぎ去った恋の思い出が、新しい恋への漠とした憧れを呼び覚ました。何よりもジャックは、恋心を媒介に芸術と詩を生み出すあの芸術家、詩人という人種のひとりであり、胸をときめかせる力に衝き動かされてのみ、その精神は活発になるのだった。ジャックにとって創作はまさしく感情の娘であり、創るもののどんな細部にも自分自身が僅かずつ含まれていた。もはや思い出だけでは足りないのだ、とジャックは悟った。碾き臼に穀物を入れなければ臼そのものが磨り減ってしまうように、感情を失えば心が磨り減ってゆくだけだ。もはや仕事には何の魅力も感じなかった。かつてはひとりでに湧き上がってきた旺盛な創作意欲も、いまでは忍苦のすえにようやく捻りだしているのだった。心に穴が開いたようだった。

〈水呑み仲間〉の旧友たちのような生き方を羨みそうになった。

ジャックは気を紛らせようと、喜びに救いを求めた。新たな友人も作った。カフェで出逢った詩人ロドルフのところに足繁く通い、大いに意気投合した。ジャックが鬱々とした胸の裡をロドルフに打ち明けると、ロドルフはすぐにその理由を察した。

「うん、わかるな、おれ……」

そしてジャックの胸、心臓のあたりを叩いた。

「一刻も早く、この中にまた火を点けるべきだよ。ぐずぐずしてないで、ほんのちょっとの、粗削りの恋心でいいから。そうすりゃまた着想が戻るよ」

「だが、フランシーヌをほんとうに愛していたんだ」

「そうしたからって、フランシーヌを愛しつづけることはできるよ。ほかの娘の唇を通じて、フランシーヌに接吻(キス)するんだ」

「ああ、もしフランシーヌみたいな女に出逢えるならね……」

ジャックは上の空でロドルフのもとを辞した。

……………………………………………………

六週間後、ジャックはすっかり元気を取り戻していた。マリイという素敵な娘の優しいまなざしが、ジャックの創作意欲をふたたび燃え上がらせたのだ。マリイの儚(はかな)げな美しさは、哀れなフランシーヌのそれにどことなく似ていた。マリイは確かに、並ぶものがないほどに可愛らしかった。あと六週間で十八歳になるんだと会うたびごとに言っていた。マリイがジャックに恋したのは、ある郊外の舞踏会の月明かりの庭だった。金切り声を上げるヴァイオリンと、結核病みのようなコントラバスと鶫(つぐみ)のようにけたたましいクラリネットの音色が鳴り響いていた。半円の舞踏場のまわりを重い足取りで歩いていたある夜、ジャックはマリイに出逢ったのだった。着飾った口さがない常連客の女たちは、いつも黒い燕尾服のボタンを襟まで留め、のろのろと歩きすぎるジャックを見憶えていて、口々に噂した。

「なんで葬儀屋がいるのよ。お通夜でもあるの？」

ジャックはいつも独りで歩いていた。記憶の棘(とげ)が心に突き刺さり、血が滴(したた)っていた。記憶の管絃楽団（オーケストラ）は楽しげな対舞曲（コントルダンス）を奏しながらいよいよ激しさを増し、物悲しい挽歌（ひきうた）のようにジャックの耳に響いた。そんな物思いのさなかに、ジャックは片隅で自分を見つめるマリイの姿を認めたのだった。マリイはジャックの陰気な顔を見てけらけら笑っていた。ジャックが目を上げると、その薔薇色の帽子の娘の弾（はじ）けるような笑い声が耳元で聞こえた。ジャックは娘に近寄り、話しかけ、娘はそれに応えた。ジャックは庭を散歩しようと腕を差し出し、娘はその腕を取った。天使みたいに綺麗だね、とジャックは言い、娘は二度もその言葉を繰り返させた。ジャックは庭の木に実っていた青林檎を取って娘にやり、娘は途切れることのない明るさの反復主題（リトルネッロ）のようなよく響く笑い声を上げて、嬉しそうに林檎を齧（かじ）った。ジャックは聖書の一節を思い、女が傍にいれば絶望などあるはずがない、ましてや林檎を好む女がいれば、そんなことを考えた。ジャックは薔薇色の帽子の娘と庭をもうひと廻り歩いた。こうして、独りで来た舞踏会の帰り、ジャックはもう独りではなかった。

だがフランシーヌを忘れたのではなかった。ロドルフの勧めに従って、ジャックは日々マリイの唇を通じてフランシーヌに口づけしていた。そしてフランシーヌの墓に置くための像を密かに制作していたのだった。

ある日、金が入ったジャックはマリイにドレスを買ってやった。黒のドレスだった。

マリイは大いに喜んだが、夏に黒の服は地味だと思った。でもぼくは黒が好きなんだとジャックが言うので、ジャックを喜ばせようとマリイは毎日そのドレスを着た。マリイはジャックに従順だった。

ある土曜日、ジャックはマリイに言った。

「明日の朝うちにおいで。郊外に行こう」

「素敵！」

マリイが言った。

「見せたいものがあるの。楽しみにしててね。きっといいお天気よ」

マリイは自宅に帰ると、一晩かけて新しいドレスを手直しした。お金を貯めて買った、綺麗な薔薇色のドレスだった。翌日の日曜日、マリイはお粧(めか)ししてジャックの工房にやってきた。

出迎えたジャックの態度は冷たかった。怒っているようでもあった。

「この可愛いドレス、喜んでくれるかと思って……」

ジャックのそっけなさに戸惑いながら、マリイは言った。

「郊外に行くのはやめだ。帰っていいよ。仕事がある」

マリイは悲しみに胸を詰まらせながら工房を出た。帰り道、ある若い男に出会った。

その男はジャックの身に起こったことを知っていて、以前マリイを口説いたことがあった。

「おや、マリイじゃないか。もう喪服は着ないのか？」

「喪服？ だれか亡くなったの？」

「何だ、知らないの？ 有名な話だぜ、ジャックがきみにあげた黒い服はね……」

「何よ」

「あれは喪服だよ。ジャックはきみに喪服を着せて、フランシーヌを弔っているんだよ」

その日以来、ジャックがマリイに会うことはなかった。

この破局はジャックに不幸をもたらした。つらく苦しい日々がふたたび訪れた。仕事もなく、ジャックは赤貧の生活に陥った。先行きもわからぬまま、友人の医師に病院へ入れてほしいと頼んだ。医師はジャックを一目見て、入院の許可はすぐに下りるだろうと判断した。ジャックは、自分では気付いていなかったが、フランシーヌとの再会の途上にいた。

ジャックは聖ルイ病院に入院した。まだ立って歩くことができたので、ジャックは病院長に空き部屋を使わせてほしいと願い出た。そこで仕事をするつもりだった。願いが聞き入れられると、その部屋に彫像台と篦(へら)と粘土を運ばせた。入院してから半月のあいだ、ジャックはフランシーヌの墓に供える像の制作に打ち込んだ。翼を広げた大きな天使の像だった。フランシーヌの似姿であるこの天使像は、ついに完成しなかった。ジャックは階段も上れないほどに衰え、やがて寝台に寝たきりになった。

ある日、ジャックは医学生の診療簿を盗み見て、投与されている薬を知り、もう長くないことを悟った。家族への遺書を認(したた)め、修道女(シスター)サント＝ジュヌヴィエーヴを呼んで貰った。修道女(シスター)は真心を籠めて看護してくれた。

「修道女(シスター)、貸して頂いたあの階上(うえ)の部屋に石膏の小さな像があるんです。天使の像です。ある人の墓に供えるはずのものでしたが、もう大理石で仕上げる時間はなさそうです。自宅(うち)には上等の大理石が、薔薇色の石目の白大理石があるのですが。……だから……修道女(シスター)、ぼくの作ったあの像、あなたに差し上げます。礼拝堂に置いてください」

数日後、ジャックは死んだ。官展(サロン)の開催日と重なったため、〈水呑み仲間〉の連中は葬式に来なかった。何よりもまず芸術を、とラザールは言っていた。

ジャックの家は裕福ではなかったため、ジャックは個人の墓を持てなかった。

ジャックが眠る場所は誰も知らない。

十九　ミュゼットの気紛れ

画家マルセルがユダヤ商人のメディシス爺さんに、かの名高き絵画『紅海徒渉』を売却し、それが食料品店の看板となった経緯(いきさつ)は、すでにお話しした通りである。マルセルが絵を売り、メディシス爺さんが贅(ぜい)を凝(こ)らしたご馳走をボエームの連中に大盤振る舞いした翌日、マルセル、ショナール、コリーヌ、ロドルフの四人は、取引のおまけとばかりに昼近くまでいぎたなく睡っていた。四人とも前夜の酔いがまだ抜けきっておらず、目を覚ましてすぐは何があったのかも思い出せなかった。教会の午(ひる)の鐘が聞こえ、四人は顔を見合わせ哀しげに微笑(ほほえ)んだ。

「ほら鐘が鳴るよ、人を食堂へと導く敬虔(けいけん)なる響きだ」

マルセルが言った。

「いかにも」

ロドルフが応えた。

「まっとうな人々が食堂へと赴く、荘厳なる時刻だ」

「まっとうな人々にならないとな」

コリーヌが呟いた。コリーヌにとっては毎日が聖食欲(アペティ)の日なのだった。

「ああ、わが乳母(めのと)の胸乳よ！　ああ、幼き日の四度四度の食事よ！　おまえたちはどうなったのか？」

ショナールが後を引き取り、それから、

「おまえたちは～～どうなったのか～～」

と夢見るように甘く物悲しい節を付けて歌った。

「考えてもみたまえ、いまこの瞬間にも、パリでは優に十万を超える骨付き肉が網の上で焼かれているのだ！」

マルセルが叫んだ。

「ビフテキもだ！」

ロドルフが付け足した。

昼食をどうするかという重大問題について、例によって四人が鳩首(きゅうしゅ)協議しているところに、皮肉に満ちた対句のごとく、階下の料理屋の給仕が客の注文を声の限りに復唱するのが聞こえてきた。

「黙ってくれねえかなあ、あいつら」

マルセルが溜息をついた。

「一言一言が鶴嘴(つるはし)みたいに胃袋に響くよ」

「風向きは北だ」

コリーヌが隣の屋根でくるくる廻る風見鶏(かざみどり)を指して厳(おごそ)かに言った。

「今日は昼飯は抜きにしよう。それは自然に反する行いだ」

「何でだよ」

マルセルが訊いた。

「おれは大気について考察したのだ。午(ひる)の風は概して快楽と美食を意味するのと同じく、北風は常に禁欲を意味する。これぞ哲学に謂(い)うところの神意というものである」

コリーヌは空腹まぎれに出まかせの法螺(ほら)を吹いているのであった。

そのとき深淵のごときポケットに片手を突っ込んでいたショナールが悲鳴を上げて手を引き抜いた。

「助けてくれ！　ポケットに何かいる！」

喚(わめ)きながら手を引っ張り出すと、生きたオマール海老の螯(はさみ)ががっちりと食らいついていた。

ショナールの叫び声に呼応するかのように、突然、別の叫び声が上がった。ふとポケットに手を入れたマルセルが、いわば予期せぬアメリカ大陸を発見したのだ。つまり、前夜メディシス爺さんから『紅海徒渉』の代金として受け取った百五十フランである。

そのときボエームたちはいっせいに記憶を取り戻した。

「諸君、敬礼したまえ！」

マルセルは食卓にエキュ銀貨を積み上げた。そのあいだを五、六枚の真新しいルイ金貨が踊っている。

「生きてるみたいだ」

コリーヌが言った。

「この妙なる響き！」

金貨をちりんちりんと打ち合わせてショナールが言った。

「綺麗だなあ、この金貨」

ロドルフがしみじみと言った。

「太陽の破片（かけら）のようだ。もしおれが王様だったら、他の硬貨は作らないで、金貨に恋人の顔を刻ませるね」

「小石を金(かね)にしてる国もあるそうじゃないか」

ショナールが言う。

「かつてアメリカ人は小石四つを二スーで買い取ったそうだ。アメリカに渡った先祖がいるんだが、最期は未開人に喰われちまった。残された家族は苦労したらしいぜ」

「そりゃひどい。それはそうと」

マルセルは部屋をごそごそと歩き廻るオマール海老を見ながら、

「こいつ、どうしたんだ」

「ああ、そういえば昨日、メディシス爺さんの台所を一廻りしたんだった。そしたらこの躄蟹(ざりがに)の親分が、向こうからポケットに飛び込んできたのさ。こいつらきっと近眼なんだな。それで連れて帰ってきた。うちで飼おうと思ってね。飼い慣らして、赤く塗ったら恰好(かっこう)いいぜ。おれ、フェミイが出ていっちゃってから落ち込んでてさ、これからはこいつが同居人だ」

「諸君!」

コリーヌが大声を出した。

「見たまえ、風見鶏が南を向いた。昼飯といこう」

「コリーヌの言う通りだ」

マルセルが金貨を一枚つまんで、

「ほら、この一枚を焼いて貰おう。たっぷりソースをつけてね」

四人はたっぷり時間をかけ、献立（こんだて）について真剣に討論を重ねた。一皿一皿を仔細（しさい）に吟味し、評決を取った。ショナールが提案したふわふわオムレツは丁重に却下され、同様に白葡萄酒に対しては、マルセルが葡萄酒についての溢れんばかりの蘊蓄（うんちく）を交えた反対演説をおこなった。

「葡萄酒の第一の務め、それは赤いことだ！　白葡萄酒などお呼びではないのだ！」

「じゃ、三鞭酒（シャンパン）はどうなる？」

とショナールが反論する。

「ヘッ！　あんなものはお上品な林檎酒、病人の椰子酒（やしざけ）さ！　ブルゴーニュ一樽と引き換えに、エペルネー[1]とアイの酒蔵をそっくりくれてやる！　そもそも、おれたちには誘惑すべき町娘（グリゼット）[2]も演ずるべき笑劇（ヴォードヴィル）もない。おれは三鞭酒（シャンパン）に反対票を投ずる」

1　いずれも三鞭酒（シャンパン）の名産地。
2　縫製工場の女工やお針子などで生計を立てる若い女性。しばしば灰色（グリ）の作業着を着たためそう呼ばれた。

ようやく献立が調い、ショナールとコリーヌが近所の料理屋に注文に行った。

「さあ、火を熾そうぜ」

「罰は当たらんよな。ずいぶん前から寒暖計はそう告げている。火を熾そう。煖炉を吃驚させてやろう」

ロドルフは階段を駆け下りて、薪を部屋に運ばせるようコリーヌに頼んだ。

暫くしてショナールとコリーヌが、大きな薪の束を担いだ薪屋を先頭に戻ってきた。

マルセルが抽斗を掻き廻して焚き付けにする反故紙を探すと、一通の手紙が出てきた。その筆跡を見るなりマルセルはびくっと身を震わせ、三人に隠れて手紙を読み始めた。

それは、かつてミュゼットがマルセルと暮らしていたころに書いた書き置きだった。日付は奇しくも一年前の今日だ。こんなことが書いてあった。

いとしいマルセル
心配しないで。すぐかえります。ちょっと外を歩いて、体をあったためてきます。この部屋すごく寒いし、たきぎ屋さんはもう寝ちゃったから。いすに残ってた二本の脚もたきぎにしたけど、ゆで卵も作れないうちに消えちゃった。それに窓から風がわがものがおで吹きこんで、耳もとでたくさん、あなたが気を悪くしそうな悪口を言うの。だからあたし、すこし外に出てるわね。近くのお店を見てくるわ。一メートル十フランもする、びろうどの布があるんだって。すごいでしょ、ぜひ見にいかないと。ばんごはんにはもどります。

ミュゼット

マルセルは手紙をポケットに押し込み、

「可哀想なことしたな」

と呟いた。そして両手で顔を覆（おお）い、しばらく考え込んでいた。

そのころ、コリーヌを除いて、ボエームたちにはもう長いこと恋人がいなかった。コリーヌの恋人には誰も会ったことがなく、名前もわからないままだった。

ショナールの可愛い恋人フェミイは、ある無邪気な男に出逢い、男は心とマホガニーの家具と赤毛の髪を編んだ指環（ゆびわ）をフェミイに捧げた。だが半月後、その新しい恋人はフェミイが黒髪の指環をつけているのに気付き、心と家具を取り返そうとした。おこがましくもフェミイの浮気を疑ったのだ。

だがフェミイが貞節を破ったことはなかった。たびたび赤毛の指環を女友達に揶揄われたので、黒く染めただけだった。男はたいそう喜んで、絹のドレスをフェミイに買ってやった。フェミイは絹のドレスなんて着たことがなかった。初めてそれを着た日、フェミイは大喜びではしゃいだ。

「もう死んでもいい！」

ミュゼットはふたたび社交界になかば足を踏み入れていた。マルセルはもう三、四箇月もミュゼットに会っていなかった。ロドルフも、もうミミの名を聞くことはなくなっていた。独りのときにロドルフ自身の口が呟くのを別にすれば。

煖炉の傍でしゃがみこんでぼんやりしているマルセルにロドルフが声をかけた。

「おい、どうした」

「火が点かないのか？」

「あ、いや、ほら点いたよ」

マルセルは薪に火を点け、薪はぱちぱちと音を立てて燃えはじめた。

三人が昂まる食欲とともに食事の支度をする傍らで、マルセルはまた独り、ミュゼットが残していった僅かな思い出とともに、先ほど偶然見つけた手紙を抽斗に仕舞った。そのとき、マルセルはミュゼットの居場所を唐突に思い出した。

「そうだ、居場所なら知ってるじゃないか！」

「何の場所だって？　さっきからそこで何してるんだ？」

紙に向かって何か書きはじめているマルセルを見てロドルフが訊いた。

「いや、何でもない。急ぎの手紙があるのを忘れてた。すぐそっちに行くよ」

そしてマルセルは次のような手紙を書いた。

愛しいきみへ

抽斗にまとまった金がある。腰を抜かすほどの大金だ。家で豪華な昼食を準備している。葡萄酒もたくさんある。お金持ちみたいに煖炉に火も入れたよ。〈ぜひ見にいかないと〉だよ、きみが前に書いてくれたようにね。うちに来て、ぼくたちとひとときを過ごさないか。ロドルフもコリーヌもショナールもいるよ。きみはデザートに歌ってくれ。そう、デザートもあるんだ。食卓に着いているかぎり、ぼくたちは一週間はぶっ通しで食べ続けるだろうから、時間に遅れる心配はご無用だ。きみの笑い声をもうずいぶん聞いていないね。ロドルフはきみのために詩を書くだろう。そうして過ぎ去った恋のために、酒という酒を飲み干そうじゃないか。恋の炎がふたたび甦（よみがえ）ろうとも、知ったことじゃない。ぼくたちみたいな人間のあいだでは……最後の口づけはけっして最後の口づけじゃないよね。ああ！　去年の冬があんなに寒くなかったら、きみはぼくのもとを去らなかったんだろうね。ぼくに嘘をついたのは薪がなかったからだろう。手に霜焼けを作りたくなかったんだね。それでよかったんだ。他のことはともかく、そのことで怒ってはいないよ。とにかく、煖炉に火があるうちに暖まりにおいでよ。

マルセル

書き終えると、マルセルはもう一通、ミュゼットの友達のシドニイ女史に宛てて、この伝言をミュゼットに渡してほしいと手紙を書いた。それから管理人のところに下りていき、手紙を届けて貰うよう頼んだ。手間賃を渡すときに、マルセルの手にぴかぴか光る金貨が管理人の目に入った。管理人は出かける前に大家にそのことを知らせにいった。マルセルはもう何箇月も家賃を滞納していたのだった。

「お、お、大家さん」

管理人はぜえぜえ息を切らしながら、

「七階の絵描き、金が入ったみたいですよ！　あの大先生、催促（さいそく）に行ったら鼻で笑いやがって」

「何だと。あの野郎、家賃の足しにするから金を貸してくれなどと巫山戯たことを抜かしおったから店立てを言い渡したはずだが」

「さようで。ですが奴さん、今日はしこたま持ってますよ。ついさっき見たんです。あたしゃ目が眩んじまいましたよ。きっとあの金でぱあっと騒ごうってんですよ。この機会を逃す手はありません」

「そうだな。よし、わしが行こう」

　シドニイ女史は自宅でマルセルの手紙を受け取り、すぐに女中を呼んでミュゼット宛ての伝言を届けさせた。

　ミュゼットはそのころショセ゠ダンタン[3]の瀟洒なアパルトマンに住んでいた。マルセルからの手紙が届いたとき、お客がいて、まさにその夜、豪華な晩餐を準備しているところだった。

「どうかしたの」

　青年が訊いた。美しいが石像みたいな堅物だ。

「夕食のお誘いよ。ね、どう思う？」

3　六話註6を参照。

「いい気はしないね」

「どうして？」

「考えてみてもいいかなって……じゃその夕食に行くつもりかい？」

「そんなこと言われても……あなたはお好きなようになさればいいわ」

「まあ、いいご意見ね！　また今度だなんて！　招待してくれたマルセルって人、昔のお友達なの。顔を合わせる機会なんて滅多にないのよ。それをまた今度ですって。あの家できちんとした晩御飯を食べるなんて日蝕みたいに珍しいことなんだから！」

「ちょっと待てよ！　そんなやつに会いにいくなんて約束が違うぞ。このぼくに向かって……」

「何様だっていうのよ、トルコの王様か何か？　そんなこととこの人に関係ないでしょ！」

「気兼ねってものを知らないのか」

「あたしは他の人とは違うの、知ってるでしょ」

「だが、きみが何処に行くか知りながらそれを許したら、きみはぼくをそういう男だと思うようになる。考えてごらんミュゼット、ぼくにとってもきみにとっても、いいことはないよ。さあ、この好青年に謝ってくれ」

「ね、モーリスさん。あなた、お付き合いするまえからあたしのことよくご存じよね。あたし、どんなことでも気紛れや思いつきなの、わかってるでしょ。あたしの気紛れを一度でも諦めさせた人なんて、この世にいないの」

「何でも望みのものを言ってくれ……だがそれだけは！　……気紛れにだって、していい気紛れと……そうでない気紛れが……」

「モーリス、あたしマルセルのところに行くわ」

そして帽子を被り、

「じゃ、行くわね。別れたければ、別れてもいいわよ。マルセルはあたしより我慢強くて、世界一いい男なの。あたしが愛したのはあの人だけ。もし心臓が金でできてたら、熔かして指環にしてくれるような人よ。悪いことしたな……」

ミュゼットはマルセルの手紙を手に取った。

「ほら、煖炉に火を入れたからって、すぐ呼んでくれたのよ。暖まりにおいでって。ああ、あのときあの人があんなに怠け者でなくって、お店に天鵞絨の布も絹の布もなかったなら！　あたしあの人といて楽しかった。あたしを悩ませる天才なの。ミュゼットって名前も、あたしが歌うのを聞いてあの人が付けてくれたのよ。でもあの人のところに行っても、きっとあなたの傍に戻ってくるわ……あなたが追い返さなければね」

「どんな言葉よりも、ぼくを愛していないことが伝わったよ」

　青年は言った。

「ねえモーリス、あなたは何でも頭で考えすぎるの。だから話が噛み合わなかったんだわ。あなたがあたしを愛するのは、綺麗な馬を飼っておくようなものなんでしょ。あたし、あなたのこと好きよ。……だってあたし、贅沢が好きだし、パーティーのざわめきが好きだし、きらきらしたものや賑やかなものなら何だって好きだから。そこに感情を持ち込むのはやめましょ。滑稽だし、意味がないわ」

「せめて、一緒に行かせてくれないか」

「でも、ちっとも楽しくないでしょうね。それにあたしたちだって、あなたがいたら気詰まりだわ。その男の人があたしに接吻するのを想像してみて。あの人、きっとするわよ」

「ミュゼット、ぼくくらい物分かりのいい男がざらにいるかい」

「子爵さん、あたし、＊＊＊卿と馬車でシャンゼリゼを通ったとき、マルセルとお友達のロドルフが歩いているのを見かけたの。ふたりとも、ほんとにみっともない恰好だった。羊飼いの犬みたいにぼろぼろの服で、パイプを吹かしてた。マルセルの顔を見るの、三箇月ぶりだったけど、あたしの心は今にも扉を開けて飛び出していきそうだった。あたしは馬車を停めさせて、パリ中のお金持ちが立派な馬車で行き交う前で、マルセルと三十分くらい話したわ。マルセルはナンテール[5]のお菓子と一スーの菫（すみれ）をあたしにくれて、あたしその花を腰帯に飾った。別れ際に、＊＊卿はマルセルを呼び止めて、夕食に誘おうとしてたわ。あたしはマルセルにお礼の接吻（キス）をしてあげた。モーリス、あたし、そういう性格なのよ。もしそれがお気に召さなければ、すぐに言って頂戴。あたし部屋履きと寝室帽（ナイトキャップ）を持って出ていくから」

「貧乏も時にはいいものだな」

「そんなことないわ！　もしマルセルがお金持ちなら、ぜったいに別れたりしないもの」

「いいさ、行けよ」

モーリスはミュゼットと握手した。

4　三話註22を参照。

5　パリ西郊の町。ブリオッシュが名物である。

「それ、新しいドレスだね。とてもよく似合うよ」

「ほんと言うとね、今朝、なんだかこうなりそうな予感がしたの。このドレスを着てマルセルに会いにいくのかもって。さよなら。楽しいお喋りに祝福されたパンを少し食べにいくわ」

その日のミュゼットの装いは素晴らしかった。ミュゼットという若さと美しさの詩集に、これほどに魅力的な装幀がなされたことはなかった。そのうえ、ミュゼットには生まれながらにお洒落（しゃれ）の才が備わっていた。生まれてすぐに産着（うぶぎ）を恰好よく着こなそうと鏡を探したにちがいない。洗礼を受ける前から着道楽の罪を犯しているような娘であった。もっとも貧しかったころは、捺染（なっせん）のインド更紗（さらさ）の服に玉房（たまぶさ）のついた帽子、山羊（やぎ）革の短靴という恰好に甘んじていたが、それでもミュゼットはその質素な町娘（グリゼット）の服を見事に着こなしていた。半分は蜜蜂で半分は蟬であるあの綺麗な娘たち、平日は歌いながら働き、神様に望むものといえば日曜日のお天気くらいで、真心を込めて卑俗な愛を交わし、時には窓から身を投げるあの娘たち。ああいう娘たちがいなくなってしまったのは、現代の若い世代のせいだ。悪徳と堕落の、そして何より虚栄と愚昧（ぐまい）と野卑の世代。悪意のこもった屁理屈を捏（こ）ねては喜ぶ連中が、仕事の神聖な傷跡が刻まれた手を見て、あの可哀そうな娘たちを嘲笑（あざわら）ったのだ。やがて娘たちは扁桃餡（マジパン）

を買う金すら稼ぐことができなくなった。娘たちは少しずつあの連中に虚栄と愚かしさを吹き込まれ、そうして町娘（グリゼット）は消え、その代わりに遊女（ロレット）[6]が、あの鼻持ちならない交雑種の女たちが生まれたのだ。十人並みの容姿で、半分は肉体、半分は香油でできたあの女たち。その閨房（けいぼう）は、まるでローストビーフか何かのように心を切り売りする勘定（かんじょう）台だ。こうした女たちのほとんどは、快楽を玩具（おもちゃ）にする恥ずべき近代の娼婦であり、帽子につけている羽根飾りの鳥ほどにも知性を持たない。こういう女たちが偶（たま）さか抱くのは、愛でも気紛れでさえもなく、浅ましい欲望であって、どこかの俗物のペテン師がそれを喰いものにするのだ。舞踏会ではそんなペテン師の周りに愚民どもが人垣を作って拍手喝采（かっさい）、そしてまたあらゆる愚行の提燈（ちょうちん）持ちたる新聞が鳴り物入りで褒めそやす。こんな世界で生きなければならなかったにもかかわらず、ミュゼットは生活も振る舞いもその悪習に染まることはなかったし、読むものといえば簿記の教本、書くものといえば金勘定の数字ばかりといった手合いにつきものの拝金主義に毒されることもなかった。ミュゼットは賢く才気に富み、その血管にはマノン・レス

6　一八四〇年頃に現れた娼婦たちの俗称。セーヌ右岸のノートルダム゠ド゠ロレット教会の周辺に多く住んでいたことにちなむ。主に裕福なブルジョワ階級の男たちを相手にした。

コー[7]の血が何滴か流れていた。無理強いされることが大嫌いで、後がどうなろうとも、けっして気紛れに抗うことができなかった。

　マルセルは本当にたったひとりミュゼットが愛した男だった。少なくとも、たったひとりミュゼットを悩ませた男だった。だからミュゼットがマルセルの許(もと)を去るためには、〈きらきらしたもの、賑やかなもの〉に否応(いやおう)なく心惹かれる本能に身を任せるほかなかったのだ。二十歳のミュゼットにとって、心身の健康は贅沢(ぜいたく)ができるかどうかにかかっているといってもいいほどだった。少しのあいだなら贅沢なしでも平気だったが、贅沢ときっぱり縁を切ることはどうしても耐えられなかった。自分の移り気をよくわかっていたから、貞節の誓いという南京錠を心に掛けるなんて我慢できなかった。たくさんの青年がミュゼットを熱烈に愛したし、ミュゼットもそんな若者に強く惹かれることもあった。そして自分を愛してくれる若者に対しては、ミュゼットは周到な誠実さをもって接した。ミュゼットが男と交わす誓約の言葉は、モリエール[8]が描く農民の愛の告白のように単純で明白で素朴だった。〈あなた、あたしが好きなんでしょ。あたしもあなたが好き。じゃ付き合いましょ〉。ミュゼットは望めばいつでも安定した地位を、人が洋々たる前途と呼ぶものを、手にすることができただろう。だがミュゼットは洋々たる前途などというものをあまり信じていなかった。むしろ未来に対してフィガロ流の懐疑主義を表明していた。[9]

「明日なんて暦に書いてあるだけよ」

ミュゼットは時々そう言っていた。

「今日すべきことを先延ばしにしたい人が、明日明日って、毎日言い訳するのよ。明日、大地震が来るかもしれないのに。でもほら、さいわい今日はまだ地面は確乎(しっか)りしているわ」

ある紳士に熱心に口説かれ、半年ばかり付き合っていたことがあった。ある日、真面目な顔で結婚を申し込まれたミュゼットは、その求婚を鼻先で笑い飛ばした。

「結婚の約束で、自由を牢屋に閉じ込めるなんてまっぴらよ！」

「だが、きみを失うんじゃないかと毎日不安で震えているんだ」

7　十四話註14を参照。

8　十七世紀フランスの劇作家。古典主義喜劇の傑作を多く書いた。

9　十八世紀フランスの劇作家ボーマルシェの劇『セヴィリアの理髪師』（一七七五）、『フィガロの結婚』（一七七八）、『罪ある母』（一七九二）の登場人物。貴族制を揶揄する風刺的な台詞が多い。なおモーツァルト作曲の歌劇『フィガロの結婚』（一七八六）では、原作の持つ社会風刺の性格はかなり弱められている。

「もしあたしが奥さんになったら、もっとあたしを失うことになるわよ。さ、そんな話もうやめましょ」

そして、

(でもあたしだって、そう自由ってわけでもないんだけどね)

と呟いた。たぶんマルセルのことを考えていたのだろう。

こうしてミュゼットは、その時々の風まかせに、たくさんの男たちを夢見心地にさせ、そしてまた自分もおおむね幸せに、青春を過ごしていたのであった。目下のお相手のモーリス子爵は、自由という酒に酔い痴れたミュゼットの奔放な性格にほとほと手を焼いていた。嫉妬に錆び付いた苛立ちにまみれながら、ミュゼットの帰りを待った。

「帰ってこないつもりだろうか?」

モーリスは夜通し考え続けた。この問いがきりきりと心に食い込んだ。

一方ミュゼットは、

「モーリスに可哀想なことしちゃった」

と呟いていた。

「傷ついたかも。まあいいわ、坊やにはいい薬になるでしょ」

そうしてミュゼットの気持ちはあっさりと別の問題に移り、これから会いにいくマルセルのことを思い浮かべた。かつての恋人の名が呼び起こした記憶を吟味しながら、一体どんな奇蹟が起こってマルセルの食卓にご馳走が並ぶことになったのかと考え、歩きながらマルセルからの手紙を読み返した。ふと悲しい気持ちになった。だがそれも束の間のことだった。悲しいことなんてないわ、とミュゼットは思った。そのとき強い風が吹き、ミュゼットは大声で言った。

「可笑しいわ。あたしが会いたくないって言っても、風があたしをあのひとのところまで押していくのね」

ミュゼットは歩を速め、生まれ育った巣に帰る鳥のように楽しく歩いた。

やがて、はげしい雪が降りはじめた。馬車をつかまえられないかと見廻したが、一台も通らなかった。ちょうどそこは、マルセルの手紙を送ってくれた、友人のシドニイ女史が住む通りであった。雪が収まるまでシドニイの部屋に入れて貰おうとミュゼットは思った。

シドニイの部屋にはお客が大勢いた。三日前から延々と独逸歩兵[10]をしているのだと

10　十七話註10を参照。

いう。

「どうかお気遣いなく。ちょっと寄っただけだから」

「マルセルの手紙、読んだ？」

シドニイはミュゼットに耳打ちした。

「ええ、ありがと。これからマルセルのとこ、行こうと思うの。晩御飯に呼んでくれたから。一緒に来る？　きっと楽しいわよ」

「いまちょっと無理」

シドニイは卓に顔を向けた。

「あら、あたしの番？」

「いま六ルイ出てるよ」

カードを握った〈親〉が大声で言った。

「二ルイ賭けるわ！」

「おれは二かよ、嫌な予感がするなあ」

もう何度も〈親〉で負けているらしい。

「王（キング）とエースか。もう破産だよ！」

〈親〉がカードをめくりながら、

「王様はみなご崩御（ほうぎょ）なされた……」

　とぼやくと、

「政治の話はなしだぜ」

　新聞記者が混ぜ返す。

「そしてエースは親の仇（かたき）……」

　そう言って〈親〉が次のカードをめくると王（キング）だった。

「おおっ！　国王陛下万歳！　さあシドニイちゃん、一ルイこっちに寄越（よこ）しな」

「貸しにしといて」

　シドニイは負けてぷりぷり怒っている。

「これで五百フランの貸しだ。こりゃ千フランまで行くね。さ、もう〈親〉は降りた」

　シドニイとミュゼットが小声で話しているうちにも、勝負は続いた。

　そのころ、ボエームたちは夕食の食卓に着いていた。マルセルは食事のあいだじゅうそわそわしていた。階段のほうで足音がするたびにびくっと体を震わせた。

「どうかした？」

　ロドルフが訊いた。

「誰か来るのか？　これでみんな揃ったんじゃないの？」

だがマルセルの何ともいえない目付きを見て、ロドルフはマルセルの気がかりを察した。

まだだ、とマルセルは思った。まだ揃っちゃいない。

マルセルのまなざしはミュゼットの名を呼び、ロドルフのまなざしはミミの名を呼んでいた。

「女が足りないな！」

突然ショナールが言った。

「この野郎！」

コリーヌが怒鳴った。

「思った端(はし)から口に出さずに黙ってろ！　女のことは言わない約束だろ、ソースが腐る」

そうしてボエームたちはいっそうがぶがぶと葡萄酒をあおった。そのあいだ、外では雪が降りしきり、煖炉では花火のような火の粉(こ)を上げて薪が燃えていた。ロドルフが杯の底に見つけた詩の一節をやかましく口ずさんでいたそのとき、扉を何度も叩く音が聞こえた。

その音を聞いて、酒が廻って陶然としていたマルセルは、水底に足がついてまた水面に上がってくる潜水夫のように、がばりと椅子から跳ね起き、大急ぎで扉を開けに行った。

ミュゼットではなかった。戸口に現れたのは男だった。手に紙切れを持っている。顔はにこやかだが、ひどくみっともない部屋着を着ていた。

「盛会じゃね」

巨大な羊腿肉の残骸が載った食卓を見て男が言った。

「大家さん！」

ロドルフが言った。

「この方が相応の礼儀を尽くされんことを」

そうしてロドルフは閲兵式の太鼓よろしくナイフとフォークでがちゃがちゃと皿を叩いた。コリーヌは椅子を勧め、マルセルが叫んだ。

「おいショナール、硝子の杯をお出ししろ。大家さん、まったくいいときにお越しくださいました。ぼくたち、このお屋敷に乾杯を捧げていたんです。こちらのわが友コリーヌ君がまことに感動的な乾杯の辞を述べていたところでした。大家さんがお見えになったからには、敬意を表してまた何か喋るでしょう。コリーヌ、ほら、何か言えよ」

「いやいや、邪魔するつもりはありませんでな」

そう言って大家は手にしていた紙切れを広げた。

「何ですか、その紙」

マルセルが訊いた。大家は異端審問官のような目でじろりと部屋を見廻し、煖炉の上に置き放しの金貨と銀貨に目を留めた。

「家賃の受領証です。前にもお見せしたがね」

「確かに。正確無比なるわが記憶はその詳細を完璧に留めています。十月八日、金曜日、十二時十五分でした。ええ、確然（はっきり）と覚えていますよ」

「わしの署名はもうしてある。だから差し支えなければ……」

「大家さん、ずっとお会いしたかったんです。前から一度話し合っておかないとって」

「それはそれは」

「聞いて頂ければ、きっとお腹立ちも解けますから」

マルセルは杯の葡萄酒を飲むのも忘れて、

「先日、大家さんから書状を頂戴して…… 秤（はかり）を持った女の人[11]の絵が描いてありました。それからゴタールって署名も」

「執行官の名前ですよ」

「ずいぶん拙い字を書く人ですね。あらゆる言語に通暁するわが友人が（とコリーヌを指して）、あの書状を解読してくれました。手数料五フランだそうで……」

「あれは賃貸解約の書類です。念のため……仕来りでね」

「そう、その解約通知書です。お会いしたかったというのは、その通知書のことでお話がありましてね。そいつを賃貸契約書に変更して頂きたいのです。この部屋、気に入ってるんですよ。階段は綺麗だし、周りは賑やかだし、それにこっちの事情もいろいろありまして。とにかく、どうしてもこの部屋を出たくないのです」

「しかしねえ」

大家はふたたび受領証を広げつつ、

「まずは家賃を払って貰わんとね」

「払いますよ、大家さん。心からそう思ってます」

11　ギリシャ神話の女神テミスおよびローマ神話の女神ユースティティアに基づく、目隠しをして秤と剣を持つ女神像は、しばしば司法の象徴として建造物や公用書類に用いられる。

ところが大家は煖炉の上の硬貨にじっと目を注いでいた。あんまり物欲しそうな目で見つめるものだから、そのうち硬貨が大家のほうに吸い寄せられるのではないかと思えるほどだ。

「このささやかな勘定(かんじょう)を清算できる時が来たと思うと嬉しいよ。お宅さんの懐(ふところ)もそう痛まんようですしな」

そう言って大家はマルセルに受領証を突き出した。マルセルはその攻撃を避けきれずにもう一度じりじりと後退し、ふたたびドン・ジュアンとディマンシュ氏の遣り取り[12]を始めた。

「大家さんは地方にも土地をお持ちだそうですが」

「いやあ、あんなもの。ブルゴーニュにちっぽけな家と農地があるだけだ、取るに足らんよ。儲(もう)けにもならん……小作人は払いを渋りおるし……」

大家はなおも解約通知書の折り目を伸ばしながら、

「だから、お宅さんからちょっとした金が入ると助かるんですわ……ご承知の通り、六十フラン。お支払い願いますよ」

「六十フランね」

マルセルは煖炉に歩み寄り、金貨を三枚取り上げ、

「六十フラン、耳を揃えてお支払いしましょう」

そう言って三枚のルイ金貨を食卓の大家から少し離れたところに置いた。

大家は喜色満面、

「やっと払ったか」

と呟き、受領証を食卓に置いた。

ショナールとコリーヌとロドルフは固唾（かたず）を呑んで成り行きを見守っている。

「ところで大家さんもブルゴーニュ人なら、同郷人と少しお話をしては頂けませんか、ぜひ」

そう言ってマルセルは古いマコン[13]の葡萄酒の栓（せん）を勢いよく抜くと、大家の杯になみなみと注（つ）いだ。

「ほう、いい酒じゃないか……こんな美味（うま）い酒は初めてだ」

12　モリエールの劇『ドン・ジュアン』（一六六五）第四幕で、ディマンシュ氏が主人公ドン・ジュアンに借金の返済を催促するが、ドン・ジュアンはのらりくらりと誤魔化してしまう。
13　ブルゴーニュ地方の町。葡萄酒で名高い。

「あちらにおじがおりまして、時々籠詰めで送ってくれるのです」

大家が立ち上がって目の前の金に手を伸ばそうとすると、マルセルがまた止めた。

「もう一杯注がせてください、ぜひ」

そう言ってまた大家の杯になみなみと葡萄酒を注ぎ、強引に自分や仲間たちと乾杯させた。

大家は断り切れずにまた一杯飲み干し、それから杯を置いて金をつかもうとする。するとマルセルがまた声をかけた。

「ところで大家さん、考えてることがあるんです。じつはいま、少し懐が温かくなってましてね。ブルゴーニュのおじが年金の割増を送ってくれたんですが、無駄遣いしちゃうんじゃないかと心配で。若さとはすなわち無分別であります……。それで、もし大家さんのご迷惑でなければ、次の家賃もいま払っちまいたいんですけど」

そう言ってもう六十フラン分のエキュ銀貨を取り、食卓の六十フランに足した。

「そういうことなら、その分の受領証もお渡しせんとな」

大家が札入れを取り出しながら言った。

「白紙の受領証を持って来てますからな。ここで書いて、日付も先に入れときましょう」

（この若いの、いい下宿人じゃないか）

大家は百二十フランを陶然（うっとり）と眺めた。

三人のボエームは、マルセルが何を企んでいるものか見当もつかず、その申し出に仰天している。

「ところでこの煖炉、煙ばかり出てすごく使いにくいんですけど」

「早く言ってくださいよ。早速煙突屋を来させましょう」

下宿人の機嫌を損ねては一大事とばかりに大家が請け合った。

「明日には職人を寄越しますから」

大家は二枚目の受領証を書き終わると、一枚目のと重ねてマルセルに渡し、それからふたたび金に手を伸ばした。

「このお金がどれほど助けになるか、おわかりにならんでしょうな。家具の修繕費が嵩（かさ）んどりまして……危うく首が廻らんところでした」

「お時間を取らせて申し訳ありません」

「いやいやいや、とんでもない……こちらこそ……」

大家はまた金に手を伸ばす。

「ちょっと、大家さん。恐縮ですが、まだ飲み終わってないじゃないですか。諺（ことわざ）にもあるでしょう。〈注がれた酒は……〉」

マルセルはまた大家の杯になみなみと葡萄酒を注いだ。

「……〈飲み干すべし〉って」

「そりゃそうだが」

大家は礼儀としてまた腰を下ろした。

このときマルセルは仲間たちにちらりと目をやり、三人のボエームはマルセルの目的を悟った。そのうちに大家の目つきが怪しくなってきた。椅子の上でゆらりゆらりと体を揺らし、品のない冗談を口走るようになった。そうしてマルセルが部屋の賃貸契約の修正を求めたところ、破格の好条件で契約を更新できることになった。

「さあ、大砲をぶち込むぞ」

マルセルはこっそりロドルフに耳打ちし、ラム酒の壜を示した。

小さな杯で一杯目を飲み干すと、大家はショナールすら顔を赤らめるほどの卑猥(ひわい)な歌を喚(わめ)いた。

小さな杯で二杯目を飲み干すと、今度は夫婦生活の愚痴を並べ始めた。かみさんの名がエレーヌというので、みずからをメネラオス[14]になぞらえて嘆いた。

小さな杯で三杯目を飲み干すと、大家は突如悟りを開き、次のような格言をぽつりぽつりと口にした。


人生は大河だ。

財産は人を幸せにしない。

人間とは儚(はかな)きものである。

ああ、愛とはかくも悦(よろこ)ばしきものか！


そして大家はショナールを相手に、首尾よくマホガニーの寝台に誘い込んだウーフェミイなる娘との秘めごとを滔々(とうとう)と物語った。青二才のように甘ったるいその惚気(のろけ)が微(び)に入り細を穿(うが)つにつれ、ショナールは妙な胸騒ぎを覚え、やがて大家が札入れから引っ張り出した手紙を見るに及んで、胸騒ぎは確信に変わった。

「ああっ、畜生！」

ショナールは手紙の署名を目にして叫んだ。

「なんて残酷な女だ！　おれの心臓に短刀を突き立てやがった」

14　十四話註6を参照。エレーヌはヘレネのフランス名。

ボエームたちはショナールの剣幕に驚いて、

「どうしたんだ」

「見てくれ、これフェミイの手紙だ。ほら、この署名のつもりらしいインクの染みを見ろ」

そうしてショナールはかつての恋人の手による、〈可愛いおでぶちゃんへ〉という書き出しのその手紙を友人たちに廻した。

「可愛いおでぶちゃん、それ、わしのことね」

大家は立ち上がろうとするが足腰が立たない。

「こいつは傑作だ」

マルセルは手紙を読みながら言った。

「おっさん、上手いこと捕まえやがった」

「フェミイ、ひどいよフェミイ」

ショナールはめそめそと嘆いている。

「どれだけおれを苦しめるんだ」

「わし、中二階の部屋に家具を買ってやったの。コクナール街十二番地、綺麗なところだよ……そりゃ高価かったさ……でも真の愛に値段は付けられんもんな。それにわし、年金が二万フランあるし……あの娘、金が要るんだって」

大家は手紙を引ったくり、なおも続ける。

「可哀想になあ、……金ぐらい、わしがいくらでも出してあげるよ。喜ぶだろうなあ……」

そうして大家は先ほどマルセルが出した金に手を伸ばした。

「あれ？　あれえ？」

大家は慌てて食卓の上を手探りしながら、

「あの金、どこ行った？」

金は消えていた。

「紳士として、かような恥ずべき行いに加担することはできかねますな」

マルセルが宣言した。

「こんな狒狒爺いに家賃を納めるなど、わが信念と倫理に悖ることです。金輪際、家賃は払いません。それでもわが心は一片の良心の呵責をも抱くことはないでしょう。何たる破廉恥！　このような禿げ親爺に！」

だが大家はすっかり出来上がってしまい、酒壜を相手に訳のわからぬことを喋っている。

大家が二時間も帰らないので心配したかみさんが迎えに寄越した小間使いは、大家の酔態(すいたい)に思わず悲鳴を上げた。

「あんたたち、旦那様に何したのよ?」

「何も」

マルセルが答えた。

「さっき家賃を取りに来たんだけど、持ち合わせがないからちょっと待ってほしいって言っただけだよ」

「でも、ぐでんぐでんじゃないの」

「厄介な用事を片付けてきたんだってさ」

ロドルフが言った。

「ここに来る前に酒蔵の掃除をしたんだって」

「それでいい気持ちになっちゃったのかな。家賃を払ってないのに受け取りをくれようとしたんだ」

とコリーヌが続けた。

「これ、奥さんに持っていってよ」

マルセルが受領証を渡して言った。

ないからね」

「ぼくらは曲がったことは嫌いだ。酔っぱらってるからって、それに付け込みたくは

「そんなあ、奥様が何て言うかしら」

小間使いはぶつくさ言いながら、もはや足も立たないほど酔いつぶれた大家をやっとのことで引っ張っていった。

「ふう、やれやれ」

マルセルが息を吐いた。

「でもおっさん明日また来るぞ。金を見られちまったからな」

ロドルフが言った。

「また来やがったら、フェミイと浮気してることかみさんに暴露すぞって脅してやるさ。そしたら待ってくれるだろ」

大家が出ていったので、四人はまた酒を飲み、煙草を喫った。ひとりマルセルだけは、酔いの中にも正気を保っていた。階段でほんの微かな物音がするたびに、マルセルは飛び上がって扉を開けにいくのだった。だがどの足音も、みな階下で止んでしまった。マルセルはのろのろと炉辺に座った。真夜中の鐘が鳴った。ミュゼットはついに来なかった。

（きっと手紙が届いたとき、部屋にいなかったんだ。帰ったら読むだろう。で、明日来てくれるさ。明日もまだ煖炉に火はあるしな。来ないなんてあり得ない。明日会えるよ）

そうして煖炉の隅で眠気に誘われた。

マルセルがミュゼットの夢を見ているころ、ミュゼットはようやく、長居したシドニイ女史の家を出たところだった。ひとりではなかった。若い男と一緒だった。門に馬車が待っていた。ふたりを乗せて、馬車は全速力で走り出した。

シドニイの家では独逸歩兵(ランスクネ)の勝負が続いていた。

「ミュゼットはどこ行った？」

だしぬけに誰かが言った。

「セラファンのやつはどこ行った？」

別の誰かが言った。

「手に手を取って逃げちゃったわよ」

シドニイが言った。

「まったく、可笑(おか)しな話だわ。ほんと、ミュゼットってしょうがない娘(こ)ね……」

そうしてシドニイは、ミュゼットがモーリス子爵とほとんど喧嘩別れしてから、マルセルに会いにいく途中で偶々この家に立ち寄り、そこでセラファン青年と出会うまでの経緯をみなに話した。

「何だか予感はしてたのよね」

話の区切りにシドニイは言った。

「あたしずっとふたりのこと見てたから。あの男の子、なかなか隅に置けないわよ。早い話が、挨拶もなしに出てっちゃったってわけ。ほんと、油断も隙もないわね。それにしてもミュゼット、マルセルのこと大好きなのに、変な娘だわ」

「マルセルに惚れてるなら、なんでまたセラファンみたいな坊やと？　あいつ、まだ女と付き合ったこともないぞ」

若い男が言った。

「恋の手解きをしてやるつもりなんだろ」

新聞記者が言った。負けが込んですっかり腑抜けになっている。

「それにしてもねえ」

またシドニイが言った。

「あの娘、マルセルが好きなはずなのに、どうしてセラファンなんかと。気になるわねえ」

「だよな、どうしてだろうな」

………………………………………

ボエームたちは五日のあいだ、外にも出ずに、この世でいちばん愉快な生活を送っていた。朝から晩までひたすら飲み喰いしていたのである。パンタグリュエル[15]さながらの食欲が部屋を満たし、その狂乱ぶりといったら惚れ惚れするほどであった。堆く積みあがった牡蠣の殻の上に、大小さまざまの酒壜が転がっていた。食卓はありとあらゆる食べ滓で覆いつくされ、煖炉では森ひとつ分ほどの薪が燃やされていた。

六日目、毎朝の行事として、催し事では纏め役のコリーヌが朝食と昼食と間食と夕食の献立を書き、友人たちにその是非を問い、各々が同意の署名をした。

だが、その日の食事代を出そうと金庫代わりの抽斗を開けたコリーヌは、バンクォー[16]の亡霊のように真っ蒼になって、無言で何歩か後退った。

「何かあったの？」

三人は呑気に訊ねた。

「あった、というか、もう三十スーしかなかった」

「ええっ！　そんな馬鹿な！」

三人が叫んだ。

「今日の献立は書き直しだ。三十スーでなんとか遣り繰りしないと！……已むを得ん。西洋松露は他のものに替えよう」

やがて食卓が調った。美しく調和のとれた三枚の皿に、それぞれ料理が盛られている。

鰊。

馬鈴薯。

チーズ。

煖炉では拳ほどの小さな薪がぶすぶすと煙を上げていた。

外では雪が降りしきっていた。四人のボエームは食卓に着き、重々しくナプキンを広げた。

15　十六世紀フランスの作家フランソワ・ラブレーの『パンタグリュエル物語』（一五三二）に登場する大喰いの巨人の名。生まれたばかりで毎日四千六百頭の牛の乳を飲み干すばかりかその牛まで平らげてしまう。

16　シェイクスピアの劇『マクベス』（一六〇六頃）第三幕および第四幕で、マクベス王に暗殺されたバンクォー将軍が亡霊となって出現する。

「おお、この鰊、何だか雉の味がするな」

とマルセルが言う。

「盛り付けが秘訣さ」

コリーヌが応える。

「鰊は過小評価されているよ」

そのとき、愉しげな歌声が階段を上ってきて、扉を叩いた。マルセルはわれ知らずびくっと体を震わせ、急いで扉を開けた。

ミュゼットがマルセルの頸に飛びついて、それからたっぷり五分も抱きついていた。

マルセルは腕の中でミュゼットが震えているのを感じた。

「どうしたの？」

「寒いの」

ミュゼットは上の空で答え、煖炉に近寄った。

「ああ、前はほんとに立派な火が燃えていたんだよ」

マルセルが言った。

「そうみたいね」

ミュゼットは食卓を覆う、五日間の宴の残骸を見て言った。

「あたし、遅かったかしら」

「なぜ？」

「なぜって……」

ミュゼットは少し顔を赤らめ、それからマルセルの膝に座った。まだ震えていて、手は紫色だった。

「何か用事があったの？」

マルセルがささやいた。

「用事なんて！」

ミュゼットは大声で答えた。

「ああマルセル！　天の星空にいても、あなたが合図してくれたら、あたしあなたの傍に降りてくるわ。あたし、用事なんて……」

ミュゼットは体を震わせた。

「椅子は五脚ある」

ロドルフが言った。

「五は半端な数だ。それにこの椅子は形が悪い」

ロドルフは椅子を壁に叩きつけて壊し、煖炉に放り込んだ。それからコリーヌとショナールに目配せし、ふたりを連れて部屋を出た。

「どこ行くんだ？」

マルセルが聞いた。

「煙草買ってくる」

三人が答えた。

「ハヴァナまでな」

そう言ってショナールはマルセルに目で合図し、マルセルは目で感謝を伝えた。

「どうしてなかなか来なかったんだ？」

ふたりきりになって、マルセルはふたたび訊いた。

「ほんとね。ちょっと遅くなっちゃった……」

「新橋（ポン・ヌフ）を渡るのに五日もかかるのかよ！　ピレネー山脈を越えてきたのか？」

ミュゼットは黙ったまま俯（うつむ）いた。

「きみって娘（こ）は、ほんとに手に負えないな」

ミュゼットのブラウスをそっと手で叩いて、悲しそうにマルセルは続けた。

「おれの知らないところで何をしてるんだか」

「知ってるでしょ」

ミュゼットが激しい口調で応えた。

「でも、手紙を送ってから、何してたの？」

「訊かないで！」

ミュゼットは何度もマルセルに口づけした。

「お願い、何も訊かないで。外が寒いうちは、こうしてあなたの傍で温まっていたい。見て、あたし、いちばん綺麗な服を着てきたのよ……馬鹿なモーリス、あたしが家を出るとき、何もわかってくれなかった。でもあたしより立派だわ……。あたしここに来ようとして……。ね、火っていいわね」

ミュゼットは小さな手を火に近づけた。

「明日まで一緒にいていい？」

「ここはすごく冷えるよ。もう食べるものもないし。来るのが遅かったんだ」

「いいわよ。そのほうが前みたいじゃない」

…………………………………………………………………………

三人が煙草を買うのに二十四時間かかった。戻ってみると、マルセルはひとりだった。

家を出てから六日後、ミュゼットはモーリス子爵の許に帰った。モーリスは何ひとつ咎めず、ただ、なぜ悲しそうなのかとだけ訊ねた。

「マルセルと喧嘩したの。ひどい別れ方しちゃった」

「でも、きみはきっとまたマルセルの許に戻るんだろうね」

「あなたはどうしてほしいの？　あたし、ときどきあの生活の空気を吸いにいかないと苦しくなるの。あたしの気紛れな生き方って、歌みたいなものなの。恋するたびに歌詞は変わるけど、どんなに歌詞が変わっても、変わらない繰返句がマルセルなの」

二十　羽を得たミミ

一

「いや、違う、違うね。きみはもう下町娘(リゼット)じゃない[1]。ああ、違う、断じて違う。きみはもうミミじゃない。

きみはいまや子爵夫人じゃないか。明後日(あさって)には公爵夫人かもしれない。きみは栄達の階段に足をかけたんだからな。きみが夢見た扉が、ついにきみの歩みの先に両開きに押し開かれ、きみはそこに威風堂々と踏み入ったんだ。いずれこうなるだろうと

1　十九世紀フランスの歌謡作家ピエール＝ジャン・ド・ベランジェの〈もはやリゼットではなくて〉に同様の歌詞がある。

思っていたよ。そもそもこうなるべきだったんだ。きみの白い手は齷齪働くためのものではなく、ずっと前から貴族との結婚指環を希んでいたんだから。きみもついに紋章付きの家の奥様か！　ぼくたちはどちらかというと、青春がきみに与えていた、きみの碧い眼と蒼い顔がつくる、百合の地を青で四分割した紋章のほうが好きだけどね。身分が貴くても卑しくても、きみはいつも可愛いな。こないだの夜、小さな沓を履いた足で通りを急ぐきみを見かけたよ。きみは風に手を貸すかのように、手袋をした片手で新しいドレスの裾飾りを持ち上げていた。ドレスを汚したくないってのも少しはあっただろうが、それより刺繍の入ったペチコートと透き通るみたいな長靴下を見せたかったんだろう。とても洒落た帽子を被ってたけど、その素敵な帽子の上でひらひらしている豪華な透かし織りの面紗についてはひどく戸惑っているようにも見えた。いや本当に困ってるみたいだったよ。だって、あの面紗を下ろすか上げるか、どっちが見映えがするか、きみのお洒落心に適うのか、それを知るのは一大事だからね。下ろしていると友達に会っても誰だかわかって貰えない。実際、きみと十度もすれ違っても、あの豪奢な覆いの下にミミ嬢が隠れてるなんて思いもしなかっただろうね。かといって上げていたら、今度はあの綺麗な面紗そのものが見えなくなっちまう。じゃあ何のために面紗を着けるのか？　きみは見事にこの難問を解決した。十歩あるくたびに面紗（ヴェール）を上げたり下げたりしてね。あの華麗な織物、あれはきっとフランドル[2]と人が呼ぶ、あの蜘蛛（くも）の国で織られたのに違いない。あれだけで、きみの今までの箪笥（たんす）の中身を全部合わせたよりも値が張るのだろうね……。ああミミ、いや違った、子爵夫人！　思った通りだ。よく言ってただろ、辛抱するんだ、望みを失っちゃいけないって。未来はカシミヤ織とかきらきら光る宝石とかちょっとした夜食とかで一杯だって。疑り深いきみは信じなかったけどね。とにかく、予言はことごとく当たったんだ。きみの〈淑女の神託（オラクル・デ・ダーム）〉[3]になれるね。きみが新橋（ポン・ヌフ）の古本屋で五スーで買って、駄目になるまで際限なく未来のお告げを訊ねたあの十八折判の占いさ。もう一度言うけど、予言は当たらなかった？　で、きみはまだまだこんなものじゃないって言ったら、今度は信じてくれるかい？　耳を寄せれば、きみの未来の彼方から、青い馬車に繋がれた馬たちの脚踏みやいななきが響いてくるのが聞こえると言ったら、信じてくれるかい？　そうして、白粉（おしろい）をつけた御者（ぎょしゃ）がきみの前に馬車を停め、踏み台を下ろして〈奥

2　フランス北部からベルギー西部、オランダ南西部にかけての地域。中世から毛織物業が栄える。
3　タロットカードの一種で占いに用いる。

様、どちらまで？〉って訊くんだ。ねえ、信じてくれるかい？　もっと後になれば……そう、しまいには、きみが長年の願いを叶えて、ベルヴィルかバティニョルで[4]会食を開いて、独逸歩兵や違法バカラ遊びをしにくる年寄りの軍人や徴兵猶予の優男にちやほやされるだろうって言ったら信じてくれるかい？　でも、きみの若さの太陽がすっかり沈んでしまう前に、信じてくれよ。きみはこれからも絹や天鵞絨の服をどっさり仕立てるだろう。莫大な財宝がきみの気紛れの坩堝で熔けてゆくことだろう。きみの額の上で、足許で、たくさんの花が萎れることだろう。きみの紋章はころころ変わるだろう。見るたびに、きみの頭は違う冠を戴いていることだろう。男爵夫人の冠、伯爵夫人の冠、侯爵夫人の真珠の冠。きみは座右の銘に〈移り気〉を掲げるだろうね。そしてきみは、まるで流行り芝居の劇場の戸口に行列ができるみたいに、きみの真心の控えの間にぞろぞろと列をなす大勢のきみの崇拝者たちを、気紛れにか已むに已まれずにか、順繰りに、もしかしたら一時に、満足させるすべを身に付けることだろうね。さあさあ、そのまま真っ直ぐ進むがいい。思い出を野心に置き換え心を身軽にして、さあ行くがいい。前途は洋々、ずっときみの道程が歩みやすいものであるようにとぼくたちは願う。だが何より、この贅沢品、この麗しい装いのすべてが、あんまり早くきみの明るさを葬る死装束にならなければいいがと願うよ」

と、若きミミ嬢にばったり会った画家マルセルは言った。ミミが詩人ロドルフと二度目に別れてから三、四日後のことであった。予言に皮肉が混じりそうになるのを何とか堪えようとしたが、ミミはマルセルの美辞麗句に惑わされはしなかった。マルセルがミミの新しい身分を歯牙にもかけず、まるっきり馬鹿にしているのは明らかだった。

「ずいぶん意地悪なのね、マルセル。ひどいわ。あたし、ロドルフと付き合ってたとき、あなたにずいぶん親切にしたはずよ。とにかく、別れたのはロドルフのほうが悪いんですからね。いきなり出てけなんて言うんだもの。終わりごろなんて、あたしどんなこと言われたか……すごく悲しかったわ。あなたは知らないのよ、ロドルフがどんな男なのか。短気と嫉妬が凝り固まったような男よ。あたしを細切れにして殺しかねなかったわ。ロドルフがあたしのこと好きだったのは知ってる。でもあのひとの愛は鉄砲みたいに危険なの。十五箇月、どんな生活だったか！　ね、マルセル、わかる？　あたし、自分を実際よりよく見せようなんて思ってないわ。でもロドルフとい

4　いずれもパリ郊外の町。現在、ベルヴィルはパリ十九区および二十区、バティニョルは十七区に位置する。

るとつらかったの。わかるでしょ。あたし、貧乏だから別れたんじゃないわ。ほんとよ。貧乏は慣れっこだもの。それに、もう一度言うけど、ロドルフがあたしを追い出したのよ。あたしの気持ちを土足で踏みにじったのよ。どうせおれといても心は他処にあるんだろうって言うの。もうおれのこと愛してないんだろう、他に情夫がいるんだろう、って。しまいには、あたしに言い寄ってくる若い男を名指しまでして、あいつと付き合えばいいんだって、あたしとそのひととのあいだを取り持ったのよ。それであたし、悔しかったのもあるけど、仕方なしにそのひとと付き合うことにしたの。だってあたし、そのひとのこと好きじゃなかったのよ。ね、よく知ってるでしょ、あたしあんまり若い男は嫌いなの。口風琴みたいに退屈で、女々しくて。とにかく、済んだことは済んだことよ。後悔はしてないわ。もしやり直せるとしても同じことするでしょうね。ロドルフ、あたしがロドルフのものじゃなくなって、別の男と幸せにやってるって知って、すごく怒って苦しんでいるそうね。最近ロドルフに会ったってひとから聞いたわ。目が真っ赤だったって。あたし驚かないわ。きっとそんなふうになって追いかけてくるだろうってわかってたもの。でも無駄だって、あのひとに伝えてくれるかしら。今度こそほんとうに本気だって。ねえ、マルセルはロドルフにしばらく会ってないの？　別人みたいに変わってしまったってほんと？」

ミミは改まった口調で訊ねた。

「ほんとだよ。すっかり変わってしまった」

「悲しんでるのね。きっとそうだわ。でも、あたしに何ができるの？　どうにもならないわ。ロドルフが望んだことですもの。いつかは終わりにしなければならなかったのよ。ロドルフを慰めてあげてね、マルセル……」

「ああ、ああ、いちばん苦しいところは過ぎたよ。心配しないで、ミミ」

「嘘ね」

ミミは皮肉な感じに口を尖(とが)らせた。

「ロドルフがそんなにすぐ立ち直るはずない。あたしが出ていく前の晩、あのひとがどんな様子だったか、見せてあげたいわ。金曜日だった。あたし、新しい彼氏と夜を過ごすのが嫌だったの。あたしは迷信深いし、金曜日は縁起が悪いから」

「それは違うね、ミミ。恋愛においては金曜日は縁起のいい日だ。もともと〈ヴィーナスの日(ディエス・ウェネリス)〉って意味なんだから」

「ラテン語なんて知らないもの。とにかくそれで、ポールのところから戻ったの。そしたらロドルフが道に突っ立ってあたしを待ってたわ。もう夜遅くて、真夜中を過ぎてた。あたし晩御飯をあまり食べてなかったから、お腹がすいて、何かお夜食になるものはないかしらってロドルフに頼んだの。ロドルフは三十分もあちこち探してくれたけど、たいしたものは見つからなかったわ。でもパンと葡萄酒と鰯とチーズと林檎のケーキを出してくれた。あたし、ロドルフがいないうちに横になってたら、ロドルフは寝台の傍に食事の支度をしてくれてね。あたしは見てないふりをしながら、ロドルフのこと見てたの。ロドルフ、死んだみたいに真っ蒼だった。ぶるぶる震えて、何がしたいのか自分でもわからないみたいに部屋を歩き廻っていたわ。部屋の隅の床にあたしの荷物が置いてあるのを見て、それが見えるのがつらいみたいに、荷物の前に屏風を立てて荷物が見えないようにしてた。支度がすむと、あたしたちお夜食を食べはじめたんだけど、ロドルフ、あたしに葡萄酒を飲まそうとするの。でもあたしもうお腹もすいてなかったし喉も渇いてなかった。胸がいっぱいでね。寒かったわ。燃やすものが何もなかったから。煖炉から風の音が聞こえたわ。なんだかすごく悲しそうな音だった。ロドルフはあたしのことじっと見つめて、手をあたしの手に重ねてね。あのひとの手、震えてた。燃えるように熱くて、氷みたいに冷たかった。

これはおれたちの愛を弔う夜食だ、ロドルフは小さな声でそう言ったわ。あたし何も答えなかった。でも手を引っ込める勇気はなかったの。

眠くなっちゃった、ようやくそう言ったわ。もう晩いし、寝ましょ、って。ロドルフはあたしをじっと見つめてね。あたし、寒かったからロドルフのネクタイを頭に巻いてたんだけど、ロドルフは何も言わないでそれを引ったくったの。なんで取るのよ、寒いじゃないの、ってあたし言ったわ。そしたら、ああミミ、お願いだ、大した手間じゃないだろ、今夜はあの縞模様の寝室帽をつけて寝てくれ、って。

白と茶色の縞模様の、インド木綿の寝室帽で、ロドルフはあたしがそれをつけてるのを見るのが好きだったの。楽しかった夜のことを思い出すのね。だって、あたしたちそうやって楽しい日々を数えてきたんですもの。ロドルフの傍で寝るのもこれが最後かって思うとね、あのひとの気紛れを断れなくて、起きて荷物の底に仕舞ったその寝室帽を取りにいったの。そしたら、うっかり屏風を元に戻すの忘れちゃって、ロドルフはそれに気付くと、また前みたいに荷物を隠したわ。

おやすみ、ロドルフがそう言って、あたしもおやすみ、って答えた。ロドルフが接吻しに来るかと思って、それならさせてあげるつもりだったけど、ただ手をとって唇をつけただけだった。ね、マルセル、ロドルフがどんなに強くあたしの手に口づけするか知ってるでしょ。歯がかちかち鳴ってた。肉体が大理石みたいに冷たくて。ロドルフ、あたしの手をずっと握ってたわ。それから肩に頭を乗せたけど、あたしの肩、すぐにロドルフの涙でびしょびしょになっちゃった。ロドルフはひどい様子だったわ。声を出すまいとして毛布を噛みしめていたけど、くぐもった泣き声が伝わってきてね。そうして、あたしは肩に涙が落ちて流れるのを感じてた。はじめは熱くって、すぐに冷たくなって。そのときあたし、ありったけの勇気を出さなきゃならなかった。そうしなきゃならなかったの。一言口に出しただけで、あたしが顔を向けただけで、唇が触れ合って、そしたらまた縒(よ)りが戻ってしまうだろうから。ああ、あたしふと、ロドルフはあたしに抱かれたまま死んでいくんだ、そうでないとしても気が狂ってしまうんだ、そんな気がしてね。前にも一度、そうなりそうだったとき、あったじゃない、覚えてる？　ああ、こうしてまたロドルフに絆(ほだ)されちゃうんだ、そう思ったわ。あたしが先に縒りを戻そうとしたの。あたし、ロドルフを抱こうとした。だって、あんな苦しみを前にして何も感じないでいられたら、ほんとの人でなしよ。でもそのとき、前の夜に言われたこと思い出したの。どうせおれといても心は他処(よそ)にあるんだろう、もうおれを愛してないんだろう、って。ああ！　あの冷たい口調を思い出したら、もし目の前でロドルフが死にかけていて、あたしが接吻(キス)するだけでそれを救えたとしても、唇を背(そむ)けて死ぬに任せたでしょうね。あたし、何だかどっと疲れちゃって、うとうとしてた。ロドルフの啜(すす)り泣きがずっと聞こえてたわ。ねえマルセル、ロドルフ、一晩中泣いてたのよ。ほんとよ。夜が明けて、最後の夜をすごした寝台から、これからこのひとと別れて別の男の腕の中に行くんだ、ってロドルフの顔をよく見たら、ロドルフの顔は苦しみでぼろぼろで、ぞっとするくらい怖かった。あたしたち、何も言わずに立ち上がったけど、ロドルフはちょっと歩くだけで倒れそうだったわ。それくらい落ち込んで弱ってたのね。それでもさっさと服を着替えると、ただ、あの男とはうまくいってるのか、いつ出ていくんだ、とだけあたしに訊くの。さあね、ってあたし答えた。ロドルフは何も言わず、握手もしないで出ていったわ。こうしてあたしたち別れたのよ。帰ってもうあたしがいないってわかったとき、ロドルフはどんなに心を痛めたことでしょうね」

「あいつが帰ってきたとき、ぼくもそこにいたんだ」

長々と喋って息を乱しているミミにマルセルが言った。

「下宿のおばさん、鍵を渡すときに、あのお嬢さん出てっちまったよ、ってロドルフに伝えたらね、そうですか、そうでしょうね、そんな気がしていたんです、って言って、部屋に上がっていっちまった。変な気を起こすんじゃないかと思って後を追ったさ。でもそんなことはぜんぜんなかった。

別の部屋を借りるにはもう晩いから、明日の朝にする、ってロドルフは言ってた。

とりあえず出よう。晩飯に行こう、って。

酔いたいのかと思ったが、違った。きみもロドルフと何度か行った料理屋で、ごく質素な晩飯をとっただけだった。ぼくは少しでも気を紛らわせてやろうと、ボーヌ産の葡萄酒を頼んだよ。

あいつ、言ってた。

『ミミはこの葡萄酒が好きだったんだ、よく一緒にこれ飲んだっけなあ。いまおれたちが座ってるこの席で。思い出した。あいつ、何度も空になった杯にまた手を伸ばして、もう一杯頂戴。ボーヌのお酒、美味(おい)しくてぼうっとしちゃう、なんて言ってた。どうにもつまらん駄洒落(だじゃれ)じゃないか？　これじゃ寄席(よせ)芝居の台本書きのかみさんがせいぜいだ。それにしてもなあ、よく飲んだよ、ミミは』

思い出の小径(こみち)に嵌(は)まりそうになったロドルフを見て、話題を変えたよ。それっきり、もうきみの話は出なかった。ロドルフ、あの夜はずっと一緒だったけど、大西洋みたいに静かだった。何より驚いたのは、それがちっとも無理してる感じじゃなかったことだ。ほんとに何も気にしてない様子なんだ。部屋に戻ったのは真夜中だった。

『こんな時なのにおれが落ち着き払っているので驚いてるようだね』

ってロドルフは言ってた。

『ひとつ譬え話をさせてくれ。比喩は安直な手段ではあるが、物事を正確に把握できるという長所もある。おれの心は一晩中蛇口を開けっ放しにした給水器みたいなものだ。朝には一滴も残っていない。おれの心も同じさ。涙が出尽くしちまった。奇体しなもんだな。もっともっと苦しむのかと思ってた。一晩苦しんだら、腑抜けになっちまったんだな。もう涙も涸れたよ。本当だよ。昨日の夜、この寝台に座って、石みたいに冷たい女の横で、おれ、もう少しで死にそうだった。あいつ、いまごろ別の男の枕に頭を乗せてるんだろう。そしておれは、一日たっぷり働いた沖仲仕みたいにぐっすり眠るのさ』

内心思ったよ、茶番だな、おれが帰ったとたん、壁に頭を打っつけるんだろうな、って。ぼくはロドルフを独り残して自分の部屋に戻ったけど、ずっと起きてた。夜中の三時ごろ、ロドルフの部屋から何か聞こえた気がして、飛んでいったよ。ロドルフが絶望の熱に浮かされているんじゃないかって……」

「そしたら？」

「そしたらね、ロドルフは寝てた。寝台も乱れてなかったし、どう見てもずっと静かに寝てたみたいだった。あのあとすぐ寝ちまったらしい」

「そうかもね。前の夜、くたくたに疲れたでしょうから……それで、次の日は？」

「朝早くに起こしに来たよ。で、一緒に別の下宿を探しにいったんだ。で、その日の夜に引っ越したよ」

「ロドルフ、あたしたちがいた部屋を出るとき、何て言ってた？　あたしのことあんなに愛してくれた部屋を出るとき、何か言ってた？」

「黙って荷作りしてたよ。抽斗にきみが忘れていった網目地の手袋一揃いと、きみからの手紙を何通か見つけて……」

「知ってる」

ミミはもの言いたげな口調で口をはさんだ。

「わざと置いていったの。あたしの思い出を少し残していってあげようと思って。ロドルフ、その手紙をどうしたの？」

「手紙は煖炉にくべて、手袋は窓から放ったんじゃなかったかな。これ見よがしにじゃなく、ごく普通に、いかにも要らない物を処分するようにね」

「ねえ、親愛なるマルセルさん。あたし、その無関心がずっと続いてほしいと、心から願うわ。でもほんとにもうひとつだけ訊きたいの。ロドルフがそんなにすぐに立ち直るなんて、どうしても信じられない。あなたに何と言われようと、ロドルフはきっと胸を痛めてると思う」

「かもね」

マルセルは別れ際に言った。

「でも、見た限りでは、どっちかというと胸の痞えが下りたって感じだぜ」

往来でこのような会話が交わされているあいだ、ポール子爵閣下は新しい恋人ミミを待っていた。待ち合わせの時間をだいぶ過ぎてやってきたミミは、ポールと会ってもちっとも楽しそうではなかった。ポールはミミの膝に頭をのせ、綺麗だよとか、お月様みたいに白い肌だとか、羊のように淑やかだねとか、でもきみの心の美しさがいちばん好きだとか、お得意の口説き文句をささやいた。

「ああ、ロドルフはこんなに独りよがりな人じゃなかった」

ミミは雪のように白い肩に褐色の髪を解きながら思った。

二

マルセルが言ったように、ロドルフはミミへの失恋の痛手からすっかり立ち直った様子だった。ミミと別れてから三、四日経つと、ロドルフは見違えるように変わった。部屋の鏡でさえロドルフを見分けられないのではないかと思われるほどお洒落になった。ましてや、ミミがさも痛ましげに流す、あることないことの噂とは裏腹に、ロドルフが虚無の淵に急ぐ気遣いはいっこうに見られなかった。つまり、ロドルフはまったく平静なのであった。ミミは、お喋り友達の娘が毎晩のようにロドルフと顔を合わせるというので、それとなく伝えて貰うよう頼んだが、ロドルフはミミの豪勢な新しい暮らしぶりを聞いても、顔の皺ひとつ動かさなかった。

「ミミ、ポール子爵と幸せにやってるわよ。もうポールにべた惚れみたい。ただ、あんたがミミの後を追っかけて、この静かな暮らしを乱すんじゃないかって、それだけが心配なんだって。でもねえ、それはあんたのためにもならないわよ。ポール子爵だってミミにぞっこんだし、剣術の稽古を二年もやってるんだから」

「ふうん、そう」

とロドルフは答えた。

「ミミがよく眠れればそれでいいよ。あいつの蜜月にわざわざ酢を垂らしにいくつもりはないね。あの若いお相手も、短剣なんぞは質にでも入れちまえばいい。〈ガスティベルザ、騎兵銃の男〉、てなもんだ。いまだに夢の国で乳飲み児の幸福に浸ってる貴族様の暮らしなんて興味ないよ」

ミミのあれこれを聞いてロドルフがどんな態度を取ったか、いちいちミミに伝えら

れたが、ミミはきまって、

「いいわ、そんなこと言ってても じきにどうなるか、まあ見てましょ」

と肩をすくめるのだった。

だが、ほんの数日前まで身も世もなくロドルフを衝き動かしていた嵐のごとき動揺が、いつものような悲しみも憂鬱もなく、こんなにあっさりと無関心に変わってしまったことに誰より驚いていたのは、当のロドルフ自身だった。忘却というものは、とりわけ恋に破れた者にとっては遅々として訪れぬものであって、その到来を声高に待ち望みながら、いざその気配を認めるとこれまた声高に追い払おうとするものであるが、この忘却という冷徹な慰めが、突然、抗う間もなくロドルフの心を満たし、それからは、あんなに愛した女の名もまったく心に響かなくなってしまったのだった。不思議なことに、どんなに昔の出来事でも、どんなに遠い過去に出会った人や感化を

5　十九世紀フランスの作曲家ルイ・エメ・マイヤールの歌劇『ガスティベルザ』（一八四七）より着想したヴィクトル・ユゴーの詩「ギター」の一節。自分を棄てて貴族の許へ走った恋人を歌う。この詩に基づいたフランツ・リストの歌曲、また二十世紀の歌手ジョルジュ・ブラッサンスのシャンソンでも知られる。

受けた人でも、造作なく思い出せるほど物覚えのいいロドルフが、別れてから四日で、どんなに頑張っても、自分の存在をその華奢な両手で粉々にしかねなかったかつての恋人の顔を、確然と思い出せなくなっているのだった。かつてロドルフは、よくミミのきらきら光る眼に睡りに誘われたものだったが、もうその甘やかさを思い出せなかった。怒ったミミの声、やさしく愛撫するようなミミの声は、ロドルフに霊感を与えたものだったが、その声音も思い出せなかった。ある晩、ロドルフは友人の詩人にばったり出会った。詩人はミミと別れてからのロドルフに会っていなかった。ロドルフは杖を振り廻し、不安そうにせかせかと大股で歩いていた。

「やあ、ロドルフ！」

その詩人は片手を差し出し、それからロドルフをじっと見つめた。げっそり窶れたロドルフの顔を見て、これは慰めてやらなければ、と詩人は思った。

「なあ、元気出せよ。そりゃつらいだろうが、遅かれ早かれきっとこうなってたさ。ずるずる引き延ばすよりすっぱり別れてよかったんじゃないか？　三箇月もすればすっかり元気になるよ」

「何言ってるんだ？　別に落ち込んでないぜ」

「まあまあ、強がらなくてもいい。話は聞いたよ。聞いてなかったとしても顔に全部書いてある」

「言葉に気をつけろよ、何か勘違いしてるんじゃないのか。確かに今夜は気が晴れないが、その理由についてはまるっきり見当違いだ」

「へえ、何だってそんなにむきになるんだ。べつに恥ずかしいことじゃないぜ。二年近くも続いた関係をそんなにあっさり切れるわけないだろ」

「みんな同じこと言いやがる。なあ、誓って言うが、きみも他のやつもみな思い違いをしてる。ああ、いま落ち込んでるさ。周りからもそう見えてるだろう。だがそれは、今日新しい燕尾服を持ってくるはずの仕立屋がちっとも来ないからだ。だからさ。だから気が滅入ってるんだ」

「またまた無理しちゃって」

友人は笑って言った。

「無理なんかしてないよ。それどころかすごく調子がいいんだ、絶好調だよ。まあ、話を聞いてくれ。そしたらわかる」

「そう言うなら聞かせてくれよ。仕立屋が約束を破ったくらいで、どうしたらそんなに時化た顔ができるのか、ひとつ教えて貰おうじゃないか。さあ、待っててやるから喋れよ」

「いいよ。きわめて些細（ささい）ないくつもの原因から、もっとも重大な結果がもたらされることは、きみもよく知っているだろう。今夜、どうしても行かなきゃならない大事な用事があったんだが、燕尾服が届かないので行けないのだ。わかった?」

「わからんね。そんなに浮かぬ顔をするほどの理由じゃないだろう。きみは落ち込んでる……だって……まあいい。とにかく、おれに恰好（かっこう）つけるなんて馬鹿馬鹿しいぞ。それがおれの意見だ」

「まだ言うのか。誰だって、得られるはずの幸福か、そうでなくとも愉しみを逃してしまったら悲しいだろう。だってそれはもう無くしたも同然で、次はどちらか片方でも捕まえてみせるなんて言ったところで大概は手遅れだからだ。手短に言おう。今夜ある女の子と約束があってね。ある家で会うことになっていた。もしその娘（こ）の家よりうちのほうが近ければ、いや、うちのほうが遠くても、連れて帰ってくるつもりだった。その家で夜宴（ソワレ）があったんだが、燕尾服がないと入れない。おれは燕尾服を持ってない。仕立屋が持って来てくれることになってるが、まだ来ない。おれは夜宴（ソワレ）に行けない。だから女の子に会えない。今頃は誰か別のやつに出逢ってるかもしれない。うちに連れて帰ることも女の子の家に送っていくこともできない。今頃は誰か別のやつと一緒かもしれない。したがって、最前から述べているように、おれは幸福もしくは愉しみを得られない。したがって、おれは悲しい。したがって、おれが悲しげに見えたとしても、無理からぬことである」

「片足が地獄から抜けたと思ったら、もう片足が別の地獄に嵌ったのか。でも、さっき通りで見かけたとき、人待ち顔だったぞ」

「いかにもその通り」

「でもさ、ここ、きみの前の彼女が住んでる街じゃないか。それであの娘のこと待ってたんじゃないって言われてもな」

「あいつとは別れたが、諸々の個人的な事情がこの界隈に足を止めることを余儀なくするのだ。だが傍にいたところで、おれとあいつは北極と南極ほども離れているのだ。それに、今この時にも、かつてのわが恋人は、炉辺でポール子爵に文法の手習いを受けているのだ。ポールは綴り方を通じて恋人を美徳へ立ち戻らせんとしているのだ。まったく、どれだけ甘やかすんだろう！　だがそれも畢竟ポールの問題だ。いまはポールこそがあいつの幸福の編集主幹なのだからな。そういうことさ。わかっただろ？　きみの予想はまったく見当はずれであって、おれは消えてしまったかつての恋の跡をたどる代わりに新しい恋路を歩んでいるんだ。あと少しでものにできるし、これからもっと距離が縮まるだろう。恋の成就までの道を歩きつくす覚悟はできてるからな。そうして向こうが残りを歩いてくれたら、想いが通じ合うのも先のことじゃないさ」

「なんとね！　もう惚(ほ)れちまったのか」

「そうだよ。おれの心は間借人が出ればすぐ貸しに出される下宿みたいなものだ。ひとつの恋が心を去れば、次の恋を探して張紙でも出すさ。なにしろ居心地は良好、修繕も完璧だ」

「で、その新しいお相手はどんな娘(こ)？　何処(どこ)で、いつ出逢ったんだ？」

「まあ順を追って話そう。ミミが出ていったとき、もう一生、恋なんてしないだろうと思った。きみが言うように、心が疲れて、擦り切れて、死んじまったと思った。そう思えるくらい、おれの心臓はあまりに長く強く速く搏(う)ちすぎたんだ。要するに、おれの心は死んでいた。きっぱりと、はっきりと死んでいた。それで、マルブルウ氏[6]のように、心を埋葬しようと考えたんだ。その際、おれはささやかな弔(とむら)いの夕餐(ゆうさん)を催して友人らを招待した。参会者はさぞ痛ましい顔をしていたことだろう。酒壜の頸に喪章を付けてね」

「おれは招待されなかったな」

「すまん。きみがどの雲の下に住んでるか知らなかったんだ。

で、あるお客が女の子を連れてきてね。若い娘さんだ。その娘も恋人に棄てられたばかりだというんだ。友達がおれのことを話したんだが、こいつがまた、心の琴線をじつに巧みに爪弾く男でね、死んでこれから埋葬されようという哀れなおれの心の美点をこの独り身の娘さんに物語り、ロドルフの心の永遠の安息を祈って乾杯しようと誘ったんだ。そしたらあの娘、杯を掲げて、いいわ、でも永遠の安息じゃなく、一層のご健勝を祈って、なんて言ってねえ。それからあの娘はちらっとおれを見たけど、あの眼はまさしく、世に謂うところの〈死人も飛び起きそうな眼〉に他ならないね。なにしろ、あの娘の乾杯の辞も終わらぬうちから、おれの心は〈おお男子らよ〉って復活祭の讃美歌を歌い始めてたからね。さあ、きみならどうする？」

「それは愚問だよ……その娘なんて名前？」

6　フランスの民謡「マルブルウは戦争に行く」に歌われる人物。スペイン継承戦争のさなか、マールバラ（フランス語でマルブルウ）公爵ジョン・チャーチル戦死の報に接したフランス兵が敵将の死を喜び作ったとされ、マルブルウを待つ妻、マルブルウの埋葬、夫の戦死を知らされた妻の様子が揶揄的に歌われる。なお、戦死は誤報であった。

7　三話註1を参照。〈おお男子らよ〉は復活祭で歌われる讃美歌でイエスの復活を祝う。

「知らない。結婚の誓約書に署名するまでは名前を訊かないつもりなんだ。それだと法的に遅すぎると考える人もいるだろうけどね、おれは自分に請願書を出し、自分に許可状を発行するよ。おれにわかっているのは、その娘がわが未来の精神の健康たる上機嫌と、肉体の上機嫌たる健康を持参金に持ってくるだろうということだ」

「綺麗かい、その娘は」

「とびきり綺麗だ。特に肌がね。毎朝ヴァトー[8]のパレットでお化粧してるんじゃないかってくらいだ。

　あの娘は金髪　勝ち誇った眼で
　男心に火を点けるのさ

おれの心がその証拠だ」

「金髪か。それはそれは」

「そうとも。象牙や黒檀はもう十分、これからは金色だな」

ロドルフは跳ね廻って歌い出した。

お望みとあれば　おれたちは
代わりばんこに　歌ってやろう
惚れちゃったのさ　麦畑みたいな
黄金色の髪の　あの娘に

「ミミのやつ、可哀そうに。こんなにすぐ忘れられちまうなんてなあ」

狂燥ぎ廻っていたロドルフは、ミミという名を聞いた途端、がらりと口調が変わった。ロドルフは友人の腕を摑み、滔々と物語った。なぜミミと別れたか。ミミが出ていったとき、恐ろしい不安に襲われたこと。まだ残されていた青春や情熱を、ミミがすっかり持ち去った気がして、どれだけつらかったか。二日後、最初に巡り逢った女が向けた、若さと情熱の籠もった最初のまなざしで、悲嘆と涙で湿った心の火薬がふたたび熱せられ、燃え、爆発けるのを感じ、青春と情熱はまだ残っていたのだと思ったこと。苦しみからの救いを求めたわけでもないのに、心がいつのまにか有無を言わ

8　アントワーヌ・ヴァトー。十八世紀フランスの画家。田園で男女が愛を語る光景を多く描き、その画風は〈雅な宴〉と讃えられた。六話註5も参照。

せぬ忘却で満たされていたこと、そして、如何(いか)にしてあの苦しみが忘却に包(くる)まれ、消え絶えていったか。

「これはひとつの奇蹟と言えるんじゃないか？」

だが、失恋の痛手がどう癒えてゆくかを身をもって知悉(ちしつ)している詩人は答えた。

「いいや、違うね。それは奇蹟なんかじゃない。きみだけでなく誰にでもありふれたことだ。同じことがおれにもあったよ。惚れた女が恋人になると、おれたち男にとって、女はありのままの女でなくなってしまう。おれたちは、ただ恋人の眼で女を見るだけじゃなくて、詩人の眼でも見るようになる。画家が人体模型に皇帝の緋の衣や星が瞬く聖処女の面紗(ヴェール)を着せるように、おれたちは輝く外套や綺麗な亜麻(あま)布の衣装部屋を持っていて、浅はかな、無愛想な、あるいは薄情なあの女という生き物の肩にそれを掛けるのさ。そうして、そんな衣を纏(まと)った理想の恋人が、夢見る蒼空にちらっとでも姿を見せれば、男はそんな変装にころっと参っちまう。女と出逢えばその中に自分の夢を見出して、男だけに通じる言葉で語りかけるけれど、向こうはおれたちの言うことがわからない。

おれたち男が足許(あしもと)にひれ伏して暮らす女という生き物は、被せてやった神々(こうごう)しい覆いをかなぐり捨てて、わざわざその汚い性根(しょうね)や悪い本性を見せつけ、おれたちの手を取って、もはやときめいてはいない、もしかしたら一度もときめいたことがないかもしれない心臓の場所に当て、これ見よがしに面紗をめくって、光のない眼や蒼ざめた唇や窶れた顔を晒す。けれどもおれたちは女の顔にまた面紗を掛けて喚くんだ。〈嘘だ、嘘だ！　ぼくはきみを愛しているし、きみもぼくを愛してるんだ。その白い胸の奥には瑞々しいままの心があるんだ。ぼくはきみを愛してる、きみはぼくを愛してる。きみは綺麗で若い。その意地悪の底には愛があるんだ。ぼくはきみを愛してるし、きみはぼくを愛してるんだ！〉とね。

そして最後には、そう、それでも最後の最後には、幾重に目隠しししようと誤魔化せなくなり、ようやく自分で自分の間違いに騙されていたことに気付いて、昨日までは偶像のように恋焦がれていた性悪女を追い出しちまう。そうして女から引っぺがした美辞麗句の金色の覆い布を、次の日にはまた知らない女の肩に掛けて、今度はその女が後光に包まれた偶像になるんだ。そんなもんだよ。途方もなく利己主義者で、恋のための恋に現を抜かしてる。思い当たる節があるんじゃないか？　おれたちが恋の美酒を酌む甕は、たまたま手近にあったってだけで、どれでもいいのさ。詩にもあるだろ、〈容れ物が何であろうと、酔えさえすれば〉だ」

「まさに然り。二足す二が四になるのと同じくらい真実だ」

「だろう。そして真実の四分の三は悲しいもんだ。おやすみ」

二日後、ミミはロドルフに新しい恋人ができたことを知った。ミミはひとつだけ訊ねた。ロドルフはあたしにしたのと同じくらいそのひとの手に口づけをしているかしら。

「してるよ」

マルセルは答えた。

「それどころか、髪の毛一本一本にまで口づけしかねない勢いだ。それが済むまでは別れないだろうね」

「まあ」

ミミは思わず髪に手をやった。

「ロドルフがあたしにそんなことしようなんて思いつかなくてよかったわ。死ぬまで別れられなかったでしょうからね。ねえ、ロドルフあたしのことほんとにもうぜんぜん好きじゃないって思う？」

「ふふっ……きみはどうなんだ。まだあいつのこと好きなの？」

「あたし、生まれてから一度でもロドルフを愛したことなんてないわ」

「嘘だろ、ミミ。それは嘘だ。女心が居場所を変えようとするあの一時期、きみはロドルフが好きだった。ロドルフのこと愛してたんだろ。反論しなくてもいいよ。言い訳になるからな」

「まさか！　そんなこと言ったって、いまロドルフは誰か他の女が好きなんでしょ」

「そうだよ。だがそうは言ってもだ。時が経てば、ロドルフにとってきみの想い出は、瑞々しく馨しいまま本の頁に挟んで、長い年月の後にまた見つけた時には萎れ色褪せているけれど、それでもなお咲いたばかりのころの新鮮な香りを留めている花のようになるだろう」

ある夜、ミミがポール子爵の傍で小さな声で歌を口ずさんでいると、子爵が訊ねた。

「それ、何の歌だい？」

「恋人だったロドルフがこのあいだ作った、あたしたちの恋への弔いの歌よ」

そしてミミは歌い始めた。

最後の小銭も遣い果たした　そんなとき
法は告げる　縁の切れ目と

9　十九世紀フランスの詩人アルフレッド・ド・ミュッセの詩劇『杯と唇』の一節。

それできみは涙もなく　昔の流行（はやり）のように
ぼくを忘れてしまうんだね　ミミ。

それでもぼくたちは　夜はともかく
幸福な日々を　過ごせたんじゃないか
長くは続かなかったけど　仕方がない
何よりも儚（はかな）いものが　何よりも美しいんだ。

二十一　ロミオとジュリエット

　みずから主筆を務める流行雑誌『レシャルプ・ディリス』の挿絵のごとく、手には手袋、足にはエナメル靴、頬髯を整え、髪を波打たせ、カイゼル髭を尖らせ、手には細身の杖、眼には単眼鏡、晴れやかに、若々しく、一分の隙もないほどに粧しこんで――十一月のある夕べに大通りに出れば、こんな出で立ちで帰宅の馬車を待つわれらが友、詩人ロドルフの姿が見られただろう。

ロドルフが馬車を待つ？　ロドルフの私生活に、突如いかなる天変地異が起こったのか？

　見違えるほどにお洒落したロドルフが、口髭を捻り、巨大な葉巻を咥え、道行く女たちの目を惹いていたそのとき、ひとりの友人が同じ大通りに現れた。哲学者ギュスターヴ・コリーヌである。ロドルフは近づいてくる人影を一目見てすぐにコリーヌだとわかった。一度でもコリーヌに会った者なら、どうしてその姿を見誤ることがあろう。いつものようにコリーヌは一ダースもの古本を抱え、古代ローマ人の仕立てではないかと思えるほど頑丈な不朽の榛色の上着を纏い、人が現代哲学のマンブリーノの兜[1]と綽名する、その下に超自然的思索の群れを秘めた著名な鍔広の山高帽を被り、著作の序文の文案をぶつぶつと反芻し、既にあの本は三箇月前に出版を控え印刷に入って……いたらいいのに、などと空想しながら、ゆるゆると大通りを歩いていた。ロドルフが立っている場所に近づくと、コリーヌは一瞬、おや、ロドルフだ、と思った。だがその伊達な装いを見て、いや、人違いかな、と自信がなくなった。

「ロドルフがきちんと手袋をして杖をついてる。夢だ、幻だ。どういう風の吹き廻しだ。髪なんか波打たせちゃって、幸運の女神より毛が少ないくせに[2]。いや、おれがどうかしてるんだ。第一、あの可哀想な友は今ごろ悲しみに暮れて、ミミが自分を置いて出ていったことを陰気な詩に書いてるはずだ。それにしてもミミがいなくなっちまったのは残念だな。珈琲の淹れ方ひとつ取っても気品があった。蓋し珈琲とは思慮深い精神の飲み物だな。だがロドルフのことだから、じき立ち直って新しい珈琲淹れを拾ってくると思うが」

　コリーヌはこのくだらない冗談が気に入ってしまい、もし哲学の重々しい声が胸中に目覚めてこの悪乗りを窘めなければ、自分で自分に〈いいぞもっとやれ！〉と囃しかねないところであった。

だが、傍(そば)まで来て立ち止まると、それは確かにロドルフであった。ロドルフが、髪を波打たせ、手袋を着け、杖をついている。ありえない。だがそれが事実であった。

「ああやっぱりそうだ、ロドルフ、おまえだよな、そうだと思った」

「そうだよ、おれだよ」

驚きのあまり国王の画家シャルル・ル・ブラン[3]が描いた『驚き』の絵みたいな顔になって、コリーヌは友の顔をまじまじと見た。そのとき、ロドルフが妙なものをふたつ持っているのに気付いた。縄梯子(なわばしご)と鳥籠である。鳥籠の中では何やら鳥がばさばさ

1　十五世紀イタリアの詩人マテオ・マリア・ボイアルドの叙事詩『恋するオルランド』で語られる強靭無比の兜。セルバンテス作『ドン・キホーテ』では、主人公ドン・キホーテが床屋の金盥をマンブリーノの兜と勘違いする。

2　幸運は躊躇せずすぐに摑まなければならないことの譬えとして、幸運の女神には前髪しか生えていないという諺がある。

3　十七世紀フランスの画家。ルイ十四世の宮廷筆頭画家としてヴェルサイユ宮殿、ルーヴル宮殿などの内装を手掛けたほか、当時の観相学に基づいた人間のさまざまな表情のスケッチを残した。

と飛び廻っている。その光景にギュスターヴ・コリーヌは、ルブランが表情のスケッチ帖に描き忘れたような表情をした。

「ははあ、眼の窓から好奇心が覗いているのがよく見えるよ。その好奇心を満たしてやろう。とりあえずこんな往来に突っ立ってないで、場所を変えないか。ここじゃ寒くて、きみの疑問もおれの答えも凍りつきそうだ」

ふたりはカフェに入った。

コリーヌはまだ縄梯子と小鳥を入れた鳥籠から目を離せない。カフェの暖気に温まった小鳥が歌い始めたが、各国の言語に通じたコリーヌにも、それが何処の言葉かわからなかった。

「というか、これはいったい何だい」

コリーヌは縄梯子を指して訊いた。

「これは恋人とおれとを繋ぐ連字符だ」

ロドルフはマンドリンみたいな口調で答えた。

「じゃ、これは？」

コリーヌは小鳥を指した。

「こいつは時計だ」

ロドルフの声は微風(そよかぜ)のように優しくなった。

「比喩でなしに、卑近なれど正確な散文で頼む」

「つまりだな、シェイクスピアを読んだことがあるかい」

「読んだか、だって？〈長らえるべきか、死すべきか(トゥ・ビィ・オア・ノット・トゥ・ビィ)〉[4]。シェイクスピアは偉大なる哲学者だ……ああ、読んだよ」

「じゃ、『ロミオとジュリエット』[5]を覚えてる？」

「覚えてるか、だって？」

コリーヌはやおら暗誦(あんしょう)しだした。

いいえ、まだ夜は明けませぬ。貴方(あなた)の気掛かりな耳を打つ歌声は雲雀(ひばり)ではありませぬ。あれは小夜啼鳥(さよなきどり)でございます……[6]

4　シェイクスピアの劇『ハムレット』（十七章註5を参照）第三幕の有名な独白。
5　三話註2を参照。
6　『ロミオとジュリエット』第三幕のジュリエットの台詞。

勿論だ。覚えてるよ。それで？」

「おい、わからないか？　これこそが詩というものだよ。恋をしているんだ。ジュリエットって娘に」

「へえ。それで？」

コリーヌは焦れったそうに訊いた。

「こういうことさ。こんど好きになった娘のジュリエットって名前から思いついたんだ。あの娘とシェイクスピアの芝居を再現してやろうって。まず、これからはロドルフではなく、ロミオ・モンタギューと名乗ることにした。きみもこの名で呼んでくれると有難い。みんなに知って貰おうと名刺も新しく刷り直した。まだあるぞ。いまは謝肉祭じゃないから、天鵞絨の胴衣を着けて剣を下げようと思う」

「そうしてティボルトを殺すのか」

「そういうことだ。で、この梯子は愛しい女の部屋に入るのに使うのさ。お誂え向きに露台もある」

「じゃあ鳥は？」

「そりゃ勿論、小夜啼鳥の役を演って貰うのさ。まあ、本当は鳩だけどね。そうして毎朝、時を告げて貰う。そのとき、愛しい手が離れそうになると、恋人がおれの頸を掻き抱いて、まさにあの露台（バルコニィ）の場のように、優しい声で言うんだ。〈いいえ、まだ夜は明けませぬ。雲雀（ひばり）ではありませぬ……〉って。つまり、まだ十一時にはならないし、足許が悪いわ、行かないで頂戴、ここにいましょう、ってことさ。この場面を完全に再現するにはわが恋人に仕える乳母も必要だな。時候も、わがジュリエットの露台（バルコニィ）に攀（よ）じ登るのに向いた、時折幽（かす）かな月明かりが差すようないい頃合であればと願っている。どうだい哲学者、この計画をどう思う？」

「いいんじゃない。しかし、そのすごい恰好はどうしたわけだ。見違えたぞ。……金廻りがよくなったのか？」

ロドルフは答えずに給仕に合図し、〈美味（うま）い物でも喰ってくれ〉と無造作にルイ金貨を一枚放った。それからポケットを叩くと、ちりんちりんと硬貨が鳴った。

「中で鐘でも撞（つ）いてるのかい。やけにいい音で鳴るじゃないか」

「何、ルイ金貨が少しね」

7　九話註16を参照。

8　ジュリエットの従兄弟。些細な諍いからロミオの親友マキューシオを殺害し、激昂したロミオに殺される。

「それぜんぶルイ金貨？」

コリーヌは驚きに咽喉を詰まらせた。

「ちょっと、どんなもんだか見せてくれよ」

それからふたりは別れ、コリーヌはロドルフの羽振りの良さと新たな恋を噂しにいき、ロドルフは下宿に帰った。

この出来事があったのはロドルフとミミの二度目の破局の翌週のことだった。ミミと別れた直後、ロドルフは空気と場所を変えなければと思い、友人マルセルとともに薄暗い家具付きの下宿を引き払った。すでにお話ししたように、大家はロドルフとマルセルが出ていくと聞いても別段残念がらなかった。ふたりは他処に新たな部屋を探し、同じ下宿の同じ階に二部屋を借りて住むことになった。ロドルフが選んだ部屋は、それまでに住んだどの部屋とも比較にならないくらい居心地が良かった。上等といってもいいような家具が揃っていて、中でも赤い布張りの長椅子はひときわ目を惹いた。尤も天鵞絨を模したつもりらしいその布は、〈汝の為すべきことを為せ〉という格言をまったく守っていなかったのだが。

煖炉の上に花を生けた磁器の花瓶がふたつあって、真ん中には何ともひどい飾りのついた石膏の振り子時計が置かれていた。ロドルフは花瓶を戸棚に仕舞った。大家が止まっていた時計の撥条(ぜんまい)を巻こうとしたが、ロドルフはそのままにしておいてほしいと頼んだ。

「煖炉に時計があるのは構わんが、あくまで美術品としてだ」

ロドルフは言った。

「針が真夜中を指してる。美しい時刻じゃないか。ずっとあのままであってほしい。こいつが真夜中の五分過ぎを指した日には引っ越すぞ……。傲慢(ごうまん)なる時計盤の横暴に敢えて屈するを潔(いさぎよ)しとしない振り子とは！　だが時計は親しき敵なのだ。一刻また一刻、一分また一分と人の命を数え、一刹那(せつな)ごとに〈ほら、おまえの命がまた減ったよ〉と告げているのだ。ああ！　そんな拷問(ごうもん)部屋で落ち着いて眠れるものか。時計の傍では安穏も夢もありえないのだ。……時計は寝台までその針を伸ばし、朝目覚めたばかりの甘美な気怠(けだる)さに浸る人間に突き立てに来るのだ。……そして耳元で叫ぶのだ。〈ぼおん、ぼおん、ぼおん、仕事の時間だよ、楽しい夢は終わりだ。やさしく愛撫(あいぶ)してくれる夢に（時には現実に）別れを告げなさい。帽子を被り、靴を履いて。外は寒くて雨が降ってるよ。さあ仕事に行くんだ。時間だよ。ぼおん、ぼおん……〉暦があ

9　十二話註8を参照。

ればそれで十分じゃないか……だから時計は止まったままに限る。さもないと……」

こんな独り言を呟きながら新しい部屋を検めているうち、ロドルフは新しい住処に入るときに誰もが抱く、あのわけもない不安を覚えるのだった。

「前から思ってたことだが、住居というものはわれわれの思考に、したがってわれわれの行動に、不思議な影響を及ぼすんじゃないだろうか。この部屋は墓場みたいに寒くて静かだ。よしんばこの部屋で陽気な歌が聞こえたとしても、それは外から来るものであって、長く留まりはしないだろう。雪雲のごとく低く白く冷え冷えとしたこの天井の下では、笑い声も響くことなく消えてしまうだろうから。ああ！　こんな壁に囲まれて、おれの人生、これからどうなるんだろう」

……………………………………………………………

だが、さほど日も経たないうちに、この侘しい部屋にも燈火があふれ、愉しげな談笑がさざめいた。ロドルフが入居祝いの宴会を催したのだ。立ち並ぶ無数の酒壜が参会者たちの上機嫌を物語っていた。ロドルフも来客たちにつられて快活になった。部屋の片隅で偶々そこに来た少女とふたりきりになったロドルフは、言葉と両手で少女を口説いた。宴がお開きになるころには、翌日の逢引の約束を取り付けていた。

「さてと」

　お客が帰るとロドルフは独り言ちた。

「なかなか悪くない夜宴だったな。引越しして運が廻って来たかもしれん」

　翌日、待ち合わせの時刻にジュリエットはやって来た。その夜はずっと身の上話をした。ジュリエットはロドルフが深く愛していた碧い眼の娘と最近別れたことを知っていた。前に一度別れてからまた縒りを戻したことも。だからロドルフがまた元の鞘に収まったら自分は用済みになるのではないかとジュリエットは懼れているのだった。

「お道化役は嫌よ。言っとくけど、あたしすごく意地悪なんだから」

　ジュリエットは悪戯っぽい可愛い仕草で言った。そして言葉を強調するように強いまなざしでロドルフを見つめた。

「一度恋人になったら、あたし、ずっと離れないわよ。誰にも場所を譲ったりしないわよ」

　ロドルフはあらゆる説得術を動員して、そんな心配は無用だとジュリエットに言い聞かせた。ジュリエットのほうもそうやって口説かれるのを願っていたので、最終的にふたりの意見は一致した。だが真夜中の鐘が鳴るころになると、ふたりの意見はもう食い違った。ロドルフはジュリエットにもっといてほしいのに、ジュリエットは帰ると言い張ったのだ。

「駄目。何故そう急ぐの？ あなたが途中で止めてくれないと、あたしたち行くところまで行ってしまうわ。また明日ね」

こうしてジュリエットは一週間のあいだ毎晩ロドルフの許を訪れ、真夜中の鐘が鳴ると帰った。

ロドルフはジュリエットの慎重さに別段苛立ったりはしなかった。ロドルフは、恋だろうとただの気紛れだろうと、目的地まで急いたりはせず、まっすぐな道があったとしても敢えて遠廻りして風情のある辺鄙な小径を択ぼうとする旅人のひとりだった。だが、このささやかな恋物語の序章は、始めからロドルフを当初の目的地よりずっと遠くまで運んでしまった。初めは気紛れでも、焦らされると次第に想いは募り、やがて恋に似た気持ちが生まれるものだが、このときのロドルフもきっとそうだっただろう。それこそがジュリエットの目論見だった。

ジュリエットは訪問するたびにロドルフの口調がだんだん真剣になってくるのを感じた。ジュリエットが少し遅れたときにはロドルフはそわそわと待ち焦がれ、ジュリエットを喜ばせた。とうとうロドルフは何通も恋文をジュリエットに書き送るようになった。その文面はジュリエットがまもなくロドルフの正式な恋人になるであろうことを予感させるものであった。

ロドルフに相談されたマルセルは、そんなロドルフの手紙を一目見て笑った。

「最近はそういう作風なのか、それとも本当にそう思ってるのか？」

「うん、そう思ってる、と思うよ。自分でも少し驚いてる。でもそうなんだ。一週間前は悲しみのどん底だった。前、荒みきった暮らしのあと、きゅうに孤独で、しいんとしちゃってさ、すごく怖かった。でもそれからほとんどすぐにジュリエットが来てくれたんだ。二十歳の女の子の、明るい笑い声が耳元で聞こえてさ、初々しい顔が、微笑を湛えた眼が、口づけに膨らむ唇が目の前にあってさ。もう、気紛れの坂を心地よく転がり落ちるがままだったね。それはきっと恋に続いているんだろう。恋をしたいんだ」

だがほどなくしてロドルフは、このささやかな恋物語が終章まで行きつくか否かは、もはやほとんど自分の意志と関わりがないのだと気付くことになった。『ロミオとジュリエット』の恋の場面を再現しようとロドルフが考えたのはそういうわけであった。未来の恋人はこの考えを面白がり、このお遊びのもう一方の役を引き受けた。

この催しは、ロドルフがジュリエットの部屋の露台に攀じ登る絹の縄梯子を買って、その帰りに哲学者コリーヌに出会ったちょうどその日の夜に行われることになっていた。小鳥屋にも行ったが小夜啼鳥は置いておらず、こいつも毎朝夜明けとともに鳴きますよと言われて代わりに鳩を買った。

下宿に戻り、ロドルフは考えた。縄梯子を上るのは容易なことではない。露台の場を少しお浚いしたほうがいいかな。さもないと、落っこちる危険があるだけでなく、階上で待っている相手役に無様な恰好を見せることにもなりかねない。ロドルフは天井に二本の釘を確乎りと打ち付け、縄梯子を結わえた。それから本番までの二時間、軽業の稽古に打ち込んだ。果てしない失敗ののち、ようやく十段目より上にたどり着くことができた。

「ふう、上出来だ。役に自信が持てたぞ。もし途中で止まっちまっても、恋が翼を与えてくれるだろう」

そうして縄梯子と鳩の鳥籠を手に、ロドルフは近くに住むジュリエットの家へ向かった。ジュリエットの部屋は小さな庭の奥にあり、もちろん露台もついていた。ところが部屋は一階なので、露台の手摺は誰でもやすやすと跨ぎ越えられるのであった。

ロドルフは露台に攀じ登るという詩的な目論見を台無しにするこの部屋の配置を目にして茫然自失した。

「まあいいさ」

ロドルフはジュリエットに言った。

「やろうと思えば露台(バルコニィ)の場面だってできるよ。ほら小鳥もいる。妙なる歌声でぼくたちの目を覚まし、ぼくたちに悲しい別れの刻(とき)を告げる小鳥だ」

ロドルフは鳥籠を部屋の隅に吊るした。

翌日の朝五時きっかりに鳩が鳴き出し、ポーポーと間抜けな鳴き声で部屋を満たした。恋人たちも飛び起きたであろう。

「ねえ、露台(バルコニィ)に出て悲しいお別れをする時間よ。どうする?」

「鳩め、早すぎるぞ。いま十一月だろ。太陽は昼まで昇らないよ」

「いいじゃない。あたし起きるわ」

「ええっ、何で?」

「おなか空いちゃった。ほんとのこと言うと、何かちょっと食べたいの」

「ぼくたちには特別な精神的和合が見られるようだ。ぼくも耐え難い空腹だよ」

そう言ってロドルフも起き上がり大急ぎで服を着替えた。

ジュリエットはすでに燈火(あかり)を点けて棚を探していたが、何も食べるものが見つからない。ロドルフも一緒に探した。

「ほら、玉葱(たまねぎ)がある!」

「脂（あぶら）もあったわ」

「牛酪（バタ）も」

「パンもあった」

だがそれで全部だった。

食べ物を探しているあいだ、鳩は留まり木で底抜けに明るく鳴きつづけていた。

ロミオはジュリエットを見つめ、ジュリエットはロミオを見つめた。それから揃って鳩を見つめた。

ふたりとも、鳩のことはもう口に出さなかった。鳩時計の運命は決まっていた。仮にその判決の無効を訴えたとしても、たちどころに却下されたであろう。空腹とはそれほどに無慈悲な裁判官なのである。

ロドルフは炭に火を熾（おこ）し、重々しく深刻な面持（おもも）ちで、じゅうじゅうと音を上げる牛酪（バタ）に脂を入れて炒めた。

ジュリエットは物憂げに玉葱の皮を剝（む）いていた。

鳩はまだ鳴いていた。それはこの鳩の〈柳の哀歌〉[10]であった。

鳩の哀歌に鍋の牛酪（バタ）のじゅうじゅういう音が混じった。

五分後、牛酪（バタ）はなおもじゅうじゅうと音を立てていたが、鳩は火焙（ひあぶ）りにされた聖堂（テンプル）

騎士団[11]のごとく、もう歌うことはなかった。

ロミオとジュリエットは時計代わりの鳩を丸焼きにしたのであった。

「綺麗な声だったわね」

食卓に着いたジュリエットが言った。

「心に染みたよ」

こんがり焼けた〈目覚まし時計〉を切り分けながらロドルフが言った。

それからふたりの恋人は見つめ合い、互いの眼に涙が光っているのに気付いた。

――何ということはない。ふたりが泣いたのは、玉葱が目に染みただけだった。

10　シェイクスピア作『オセロー』（十五話註3を参照）第四幕でオセローの妻デズデモーナが夫に殺される前に歌う。

11　十二世紀初頭、第一次十字軍の終結後に聖地への巡礼者の保護を目的として結成された聖堂騎士団は、やがて各国の王侯貴族の支持を得て勢力と財力を拡大するが、十四世紀初頭、騎士団の資産横領を目論んだフランス王フィリップ四世によって異端の罪を着せられ、指導者たちは火焙りとなった。

二十二　恋の終章

一

ミミがロドルフの許を去ってポール子爵の四輪馬車に乗り込み、ロドルフとミミがきっぱりと別れてから暫く、詩人ロドルフが別の恋人をつくって無聊を慰めていたことを、読者諸賢も覚えておられるだろう。

そう、あの金髪の恋人、ジュリエットである。ある日には分別を欠いたロドルフがこの娘のためにロミオの恰好をするなどという奇行をはたらいたことはすでにお話しした。だがロドルフにとってこの関係は傷心の憂さ晴らしにすぎなかったし、ジュリエットにとってはほんの気紛れだったから、長く続くものではなかった。ジュリエットは結局のところ、手練手管の母音唱法を完璧に歌ってみせる遊び女のひとりにすぎなかった。才気煥発な男に目をつけ、機に応じて利用する頭はあるが、その胸は食べ過ぎたときにむかむかするくらいのもので、恋にときめくことなど絶えてないのだった。とにかく、並外れた自己愛と度を越したお洒落心のために、服の裾飾りが取れたり帽子の飾紐が色褪せたりするくらいなら、恋人の片脚が折れたほうがいいと願うような女だった。美しいとも言い切れぬ、ありとあらゆる悪い性分を生まれながらに具えているような、つまらない女だった。ただ、ある角度からある時刻に見れば、魅力的に見えるというだけだった。ロドルフが自分を口説いたのはただかつての恋人を忘れるためだったのに、そのためにかえって別れた恋人のことが頭から離れず、前にもましてロドルフの心を激しく揺さぶっているのだとジュリエットが気付くのに、時間はかからなかった。

　ある日、ジュリエットは言い寄ってきた医学生の青年と、ロドルフの噂話をしていた。

「その男はあなたを利用しているんです。硝酸塩で傷口を焼灼して止血するように、心の傷口をあなたで塞ごうとしているんです。心配や気兼ねは要りませんよ」

「あはは！　あなた、あたしがほんとに気兼ねしてると思ったの？」

　その夜、ジュリエットは本当にロドルフに気兼ねしていないことを医学生に証明した。

人騒がせな噂をわざわざ喋らずにはいられないお節介な友人というのはいるものだが、そういう友人のひとりが口を滑らせたせいで、ロドルフの耳にもジュリエットのあれこれが届き、それをきっかけに、ロドルフは一旦ジュリエットと距離を置くことにした。

ロドルフはまったくの孤独のなかに閉じこもった。すぐに憂鬱の蝙蝠の群れがそこに巣をつくった。虚しくも仕事に救いを求めた。夜ごとロドルフは、使ったインクと同じくらいの汗を流しては二十行ほどの詩を書いた。彷徨えるユダヤ人[1]よりも疲労困憊したかつての想いが、文学の瓦落多屋から借りてきた襤褸着を纏い、ぎこちない逆説の綱の上で足取り重く踊っているような詩を。読み返したロドルフは、まるで花壇に薔薇を植えたつもりでいたら刺草が生えてきたのを目にした人のように暫し愕然とした。愚かしい語の連なりを数珠のように爪繰ったあと、その頁を引き裂き、その上で怒り狂って地団駄を踏んだ。

「さあ、糸は切れたんだ、諦めよう」

ロドルフは心臓のあたりを叩いて言った。あらゆる仕事の企ては、もうずいぶん前から幻滅にも似た感情に変わっていた。どんなに思い上がった自尊心をも躓かせ、どんなに明晰な知性をも鈍らにする、あの物憂い無気力に囚われた。実のところ、頑固な芸術家とそれに抗う芸術とのあいだに時折起こるこの孤独な闘争ほど恐ろしいものはない。人を寄せ付けぬ、あるいは束の間しか姿を見せぬ詩神に向けられた、宥めたり脅したりの祈りと代わる代わるに迸る激情ほど胸を締め付けるものはない。

人間のもっとも烈しい不安、心の奥底に刻まれるもっとも深い傷ですら、空想という危険な仕事に身を置く者なら誰しも知っている、あの苛立ちと疑いの時刻に襲いくる苦悩ほどの苦しみを与えはしない。

そのような危機的な激情のあと、耐え難い鬱屈がやってきた。机に両肘をつき、眼は洋燈の光が原稿用紙に描き出す明るい部分を凝視したまま、石になったかのように何時間も動けなかった。原稿用紙はいわば〈戦場〉で、そこでロドルフの精神は日ごとに打ち敗かされ、筆は捉えがたい想いを追うのに疲れていた。子供を喜ばせる幻燈の人物たちのような夢幻的な映像が次々にロドルフの眼前に現れ、過去のパノラマとなって広がった。初めに見えたのは、一時間ごとに鳴る時計の鐘が義務の遂行を知らせていた、あの勤勉だったころの日々、孤独でつらい貧乏暮らしをその幻で飾ってく

1　一話註28を参照。

れる詩神と差し向かいで過ごしたあの熱心な夜な夜なだった。かつて自らが課した仕事をついに成し遂げたとき、自分を陶然とさせたあの誇らしい恍惚を、ロドルフは切実に懐かしんだ。

「おお、労働の快い疲労よ！　そなたほど価値あるものは他にない。そなたに勝るものは他にない。安息の床がかくも心地よいことを教えてくれるそなたよ。自尊心の満足も、財宝がもたらす満足も、秘められた閨房に掛かる重い帳の下の息づまるような熱い恍惚も、何物もあの静かな真の喜び、勤勉な者に労働が第一の褒美として与えてくれる、あの正当な自己充足ほどの価値はなく、何物もそれに勝りはしないのだ」

そうして、なおもまざまざと浮かんでくる過ぎ去った月日の情景に眼を凝らしながら、ロドルフはこれまでのやくざな暮らしが塒としてきたすべての屋根裏部屋につづく六階分の階段をふたたび上っていった。あのころは、唯一の恋人、一途で辛抱づよい恋人であった詩神がいつも傍にいて、貧しさを上手にあしらい、おれの希望の歌がけっして途切れないようにしてくれた。だがその勤勉で静かな生活の只中に、突然ひとりの女が現れたのだった。その女が部屋に入ると、それまで唯一の女王であり主であったおれの詩神は、恋敵ができたのを見て悲しげに立ち上がり、去ってしまった。おれは、詩神には〈行かないでくれ〉と眼で訴えながら、外から来た女には

〈おいで〉と手招きをし、少しのあいだ態度を決めかねた。だが、美の黎明の魅力をあまねく備えたあの愛らしい女がおれの許(もと)に来てくれたのに、どうしてそれを拒みえようか。無邪気で無遠慮で、甘い約束に満ちた言葉を話す可愛い口、薔薇色の唇。青い血管の透けたあの白い小さな手が親しく差し伸べられているのに、どうしてそれを拒みえようか。いるだけで若さと陽気さの香りが家を満たす花のような十八歳の娘に、どうして出て行けと言えるだろう。そして、微(かす)かにふるえる優しい声で、あの娘は巧みに誘惑の歌を歌ったものだった。きらきらと輝くあの眼はまさに、〈あたしは愛〉と言っているようだった。口づけが花開くあの唇は、〈あたしは悦び〉と言っているようだった。そしてあの娘の存在そのものが、〈あたしは幸福〉と言っているようだった。おれはあの娘の虜(とりこ)になってしまった。だが、あの娘はやはり本物の生きた詩だったのではないか。そして若々しい霊感をおれに授けてくれたのではなかったか。数々の歓喜を教えてくれ、地上の雑事など目に入らないほどの夢想の空高くへと導いてくれたのではなかったか。あの娘のせいでひどく苦しんだとしても、その苦しみは、これまであの娘が与えてくれた果てしない歓びの期限が過ぎたということではないのか。絶対の幸福を冒瀆(ぼうとく)として禁じる人間の宿命が、当然の罰を下しているのではないだろうか。キリスト教の戒律で、深く愛した者が赦されるのも、深く愛する者は深く苦しむからだ。[2] 地上の恋は涙で清められなければ天上の愛にはならないのだ。萎れた薔薇の香に陶然とするように、ロドルフはあの過ぎ去った日々の追憶をたどった。あのころは毎日のように新たな悲歌が、恐ろしい劇が、奇怪な喜劇が生まれていたっけな。ロドルフは、いまはもういない恋人へのあの奇妙な恋を、蜜月のころからいよいよ破局が決定的となった荒れ狂う日々まで、そのあらゆる時期を思い返した。別れた恋人にされたことをひとつひとつ思い出し、言われた言葉をひとつひとつ口に出して言ってみた。あいつは〈いとしいアネット〉[3]の歌を口ずさんでおれに甘えては、いい日でも悪い日でも、同じように屈託のない明るさで出迎えてくれたっけ。そして最後に、恋していたときに理屈で考えたことはいつも間違いだったな、と呟いた。だって、この別れでおれは何を得た？　ミミと暮らしていたころ、確かにあいつはおれを騙していた。だがそれを知ることは、結局、間違いだった。それを知るために散々苦しんで、その証拠を摑もうと時間を空費して、つまるところそれは自分の心臓に突き立てる短刀を研いでいたようなものだった。そもそもミミは、間違っているのはおれの方だと事あるごとにわからせようとしていたではないか。それに、ミミは誰と不実をはたらいただろうか。ミミが想いを寄せていたのは、大抵は肩掛けとか帽子とかの品物で、男ではなかった。ミミと別れれば得られるだろうと期待した心の平穏、穏やかな生活は、ミミが出ていってから見つかったか？　見つかりはしない。見つかるのはミミの面影ばかりだ。前はつらさをぶちまけることができた。罵り、当たり散らすことができた。苦しみという苦しみをこれ見よがしに曝け出し、その原因を作ったミミの憐憫を引くことができた。だがいま、おれのつらさは孤独だ。おれの嫉妬は怒りに変わった。少なくとも前は、疑わしいときには出かけようとするミミを引き留めて傍にいさせることができた。だがいまは、往来で新しい恋人の手を取って歩くミミと出くわしても、楽しそうに遊びに行くミミが通り過ぎるのを顔を背けて待つしかない。

こんな惨めな日々が三、四箇月は続いた。ロドルフは少しずつ落ち着きを取り戻していった。そのころミュゼットと別れ、傷心を癒やすために長い旅行に出ていたマルセルがパリに帰ってきて、ふたたびロドルフと暮らし始めた。ふたりは互いに相手を

2　新約聖書ルカ伝福音書第七章で、礼を尽くしてイエスを迎えた女について、〈この女の多くの罪は赦されたり。その愛すること大なればなり。赦さるる事の少き者は、その愛する事もまた少し〉とイエスが述べる。

3　ミュルジェールの詩。一八四九年作。

元気づけようと慰めた。

　ある日曜日にリュクサンブール庭園を横切っているとき、ロドルフは着飾ったミミに出会った。舞踏会に向かうのだった。ミミはロドルフにうなずきかけ、ロドルフも会釈を返した。ロドルフの心は大きな衝撃を受けたが、その感情はかつてほどつらいものではなかった。リュクサンブール庭園をもう暫く散歩してから、ロドルフは下宿に帰った。夕方マルセルが帰ると、ロドルフは仕事をしていた。

「おっ、仕事か……詩か？」

　マルセルはロドルフの肩越しに身を屈めて言った。

「そうだよ」

　ロドルフは嬉しそうに答えた。

「創作意欲はまだ死んじゃいなかったようだ。四時間前から、こうして前みたいに詩が書けるようになった。ミミに会ったんだ」

「ほう」

　マルセルは心配そうに言った。

「で、どうだった？」

「心配するな。ちょっと挨拶しただけだ。それだけだよ」

「ほんと？」

「ほんとだよ。もう終わったんだ。そう感じてる。でも、また仕事ができるようになれば、あいつのこと許せると思うんだ」

マルセルはロドルフの詩に目をやった。

「終わったんなら、なぜミミのために詩なんか書くんだ？」

「うーん、詩を書こうとすると結局そうなっちゃうんだよな」

ロドルフは一週間かけてこの短い詩を書きあげた。書き終わるとマルセルに読んで聞かせた。マルセルはなかなかよく書けてると褒め、だがせっかくまた詩が書けるようになったんだから、他のことを書いたらどうかと勧めた。

「だってさ、もしいつまでもミミの影と生きなきゃいけないのなら、別れないほうがましだっただろ」

それからふっと笑って、

「おれも人のこと言えないけどな。まだ心はミュゼットのことでいっぱいなんだから。とにかく、お互いいつまでも性悪女に逆上(のぼ)せてるような歳じゃないってことだ」

「だからって、青春に向かって〈行っちまえ〉なんて言う必要はないだろ」

「それはそうだ。でも、立派な爺さんになって、学士院(ランスティチュ)の会員にでもなってさ、いくつも勲章をぶら下げて、この世のミュゼットたちに惑わされなくなったらなあって思うときがあるよ。そしたらもう女のことで一喜一憂してた頃になんか絶対戻りたくなくなるぜ。おまえはどう、六十歳になりたくない？」

「いまはどっちかというと六十フランのほうがいいね」

その数日後、ミミが若きポール子爵とカフェに入り、ある雑誌を開くと、ミミに宛てたロドルフの詩が載っていた。

「まあ、ほらこれ、愛しのロドルフが雑誌にあたしの悪口を書いてるわ」

ミミは笑って言った。

だが読み終えると、ミミは黙ったまま何か考え込んでいた。ポール子爵は、ミミがロドルフのことを考えているのだろうと思い、ミミの気を逸らそうとした。

「耳飾りを買いにいこう」

「まあ！　お金持ちね」

「それからイタリアの麦藁帽子もね」

「いいえ、あたしのこと喜ばせたいなら、これを買って頂戴な」

ミミは今しがた読み終わったロドルフの詩が載っている雑誌を見せた。

「いけない、それは駄目だ」

「あらそう。じゃ、あたし働いて自分で買うわ。ほんと言うと、あなたのお金で買ってほしくないの」
ミミはかつて勤めていた花屋で二日のあいだ働いて、雑誌を買うためのお金を稼いだ。そしてロドルフの詩を暗記するまで読んだ。それを一日中友達に暗誦(あんしょう)して聞かせたので、ポール子爵は機嫌を損ねてしまった。それはこんな詩だった。

愛するひとが欲しかったあのころ
ある日偶然が　ぼくたちの歩みを引き合わせた
ぼくはきみの両腕に心と若さを預け
そして言った　きみの好きにしてくれと。

嗚呼(ああ)　きみの心はつれなかった
きみの腕のなか　ぼくの若さは千々(ちぢ)に裂かれ
ぼくの心は硝子(ガラス)のように粉々に砕(くだ)けた
　ぼくの部屋はついこのあいだまで
きみを愛していた者の破片(かけら)が

埋葬される墓場になった。

ぼくたちのあいだにはもう何も　すべては終わった
ぼくはただ幽霊となり　きみはただ幻影となった
君さえよければ　死んで埋められた
ぼくたちの愛に　弔（とむら）いの歌を歌おう。

だが記された調べを　声高に歌うのはよそう
ぼくたちは聞こえない声で　話ができるのだから
余計な装飾なしに　重々しい短調で歌おう
ぼくは低音（バス）で　きみは高音（ソプラノ）で。

ミ、レ、ミ、ド、レ、ラ、──違う　この調べではない
きみがかつて歌ったこの調べを聞けば
死に絶えたぼくの心は　すぐに身を震わせ
この挽歌（ひきうた）に甦（よみがえ）るだろう。

ド、ミ、ファ、ソ、ミ、ド、――この調べに思い出す
ぼくを苦しめた二拍子の舞曲を
高笑いする横笛(フィフル)が　弓の下で水晶の音色で啜(すす)り泣く
チェロを揶揄(からか)っていた。

ソ、ド、ド、シ、シ、ラ、――この調べではない　やめてくれ
これは去年　夏の夜　ムードンの森で[4]
故国を謳(うた)うドイツの人たちと
何度も一緒に歌った調べだ。

もういい　歌うのはよそう　ここまでにしよう
もう考えぬように　もう元に戻らぬように
死んだぼくたちの愛に　憎しみも怒りもなく

4　パリ南西郊外の森。

微笑とともに　最後の思い出を投げかけよう。

あの小さな部屋で　ぼくたちは幸せだったね
雨が流れ落ちる日も　風が吹きすさぶ日も
十二月には炉辺の　肘掛け椅子にすわり
ぼくはよくきみの　輝く眼を夢見た。

灰の上で石炭が　音を立てて燃え
湯沸かしは規則正しく繰返句を歌い
煖炉を跳ね廻る火蜥蜴たちの
　舞踏会を伴奏していた。

小説の頁を繰りながら　気怠く寒そうに
きみが眠そうな目を閉じるとき
ぼくは恋する青春を取り戻していた
唇をきみの手に　心臓をきみの脚に当て。

わずかに開いた扉から　あの部屋に入れば
朝から夜まで部屋にみちていた
愛と華やぎの香りが感じられたものだ
幸福はぼくたちの歓待を好んでいたから。

そして開いた窓から　冬は去り
ある朝　春が訪れ　ぼくたちを起こした
その日　ぼくたちは緑の野に出て
太陽を迎えに走った。

あれは聖週間の金曜日だった
いつもと違って　いい陽気だった
ふたりでずっと　足取りも軽く歩いたね
渓谷（けいこく）から丘へ　森から平野へ。

けれどこの巡礼に疲れて
はるか彼方の景色が見える
天然の寝椅子になった場所で
ふたりで腰を下ろし　空を眺めたね。

手に手を重ね　肩と肩をくっつけて
何故だかふたりとも　胸がいっぱいになって
ぼくたちの口は　言葉もなく開き
　そして口づけを交わしたね。

ぼくたちの傍らでは　澄んだ空気に
風信子（ヒヤシンス）と　菫（すみれ）の香りが溶け合い
ぼくたちが　また顔をあげると
蒼天の露台（バルコニィ）から　神様が微笑みかけていたね。
神様は仰言（おっしゃ）った。〈愛し合うがよい　わたしがおまえたちの足許（あしもと）に

苔の天鵞絨を広げて絨毯とした
おまえたちが歩む道を　より一層快くするために
なおも口づけを交わすがよい　わたしは見ていないから。

愛し合うがよい　愛し合うがよい　ささやく風に
清い水に　芽吹く森に
星に　花に　鳥の巣の歌声に
わたしはおまえたちのために　自然を甦らせたのだ。

愛し合うがよい　愛し合うがよい　わが黄金の太陽に
大地を喜ばせるわが新しい春に
満足するならば　わたしへの感謝の
祈りの代わりに　なおも抱擁するがよい〉と。

あの日よりひと月の後　ぼくらが植えた
小さな庭の薔薇が咲くころ

きみをいちばん愛していたころ　突然　理由も告げずに
きみの愛は　遠くに行ってしまった。

何処(どこ)へ行ってしまったのか　きっと方々へ散ってしまったのだ
きみの浮気な恋心は　あちらこちらと移ろうから
濃茶髪(ブラン)のスペードのジャックも　金髪(ブロンド)のハートのジャックも
選(え)り好みせず　どちらの色も誇らしい気持ちにさせて。

きみはいま　幸福だろうね　きみの気紛れは
若い男たちの宮廷を統治して
きみが歩めば　いつも足許に　匂い立つような
甘い言葉が　色とりどりに咲き誇る。

舞踏会の庭に　きみが入れば
きみの周りに　恋する男たちの人垣ができる
きみの波模様の衣が震えれば

取り巻きたちは恍惚（うっとり）ときみを讃美する。

サンドリヨンの足にも小さすぎる
しなやかな沓（くつ）を　優雅に履いて
円舞曲（ヴァルス）が陽気な渦に　きみを誘（いざな）うとき
きみの足は　あんまり可憐で　消えてしまいそうだ。

怠惰の油に　身を浸すと
褐色だった　きみの手に　戻った
夜を照らす　銀の光が　撫でる
象牙（ぞうげ）か百合（ゆり）の　蒼白が

選り抜かれた　真珠が　きみの皓（しろ）い腕のまわりで
フロマンの[5]　装飾を刻んだ　腕環を飾る
きみのくびれた　腰のうえで　アジアの大きな肩掛布が
滝のような襞（ひだ）をつくり　美しく波打つ

フランドルの透(す)かし織りや　英国の刺繍(ししゅう)が
白くすんだゴティック風の飾り織りが
昔日の匠の手になる蜘蛛巣(くものす)織りが
輝くばかりに豊かな　きみの装いを仕上げる。

でもぼくは　春のインド木綿(もめん)や
質素な薄織物(オーガンディ)の装いのきみが好きだった
爽やかで洒落(しゃれ)た衣装　面紗(ヴェール)のない簡素な帽子
灰色や黒の編上靴　白無地の襟。

なぜならいま　きみをそんなに美しくしている贅沢(ぜいたく)は
失われたぼくの恋を　想い起こさせはしないから
きみはその絹の死装束に包まれ　もう胸が
ときめくこともなく　死んで埋葬されてしまったから。

過ぎ去った幸福を　長々と惜しんでいるだけの
この弔いの詩を書いたとき　ぼくは
まったく公証人みたいに　黒づくめだった
金縁の丸眼鏡や　胸の襞飾りはなかったけれど。

筆の軸も　喪章で覆い
紙の縁も　喪の黒枠で囲った
そこにこの詩を綴りながら　ぼくは
最後の恋の　最後の思い出を呼び覚ますんだ。

だが　この詩も　もう終わる
深い穴の底に　ぼくの心を投げ込もう

5　フランソワ＝デジレ・フロマン＝ムーリス。十九世紀フランスの宝飾細工師。ルイ＝フィリップ国王をはじめ各国の王侯貴族に作品を献じ、またパリやロンドンの博覧会でも高く評価された。

――ご機嫌だ　自分を埋葬する葬儀屋みたいに
そうしてぼくは　狂ったように笑い出す。

でもそんなご機嫌は　ただの悪い冗談だ
ぼくの筆は　手の中で震え
そうしてぼくが微笑むと　熱い雨のように
犢革紙(ヴェラン)の文字を　涙が消した。

二

十二月二十四日の夜、カルティエ・ラタンは特別な様相を見せていた。夕方の四時にはもう、公営質屋(モン・ドゥ・ピエテ)や古着屋や露店古本屋は、日が暮れたら肉屋や料理屋や食料品屋に繰り出そうという騒々しい客でいっぱいだった。もし店員たちがブリアレオス[6]のように百の手を持っていたとしても、店にある品という品を奪い合わんばかりの客たちを捌(さば)くには、とても間に合わないほどであった。飢饉(ききん)のときみたいにパン屋の前に行列ができた。酒屋では収穫三度分の葡萄酒が売り切れた。いかに優秀な統計学者とて、かの名高きドーフィヌ街のボレルの店で豚脛肉(ぶたすねにく)や腸詰(ソーセージ)がいくつ売れたかを勘定(かんじょう)するのは至難であろう。この一晩だけで、〈プティ・パン〉ことクルテーヌの親爺(おやじ)さんの店ではケーキを十八回も焼いてみんな売り払ってしまった。大勢の人が集まった家々から、がやがやと熱気に満ちたざわめきが一晩中聞こえ、その窓は煌々(こうこう)と明るく、祝祭の雰囲気が街に満ちていた。

こうして、人々は昔ながらにクリスマスイヴを盛大に祝っているのだった。

その夜十時ごろ、マルセルとロドルフは切なく家路をたどっていた。ドーフィヌ街まで来たとき、客でごったがえす肉屋が目に入った。美味(うま)そうな匂いのご馳走が並ぶ光景にふたりの空腹も最高潮に達し、思わず窓硝子の前で暫(しば)し立ち止まった。ふたりの眼付は、見詰めただけでハムを痩せ細らせたという、あのスペインの小説の登場人物さながらであった。

「あれはまさしく七面鳥の西洋松露(トリュフ)詰めだ」

薔薇色に焼けた皮からペリゴール名産の(7)茸(きのこ)の詰め物が透けて見える、見事な禽料

6　ギリシャ神話に登場する百腕の巨人ヘカトンケイルの一体。
7　フランス南西の地方。西洋松露(トリュフ)やフォワグラをはじめ美食で知られる。

理を指差してマルセルが言った。

「あんなご馳走を、跪いて敬意を表することもなく貪る不届き者を見たことがあるよ」

マルセルは焼けつきそうなほど熱い視線を七面鳥に投げかけた。

「そして、あの慎ましいプレサレ仔羊[8]の腿肉はどうだい。あの色の美しいことといったら、ヨルダーンス[9]の絵に描かれた肉屋から取り寄せたばかりのようだ。蓋し、仔羊の腿肉は神々に愛された料理だね、あとぼくの代母のシャンドリエ夫人[10]にもね」

「ちょっとあの魚を見ろよ。魚のなかでもいちばん泳ぎが巧みなんだ。あいつら、欲のなさそうな顔して、裏じゃがっぽり年金を貯め込んでるのかもしれん。考えてもみろ、こいつが急流を遡るのは、おれたちが夜食の招待をひとつふたつ承知するくらいに容易いことなんだ。おっと、もう少しで喰っちまうところだった」

「あっ、ほら、あの黄金色した松ぼっくりの親分みたいな果物を見たまえ。葉っぱが野生の剣を並べたみたいになってるあれ、あれは鳳梨というのだ。いわば熱帯地方の林檎だ」

「何だっていいよ。おれは果物なんかよりあの牛肉の塊かあのハムか、あるいは琥珀色に透き通った煮凝のかかった、あの素朴な豚脛肉のほうが断然いいね」

「尤(もっと)もだ。人間とハムとは友達だな。手許にあればだが。しかしあの雉(きじ)も捨てがたいね」

「まったくだ。あれこそ王冠を戴く者の料理だ」

そうしてまた歩いていくと、モミュスやバッカスやコーモスや、その他ありとあらゆる古(いにしえ)の酒とご馳走の神々を祭る行列が楽しげに帰ってゆくのに出くわし、こんな大盤振る舞いをするとは、今夜は一体どこのカマーチョの婚礼[11]かとふたりは訝(いぶか)しんだ。

マルセルが先に、その日の日付とそれが何の日だったかを思い出した。

「そうか、今日はクリスマスイヴじゃないか」

「去年のクリスマスイヴ、覚えてる？」

8 フランス北西地方の沿岸で飼育される仔羊。塩分を含んだ牧草で育ったため仄かな塩味を持ち、最上等の仔羊肉とされる。
9 ヤーコプ・ヨルダーンス。十七世紀フランドルの画家。
10 カトリックで洗礼式に立ち会う保証人の女性。
11 一話註39を参照。

「ああ、〈モミュス〉でやったね。バルブミュシュが払ってくれたっけ。おれ、フェミイみたいにお淑(しと)やかな娘(こ)があんなに腸詰(ソーセージ)を平らげるなんて思ってもみなかった」

「〈モミュス〉を出入り禁止になったのは痛かったなあ」

「ほんとだよな。暦は続けど似た日は一日とて無し、だ」

「なあ、クリスマスイヴのご馳走をやらないか？」

「誰と、どうやって？」

「おれとさ」

「金は？」

「ちょっと待っててくれ。あそこのカフェに知り合いがいて、いつもでかい博打(ばくち)をやってるんだ。勝ってるやつから幾らか借りてくるよ。鰯(いわし)か豚足(とんそく)を酒肴(つまみ)に一杯飲(や)るくらいはできるだろう」

「頼むぞ。おれ腹が減って倒れそうだよ。そこで待ってるからな」

ロドルフはカフェに入っていった。ロドルフの知り合いが大勢いた。ブイヨット[12]の十回勝負で三百フランも勝った男が、博打の邪魔をされて不機嫌になりながらも、気前よくロドルフに四十スー硬貨を貸してくれた。別の時、賭場でない場所だったら、四十フランは貸してくれたであろう。

「どうだった?」

戻ってくるロドルフを見てマルセルが訊いた。

「これだけ入った」

ロドルフは金を見せた。

「パンの耳と葡萄酒一滴ってとこだな」

だが、どこでどう誤魔化したか、ふたりはこの小銭で首尾よくパンと葡萄酒とハムと煙草(たばこ)と蠟燭(ろうそく)と薪(たきぎ)を手に入れた。

ふたりは下宿に帰った。ロドルフとマルセルはそれぞれ一部屋を借りていた。アトリエを兼ねているマルセルの部屋のほうが広かったので、そちらが祝宴の会場に決まった。ふたりは協力して、内輪の宴会の支度に励んだ。

傍らの煖炉(だんろ)では、質の悪い流木だったらしい湿気(しけ)た薪が、燃え上がることもなく暖かくもならないまま燃え尽きそうだったが、ともあれふたりが食卓に就くと、その食卓に、陰鬱な客、もう取り返しがつかない日々の亡霊がともに座った。

ふたりはたっぷり一時間は黙りこくったまま物思いに耽(ふけ)っていた。おそらくふたり

12　ポーカーの前身のひとつとなったトランプのゲーム。

とも同じ考えに囚われていたが、それを悟られまいとしていた。先に沈黙を破ったのはマルセルだった。

「なあ、こんなことになるなんて、思ってもみなかったな」

「何が？」

「おい、おれ相手に誤魔化すなよ。忘れなきゃならないことを忘れられないいんだろ。おれもそうさ。ああ、否定しないよ」

「それなら……」

「それなら、これでお終いにしなきゃな。みなが楽しんでるときに酒を不味くする湿っぽい思い出なんか溝に捨ててやらあ」

マルセルは隣の部屋から漏れてくる賑やかなさんざめきに当て擦るように叫んだ。

「さあ、何か別のこと考えようぜ。これでお終いにしよう」

「おれたち、いつもそう言ってるな。でも……」

ロドルフはまた物思いに沈んでしまった。

「でも、いつも堂々巡りなんだよな。それというのも、きっぱり忘れちまう代わりに、どんな些細なことでも、思い出を呼び起こす口実にしちまうからだ。おれたちのことをさんざん苦しめたあの女たちのいた部屋に、わざわざいつまでも住んでさ。おれたちは恋の奴隷というより習慣の奴隷なんだ。その軛を解かなければならん。さもなければ、この馬鹿げた恥ずべき隷属のなかで滅びるばかりだ。さあ、済んだことは済んだことだ。おれたちをなおも過去に縛り付ける鎖を断ち切らなければ。過去を振り返るのをやめて前に進むべき時が来たんだ。若さと楽観と詭弁の日々は終わったんだよ。そういったことはみな美しい。それを一篇の気の利いた小説に仕立てることもできるだろう。だがあの恋の狂乱の喜劇、永遠をも浪費しうると信じる連中が闇雲に使い果たしてしまったあの虚しく失われた日々、そういったすべてに終止符を打たねばならん。社会を度外視して、生活の大半を度外視して、なおも生き永らえることはできないんだ。さもなくば他人の軽蔑に甘んじ、自分を卑下することになる。なぜなら、おれたちの生き方、これは生き方なんてものか？ おれたちが大いに持て囃す独立心、自由な生き方なんて、くだらんものじゃないのか。他人がいなくとも自分だけで生きていけること、それが本当の自由だろう。そうなっているか？ いいや。誰でもいいが、五分だってそんな名前を名乗るのは御免蒙りたいような下衆野郎のために、金貨百枚積まれなきゃ引き合わんようなおべんちゃらやら太鼓持ちやらをさせられて、見返りに百スーでも恵んで貰えた日には、そんな野郎にだっておれたちはぺこぺこ頭を下げて尻尾を振るだろうよ。それが世の中を舐めた報いなのさ。もうそんなのは沢山なんだ。詩というものは、ただ出鱈目(でたらめ)な生活を送ったりとか、一か八かの神頼みとか、蠟燭一本燃える間の色恋とか、これからもずっと世間が後生大事にするだろう常識とやらにこれ見よがしに逆らったりとか、そんなところにばかりあるわけじゃないだろう。どんなに馬鹿げた仕来(しきた)りだろうと、それを覆(くつがえ)すのは王国を覆すよりも難しいんだ。真冬に夏の服を着れば才能があるわけじゃないんだ。老後に蓄えようが、三度三度飯を喰おうが、真の詩人や芸術家になることはできる。何と言おうと何を仕出かそうと、何事かを成し遂げたければ真っ当な道を行くしかないんだ。こんなことを言うとおまえは驚くかもしれないな、ロドルフ。自分で自分の偶像を毀(こわ)していると言うだろう。おれのことを堕落者と呼ぶだろう。だがいま喋ってるのは真剣な考えの末に出てきたことだ。知らぬうちに、緩然(ゆっくり)とだが為(ため)になる変化がおれの中に生じていたんだ。精神に理性が入ってきた。おまえなら蝕(むしば)まれたと言うかな。ともあれ、好むと好まざるとにかかわらず、理性が入ってきて、おまえは道を誤っていると、このまま頑なに進むのは愚かで危険なことだと教えてくれた。そもそも、こんな単調で無益なその日暮らしを続けて何になる。おれたち、もうすぐ三十じゃないか。名も知られず、誰からも相手にされず、何もかもに、自分自身にすら嫌気が差してる。何であれ、何事かを成し遂げるような人たちに妬(ねた)みで一杯になって、生活のために恥を忍んで他人のお情けに縋ってさ。何もおまえを脅かそうとして、態と架空の絵を見せてるんじゃないぜ。未来が丸っきり真っ暗ってこともないが、かといって薔薇色の未来が見えるわけでもない。ただ物事を正しく見るということだ。今まで、已むに已まれずこんな暮らしを送ってきた。そうすることが必要だとか言い訳してな。だがもう言い訳は効かない。ここで真っ当な暮らしに戻らなければ、それはただの酔狂だ。抗うべき障礙なんて、もうありはしないんだから」

「へえ、大層なお説教だな。何が言いたいんだ」

「わかってるはずだ」

マルセルはなおも真面目な調子で答えた。

「見てればわかるよ、おまえもおれと同じで、済んだことをくよくよと後悔させる記憶に囚われてたんだって。おれがミュゼットのことを想っていたように、おまえはミミのことを想っていたな。おれと同じように、おまえも恋人を傍に置いておきたかったんだな。だがはっきり言うぞ、もうあの女たちのことを考えるべきじゃない。おれたちはあんな下品なマノン・レスコー[13]に生活を捧げるためだけに生まれてきたわけ

13　十四話註14を参照。

じゃない。美しく誠実で詩心もある騎士デ・グリュが笑いものにならずに済んでいるのは、ただその若さと心に留め得た幻影のためだ。二十歳の時にはデ・グリュも恋人への恋情を失うことなく海の涯(はて)まで追っていけるだろうが、二十五歳だったらマノンを叩き出したことだろう。それも無理からぬことだ。何と言おうと、もう若くはないんだよ。生き急ぎすぎたんだ。おれたちの罅割(ひびわ)れた心臓からはもう調子外れの音しか出ない。これが、三年もミュゼットとかミミなんて女を愛した報いだ。だがもう終わりにする。ミュゼットの思い出ときっぱり別れようと思う。あいつが置いていった細々(こまごま)したものはもう燃やす。見るたびに思い出しちまうからな」

マルセルは立ち上がり、戸棚の抽斗(ひきだし)から萎(しな)びた花束やら腰帯やら飾紐(リボン)やら手紙やらが入った箱を取り出した。

「さあロドルフ、おまえもやれよ」

「よし、やってやろうじゃないか。おまえの言うとおりだ。おれもあの蒼白い手の女とは終わりにしたい」

ロドルフは勢いよく立ち上がり、マルセルが黙りこくって箱からひとつひとつ出しては並べているのと同じようなミミの品々が入った包みを取りにいった。

「この瓦落多(がらくた)は焚き付けにちょうどいいや」

マルセルが呟いた。

「まったくだ。ここは白熊が出そうなくらい寒いからな」

ロドルフが応えた。

「さあじゃんじゃん燃やそう。おお、ミュゼットの手紙がポンチ酒の火みたいに燃えてる。あいつ、ポンチ酒が好きだったっけなあ。ほらロドルフ、ぼやぼやするな」

こうして何分かのあいだ、ふたりは代わる代わるに、ぱちぱちと音を立ててまばゆく燃える煖炉（だんろ）の火へ、終わった恋の聖遺物を投げ込み続けた。

「ミュゼットも可哀想なやつさ」

マルセルは手の中に最後に残ったものを見つめながら、低い声で言った。

それは疾（と）うに萎（しお）れた、野の花を束ねて作った花束だった。

「可哀想なやつだ。でも綺麗だったな。そしておれのことを愛してくれた。そうじゃないか？　小さな花束よ。おまえの花々があいつの腰帯を飾ったあの日、あいつの心はおまえにそう告げていただろう？　小さな、可哀想な花束よ、何だかおれに許しを乞うているみたいだな。いいとも、だが条件がある。あいつのことを思い出させてくれるな。もう二度と、もう二度と！」

そうして、ロドルフが見ていない瞬間に、マルセルは素早くその花束を懐（ふところ）に仕舞った。

（自分でもどうにもならないんだ。誤魔化してるんだな、おれは）

そしてひそかにロドルフを盗み見ると、ロドルフもまた、思い出の品を火に焚べ終わろうというとき、ミミの小さな寝室帽にそっと口づけをして、こっそりとポケットに仕舞っていた。

（おやおや、ロドルフもおれと同じ、意気地なしだ）

ロドルフが自室に戻って寝ようとしたちょうどそのとき、誰かがマルセルの部屋の戸を小さく二度叩いた。

「誰だよ、こんな時間に」

そう言ってマルセルは戸を開けにいった。

戸を開けたとき、マルセルは驚きの声を上げた。

ミミだった。

部屋が暗くて、ロドルフは初め恋人のことを見分けられなかった。ただ女だということはわかったので、マルセルがその辺で引っかけた女の子のひとりだろうと思い、気を遣って部屋を出ようとした。

「お邪魔かしら」

戸口に立ったまま、ミミが言った。

その声に、ロドルフは雷に打たれたかのように椅子に崩れ落ちた。

「こんばんは」

ミミはそう言ってロドルフに歩み寄り、手を握った。ロドルフは何も考えられず、されるがままになっていた。

「ここに来るなんてどういう風の吹き廻しだい。それもこんな時間に」

マルセルが訊いた。

「寒くて凍(こご)えそうだったの」

ミミは震えながら言った。

「その道を通ったら、お部屋に燈火(あかり)が見えたから、晩(おそ)いけど上ってきたの」

ミミはまだ震えていた。その澄んだ声がロドルフの心に弔(とむら)いの鐘のように響いた。ロドルフは言い知れぬ不安を覚え、それと知られぬように、より注意深くミミを見つめた。それはもうミミではなかった。ミミの幽霊だった。

マルセルは煖炉(だんろ)の傍(そば)にミミを座らせた。

楽しげに踊る美しい煖炉の火を見てミミは微笑(わら)った。

「綺麗ね」

ミミは紫色になった華奢（きゃしゃ）な手を煖炉に伸ばした。

「ところでマルセル、なぜあたしがここに来たかわかる？」

「わかるわけないだろ」

「実はね、この家に部屋を借りて貰えないかと思って。家賃をひと月滞納したら追い出されちゃって、行くところがないの」

「そう言われてもなあ」

マルセルは首を振った。

「大家に睨（にら）まれちまってるからね。口添えを期待しても無駄だよ」

「どうしよう。あたし行くところがないのよ」

「へえ、じゃあきみはもう子爵夫人じゃないのか」

「そうよ、もう全然違うの」

「でも、いつから？」

「もう二箇月になるわ」

「あの若い子爵を困らせたんだろう」

「違うわ」

ミミは部屋のいちばん暗い一隅にいるロドルフにこっそり視線を向けた。

「誰かさんがあたしのこと詩に書いたので、あのひと怒ったの。言い合いになって、きっぱり別れたわ。だってあんまり了見が狭いんだもの」

「でも、いい服を着せてくれたんだろ？　前に会った日だって……」

「そんなの、出てくるときにみんな取られちゃった。あたしの荷物をみんな籤の景品にしちゃったんですって。何度も晩御飯に連れていかれた、汚い定食屋でね。あのひと、お金持ちのくせに人工薪[14]みたいに吝嗇臭くて鵞鳥みたいに馬鹿なんだから。あたしが葡萄酒を生で飲むのも嫌がるし、金曜日には肉抜きの御飯だし。白の靴下より汚れにくいからなんて言って、黒の毛糸の靴下なんて履かせようとするのよ。あんまりじゃない？　もううんざり。はっきり言って、あのひとと暮らすのは煉獄の苦しみだったわ」

「それで、彼氏はきみがいまどんな境遇にいるか知ってるの？」

「あのひとになんか、会ってもいないし会いたくもないわ。考えただけで船酔いみたいにむかむかする。あのひとに一スーでも恵んで貰うくらいなら飢え死にした方がましよ」

14　薪より安価な、無煙炭や石炭の粉末を固めた燃料。

「でも、別れてからもひとりだったわけじゃないだろ」

「まあ！　マルセル、あたし生活のために働いたのよ。ほんとよ。ひとりで、花売りではどうにもならないから、別の仕事をね。絵描きさんたちのモデルになったり。ね、マルセルも、もし何かお仕事があれば……」

ミミはマルセルと話しながらもずっとロドルフを見ていたが、ロドルフが仰け反るようにびくりと動いたのを見て、こう続けた。

「ああ、モデルっていっても顔と手だけよ。あたし仕事はたくさんあるの。まだお金を貰ってないところが二、三あって、二日後に貰えるはず。そのときまで住むところがあればいいの。お金が入ったらうちに帰るわ。あら」

ミミはマルセルとロドルフが支度した、まだほとんど手を付けていないささやかなご馳走が並ぶ食卓を見た。

「これからお夜食？」

「いいや」

マルセルが答えた。

「腹は減ってなくてね」

「それはいいことね」

ミミが無邪気に言った。

この言葉を聞いて、ロドルフは心臓が締め付けられるような気がした。ロドルフはマルセルに合図を送り、マルセルはその意味を理解した。

「ところで、せっかく来たのだから、大したものはないが食べていきなよ。ロドルフとクリスマスイヴの晩餐をやってたんだ。で、……実はふたりして考え事をしてた」

「それじゃ、あたしちょうどいいときに来たのね」

ミミは料理が並んだ食卓を今にも喰いつきそうな眼で見た。

「あたし、晩御飯まだなの」

ロドルフに聞こえないように、ミミはそうマルセルにささやいた。ロドルフは手巾(ハンカチ)を噛み締めて嗚咽(おえつ)を堪(こら)えていた。

「ロドルフもこっちに来いよ。三人で夜食にしよう」

「いや、いい」

ロドルフは部屋の隅で答えた。

「ロドルフ、あたしが来たから怒ってるの？」

ミミが優しい声で言った。

「あたし、出たほうがいいかしら」

「違うよ、ミミ」

ロドルフが答えた。

「ただ、こうしてまたきみに会うのがつらいんだ」

「あたしがいけなかったの、ロドルフ。あなたは悪くないわ。過ぎたことは過ぎたことよ。もうお互い、そのことは考えないようにしましょう。あなたは変わってしまったから、もう友達にはなれないの？　いいえ、なれるわよね。さあ、そんなに怖い顔をしないで、こっちへ来て一緒に食べましょ」

ミミはロドルフの手を取ろうと立ち上がったが、一歩も歩まぬうちにふらついてまた椅子に座り込んだ。

「暑くて立ち眩みしちゃった」

「なあロドルフ、一緒に喰おうぜ」

ようやくロドルフも食卓に就き、一緒に夜食を食べ始めた。ミミはとても嬉しそうだった。

慎ましい夜食が済むと、マルセルがミミに言った。

「ミミ、悪いけど部屋を借りるのは無理だよ」

「じゃ、あたし出なきゃいけないのね」

　そう言ってミミは立ち上がろうとした。

「いや、そうじゃないんだ。他にも手はある。きみはこの部屋で寝なよ。ぼくはロドルフの部屋で寝るから」

「ご迷惑でしょ。でもほんの二日間なら……」

「いいよいいよ、ちっとも迷惑じゃないよ」

　マルセルが言った。

「さあ、これで解決だ。きみはこの部屋で寝るといい。ぼくたちはロドルフの部屋で寝る。じゃあねミミ、おやすみ」

「ありがとう」

　ミミは部屋を出てゆこうとするマルセルとロドルフに手を伸ばして言った。

「鍵はかけた方がいい？」

　戸口でマルセルが訊いた。

「どうして？」

　ミミはロドルフを見た。

「あたし何も心配してないわ」

　同じ階の隣室でふたりきりになると、突然マルセルが言った。

「さて、どうする？」

「どうって……どうしよう」

「何ぐずぐずしてんだ、ミミのとこに行ってやれよ。明日にはまた縒（よ）りを戻してるさ。予言するよ」

「もし戻ってきたのがミュゼットだったらどうしてた？」

「もしあっちの部屋にいるのがミュゼットだったら、おれ、十五分もこの部屋にはいられないと思うな」

「そうかい、おれはきみより肝（きも）が据（す）わってるからな、ここにいるよ」

「ま、明日になればわかることだ」

マルセルはもう寝台に入っている。

「おまえも寝るか？」

「ああ、もう寝る」

だが、夜中にマルセルが目覚めると、ロドルフは部屋にいなかった。

翌朝、マルセルはミミのいる部屋の戸をそっと叩いた。

「どうぞ」

ミミの声がした。部屋に入ると、ミミはマルセルを見て、ロドルフを起こさないように合図をした。ロドルフは肘掛け椅子を寝台の傍まで運んで、そこに腰を下ろして、ミミの頭の横に置いた枕に頭を乗せて眠っていた。

「一晩中こうだったの？」

マルセルは大いに驚いて訊ねた。

「そうよ」

すぐにロドルフも目を覚ました。そしてミミに口づけをすると、呆気に取られた顔のマルセルに片手を差し伸べて言った。

「昼飯の金を作ってくる。ミミの傍にいてやってくれ」

ふたりきりになると、マルセルはミミに訊いた。

「ねえ、何があったんだい？」

「悲しいことがあったの。ロドルフ、まだあたしのこと愛してる」

「だろうね」

「そうなの。あなた、ロドルフをあたしから遠ざけようとしたでしょ。恨んでなんかいないわよ。あなたが正しかったんだと思う。あたしあのひとに酷いことしたもの」

「で、きみはまだロドルフが好きなのか？」

「ああ！　あのひとのこと好きなの。それが苦しいの」

ミミは両手を合わせて言った。

「ね、あたしすっかり変わったわ。ほんの短い間なのに、すっかり変わっちゃった」

「なるほど。あいつはきみのこと好きで、きみはあいつのこと好きで、ふたりとも相手がいないと耐えられないんだな。だったらまた一緒になればいい。そして、今度という今度は長続きするよう努力するんだ」

「できないわ」

「なぜ？ そりゃ、別れるのが道理かもしれないけど、そうなったら互いに千里[15]くらい離れて暮らさないと、また顔を合わせることになるぜ」

「あたし、もうすぐもっと遠くに行くの」

「へえ、そうなの？」

「ロドルフに言わないでね。あのひと、もっと悲しむでしょうから。あたし、もう戻ってこないわ」

「でも、どこへ？」

「ああ、マルセル」

ミミは泣き出していた。

「見て頂戴」

そうして寝台の毛布を少しめくり、マルセルに肩と頸と腕を見せた。

「ああ、そんな！」

マルセルが悲痛な声を上げた。

「可哀想に……」

「ね、本当でしょ、あたしもうすぐ死んじゃうの」

「でも、こんなに急に、どうして」

「この二箇月の生活のせいよ。無理もないわ。毎晩泣き通しで、昼間は火の気のないアトリエで毎日モデルをしてね。ろくに食べもしないで、ずっと悲しんでばかりで……まだ言ってなかったこともあるわ。あたし、漂白剤を服んで死のうとしたの。そしたら救けられて……。でも、もう長くないわ。あれからずっと具合が悪いの。やっぱりあたしが悪かったのね。ロドルフと楽しく一緒にいればこんなことにならなかったのに。それも長くないのね。ね、マルセル、あたしまたこうしてロドルフの腕に戻ってきたわ。ね、でもマルセル、お葬式にはそれを着せてね。ああ！　自分がもうすぐ死ぬって知るのがど

15　一里は約四キロメートル。

んなにつらいか、わかって貰えたら！　ロドルフ、あたしが病気なの知ってるわ。昨日、あたしの腕や肩がこんなに窶れてるのを見て、一時間以上も黙ったままだった。あたしはもう、あのひとの覚えているミミではないんだわ。……鏡でさえ、あたしが誰だかわからないくらいだもの。ああ！　でもあたし、可愛かったでしょ。ロドルフ、あたしをとても愛してくれた……」

ミミはマルセルの腕に顔をうずめて叫んだ。

「ね、マルセル、もうお別れなの。ロドルフとも……」

そしてミミの声は嗚咽に変わった。

「さあ、ミミ。そんなに悲しむんじゃない。快くなるよ。ちゃんと手当を受けて安静にしていれば」

「駄目なの。もうお終いなの。感じるもの。もう力が残ってないって……昨日の夜ここに来たときも、階段を上るのに一時間もかかったのよ。もし部屋に女の人がいたら、あたしきっと窓から飛び降りてた。あのひとが何をしようと自由だったのよ、だってあたしたちもう付き合ってなかったんだもの。でもあのひと、まだあたしを愛してくれてた。だから……」

ミミは泣き崩れた。

「だから、あたしまだ死にたくない。でももう、ほんとにもうお終いなの。ね、マルセル、あたしあんなに酷いことしたのに、それでもあたしを迎えてくれたなんて、ロドルフは優しいのね。ああ、神様は不公平だわ。あたしがロドルフに与えた悲しみを忘れさせるだけの時間も残してくれないのだもの。あたしの具合がどんなに悪いか、ロドルフは気付いていないの。あたし、ロドルフに隣で寝てほしくなかった。何だかもう体に蚯蚓（みみず）が湧いているような気がする。あたしたち、一晩中泣いて、昔の話をしたわ。ああ、悲しい。幸福（しあわせ）がすぐ傍にあったのに、目も呉れずに通り過ぎてしまったなんて。もう取り返しがつかないなんて。胸が燃えるように熱いわ。手や足を動かすと折れてしまいそう。ね、マルセル、あたしの服を取って頂戴。ロドルフがお金を持ってくるか、カードで占ってあげる。みんなで美味（おい）しいお昼食（ひる）を食べたいな。また前みたいに……体に障（さわ）ったりしないから。神様だってこれより重篤（わる）くはできないわ。ね、ほら見て」

ミミはカードを切ってマルセルに見せた。

「スペードよ。これは死の色。それから今度はクラブ」

ミミは一層嬉しそうに言った。

「ほら、ね、ロドルフ、お金を持ってきてくれるわ」

澄みきった意識のまま錯乱するミミを前に、マルセルは言葉が見つからなかった。自分で言うように、ミミの体にはすでに墓場の虫がのたくっているようであった。

一時間が経つころ、ロドルフが帰ってきた。ショナールとコリーヌも一緒だった。ショナールは夏の上着を着ていた。ミミが病気だと聞いて、毛織の上着を売ってその金をロドルフに預けたのだ。コリーヌは本を売りにいった。コリーヌにとっては大事な本を売るくらいなら片腕か片脚を売るほうがましだったが、おまえの腕や脚なんか誰が買うんだとショナールが言い聞かせた。

ミミは努めて明るくかつての友達を迎えた。

「なんだか具合がよくなったみたい。ロドルフ、あたしを許してくれたの。ロドルフが傍に置いてくれるなら、あたし木靴を履いて頭には布を巻くわ。そんなのどうってことないもの。それに、絹は病気に障るしね」

そう言ってミミは微笑んだ。ぞっとする微笑だった。

マルセルの意見で、ロドルフは先ごろ医者の免許を取った友達を呼びにいった。あの可哀想なフランシーヌを看病した医者だ。医者が到着すると、皆は医者とミミを残して部屋を出た。

ロドルフもミミが危ないことをマルセルから聞かされていた。医者はミミを診(み)たあと、ロドルフに言った。

「ここでは駄目だ。奇蹟でも起こらない限り、助かる見込みはない。入院させなければ。慈愛病院[16]に紹介状を書いてやる。知り合いの医者がいるから、ちゃんと看て貰え。春まで保てば退院できるだろう。だがここにいたら一週間も保たんぞ」

「そんなこと言えないよ」

「おれが言っておいた。患者も同意したよ。明日、入院許可書を送るから」

「お医者様の言うとおりだわ。ここであたしの看病なんてできないでしょ。病院に行けば快くなるかも……。ね、病院に連れていって。ああ！　あたし、いまは生きていたいの。片方の手は火の中に入れて、[17]もう片方の手はあなたと繋いで、最後の日々を終えたいから。ロドルフ、お見舞いに来てね。悲しい顔しちゃ駄目。しっかり看て貰えるって、あの若い先生が仰言ってたもの。病院では、鶏肉も食べられるし、火もあるし。あたしが病気を治してるあいだ、あなたは働いてお金を作ってね。治ったらま

16　パリに存在した病院。十七世紀、ルイ十三世によって設立された。のちにサルペトリエール病院と統合し、ピティエ・サルペトリエール病院として現在に至る。
17　偽りではないことを誓うという意味で〈火に手を入れる〉という慣用句がある。

た一緒に暮らそうね。何だかすごく希望が湧いてきたみたい。あたしまた前みたいに綺麗になるわ。あなたのこと知らなかったときにも病気に罹（かか）ったことがあるの。助かったけど、あのころは幸せじゃなかった。死んだほうがよかったのかもしれない。でもあなたにまた会えて、幸せになれるのだから、また助かるわね。病気になんて負けないもの。どんな苦いお薬でも服（の）むわ。力ずくで連れていかれない限り、死神なんかに従（つ）いていかない。鏡を取って頂戴。なんだか顔色がよくなってきたみたい。そうよ、ほら、赤みが差してきたでしょ。ね、あたしの手も、まだとっても綺麗。もういちどこの手に接吻（キス）して。これが最後じゃないわ、ね、ロドルフ」

ミミはロドルフの頸に抱きつき、ロドルフの顔は解かれたミミの髪に埋もれた。

病院に行く前、ミミは一晩一緒に過ごしてほしいとボエームたちに頼んだ。

「あたしを笑わせて頂戴。笑うのは身体（からだ）にいいのよ。病気になったの、あの子爵の寝室帽（ナイトキャップ）のせいだわ。あのひと、あたしに綴り方を教えようとしたのよ。ね、可笑（おか）しいでしょ。そんなもの教えてどうしようっていうのかしら。それからあのひととの友達もね、ご立派な交友関係だったわ！　まさに鶏小屋って感じで、子爵はそのなかで孔雀みたいに踏（ふ）ん反（ぞ）り返っていてね。あのひと、自分の下着にいちいち印を付けてたのよ。もし結婚したら、あの人が子供を産むんじゃないかしら」

この可哀想な娘の、死に片足を踏み入れたかのような陽気さは何より痛ましかった。ボエームたちはみな身を切られる思いをしながら、それでも涙を隠し、いつもの冗談めかした調子で、ミミが始めたこの会話が途切れないように努めた。運命は敏速にミミの死装束の布を織っていた。

翌朝、ロドルフは入院の許可書を受け取った。ミミは立つこともできず、みなで馬車まで運んでやらなければならなかった。病院へ向かうあいだ、ミミは馬車の揺れるのもひどくつらそうだった。だが、その苦しみの中でも、女たちが最後まで失わずにいるもの、すなわちお洒落心は残っていた。ミミは二、三度、流行服の店先に馬車を止めさせ、陳列窓の服を凝（じっ）と見つめるのだった。

許可書に指示された病室に入ったとき、ミミは愕然（がくぜん）とした。このぼろぼろで染（し）みだらけの壁の中でおまえの命は終わるのだと、何かがミミの中で告げた。ぞっとして体が凍り付きそうになったが、気力を振り絞ってその不吉な考えを追い払った。

寝台に横たわると、最後にロドルフを抱きしめ、次の日曜日にはお見舞いに来てねと頼み、さよならを言った。

「ここはひどい臭いだから、菫（すみれ）のお花を持ってきて。まだ咲いてると思う」

「わかった」

ロドルフは言った。

「さよなら、日曜日にまた来るよ」

ロドルフは寝台の帷を引いた。寄木張りの床に響く恋人の足音が遠ざかってゆくのを聞いているうち、突然、気を失わんばかりの激しい熱病の発作がミミを襲った。

ミミは帷を開け放ち、寝台から半ば身を乗り出して、涙に途切れる声で叫んだ。

「ロドルフ、置いてかないで！　ここから出して！」

その叫びに修道女が駆けつけ、何とかミミを落ち着かせた。

「ああ、あたしここで死ぬんだわ」

ミミを見舞いにいく日曜の朝、ロドルフは菫の花の約束を思い出した。詩人の、また恋する者の迷信から、ロドルフはひどい天候のなか、ミミと何度も一緒に行ったオルネやフォントネの森を、恋人に頼まれた花を探して歩いた。六月や八月の天気の良い日には、陽の光に照らされて明るく愉しげであったこの自然の風景も、今のロドルフには暗く凍てついて見えた。雪に覆われた茂みを二時間くらい探し廻り、棒切れで木立や灌木を持ち上げ、ようやく、ミミとふたりで郊外に来たときのお気に入りの隠れ場所だったル・プレシの池[18]のほとりの林で、幾本かの輝く菫の花を摘んだ。

シャティヨンの村を通ってパリに戻る途中、教会の広場で洗礼の行列に行き当たった。オペラ座の歌手と歩いている代父[19]の男はロドルフの友達だった。

「おう、ロドルフじゃないか。何してるの」

友達はこんなところでロドルフに出会ったことに驚いた様子だった。

ロドルフはあったことを話した。

この友人はミミを知っていたので、話を聞いて大いに悲しんだ。ポケットを探り、洗礼式のお菓子をロドルフに手渡した。

「可哀そうなミミさんに、おれからだと言って渡してくれ。それから、おれもお見舞いにいくからって」

「早く来てくれ、さもないと間に合わないかも」

ロドルフは友達と別れた。

ロドルフが病院に着いたとき、ミミはもう体を動かすこともできず、まなざしでロドルフを抱擁した。

「ああ！　それあたしの花ね」

18　パリ南西郊外、現在のル・プレシ゠ロバンソンにあるコルベール池を指すと思われる。
19　カトリックで洗礼式に立ち会う保証人の男性。

ミミは満ち足りた微笑を浮かべた。

ロドルフは、ふたりの恋の楽園だったあの郊外への巡礼をミミに話した。

「綺麗なお花」

哀れな娘は菫の花束に口づけした。友達から貰ったお菓子にもミミはとても喜んだ。

「あたしのこと忘れてなかったのね。あなたたち、いい人ね。あなたも、他の男の子も。みんな大好き。あなたのお友達もみんな大好き」

この面会はおおむね明るく楽しいものであった。ロドルフの後からショナールとコリーヌも話に加わった。面会時間を過ぎてしまい、看護人が三人を部屋から出さなければならなかった。

「さよなら」

ミミが言った。

「次は木曜日よ。忘れないでね。こんどは早目に来てね」

翌日の夕方、ロドルフが下宿に戻ると、病人の看護を頼んでいた医師から手紙が届いた。簡潔な文面だった。

悪いお知らせをお伝えしなければなりません。第八寝台の患者はお亡くなりになりました。今朝、病室に立ち寄ったときには、寝台は空になっていました。

ロドルフは椅子に倒れ込んだ。涙は出なかった。夜、マルセルが帰ると、ロドルフはまだ呆然としたまま、手紙をマルセルに見せた。

「つらいな」

ぽつりとマルセルが言った。

「不思議なんだ」

ロドルフは言った。

「こんな時なのに、何も感じないんだ。ミミがもうすぐ死ぬとわかったとき、ぼくの恋も死んじまったのかな」

「何言ってんだ」

マルセルは呟いた。

ミミの死はボエームたちに深い悲しみをもたらした。

一週間後、ロドルフが通りを歩いていると、ミミの死を伝えてくれた医師に会った。

「ああ、ロドルフさん！」

医師はロドルフのほうに駆け寄ってきた。

「わたしの不注意で大変なご迷惑をお掛けしました。どうかお許しください」

「どうしたんですか」

ロドルフは驚いた。

「えっ、ご存じじゃないのですか。まだお会いになっていないのですね！」

「誰にですか？」

「ミミさんですよ」

「何だって！」

ロドルフの顔から血の気が引いた。

「わたしの間違いだったのです。あの嫌なお手紙を書いたとき、わたしは思い違いをしておりました。というのは、わたしはあのとき、二日間病院を休んでいたのです。それから病院に戻って回診をしていたところ、ミミさんの寝台が空になっていましたので、修道女(シスター)にこの患者はどうしたのかと訊きました。すると夜のうちに亡くなったという答えでした。それはこういうことだったのです。つまり、わたしが休んでいるあいだに、ミミさんは病室と寝台を替えていたのです。そしてミミさんがいた第八寝台には別の女性が入り、その日のうちに亡くなりました。それで、勘違いを仕出かしてしまったのです。お手紙を差し上げた次の日に、隣の病室にいたミミさんに会いました。あなたに会えなくて容体が悪化していました。あなた宛てのお手紙を預かって、たった今、お部屋に届けてきたところなのです」

「本当ですか！　ミミが死んだと思ってから、うちに帰らなかったのです。友達のところを泊まり歩いていました。ミミが生きている！　よかった！　ぼくが行ってやらないので、あいつはどう思っただろう。可哀想に、可哀想に！　具合はどうなんです。いつ会ったのですか」

「一昨日の朝です。快くはならないがこれ以上悪くもならないといった状態でした。あなたが病気なのではないかと、ひどく心配していました」

「すぐに慈愛病院に連れていってください、あいつに会ってやらないと」

病院の入口までくると、医師が言った。

「少し待っていてください。院長に入構許可書を貰ってきます」

ロドルフは入口で十五分ほど待っていた。戻ってきた医師が、ロドルフの手を取り、言葉少なく言った。

「ロドルフさん、もし一週間前に差し上げた手紙が本当になってしまったとしたら……」

「まさか！」

ロドルフは力が抜け、柱に凭れかかった。

「ミミ……」

「明け方四時ごろだったそうです」

「解剖室に入れてください。あいつに会いたい」

「もう解剖は済みました」

医師はそう言って、中庭の〈解剖室〉と記された建物の前に停めてある大きな荷馬車を指した。

「ミミさんはあそこです」

それは引き取り手のない遺体を共同墓地まで運ぶ柩車だった。

「さようなら」

ロドルフが言った。

「付き添いましょうか？」

「いいえ、結構です。ひとりにさせてください」

そう言ってロドルフは去っていった。

二十三　青春は斯(か)くも儚(はかな)し

ミミが死んだあとも、ロドルフとマルセルは一緒に暮らしていたが、ミミの死から一年ほど経ったころ、ふたりは世に出る足がかりを得て、祝宴を催した。マルセルは念願の官展(サロン)に二枚の絵を出品した。かつてミュゼットの愛人だった裕福な英国人がその一枚を買い取った。その収入と政府からの注文の報酬で、マルセルは借金の一部を返し、まずまずの住居に家具を揃え、立派なアトリエを持つことができた。同じころ、ショナールとロドルフも世に認められ、富と名声を得た。ショナールの歌集はあらゆる音楽会で歌われ、評判を集めていた。ロドルフの本はひと月のあいだ批評欄に取り上げられぬ日はなかった。バルブミュシュはもう暫(しばら)く前にボエームの集まりから離れていた。ギュスターヴ・コリーヌは遺産を相続し、良家のお嬢さんと結婚して、音楽とお菓子づくしの夜宴(ソワレ)を開いていた。

　ある夜、ロドルフが自前の肘掛け椅子に腰を下ろし、自前の絨毯(じゅうたん)に足を伸ばしているところに、マルセルが慌てた様子でやってきた。

「おれに何があったか、聞いた？」

「知らないね。きみのうちに行ったら、明らかにきみはいたのに、扉を開けてくれなかったことは知ってるけど」

「ああ、おまえが来たのはわかったよ。誰が来ていたと思う？」

「わからん」

「ミュゼットだよ。ミュゼットがうちに来たんだ。昨日の夜、沖仲仕(デバルドゥール)[1]の恰好でね」

「ミュゼット！　またミュゼットに会ったのか」

ロドルフは気の毒そうな口調で言った。

「心配するな。啀(いが)み合ったりはしてないよ。ミュゼットはボエーム生活最後の夜を過ごしに来たんだ」

「どういうこと？」

「あいつ、結婚するんだって」

「へえ！　それはまた……誰と？」

「あいつの前の恋人の後見人だってさ。郵便馬車の宿駅長だって。物好きなやつもいたもんだよな。ミュゼット、相手に断って出てきたそうだよ。『正式に求婚をお受けして役場に届けを出す前に、一週間の猶予を頂戴。片付けなきゃいけない用事があるの。最後の三鞭酒(シャンパン)を飲んで、最後の四人舞踏(カドリーユ)を踊って、恋人のマルセルに最後の接吻(キス)をしたいの。世間並みのまともな人になったそうよ』とか言ってね。そうして一週間おれを探して、昨日の夜、うちに来てくれたってわけさ。ちょうどあいつのことを考えていたところだった。なあロドルフ、結局おれたちはつらい一夜を過ごすことになったよ。もう終わっていたんだ。何もかも終わっていたんだ。偉大な傑作の、出来の悪い複製みたいだった。最後の別れを短い哀歌にしてみたよ。もしよければ、ひとつおまえの涙を絞ってやろうじゃないか」

そう言ってマルセルはこんな詩を口ずさんだ。

きのう　春を届ける
燕が一羽　飛ぶのを見て
思い出した　気が向けば
ぼくを愛してくれた　あの美しい女(ひと)を。

1　十九世紀中頃、仮面舞踏会で流行した港湾労働者風の衣装。

――日がな一日
思いに耽(ふけ)り　あんなに愛し合っていた年の
古い暦の前で　動けなかった。

――いいや　青春は死んではいない
きみの記憶は　死んではいない
もしきみが　扉を叩けば
ぼくの心は　ミュゼット　きみに戸を開くだろう。
きみの名前に　ぼくの心は　震えるのだから。
不実の詩神(ミューズ)よ――
陽気なお喋りが祝福するあのパンを
また食べにおいで。

――ぼくたちの小さな部屋の家具
あのぼくたちの愛の旧友は
もうお祭り気分で　浮かれている。

喜んでるんだ　きみが帰ってきてくれるかもって。
おいで　きみは思い出すだろう。
きみの出立を悲しんだ　あれこれのもの
あの小さな寝台や――よくきみが
ぼくの分も飲んでしまった　あの大きな杯を。

あのころ　きみが着ていた
あの白い衣を　きみはまた着るだろう。
そしてぼくたちは　また前みたいに
日曜日には　森を歩こう。
夜には緑なす　四阿（あずまや）にふたり座って
きみの歌が　翼を浸す
あの透き通った　葡萄酒を飲もう。
きみの歌声が　飛び去ってしまうまえに。
謝肉祭が終わった　ある朝に

ミュゼットは　ふと思い出して
帰ってきた　気紛れな鳥が
古巣に帰るように。
だが　あの浮気女に口づけしても
ぼくの心は　もうときめかなかった
そしてもう　かつてのミュゼットではないミュゼットは
ぼくがもう　かつてのぼくではないと言った。

さようなら　さあ行くんだ　過ぎ去った恋とともに
疾(と)うに死んだ　いとしい女(ひと)よ
ぼくたちの青春は　古い暦の底に
埋(うず)もれてしまった。
思い出が　失われた楽園の鍵を
取り戻してくれるといっても　それは
思い出の中にある　美しい日々の
燃え残った灰を　掘り起こしているだけだ。

「ほら、もう安心しただろ。ミュゼットへの恋はすっかり終わったんだ。今は詩に恋してるからな」

マルセルは詩の原稿を見せて皮肉に言った。

「それは大変だ。今、おまえの理性は心と決闘してるんだな。理性が心を殺しちまわないように気をつけろよ」

「それはもう済んだ。おれたちは終わったんだ。な、死んで埋葬されたんだ。青春は斯(か)くも儚(はかな)し、か。晩飯はどうする？」

「フール通り[2]のあの馴染(なじ)みの店で十二スーの晩飯を喰わないか。あの田舎風の陶器の皿の店さ。でもあそこ、喰い終わってもちっとも腹が膨らまなかったなあ」

「やめとこう。過去を懐かしむのは大いに賛成だが、それは座り心地のいい肘掛け椅子から、本物の葡萄酒の壜を通して見るものだ。仕方ないさ。おれは堕落したね。もう上等のものしか愛せなくなっちまった」

2　現在のパリ六区にある通り。

付録一

序文

本書に登場するボエームは、通俗劇（ブールヴァール）の作者たちが詐欺師や人殺しの同義語としたボエームとは関係ない。ましてや、熊使いとか剣呑み芸人とか、頸飾（くびかざ）りの金具売り、〈これであなたも負け知らず〉の先生方、はたまた闇相場師やそのほか無数の、生業（なりわい）といえるものを何ひとつ持たないことを主たる生業とし、善いことの他は何でもしてやろうと常に待ち構えている、胡散臭（うさんくさ）い職業に身を置いているわけではない。

本書のボエームはけっして現代特有の人種ではない。ボエームはいつの時代にも至る所に存在したし、その出自もけっして卑しからぬものなのである。この系譜をさらに遡（さかのぼ）ることはしないが、古代ギリシャにも、その日暮らしで、施しのパンを喰らいつつ豊かなイオニアの田園を遍歴し、夜には足を止め、〈ヘレネの恋〉や〈トロイアの陥落〉[1]を奏でた妙なる音色の竪琴（たてごと）を歓待の炉辺に懸けた著名なるボエームがいた。時代の梯子（はしご）を下れば、芸術や文化の時代にはことごとく現代のボエームの祖先が認められる。中世には遍歴詩人（ミンストレル）や即興詩人、悦ばしき知識団[2]の後継者、トゥレーヌの田園で音楽を奏でた放浪詩人らとともに、ボエームはホメロスの伝統を伝えた。貧者の頭陀袋(ずだぶくろ)と吟遊詩人(トルヴェール)の竪琴を背に、これら漂泊の詩神(ミューズ)らは、クレマンス・イゾール[3]の野薔薇が咲き誇っていたであろう美(うま)し国の平原を歌い歩いたのである。

騎士道の時代と文芸再興(ルネサンス)の黎明(れいめい)を繋ぐ時代にも、ボエームは王国のありとあらゆる道に、そして既にパリの道にも少し、足跡を残している。誰あろう、物乞いを友とし断食(だんじき)を敵としたピエール・グラングワール先生[4]である。がりがりに痩せこけ、空腹に苛(さいな)まれ、人生そのものが長い四旬節[5]に他ならなかったグラングワールは、街をうろつき、猟犬のように鼻を風に向けて台所や焼肉屋の匂いを嗅ぎ、飽くなき貪欲に満ち

1　紀元前八世紀に生きたとされる伝説的な吟遊詩人ホメロスの『イリアス』に記述される物語。

2　十四世紀トゥールーズにおける花神祭翰林院(アカデミイ・デ・ジュ・フロロ)（四話註11を参照）の詩人団体。競詩会の優勝者が入会を認められた。

3　花神祭翰林院(アカデミイ・デ・ジュ・フロロ)を再興したとされる中世フランスの伝説的な女流詩人。

4　十六世紀フランスの詩人、劇作家。ヴィクトル・ユゴーの『ノートルダム・ド・パリ』（一八三一）にも貧乏詩人として登場し、ロマの娘エスメラルダと仮初めの夫婦となる。

5　三話註1を参照。

た眼は、見詰めるだけで肉屋の鉤（かぎ）に吊るされたハム肉を痩せ細らせるほどだ。その間にもパリ裁判所の広間で上演する〈いとも敬虔（けいけん）なる阿呆（あほう）劇〉[6]の代金にお役人が約束した十エキュを、悲しいかなポケットの中ではなく空想の中で、ちりんちりんと鳴らしている。ボエームの年代記には、あのエスメラルダに恋する男の寂しげで愁いを帯びた顔の横に、それほど禁欲的でない気質で、もっと陽気な顔付きの仲間が登場するかもしれない。誰あろう、かの〈かつて兜屋（かぶとや）小町と呼ばれし女〉[7]の愛人、フランソワ・ヴィヨン[8]先生である。これこそ典型的な放浪詩人だ。おそらく古代人が神憑り（ワーテース）の詩人に認めたあの直観から来る、想像力豊かなその詩風は、絞首台への常軌を逸した不安に絶えず付き纏（まと）われていた。ある日、あまりに近くから王のエキュ金貨の色を拝もうとしたために、危うく麻縄で首を吊られそうになったというのだ。また追跡する憲兵隊を一度ならず息切れさせたヴィヨン、あの騒々しいピエール＝レスコ街の安酒場の客、エジプト公爵[9]の宮廷の只飯喰らい、詩におけるサルヴァトル・ローザ[10]、この詩人は数々の哀歌を書いたが、その悲しみに満ちた感情と真の力強さはもっとも冷徹な者の心をも動かし、涙を湛（たた）えたあの詩を前にすれば、強盗だとか浮浪者だとか放蕩者だとかいうことを忘れてしまう。

蓋（けだ）し、〈ついにマレルブの来たる〉[11]日にフランスの文芸が始まったのではないと考える人々にしか読まれていない、世に知られぬ著作の作者たちの中では、フランソワ・ヴィヨンはもっとも剽窃（ひょうせつ）される詩人の一人であって、現代の詩壇（パルナス）の重鎮らにすら剽窃されるという栄誉に浴した。この哀れな詩人の畑に殺到し、そのささやかな宝から輝く貨幣を鋳造（ちゅうぞう）したのだ。この放浪の吟遊詩人（ラプソードス）が凍（い）てつく冬の日に町外れや軒下で書いた譚詩（バラッド）、〈かつて兜屋小町と呼ばれし女〉が誰彼かまわず金色の帯を

6　中世フランスで、もっぱら聖史劇の前座に演じられた風刺喜劇。

7　ヴィヨンの詩集『形見の歌』に詠われる老娼婦。

8　十五世紀フランスの詩人。中世最大の詩人と称される。無頼漢らに交わり殺人、強盗等の罪を重ねつつ放浪の生涯を送った。

9　中世後期にヨーロッパ各地に現れたロマの頭領がしばしば名乗った称号。ユゴーの『ノートルダム・ド・パリ』にも〈エジプト公兼ボヘミア公〉なる宿無しが登場する。

10　十七世紀イタリアの画家。ローザの描く荒寥かつ陰鬱な光景は、後世のゴシック文学やロマン主義作家らの霊感の源となった。

11　フランソワ・ド・マレルブは十六—十七世紀フランスの詩人。その厳格な詩法によりフランス古典主義の礎を築き、後に十七—十八世紀フランスの詩人ボワローはその功績を〈ついにマレルブ来たれり〉と讃えた。

解(ほど)くあばら家で興に任せて詠んだ恋歌、それらは今日、麝香(じゃこう)や龍涎香(りゅうぜんこう)が香る社交界の口説き文句に形を変え、上品なクロリス[12]の紋章で飾られた詞華集に収められている。

やがて文芸再興(ルネサンス)の偉大な世紀が始まる。ミケランジェロ[13]がシスティナ礼拝堂の足場を登り、ヴァチカン宮殿の回廊(ロッジア)の下絵を手に階段を上るラファエロ[14]を不安げに見つめる。ベンヴェヌート[15]がペルセウス像の構想を練り、ギベルティ[16]がサン・ジョヴァンニ洗礼堂の門扉(もんぴ)を彫り、同じころドナテッロ[17]はアルノ川の橋に大理石像を建てている。メディチ家の街[18]がレオ十世とユリウス二世の街[19]と傑作を競い合っているころ、ティツィアーノ[20]とヴェロネーゼ[21]は総督(ドージェ)の街[22]をその絵で飾り、サン・マルコ寺院[23]はサン・ピエトロ大聖堂[24]と競い合う。

疫病のような激しさで突如イタリア半島を襲ったこの天才の熱気は、その輝かしい流行をヨーロッパ全土にまで広める。芸術は神と肩を並べ、王のように堂々たる足取りで闊歩(かっぽ)する。カール五世[25]は身を屈(かが)めてティツィアーノの絵筆を拾い、フランソワ一世[26]はエティエンヌ・ドレ[27]がおそらく『パンタグリュエル物語』[28]の校正刷りに朱を入れている印刷所で辛抱強く待っている。

この知性の復活の只中で、ボエームは相変わらず、バルザック[29]の表現を借りれば

12　ギリシャ神話に登場する女精霊(ニンフ)。西風の神ゼピュロスに攫われて結ばれ、春と花を司る女神となったとされる。
13　ミケランジェロ・ブオナローティ。十五―十六世紀イタリアの芸術家。レオナルド・ダ・ヴィンチ、ラファエロらとともにルネサンスを代表する芸術家のひとり。
14　七話註14を参照。
15　ベンヴェヌート・チェッリーニ。十六世紀イタリアの画家、彫刻家。ギリシャ神話の英雄ペルセウスの銅像はフィレンツェ、シニョリーア広場のランツィの回廊に建つ。
16　ロレンツォ・ギベルティ。十五世紀イタリアの彫刻家。フィレンツェのサンタ・マリア・デル・フィオーレ大聖堂のサン・ジョヴァンニ洗礼堂の門扉を制作する。
17　十五世紀イタリアの彫刻家。
18　フィレンツェを指す。メディチ家は十六話註10を参照。
19　ローマを指す。レオ十世は十六話註29を参照。ユリウス二世は十六世紀のローマ教皇。多くの芸術家を支援し、ルネサンス最盛期をもたらした。
20　十八話註10を参照。
21　十六話註4を参照。
22　ヴェネツィアを指す。
23　ヴェネツィアに建つ大聖堂。
24　現在のヴァチカン市国に建つ大聖堂。カトリック教会の総本山。

〈飯と塒（ねぐら）[30]〉を求めうろついている。ルーヴル宮の控えの間を足繁く訪れたクレマン・マロ[31]は、その微笑で三代にわたって王国を輝かせた美姫（びき）ディアーヌの寵愛を受けるが、それは王がディアーヌを愛妾とするより早かった。不実な詩神（ミューズ）はディアーヌ・ド・ポワティエの閨房（けいぼう）からマルグリット・ド・ヴァロワの閨房へと移ったが、その危険な寵愛の代償としてマロは投獄の憂き目にあった。同じころ、幼年時代にソレントの海辺で叙事詩の詩神（ミューズ）から口づけを受けたもうひとりのボエーム、かのタッソ[32]が、ちょうどマロがフランソワ一世の宮廷に仕えたように、フェラーラ公の宮廷に入ったが、『解放されたエルサレム』の作者はディアーヌやマルグリットの愛人ほど幸福ではなく、不遜にもエステ家の娘を愛したがためにその理性と才能を犠牲にした。

フランスにメディチ家の到来を告げた数々の宗教戦争や政治の動乱も、芸術の発展を妨げることはない。ペイディアス[33]の異教的彫刻技法を再発見したジャン・グージョン[34]が〈無垢なる人々（イノサン）〉の足許で銃弾に斃（たお）れたころ、ロンサール[35]はピンダロスの詩興を再発見し、プレイヤッド派[36]に助けられてフランス抒情詩の偉大な流派を作り上げていた。この〈再興〉の流派に次いで、マレルブとその一派は、先人たちが詩歌（パルナス）において自国語に採り入れようと試みてきた異国の恩恵をフランス語から追放した。このとき、ラブレーを粗野と評し、モンテーニュ[37]を難解と扱（こ）き下ろした修辞家や文法家の一団に

25 十六世紀に在位した神聖ローマ帝国皇帝。ティツィアーノはカール五世の肖像画を描いた。

26 十六世紀に在位したフランス国王。芸術家や学者を支援した。

27 十六世紀フランスの出版業者。ラブレーほかルネサンス期の文学者の著作を刊行した。

28 十九話註15を参照。

29 オノレ・ド・バルザック。十九世紀フランスの作家。『人間喜劇』の総題のもと、非常に多岐にわたる小説を著した。

30 バルザックの小説『ラブイユーズ』、『従妹ベット』などに見られる表現。

31 十六世紀フランスの詩人。その詩で詠われるディアーヌなる女性は、国王フランソワ一世王妃の侍女ディアーヌ・ド・ポワティエを指すとの説がある。またマロはフランソワ一世の姉マルグリットの愛人だったともいわれる。

32 トルクァート・タッソ。十六世紀イタリアの詩人。叙事詩『解放されたエルサレム』（一五七五）の作者。フェラーラ公アルフォンソ二世に仕え、その妹レオノーラに恋し詩を捧げた。

33 古代ギリシャの彫刻家。パルテノン神殿の建造を指揮したとされ、またギリシャ神話の神々の像を多く手掛けた。

34 十六世紀フランスの彫刻家。〈無垢なる人々(イノサン)の噴水〉の彫刻などを手掛ける。伝説では聖バルテルミの虐殺（六話註20を参照）のさなかに暗殺されたとされるが、実際はイタリア、ボローニャで没したとの説が有力である。

よる攻撃から、抒情詩の最後の砦（とりで）のひとつを守ったのが、ひとりのボエーム、マチュラン・レニエ[38]であった。ホラティウスの皮肉の鞭（むち）にさらに新たな結び目を加えたレニエは、当時の風俗に憤激してこう書いた。

名誉とは、もはや祭日を祝われることのない古（いにしえ）の守護聖人である。

十七世紀のボエームを数え上げると、中にはルイ十三世やルイ十四世の時代に名を成した文学者もいる。ボエームは、ランブイエ館[39]に集う才人たちに交じって『ジュリイの花飾り』[40]に詩を提供し、パレ・カルディナル[41]に出入りして王政下のロベスピエールとも言うべきかの詩人宰相と悲劇『マリアンヌ』[42]を制作する。またボエームはマリオン・ドロルム[43]の閨房に抒情短詩（マドリガル）を撒（ま）き、ロワイヤル広場の木蔭でニノン[44]を口説き、朝には〈大喰らい亭（レ・ゴワンフル）〉とか〈王者の剣亭（レペ・ロワイヤル）〉といった居酒屋で朝飯を取り、夜にはジョワイユーズ公[45]の食卓で夜食をご馳走になり、街燈の下で〈ヨブの十四行詩（ソネ）〉に対して〈ウラニアの十四行詩（ソネ）〉[46]を擁護する議論を戦わせる。ボエームは恋し、闘い、駆け引きさえする。そして老境に入り色恋沙汰にも倦（う）むと、ボエームは新旧の聖書を詩に詠み、聖職禄の書類に署名をし、満足な不労所得を得て、司教の座に就くか、仲間が設立した翰林院(アカデミィ)の会員に収まるかする。

---

35 ピエール・ド・ロンサール。十六世紀フランスの詩人。古代ギリシャの詩人ピンダロスや古代ローマの詩人ホラティウスら古典文学に範を取った名詩を多く残す。

36 ロンサールら七人の詩人から成る詩人結社。当時俗語とされていたフランス語に古代ギリシャ、ローマの格調を取り入れフランス詩の可能性を拡大した。

37 ミシェル・ド・モンテーニュ。十六世紀フランスの思想家。『随想録』で古典的教養に基づく鋭い観察眼により人間性を省察した。

38 十六―十七世紀フランスの詩人。風刺的な詩を多く残す。

39 ランブイエ侯爵夫人が自邸に開いた社交サロンには多くの貴族や文人が集い、洗練された貴族文化の形成を促した。

40 モントージエ公爵の呼びかけによりランブイエ館の詩人たちが詩を提供し、ランブイエ侯爵夫人の末娘ジュリイに捧げられた詞華集。

41 現在のパレ・ロワイヤル。元来はリシュリュー枢機卿（九話註7を参照）の邸宅だったため枢機卿邸(パレ・カルディナル)と呼ばれたが、枢機卿の死後、王室に寄贈されたため王宮(パレ・ロワイヤル)と呼ばれるようになった。

42 十七世紀フランスの劇作家トリスタン・レルミットの代表作。

43 十七世紀フランスの高級娼婦(クルティザヌ)。文芸サロンを開き、貴族や文人を集めた。後にヴィクトル・ユゴーが戯曲『マリオン・ドロルム』（一八三一初演）のモティーフとする。

まさにこの、十六世紀と十八世紀を繋ぐ時代に、あのふたりの偉大なる天才が現れたのだ。そう、各々の母国が相手の国と文学を競うときに必ずその名が挙がる、モリエール[47]とシェイクスピア[48]である。このふたりの著名なボエームの生涯には、多くの類似が見られる。

ボエームの名簿には、十八世紀の文学でもっともよく知られた幾つかの名も載っている。当時に名声を勝ち得た人々からは、ジャン＝ジャック[49]、ノートルダム大聖堂の前に棄(す)てられたダランベール[50]、二流の人々からは、マルフィラートル[51]とジルベール[52]の名を挙げられるだろう。このふたりの名声は過大評価されている。一方の着想はただジャン＝バティスト・ルソー[53]の凡庸な詩情を焼き直しただけだし、もう一方の着想は主体性や率直さという弁解すらない憎悪が傲慢(ごうまん)な無能さと混じり合ったものに過ぎず、ある党派の怨嗟(えんさ)や憤慨を金と引き換えに喧伝(けんでん)する道具でしかない。

ここまで、さまざまな時代のボエームたちを急ぎ足で概観してきた。本書の冒頭を飾るこの序文に、敢えてよく知られた名を鏤(ちりば)めたのは、読者諸賢がボエームという語を目にしたときに、先入観からこの語に誤った意味を附してしまわぬよう、注意を促すためである。というのも、長いあいだこのボエームという語は、これまでわれわれがその生き方や言葉を跡づけようとした人々と一緒にされるのは断じて御免蒙(ごめんこうむ)るような種類の人々に対して使われてきたからだ。

---

44 ニノン・ド・ランクロ。十七世紀フランスの高級娼婦（クルティザヌ）。マリオン・ドロルムと同じく文芸サロンを開き、貴族社会のサロン文化の一翼を担った。

45 十七世紀フランスの貴族、ジョワイユーズ公ルイ・ド・ロレーヌ＝ギーズ、もしくはその息子ルイ・ジョゼフ・ド・ロレーヌ＝ギーズを指すか。

46 一六四八年から四九年にかけて、イザアク・ド・バンスラードの〈ヨブの十四行詩（ソネ）〉とヴァンサン・ヴォワチュールの〈ウラニアの十四行詩（ソネ）〉との優劣を巡って論争が起きた。

47 十九話註8を参照。

48 ウィリアム・シェイクスピア。十六―十七世紀英国の劇作家、詩人。優れた心理描写による傑作を多く残し、英文学最大の作家とも言われる。

49 ジャン＝ジャック・ルソーを指す。十二話註13を参照。

50 ジャン・ル・ロン・ダランベール。十八世紀フランスの思想家、科学者。ドゥニ・ディドロとともに『百科全書』（一七五一―七二）を編纂、刊行する。

51 ジャック・クランシャン・ド・マルフィラートル。十八世紀フランスの詩人。頌歌（オード）〈諸惑星の不動の中心たる太陽〉（一七五九）が高い評価を得たほか、ウェルギリウスなど古典ラテン詩の翻訳を手掛けるが、放蕩に身を持ち崩す。貧窮の中、長詩〈ヴィーナスの島のナルシス〉（死後出版、一七六九）を書き上げたのち、落馬の怪我がもとで三十四歳で死去。

昔も今も、芸術の世界に分け入り、芸術のほかに生きるすべを持たぬ者は、ボエームの道を歩まぬわけにはいかない。いま芸術のもっとも立派な勲章を下げている者の大半は、かつてボエームだったのだ。そして安逸(あんいつ)として順風満帆な栄光の中で、しばしば、時には愛惜の情とともに、緑なす青春の丘に上り、二十歳の太陽のもと、若さの美徳たる勇気と、貧しき者の宝たる希望だけを財産としていたあの時代を回想するのだ。

心配症の読者のため、臆病な小市民(ブルジョワ)のため、言葉の定義に寸毫(すんごう)も曖昧な点を許さぬ人々のために、同じことを公理の形で繰り返そう。

ボエームとは、芸術生活の一期間であり、翰林院(アカデミイ)へ、あるいは病院へ、あるいは死体安置所へと続く序文である。

さらに付け加えるならば、ボエームはパリにしか存在しないし、存在し得ない。あらゆる社会的地位と同様、ボエームにもいろいろと微妙な違いがあり、さまざまな種類があって、それはさらに細かく区分される。それらを分類しておくのは無益ではあるまい。

まずは無名のボエームである。これがいちばん数が多い。貧乏芸術家の大集団から成り、身元不明の掟を課せられている。芸術の表舞台の片隅にでも顔を見せて自分の存在を証し立て、現在はこうだからいずれこうなるという見通しを示すすべを持たず、またその見込みもないからだ。それは頑迷な夢想家の一群であり、芸術は職業ではなく信仰となってしまっている。熱しやすく、思い込みが激しく、傑作を一目見ただけで頭がぼうっとし、美しいものを前にすれば、どこの流派の何という画家の絵かなどと訊ねることなく素直に胸が高鳴ってしまう連中である。この種のボエームは、将来有望と言われ、またその期待に応えもするのだが、持ち前の呑気さや優柔不断や実生

52　ニコラ・ジルベール。十八世紀フランスの詩人。『十八世紀』（一七七五）で当時の文壇、詩壇を風刺する。二十九歳のとき落馬して頭を強打、精神障礙に苦しんだすえ鍵を飲み込んで死んだ。伝説では死の数日前に突如正気を取り戻し、遺作〈諸詩篇に倣う頌歌（オード）〉を書き上げたという。のちにアルフレッド・ド・ヴィニイは『ステロ』（一八三二）でチャタートン（九話註19を参照）、アンドレ・シェニエ（十八世紀フランスの詩人。革命時に断頭台で死去）とともに社会に容れられぬ詩人の典型としてジルベールを取り上げ哀悼している。

53　十七—十八世紀フランスの詩人。古典的詩法に基づく技巧的な詩を多く残したが、今日ではほとんど顧みられない。

活への無関心から、作品が完成すると、もうやるべきことはやったと思い込み、富と名声が部屋の扉を蹴破(けやぶ)ってずかずか入ってくるのを待っているような若者たちの中に見出せる。いわば社会の辺縁で、何物にも属さず怠惰に暮らしているのである。芸術に凝(こ)り固まり、詩人たちの額を光輪で包む、お定まりの酒神(ディオニュソス)讃歌の象徴を文字通りに受け取って、その蔭で自分たちも燦然(さんぜん)と輝いているのだと思い込み、世間に見出されるのを待っている。まさかそんな人間が実在するのかと信じ難いだろうが、そんな奇怪なる一団がかつて確かに存在し、〈芸術のための芸術〉[54]の後継者を自称していたのだ。このおめでたい連中によれば、芸術のための芸術とは互いに相手を神のごとく褒めちぎり合って、自分たちの住処も知らぬ偶然に力を貸すこともなく、台座が向こうからやって来て勝手に自分たちの足許に据えられるのを待つということらしい。見るからに、それは愚かしい禁欲主義である。いやしかし、信じて貰うために、もう一度強調しておこう。無名なボエームのなかにはそんな連中がいて、その貧困は同情を誘うが、良識がそれを消し去ってしまうだろう。なんとなれば、現在は十九世紀であって、百スーの小銭が人類の皇后であり、ぴかぴかのエナメル靴が空から降ってくるということはないのだということを落ち着いて思い出させようものなら、そっぽを向いて俗物(ブルジョワ)呼ばわりするに決まっているからだ。

そのくせ、痩せ我慢という点では筋金入りである。不平も不満も漏らさず、自業自得の、暗く厳しい人生に甘んじている。その大半は、科学が敢えてそれに相応しい名を付けることのない病、すなわち貧しさによって死んでゆく。しかし、普通なら人生が始まるはずの年齢に、突如としてその命を断ち切ってしまうこの不幸な結末は、避けようと思えば避けられるものだ。必要という厳然たる掟にいくらかの譲歩をすれば足りる。その生活を半分に分けて、心にふたつの人格を持つのである。すなわち、霊感ゆたかな歌声が響く遥かな頂で夢を見続ける詩人と、自らに日々のパンを捏ねることを心得ている生活のための労働者である。こういう二重性は、世間の荒波に揉まれた人にはだいたい備わっていて、そのような人を特徴づける性質のひとつであるが、例の自尊心、屈折した自尊心のために理性のあらゆる忠告を頑なに退けるようになってしまった無名の若きボエームたちには、大抵そのような二重性が欠けているのである。こうして無名のボエームたちは若くして死んでゆく。時には、後の世に評価されることになる、埋もれていなければもっと早く賞讃を浴びたかもしれない作品を遺す

54　テオフィル・ゴーティエら先鋭的ロマン派作家たちが掲げた、芸術は何らかの目的のための手段ではなく芸術それ自体が芸術の目的であるとする標語。

こともあるが。

芸術の戦いに身を投じることは、戦場に赴くようなものだ。勝ち取った栄光はお偉方の名を高め、軍隊は日々命令での勲章報告の数行を分け合い、斃れた兵士はその場に埋められ、二万の死者に一行の墓碑銘で事足りるのである。

大衆も同じだ。出世する者には注目するが、その蔭で戦っている無名の労働者たちにはけっして視線を落とすことはない。その存在は最後まで誰にも知られず、時には終えた仕事に微笑を漏らす慰めすら得られずに、無関心という屍衣に包まれて、人知れず生涯を終えるのである。

無名のボエームには別の一群もいる。他人に勘違いさせられるか、もしくは自分で勘違いした若者たちだ。気紛れを天職と取り違え、致死的な宿命に追われ、ある者は果てしなく膨らんだ自尊心の犠牲となり、ある者はあてどもない夢を崇拝し続ける。

ここでちょっとした余談をお許し願いたい。

芸術の道はきわめて混み合った、きわめて危険なものだが、その混雑、その障碍にもかかわらず、混雑は日々弥増す一方である。こうして、ボエームの数はかつてないほど膨大なものとなってしまった。

この混雑を引き起こすさまざまな原因を探れば、こんなことが明らかになるかもしれない。すなわち、不幸な芸術家や詩人についての大袈裟な讃辞を真に受けてしまったということだ。ジルベールの、マルフィラートルの、チャタートンの、モロー[55]の名が、あまりに頻繁に、あまりに軽率に、何よりあまりに無意味に放言されてきた。こういった不幸な者たちの墓は、高みから芸術や詩への殉教を説く説教壇にされてしまっている。

さらば、あまりに不毛な大地よ
人の禍いよ　凍れる太陽よ。
わたしは孤独な幽霊のように
人知れず姿を消しているだろう。[56]

55　エジェシップ・モロー。十九世紀フランスの詩人。少年期に両親を亡くし印刷工となるが、栄光を求めパリに出、極貧のなか病に苦しみつつ詩作を続けるものの、一八三八年慈善施療院で死去。

56　十九世紀フランスの劇作家、ヴィクトル・エスクスの辞世の句の一節。エスクスは処女作が好評を博するもののその後不振に陥り、不評を苦にして十九歳で自死した。

偽りの勝利が植え付けた自尊心に窒息させられたヴィクトル・エスクスのこの絶望の詩は、一時は芸術志望者たちのラ・マルセイエーズとなった。そうして若者たちは続々と凡才の殉教者名簿に名を連ねていったのである。

こうしたあらゆる死に至る栄光、煽て文句の鎮魂曲は、薄弱な精神や野心家の虚栄にとっては底知れぬ誘惑なのであって、この破滅的な魅力に惑わされ、破滅こそ豊かな才能の証だと思い込んでしまった者が大勢いたのだ。ジルベールが息を引き取ったあの病院の寝台を夢想し、死を目前にして詩人となったジルベールのように詩人になりたいと願い、またその段階を経ることが栄光に到達するのに不可欠だと信じた者が大勢いたのだ。

このような、道義に悖る偽り、死を招く逆説は、いくら非難しても足りぬであろう。そのせいで、あまりに多くの者が成功への道から引き離され、真に天命によって選ばれた者しか就くことのできない職業で、そういった者たちの足を引っ張りながら、惨めに生涯を終えることになったのだから。

わけのわからぬ馬鹿げた連中、どこを読んでも詩神が目を泣き腫らしてざんばら髪を振り乱しているような泣き言を並べてばかりの詩人たち、〈著書なし〉の檻に閉じ込められ、詩神（ミューズ）を継母と呼び芸術を処刑人と呼ぶ無能な凡才はみな、このような有害な説法や、死んだ者を無暗（むやみ）に持ち上げる風習が生み出したのではないか。

真に有能な者はみな、語るべき言葉を持ち、遅かれ早かれそれを語るものである。天才や異才は人類の予期せぬ偶発事ではなく、そうであるには然るべき理由があるのであって、だからこそ無名の闇から抜け出すことができるのである。大衆に迎えられずとも、みずから大衆を導く術を知っているからだ。天才とは太陽である。隠れなき存在である。異才とは金剛石（ダイヤモンド）である。長いあいだ地中に埋もれていたとしても、必ずや何者かに見出される存在である。したがって、芸術のほうが望んでもいないのに、ずうずうしくも芸術の道に割り込んでくる有象無象の連中、ボエームのなかでも怠惰や放蕩や集り（たかり）癖が骨の髄（ずい）まで染み（し）ているような手合いの恨み言や繰り言に耳を貸すことはないのである。

公理

無名のボエームは道ではない。袋小路である。

実のところ、そんな生活はどこにも行き着かないのだ。そんな貧しさは愚の骨頂であって、その中に身を置けば、知性は空気のない場所に置かれた洋燈(ランプ)のように消えてしまう。心は頑なな厭世観に硬直し、最良の性格も最悪に変わってしまう。不幸にもこの袋小路にあまりに長く留まり、あまりに深くのめり込んでしまうと、もはや抜け出すことはできなくなるか、隙間から危険を冒して脱出しても、また似たようなボエーム生活に落ち込んでしまう。そんな生活が〈文学の生理学〉[57]に取り上げられることはない。

続いて、酔狂(すいきょう)とでも呼ぶべき特殊なボエームを挙げよう。この連中にはそれほどの探究心はない。ボエーム生活を何か魅力に満ちたもののように思っているのである。晩飯を抜いたり、夜雨の滴(しずく)の下に野宿したり、十二月に南京木綿(ナンキンもめん)の服を着たりすることが人間の至福の楽園のように思えて、そんな生活に飛び込むために、ある者は家庭を捨て、ある者は立派な成果が得られるはずの学問を放棄する。ある日突然、栄(は)えある未来に背を向け、その日暮らしという冒険に身を捧げるのである。だが、いかに頑丈な人間とて、ヘラクレス[58]でも肺病になりそうな粗食を望むはずもなく、ほどなく音(ね)を上げて、実家の湯気立つ肉料理へと舞い戻り、故郷で従妹と結婚して、人口三万の町で公証人として身を立てるのである。夜になれば炉辺に座り、虎狩りの話をする冒険家もかくやという大袈裟な口ぶりで、〈芸術家の赤貧生活〉を物語ることに無上の悦びを感じるのである。その一方で、意地になって自尊心のすべてを注ぎ込む者もいる。だが、良家の子弟ならいくらでも見つかるはずの借金の当てからことごとく外方を向かれると、真のボエームよりもさらに悲惨である。真のボエームには、他に稼ぎの口があった例はないが、少なくとも頭脳で稼ぐことはできる。こうした酔狂のボエームをひとり知っているが、三年間のボエーム暮らしのすえ、家からも勘当されて、ある朝死んでいるのが見つかり、貧民の柩車で共同墓地に運ばれていった。金利の収入だけで一万フランはあったのに。

こういうボエームがいかなる意味でも芸術とは何の関係もなく、芽の出ない無名なボエームのうちでももっとも取るに足らぬ連中であることは言うまでもない。

それでは、本書の主題のひとつである、真のボエームについて語ろう。掛け値なしに芸術が招いたボエーム、芸術に選ばれる幸運に恵まれたボエームである。このボ

57 当時、〈生理学〉の題を冠し、さまざまな主題を風刺的、諧謔的に解説する娯楽読み物が流行した。バルザックの『結婚の生理学』（一八二九）、『役人の生理学』（一八四一）などが有名。

58 三話註4を参照。

エームも、他のボエームと同じ危険に晒されている。貧窮と疑念というふたつの断崖の間を歩まねばならぬ。だが、ともあれそこには、あらゆるボエームが仰ぎ見、その指で触れたいと希う理想へと続く道があるのだ。

それは公然たるボエームである。そう呼ぶのは、その存在を公に示し、身分台帳の他にも社会にその名が認められ、つまり、ボエーム的表現で言えば、確かに宣伝張紙に名前が載り、文壇や画壇にも知られ、自身の刻印がなされた作品が手頃な値段で流通しているからだ。

こうしたボエームたちは、目標を確然と定め、そこに達するためにあらゆる手を尽くす。その途上で起こる不測の事態まで味方に付ける術を心得ている。雨が降ろうが土埃が舞おうが、日陰だろうが日向だろうが、何物もこの勇敢なる冒険者たちを止めることはできない。数々の不品行すらある種の美徳となる。野望が未来への突撃を命じる太鼓を打ち鳴らし、精神は常に覚醒している。止むことのない困窮との闘いのさなかにも、ボエームたちの創意は常に火の点いた爆弾の導火線のごとく、たとえ障礙が行く手を阻もうとも吹き飛ばしてしまう。普段の生き方そのものが天才の作品のようで、日々の困難も思いも寄らぬ算術でいつも切り抜けてしまう。守銭奴アルパゴン[59]ですら金を貸すよう仕向け、メデューズ号の筏[60]にも茸を見つけただろう。必要とあらば隠修士の徳行さながらの断食を行うこともできるが、ひとたび泡銭(あぶくぜに)が手に入ろうものなら底抜けの大盤振る舞い、いちばん若くて綺麗な女を愛し、いちばん古くて高価な酒を飲み、窓という窓に金を投げ込んで廻る。そうして最後の銀貨に別れを告げてから暫(しばら)く経つと、いつでも自分の食器が用意された食卓を行き当たりばったりに訪ねて夕食を共にし、金儲けに長(た)けた連中の後にくっついては、芸術に関わりがあればどんな仕事にも首を突っ込み、人が五フラン銀貨と呼ぶあの猛獣を、朝から晩まで追いかけるのである。

ボエームに知らぬものはなく、エナメル靴か襤褸(ぼろ)靴かで行き先は違うにしろ、どこへでも顔を出す。ある日には社交場の煖炉(だんろ)に肘を突いているのを見かけたかと思うと、明くる日には舞踏酒場(ギャンゲット)[61]の緑なす園亭で飲み喰いしている。大通りを十歩歩めば友達に出会い、三十歩歩めば何処に行っても借金の相手に出くわす。

ボエーム仲間らはアトリエの与太話や芝居小屋の楽屋の符牒(ふちょう)や編集所の議論から

59 一話註2を参照。
60 十話註13を参照。
61 一話註18、21を参照。

拝借した特有の言語を話す。珍紛漢紛なこの言語にはありとあらゆる修辞が犇めいている。晦渋な表現が支離滅裂な屁理屈と隣り合い、粗野な庶民言葉がシラノ・ド・ベルジュラックの滔々たる長台詞さながらの美麗文と調和し、仮面劇の登場人物らが間抜けなカッサンドロ[62]を弄るがごとく、現代文学の十八番たる逆説が道理を玩具にし、反語は寸鉄人を刺す鋭さと目隠ししながら的を射貫く射手の精密さを持つ。その絶妙な隠語はその鍵を持たぬ者にはけっして理解できず、その奇抜さたるやもっとも放埒な言語にも勝る。かくのごときボエーム独特の言い廻しは修辞学の地獄、造語の楽園である。

世間の堅物らが一顧だにせず、芸術の堅物らが蛇蝎のごとく嫌い、小心翼々として妬み嫉みに塗れた俗物ら、傲岸不遜の馬で才能の車を駆り成功の入口をくぐる者たちの名声を怒号や中傷や誹謗で掻き消すほどの意気地もない俗物らが嘲り蔑むボエームの生活とは要するにこうしたものである。

それは忍耐と熱意の生活、馬鹿と僻み屋の攻撃をものともしない頑丈な鎧を纏わねば戦うことのできぬ生活、途中で躓きたくなければ片時も矜持という杖を手放してはならぬ生活、勝者と殉教者しかいない、〈敗れたる者に禍いを〉[63]という冷徹な掟への忍従を甘受することにあらかじめ肯んぜねば立ち入ることの許されぬ、魅惑と恐怖に満ちた生活である。

一八五〇年

H・M

62 即興仮面喜劇（コンメディア・デッラルテ）の登場人物で好色かつ強欲な老人。

63 紀元前四世紀、ローマを占領したガリアの族長ブレンヌスが、賠償金の支払いを渋るローマに武力をちらつかせつつ発したとされる言葉。

付録二

大使ギュスターヴ・コリーヌ閣下

それほど遠くない過去のある時期、哲学者ギュスターヴ・コリーヌは大使であった。心地よい怠惰と世の栄達への深い軽蔑の仮面に、コリーヌはある遠大な野心を隠していた。隠そうとしても、会話を彩る気の利いた言い廻しに、政治家志望という本心が透けて見えることがたびたびあった。

唯ひとりそれを見破ったのは詩人ロドルフであった。ある日ロドルフはボエームの仲間たちに告げた。

「諸君、人は見かけによらんぞ。コリーヌは社会の頂点に立とうと目論んでいるのだ。——コリーヌが『ル・カストール』に寄稿した、超自然哲学と農村経済に関する卓越した論説を読むほどに、われらが友コリーヌは人が気骨と呼ぶものを備えた人物であり、かの巨大な帽子は、高邁な、為政者に相応しく運命づけられた知性をその丸屋根の下に秘めているのではないかという思いを新たにする。——ドラ[1]の詩句が輝く燕尾服の下にはマキャヴェッリ[2]がいるのだ」

「おいおい！」

ショナールとマルセルが言った。

「それは言いすぎじゃないの？」

「嗤うがいい、おれは知っているのだ。コリーヌが帽子屋の官報ともいうべき『ル・カストール』で仕事を得てからというもの、確かに帽子屋たちはかんかんに腹を立ててこの雑誌の購読を取りやめてはいるが、その反面、諸外国大使館の文書保存庫がその蔵書に収めんと挙って購読を申し込んでいるんだぞ」

「はっはっ！」

カロリュス・バルブミュシュが笑った。

「まさかあ！」

「カロリュスよ、きみなどは憐れむべきゾイロス[3]にすぎん」

1　十八世紀フランスの詩人、劇作家で反啓蒙主義の立場を取ったクロード＝ジョゼフ・ドラを指すか。

2　ニッコロ・マキャヴェッリ。十六世紀イタリアの政治思想家、外交官。『君主論』（一五三二）で君主の権力の根拠とその在り方を説いた。

ロドルフが言い返す。

「われらが最良の教師たる哲学者コリーヌは、いつの日か栄誉ある大臣の職に就き、かの榛(はしばみ)色の上着は勲章で満艦飾となるであろうと確信する」

その夜、ボエームの仲間たちは大いに、大いに笑った。

そのひと月後、共和制が宣言された。[4]

ボエームたちは借金の相手に次のような通達を送り付けた。

　市民(シトワイヤン)[5]各位

光栄にも祖国に生命を捧げ、貴殿への債務の整理はわが包括受遺者に一任いたしました。過去のことは水に流しましょう。繁栄と友愛を。——共和国万歳！

それから芸術と文学のために怠惰の権利が宣言され、ボエームたちは銘々(めいめい)腕を組み、窓に映る自分の姿に見惚(みと)れ、まるっきり傍観者としての立場からこの喜劇を眺めた。

新秩序について意見を求められると、ボエームたちは決まってこう答えた。

「このたびの共和国に関しては、その多くがひっくり返されたとはいえ、王政時代に比べてもなお、舗道の敷石が靴を擦り減らすことに気付いたのである。だが、現体制下においては、われわれは等しく大臣となる権利を有しているのだから、それでおあいこというものである」

そうしてボエームたちはまた窓辺に集まり、先ごろ地方総督官に任命されたという下宿の管理人が通りすぎるのを眺めるのであった。

そのころの生活は前代未聞の空想小説のようだった。

毎朝、ボエームたちは、〈今日、われわれはいかにして、何によって生きるのだろうか?〉と神の摂理に罰当(ばちあ)たりな疑問符を付けつつ黎明(れいめい)の再来を迎え、眼前に巨大な未知数が現れるのを眺めたものであった。

とりわけマルセルとロドルフは、その日その日を翌日に繋げるため、金になる仕事に明け暮れていた。

王室支持を隠そうとしないカロリュス・バルブミュシュは、当代のコブレンツ、す

---

3 紀元前四世紀の犬儒派(キュニコス)哲学者。プラトンやイソクラテスを批判した。

4 一八四八年二月の革命による第二共和制の宣言。二話註4も参照。

5 革命期に相手への呼びかけに用いられた呼称。

なわちポントワーズに赴[6]いていた。おそらくフェミイの胸元に亡命しているのだろうともっぱらの噂であった。

ギュスターヴ・コリーヌはただひとり、革命の動乱に身を投じた。政治結社を渡り歩いては超自然的政治学を論じ、パリの代議士に立候補した二万五千の候補のひとりに名を連ねた。

とりわけオペラ座の傍のカフェに足繁く通った。この店は当初は往年の〈プロコープ〉[7]を偲ばせる文学カフェであったが、大革命以後は、おそらくそのころ政府の精神的中枢であった某新聞の記者が溜り場としたせいで、政治家に顔を売るための登龍門のごとき様相を呈していた。

ある日コリーヌがこの新聞社の建物の前を通りかかると、人が大勢集まっている。理由を訊ねると、ひとりが答えた。

「席が空くのを待ってるんだよ」

とりあえず行列に並ぼうとしたコリーヌだったが、その隣のカフェに、政治の分野ではもっとも権威ある新聞の記者を見かけたことがあったのを思い出し、そちらに入ることにした。

　まことに珍奇な光景がコリーヌの眼前に広がった。客はみな、カードだの、ドミノだの、撞球（ビリヤード）だのといった遊びに賑やかに興じているのだが、賭けられているのは飲み物でも金でもなかった。役所の椅子を賭けているのであった。

　ある卓では禿（は）げ頭の男が、エカルテ[8]の勝負で痩せた男から見事五点奪って副知事の職を勝ち取った。その日七回も勝ったこの男は戦利品にたいそうご満悦の様子で、給仕に心付け代わりに煙草（たばこ）屋の権利を与えた。

　別の卓では百点勝負のドミノで検事代理職ふたつと地方長官職ひとつに対して特別徴税官職を賭けて負けた。素寒貧（すかんぴん）になった男が、取り巻きに囲まれた恰幅（かっぷく）のよい男を脇に引っ張っていき、負けを取り返す元手を融通して貰えないかと頼んでいる。恰幅のよい男はポケットから札入れを取り出し、素寒貧の男に中を見せた。

6　コブレンツはドイツ西部の都市。フランス革命期には国外亡命した貴族が多く流入し〈小パリ〉と称された。ポントワーズはパリ北の町。おそらくバルブミュシュが革命の混乱を避けパリを離れたことを揶揄（やゆ）したものであろう。
7　現在のパリ六区、サン゠ジェルマン゠デ゠プレ近辺に現在も存在する、パリ最古のカフェ。文学者や報道関係者、政治活動家が集まった。
8　ふたりで行われるカードゲームのひとつ。

「地方委員の辞令が六つ、持ち合わせはこれだけだ」

そうして、辞令の束をまるで友達に金を貸すみたいに素寒貧の男に渡し、損失補塡の機会を作ってやった。

男たちが、

「県庁の部局長で釣りはあるかい。それとも総徴税官を崩して貰えないか」

などと訊ね合っているのを耳にして、コリーヌはあきれ返った。そんな調子で役所の地位が両替され、小さな役職は大きな役職の小銭になっているのだった。

コリーヌは呆然と撞球(ビリヤード)の台に近づいた。何やら面白そうな勝負が始まったようであった。

その台では一等総取りの賭け球(かだま)が行われていた。景品は大使の椅子と海泡石(かいほうせき)のパイプであった。

この大勝負には閣僚が給仕に化けて立ち会っているとまことしやかに言われていたが、参加するための条件がふたつあった。

ひとつは、こういう勝負にはつきものだが、参加料を納めなければならない。参加料は役人の職であった。どこのどんな職でもいいが、年収四千フランを下廻ってはならない。

もうひとつは、何らかの刊行物の主筆でなければならない、というものであった。

挑戦者は六人であった。――撞球(ビリヤード)の名人であるコリーヌは、興味津々(しんしん)で勝負の成り行きを追った。

すでに四人の挑戦者が脱落し、――残るふたりは互角の腕前であった。観客は固唾(かたず)を呑んで見守り、コリーヌは目を柱廊(ポルチコ)[9]のように見開いていた。

不意に一方が撞(つ)き方を誤って断然相手が有利な形になったため、もはや勝てる見込みがないことを告げた。

「南無三(なむさん)、――球があんなところに行っちゃあ、――いや！」

男は決然と叫んだ。何を言い出すかと思えば、相手に少し待つよう合図したのち、観客のほうを向き、

「この球(たま)を売るぞ」

「馬鹿馬鹿しい、あの三番の野郎」

声が上がった。

「あんなの、もう落ちたも同然だ、それを売ろうってんだから」

9 列柱で屋根を支えた通路。古代ギリシャ、ローマの神殿等にも見られる。

「誰か買わないか、警視の椅子でどうだ」

三番が叫んだ。

誰も応えない。

「電信局の役人では」

「高すぎるよ！」

と声が上がった。

「公文書用紙販売の権利では」

返事はない。

「よしわかった！　酒一杯でおれの球を売ろう。——種銭（たねせん）はまだあるからな」

「給仕君！」

コリーヌが大声で呼んだ。

閣僚のひとりと目される給仕がコリーヌのほうに来た。

「あちらに一杯やってくれ」

コリーヌは男を指して言った。

「おれの球を買ってくれるのかい」

「ああ、買おう」

すでにコリーヌは榛(はしばみ)色の上着を脱ぎ、突棒(キュー)を選んでいた。

負けた他の挑戦者たちがコリーヌを取り囲んで口々に言った。

「市民(シトワイヤン)、言っちゃ悪いが、落とされるのは目に見えてるよ。千載一遇(せんざいいちぐう)の偶然でもありゃ別だがね」

「負けると決まっているなら敢えて挑みはしない」

コリーヌは重々しく答えた。

「だが」

別の男が言う。

「こいつは大勝負だぞ、——何しろ景品は大使の椅子だ」

「海泡石のパイプもな」

「つまりだ、市民(シトワイヤン)、もしあんたが勝つようなことがあれば、あんた、大使になるんだぞ。あんたがどんな人間か、知っておかなきゃならん」

「そうだ。おれたちの味方かい」

「そのはずだ」

「しかし、あんたは読んでないかもしれんが、この勝負の要項にはこう書いてあるぞ、〈出場は刊行物の主筆を務める者に限る〉とな」

「あんた、主筆なのかい」

「そうだよ」

コリーヌはポケットから自分が発行している印刷物を取り出した。

「ほら、ぼくの新聞の創刊広告だ」

「広告だけじゃないか」

「新聞は月曜日に出ることになっている」

これはコリーヌが二箇月前から始めた悪巫山戯(わるふざけ)であった。——確かに新聞を創刊する意図はあって、創刊広告まで印刷したのだが、コリーヌが為し得たのはそれだけだった。——だがコリーヌは図々(ずうずう)しくも、人に会うたびにこう言うのだった。

「こんど新聞を創刊するんだ。手伝って貰えるかな」

そして、その新聞とやらはいつ出るんだと訊かれると、

「月曜日に出ることになっている」

と答えるのだ。

取り敢えずコリーヌの返答は条件を満たしていたので、問い詰めた連中も、せいぜい幸運を祈るよと皮肉を言ってコリーヌを放免するしかなかった。

コリーヌが細心の注意を払って選んだ突棒(キュー)に白墨を擦り付けていると、相手が笑い

ながら声をかけた。

「ご苦労なこったな、市民（シトワイヤン）。穴まで三プースだ[10]。あっという間におれの勝ちさ。息を吹きかけるだけで落ちるだろうよ」

「どうかな」

「どっちにしろ、あんたは負けても酒一杯損するだけだからな」

そう言って相手は球を撞く姿勢になった。

「さあ行くぞ！　勝てば大使だ、頼むぜ！」

「市民（シトワイヤン）、球に話しかけるのはよしてくれないか。球筋（たますじ）に影響が出るから」

「そんなわけあるかい」

相手は撞球（ビリヤード）台に屈（かが）みこんだ。

だが、相手が撞こうとしたまさにその瞬間、外で〈自由の樹〉[11]の植樹式典の祝砲が轟（とどろ）いた。相手は手許（てもと）が狂い、あらぬ方向へ転がった手球はコリーヌの球にかすりもせずに穴に落ちた。

10　一プースは約二十七ミリ。
11　二月革命後、共和制の成立を祝って植えられた記念樹。

こうしてコリーヌは球を撞くこともなく勝ってしまったのだった。

「ほらね、市民(シトワイヤン)」

コリーヌは悔しがる相手に言った。

「だから言ったでしょ」

勝負がついたのを知って、客たちがどやどやと撞球室(ビリヤード)に集まってきた。

コリーヌの周りに人集り(ひとだか)ができ、口々にお祝いを述べた。――コリーヌを隅に引っ張っていって、秘書を雇う暁(あかつき)にはぜひ自分をと売り込む者もいた。

「悪いけど、人は足りてるんでね」

閣僚のひとりと思しきカフェの給仕が、コリーヌに海泡石のパイプを渡しに来た。

「で、大使は？」

コリーヌは訊ねた。

「大使の辞令を頂きたいのだが」

「市民(シトワイヤン)、そう慌てずに。――まずはお名前を伺いましょう。――辞令への署名は今夜です。――明日の『ル・モニトゥール』[12]で公知されます」

「だいたいどのあたりの大使になるかだけでも教えて貰えないか。――ロンドンか、ベルリンか、ウィーンかな？　そのへんの国なら言葉はわかるんだが……」

「いや随分大きく出たものですな。……そんな重要な国にはすでに専任の大使がおります。……貴君はもう少し控えめな国になりましょう。それでも立派なものですぞ」

「ついにおれも外交官か……」

呟いて部屋を出ようとしたが、まだ酒一杯の代金を払っていないことを給仕に言われて思い出した。

「そうだった、忘れていたよ」

ポケットを探り、小銭を包んだ手巾(ハンカチ)を引っ張り出した。——例の新聞の発行資金とするために貯めていたのだ。

「だいたい三フランと十スーある」

コリーヌは五十サンチーム硬貨を渡し、釣銭は気前よく給仕に与えた。

下宿に戻ると、コリーヌはヨーロッパ地図を眺めながら空想に耽(ふけ)った。

翌日、『ル・モニトゥール』の広報欄に次のような告知が載った。

市民(シトワイヤン)ギュスターヴ・コリーヌ氏はドイツでの公務を命ぜられた。

12 一七八九年に創刊された政府官報。

新聞各紙にはこの通達に関する社説が躍り、この辞令の意図をめぐってさまざまな解釈がなされた。

いよいよ出発するというときになって初めて、ギュスターヴ・コリーヌは任務の内容を知った。――野戦病院に支給する蛭(ひる)百万匹[13]をハンガリー[14]から購入するのがその職務であった。――コリーヌは文句も言わず***の大使公邸へと発(た)った。かの地でコリーヌは国王と友誼(ゆうぎ)を結び、和合(コンコルド)騎士団[15]の一等、二等、三等に叙された。

13 当時、コレラをはじめとする内臓疾患に対して、蛭に血を吸わせる治療法が有効と考えられていた。

14 当時ハンガリーはドイツ連邦の盟主国であるオーストリア帝国の一部であった。

15 一六六〇年、ブランデンブルク＝バイロイト辺境伯クリスティアンが設立した騎士団。

解説

辻村永樹

本書『ラ・ボエーム／ボヘミアン生活の情景』(Scènes de la vie de bohème, 1851) は、第一話にも記されている通り、ひと続きの物語ではない。一八四〇年代のパリに暮らす、詩人ロドルフ、音楽家ショナール、画家マルセル、哲学者コリーヌら貧乏芸術家たちの自由放埓(ほうらつ)な生活を描いた、二十三話から成る連作短篇集である。

本書を源流として、数々の作品が生まれた。まず誰もが思い浮かべるのは、ジャコモ・プッチーニの歌劇『ラ・ボエーム』(一八九六) であろう。ルッジェーロ・レオンカヴァッロにも同題の歌劇 (一八九七) がある。他にも、作者自身が脚本に名を連ねた演劇『ボヘミアン生活』(一八四九)、リリアン・ギッシュがミミを演じたサイレント映画『ラ・ボエーム』(一九二六)、アキ・カウリスマキ監督のシニカルな持ち味が遺憾なく発揮された映画『ラヴィ・ド・ボエーム』(一九九二)、またバズ・ラーマン監督のミュージカル映画『ムーラン・ルージュ』(二〇〇一) や舞台を現代のニューヨークに移したミュージカル『レント』（一九九六）およびその映画化（クリス・コロンバス監督、二〇〇五）等々、いずれも世界的な人気を得ている傑作である。それらの揺るぎない名声に比べると、原作となった本書『ボヘミアン生活の情景』や作者アンリ・ミュルジェールの知名度は低い。邦訳にしても、一九二八年（昭和三年）に森岩雄による全体の半分ほどの抄訳がなされたのみで、本書が初の全訳となる。かといってこの小説が魅力に乏しいというわけではけっしてない。若き芸術家たちの破茶目茶な生活ぶり、貧乏暮らしの悪戦苦闘、すれ違いまた結ばれる恋を、ことさらに深刻ぶることなく、あふれるユーモアとともに活写した『ボヘミアン生活の情景』は、現代日本の読者にも、多くの笑いと共感をもたらすはずだ。

この愉快な小説を書いたアンリ・ミュルジェールとはどんな人物だったのか。日本ではほとんど知られることのなかった、作者ミュルジェールの短くも波乱に満ちた生涯を紹介したい。

なお、この作品の原題は『ボヘミアン生活の情景（セーヌ・ド・ラ・ヴィ・ド・ボエーム）』だが、本書の表題は、より馴染みのある『ラ・ボエーム』とした。この解説では、歌劇との混乱を避けるため、『ボヘミアン生活の情景』の題をもちいることをお断りしておく。

少年時代

アンリ・ミュルジェールは一八二二年、パリの仕立て屋兼アパルトマンの管理人の両親のもとに生まれた。けっして裕福とはいえない家庭で、その後も貧困は生涯ミュルジェールに付いて廻ることになる。

幼年期に母親を亡くし、ミュルジェールは初等教育の後、ある公証人の雑用係となった。そこでの同僚に感化され、はじめ絵画に関心を持つが、やがて詩作に興味が移った。ミュルジェールに詩の手解き（てほど）をしたのはウジェーヌ・ポティエという六歳年上のアマチュア詩人で、のちに社会主義の革命歌となる「インターナショナル」（一八七一）を作詞する人物である。ポティエの紹介で、ミュルジェールはカルティエ・ラタンの芸術家たちと交わるようになる。

やがてミュルジェールはアカデミイ会員の文学者エティエンヌ・ド・ジュイの計らいでトルストイ伯爵なる人物（作家レフ・トルストイとは無関係）の秘書となる。この人物はロシア帝国文部省から派遣された外交官という触れ込みであったが、実は皇帝（ツァーリ）のスパイだったという説が有力である。

ともあれ、ミュルジェール少年は約十年間、月給四、五十フランという薄給で働きつつ、同様な貧乏芸術家たちと親交を深め、またヴィクトル・ユゴーやアルフレッド・ド・ミュッセの詩を濫読し、ホラティウスやヴェルギリウスのラテン語詩を意味も解らぬまま朗読した。当時の多くの文学青年と同じく、ミュルジェールもロマン主義文学運動を率いる若き天才詩人ユゴーを崇拝していた。ユゴーの劇『リュイ・ブラス』（一八三八）が上演されると、ミュルジェールたちは劇場の壁に寄り掛かり、窓越しに幽かに聞こえてくる役者たちの台詞に耳を欹てた。

ある日、ミュルジェールは意を決してユゴーに劇の切符を懇願する手紙を書いた。しばらくしてユゴーから返信があった。切符も同封されていた。その手紙はミュルジェールの生涯の宝となった。

十八歳のころ、不衛生な生活と栄養失調がたたり紫斑病を発症、聖ルイ病院に入院する。さいわい快癒したものの、元来病弱なミュルジェールは、その後もしばしば病に侵され入退院を繰り返した。

ボエーム生活、そして文筆の道へ

息子が手に職を持つことを望んだ父親は、アンリの芸術家志望を理解せず、父子の仲は険悪であった。一八四一年、ミュルジェールは親元を離れ、ラ・トゥール・ドーヴェルニュ街（現在パリ九区）に部屋を借りた。同じころ、詩人レオン・ノエル、劇作家アドリアン・ルリウー、彫刻家ジョゼフと版画家レオポルのデブロス兄弟らと芸術サークル〈水呑み仲間〉を結成する。『ボヘミアン生活の情景』第十八話「フランシーヌのマフ」に同名の会が登場するが、仲間の証言では、実際は物語に描かれたほどストイックな会ではなかったようである。この会は二年ほど続いた。ミュルジェールらは小説に描かれたボエームたちそのままに、プレートル＝サン＝ジェルマン＝ロクセロワ通りに実在したカフェ〈モミュス〉に集い、語り合った。この集いのなかでミュルジェールは、詩人シャルル・ボードレールやテオドール・ド・バンヴィル、画家ギュスターヴ・クールベ、のちに写真家として名を成すナダールらと出会っている。

まさに本書第四話「アリ＝ロドルフ」のロドルフのごとく、夜食抜きで眠る術（すべ）、もしくは眠らず夜食を得る術を望むほどの貧困ゆえ、ミュルジェールは家賃の節約のためしばしば友人らと共同生活を送り、詩作のかたわら、英国人のフランス語教師や詩の代作などをして喰い繋いだ。その経験が『ボヘミアン生活の情景』に生かされていることは言うまでもない。このころ、同居人のひとり、作家シャンフルーリの影響で、生活のために散文にも手を染めるようになる。

一八四四年、転機が訪れる。文芸雑誌『ラルティスト』の編集主幹アルセーヌ・ウーセーがミュルジェールの詩に目を留めたのである。ミュルジェールは『ラルティスト』をはじめ、『海賊－魔王』（ル・コルセール・サタン）（後に『海賊』（ル・コルセール））、『ル・タム＝タム』、『ル・モニトゥール・ド・ラ・モード』といった小新聞、小雑誌の編集に加わり、短文を執筆するようになった。ミュルジェールが創作活動を始めた七月王政期（一八三〇—一八四八）は、産業革命によって安価な印刷物の大量生産が可能となり、また教育の普及にともなって識字率が大幅に向上したことから、多くの雑誌、新聞が刊行され、〈新聞小説（フィユトン）〉というそれまでにない文学ジャンルが生まれた時代であった。ウーセーの勧めに従って本名のアンリ・ミュルジェール Henri Murger を元にした筆名 Henry Mürger（読み方は同じ）を用いるようになったのもこのころで、外国人風の綴りで少しでも著者名を目立たせようという工夫であった。その後、u の上の二点（トレマ）は取ったが、名は Henry の綴りを使いつづけた。

『ボヘミアン生活の情景』

そして一八四五年から、のちに『ボヘミアン生活の情景』に収められる短篇が小新聞『海賊ー魔王(ル・コルセール・サタン)』に発表されるのである。『海賊ー魔王(ル・コルセール・サタン)』とは奇妙な紙名だが、これは『海賊(ル・コルセール)』紙と『魔王(ル・サタン)』紙が合併したためである。〈演劇、文学、芸術、風俗、流行の日刊紙〉を標榜していたが、実際はゴシップ新聞である。執筆者にはミュルジェールのほか、シャンフルーリ、ボードレール、バンヴィルら、のちに文学史に名を残す詩人、作家も名を連ねている。

最初に掲載されたのは、のちに『ボヘミアン生活の情景』第二話となる「神様の使い」(掲載時の題は「アトリエの作法」)であった。ふたりの若い芸術家と凡庸なブルジョワをめぐるこの軽妙な小話に、編集主幹ルポワトヴァン・サン＝タルムは喜んだ。シャンフルーリによれば原稿料は十五フランだった。その後、『ボヘミアン生活の情景』に収められる物語が、一八四九年まで断続的に同紙に掲載される。各話の初出は左記の通りである。

「アトリエの作法」一八四五年三月九日(単行本では「神様の使い」)

「四旬節の恋人たち」一八四六年五月六日
「嵐の岬」一八四六年七月九日
「アリ＝ロドルフ または已むを得ずのトルコ人」一八四六年七月二十四日
「シャルルマーニュの硬貨」一八四六年十月十九日
「黄金の河」一八四七年三月十七、十八日（このころより紙名が『海賊』となる）
「引越し祝い」一八四七年五月八日
「五フラン銀貨の値打ち」一八四七年五月二十三日
「マドモワゼル・ミミ」一八四七年六月二十八、二十九日
「マドモワゼル・ミュゼット」一八四七年七月二十四日
「フランシーヌのマフ」一八四七年八月三十日（単行本では「フランシーヌのマフ」の前半）
「北極の菫」一八四七年九月二十日
「ロドルフとマドモワゼル・ミミの恋の終章」一八四七年十一月二十八、三十日（単行本では「羽を得たミミ」）
「ロミオとジュリエット」一八四八年一月十九日

「ボエームのカフェ」一八四八年七月二十三日
「愛される限り(ドネク・グラトウス)……」一八四八年八月十日
「ボエーム暮らしの中、いかにして人は死にゆくか」一八四八年八月二十九、三十一日(単行本では「フランシーヌのマフ」の後半)
「ボエーム入会試験」一八四八年九月二十、二十三、二十五日
「紅海徒渉(としょう)」一八四八年十一月二十日
「ミュゼットの気紛れ」一八四八年十二月二十五、二十八、三十日
「大使ギュスターヴ・コリーヌ閣下」一八四九年二月二十七日、三月三日、三十日、四月二十一日(初版単行本には短縮版を収録。本書の翻訳は単行本に依った)

連載当初には総題はなく、第三話「嵐の岬」から『ボヘミアンの情景(セーヌ・ド・ボエーム)』の総題が附された。これらの短篇は、一部にはそれなりの好評を博したものの、ミュルジェールの文名はいまだ高まらず、この他にも生活のため手当たり次第に新聞雑誌に短文を書き飛ばし、また当時政治家として活躍していたユゴーに補助金審査への口利きを懇願する手紙を書いたりもしている。一八四九年には『ボヘミアンの情景』の連載も終

わった。将来を案ずる余裕すらなく、その日その日をしのぐだけで精一杯の暮らしが続いた。

演劇の成功、著名人に

そんな困難のさなかに、まさしく〈神様の使い〉が訪れたのである。役所勤めのかたわらヴォードヴィル役者として人気を得ていたテオドール・バリエールが『ボヘミアンの情景』に注目し、舞台化を打診してきたのだ。無論、ミュルジェールはふたつ返事で了承し、共同で戯曲の執筆に取り掛かった。題は『ボヘミアン生活(ラ・ヴィ・ド・ボエーム)』と決まった。

五幕劇『ボヘミアン生活』は、要所要所に歌や音楽が挿入される、現代でいえばミュージカルのような劇で、ロドルフ、ショナール、マルセル、コリーヌ、ミュゼット、フェミイ、ミミといった登場人物こそ原作を踏襲し、また「シャルルマーニュの硬貨」で描かれる宴会準備の騒動や、「黄金の河」の家計簿を巡るやりとり、「嵐の岬」で寝惚(ねぼ)けたロドルフが集金人を遺産の遣いと勘違いする場面など、原作のコミカルなエピソードや台詞が多く再現されているものの、ストーリーはまったく異なる。

おじ（モネッティではなくデュランダンという名である）の画策で未亡人ルーヴル夫人と結婚させられそうなロドルフは、かつての恋人ミミと再会し、ふたたび愛を誓うが、デュランダンとルーヴル夫人の策略でミミは去る。並行してショナールとフェミイ、マルセルとミュゼットのすれ違いの恋も描かれ、最終幕でミミはロドルフの許に戻るが、病に侵されていたミミは最後にマフを望み、ロドルフの腕のなかで息を引き取る。このクライマックスの場面は、第十八話「フランシーヌのマフ」のフランシーヌの死の場面がそのまま流用された（小説中でミミの死が語られる「恋の終章」は、このときまだ書かれていない）。ミュルジェールはこの悲劇的な終幕を好まず、第二十話「羽を得たミミ」のようなロドルフとミミの別れを幕切れとする案を出したが、バリエールと作家シャルル・モンスレに説得され、しぶしぶこの結末を認めた。

一八四九年十一月二十二日、パリ、ヴァリエテ座で『ボヘミアン生活』は初日を迎えた。客席にはボエーム仲間の面々のほか、のちに皇帝ナポレオン三世となるルイ＝ナポレオン大統領、テオフィル・ゴーティエやジュール・ジャナン、テオドール・ド・バンヴィルら錚々たる批評家の顔も見えた。劇場は満員で、大変な評判を呼んだ。ゴーティエは劇評で「愉しき窮乏、潔い無分別、真心からの過ち、微笑ましい欠点、これこそ、成熟した年齢の美徳に勝る青春の光景である」と激賞した。『ボヘミアン生活』はやがてヴァリエテ座のみならずオデオン座、そして「嵐の岬」でロドルフが夢見た、フランス演劇界の頂点に聳(そび)えるコメディ・フランセーズ劇場の舞台にも上がった。ミュルジェールは無名の雑文書きから一夜にして著名人となったのである。だが、最もミュルジェールを有頂天にさせたもの、それは憧れのヴィクトル・ユゴーからの祝辞だったに違いない。

親愛なる詩人へ

予言されていた日々がついに訪れましたね。わたしはいつも言っていました。貴方はきっとあの暗がりから光の下へ歩み出すだろうと。残念ながら初日に伺うことは叶いませんでしたが、わたしの心と思いは確かにそこにいて、わが妻と子供たちの手を通じて貴方に喝采を送っていました。都合が付く夜があればすぐに、わが旧友、貴方の息吹と詩心が命を与えた、あの愉快なボエームたちに会いにいきます。さあ、進みなさい。いま貴方がすべきは前に進むことだけです。いま貴方は、きらびやかな未来を約束する、輝かしい成功を手にしているのですから。

『ボヘミアン生活』は百回を超えるロングランとなった。一八五一年には小説『ボヘミアン生活の情景』(初版刊行時の題名は連載時と同じ『ボヘミアンの情景』で、一八五二年の第二版より『ボヘミアン生活の情景』と改められた)が出版され、こちらも同年のうちに増刷するほどの人気を得た。各話の配列は新聞掲載順ではなく、また「フランシーヌのマフ」と「ボエーム暮らしの中、いかにして人は死にゆくか」は合わせて「フランシーヌのマフ」の題で第十八話に収められたほか、新たに序文と第一話「ボエーム芸術集団結成の顚末」、第二十二話「恋の終章」、第二十三話「青春は斯くも儚し」が書き加えられた。「大使ギュスターヴ・コリーヌ閣下」は初版の第十七話に収録されていたが、第二版から「三美神の身支度」に差し替えられた(本書付録二に収録)。

モデル小説としての『ボヘミアン生活の情景』

『ボヘミアン生活の情景』は、発表当時からいわゆる〈モデル小説〉と見なされていた。例えば、詩人ロドルフは作者ミュルジェール自身がモデルとされている。外見だけでなく、かつて従妹に仄かな好意を抱いていたこと、流行雑誌の主筆を務めていたこと、歯医者の依頼で入れ歯の宣伝詩を書いたことなど、多分にミュルジェール本人の経験がそのまま反映されていると、当時を知る友人たちは口を揃える。また、ショナールは音楽家兼画家のアレクサンドル・シャンヌ、マルセルは画家ラザール、レオポル・タバールおよび作家シャンフルーリ、コリーヌは哲学者ジャン・ワロンとマルク・トラパドゥー、ジャックは夭逝したジョゼフ・デブロス、バルブミュシュは『赤い橋の殺人』などの小説を手掛けたシャルル・バルバラ、フェミイはシャンヌの恋人ルイゼット、ミュゼットはシャンフルーリの恋人マリエットがモデルと目されている。無論、モデルといえども小説の登場人物そのままの人物だったわけではなく、自身や友人たちのイメージからミュルジェールが創造したキャラクターだが、友人たちは戯画的に描かれた自分たちの姿を作中に見出して愉しんだことであろう。

高等教育を受けられなかったミュルジェールは、いわば独学の徒であった。その知識は窮乏生活の中で読書や仲間との語らいを通じて培われ、その文体は簡潔と迅速を何より要求されるゴシップ記事の執筆によって鍛えられたのである。複雑なプロットや綿密な構成よりもまず面白さを優先し、身近な出来事は何でも題材にした。『ボヘミアン生活の情景』の、当時のパリの空気をそのまま封じ込めたような快活な文章はこうして生まれたのだ。

ミミ

『ボヘミアン生活の情景』のヒロイン、ミミも、ミュルジェールの実体験から生まれた。一八三九年、ミュルジェールは激しい恋に落ちた。相手はマリイという二十四歳の女性で、ブノワ゠ディダル・フォンブランというやくざ者の妻だった。ミュルジェールとマリイは連れ立って舞踏会に通い、郊外の森を散策した。だがその幸福は長くは続かなかった。マリイが逮捕され起訴されたのである。判決は無罪だったが、ミュルジェールがその後マリイに会うことはなかった。だがこの苦い恋の記憶は、生涯ミュルジェールの胸中から消えることはなかった。「嵐の岬」でミュルジェールはロドルフの口を借り、さりげなくマリイへの愛惜を語っている。友人レオン・ノエルによれば、その後ミュルジエールは転居を繰り返しながらも、あたかも小説のロドルフのように、マリイに貰った品々を大切に保管していたという。

ミミの直接のモデルとなったのは、造花工場で働くリュシル・ルーヴェという女性だった。一八四五年、友人たちとのピクニックでミュルジェールはリュシルと出会った。その後ミュルジェールはリュシルに想いを伝え、ふたりは恋人になった。はじめは「引越し祝い」に描かれたように仲睦まじかったふたりだが、やがて生活は「マドモワゼル・ミミ」そのままに険悪になった。幾度となく言い争い、別れを決意し、また縒（よ）りを戻した。その繰り返しだった。ついにミュルジェールは、ロドルフと同じく、口論のすえに自分と別れて別の男を探したらいいとリュシルに告げ、リュシルは去った。

だが一八四七年の冬、リュシルはミュルジェールの許に戻ってきた。結核に侵されていた。貧しいミュルジェールは、日に日に弱っていくリュシルを見守ることしかできなかった。

翌年三月、リュシルは入院を決意する。離れ離れになってしまうが、これ以上ミュルジェールの重荷になりたくなかったのだ（当時、病院は無料だが、環境は劣悪であった）。『海賊（ル・コルセール）』紙の同僚の兄弟に医師がおり、その伝手（つて）でリュシルは慈愛病院（ピティエ）に入院できることになった。熱に浮かされながらリュシルは面会日を待ったが、ミュルジェールはほんの数回見舞いに来ただけだった。友人に咎められると、一文無しで花も手土産も買えないんだ、と打ち明けた。それだけでなく、病み衰えたリュシルの姿を見るに忍びなかったのかもしれない。

ある日、回診に来た医師がリュシルの寝台を見ると、寝台は空だった。医師はリュシルが死んだと思い込み、ミュルジェールに伝えた。ミュルジェールは涙を流し、黙って立ち去った。

だがリュシルは生きていた。「恋の終章」で語られることになる、患者の取り違えが起こったのだった。リュシルが生きている！　報せを受けてミュルジェールは慈愛(ピティエ)病院に急いだ。だが間に合わなかった。ミュルジェールが駆けつけたとき、リュシルはすでに息を引き取り、解剖された後だった。一八四八年四月九日のことだった。のちにミュルジェールは、『ボヘミアン生活の情景』第一話でボエームたちが友情を誓い合う喜びの日を四月九日とし、ひそかにリュシルを弔っている。

グリゼットたち

リュシル、そしてその分身であるミミはグリゼットと呼ばれる女性たちのひとりであった。おもに縫製工場の女工やお針子をして生計を立てる若い女性で、しばしば灰色の布地の作業着を着ていたためにその呼び名が付いた。賃金はごく僅かで、家賃の安い学生街カルティエ・ラタンに多く住んだグリゼットたちは、同様に安下宿で気儘な生活を送る学生や貧乏芸術家たちにとって恰好のアヴァンチュールの相手であった。

文学史上もっともよく知られたグリゼットは、ヴィクトル・ユゴーの『レ・ミゼラブル』に登場するファンティーヌであろう。また、「マドモワゼル・ミュゼット」で引用されるアルフレッド・ド・ミュッセの『フレデリックとベルヌレット』や『ミミ・パンソン』も、学生とグリゼットをめぐる物語である。グリゼットの中には、ファンティーヌのように仮初めの遊びのすえに棄てられて悲惨な境遇に身を落とす者もいれば、「四旬節の恋人たち」のルイズのように、一時にせよ裕福な学生の恋人となって労働から解放される者もいた。またミミやフランシーヌのように、貧しさゆえに病で命を落とすことも珍しくなかった。『ボヘミアン生活の情景』は、十九世紀中葉のパリを彩ったグリゼットたちの物語でもあるのだ。

アナイスとの出逢い

ミュルジェールは劇の成功によりその名を広く知られ、一八五一年には本書『ボヘミアン生活の情景』(当初の題は『ボヘミアンの情景』)を刊行し、権威ある『両世界評論』誌と独占契約も結んだ。

そののち、小説『クロードとマリアンヌ』(一八五一、のち『ラテン地区』に改題)、『青春生活の情景』(一八五一)、『最後の逢引』(一八五二)、『水呑み仲間』(一八五四)、一幕の散文劇『ジャディス小父さん』(一八五二)など、矢継ぎ早に作品を発表し、幾つかはそれなりに好評をもって迎えられたものの、著名人となり、ボエーム暮らしを離れ、かつて作中で揶揄していたブルジョワ側の人間になったミュルジェールの筆からは、もはや『ボヘミアン生活の情景』の生気あふれるユーモアやペーソスは失われていた。

パリ育ちのミュルジェールは、幼少期から田舎暮らしへの憧れを持っていた。名声を得て社交界にも足を踏み入れるようになったミュルジェールだが、アパルトマンの管理人の息子に向けられる上流人士の目は冷ややかだった。都会の猥雑さに疲れたミュルジェールは、パリ郊外フォンテーヌブローの森に隣接する村、ブロン゠マルロットに別荘を借り、折に触れ農村での生活を楽しむようになった。

そんなころ、ミュルジェールはアナイスという女性と出会った。アナイスはミュルジェールの愛読者だった。いつしか手紙を交わすようになり、やがてふたりは恋人になった。アナイスは夫と別居していたためミュルジェールと結婚することはできなかったが、ミュルジェールはブロン゠マルロットの別荘にアナイスを迎え、そこで年の大半をともに過ごした。

アナイスとの田園生活から、小説『カミーユの休暇』（一八五七）が生まれた。恋人に棄てられた心優しい女性カミーユと隣人の画家テオドールとの友情を静かな筆致で描いたこの小説は、『両世界評論』誌の読者に好評をもって迎えられ、ミュルジェールの成功作のひとつとなった。

レジオン・ドヌール受章、そして早すぎる死

一八五八年は、ミュルジェールにとってもっとも輝かしい年となった。皇帝ナポレオン三世よりレジオン・ドヌール勲章を授与されたのである。パリ、そしてブロン゠マルロットの友人たちは喜びに沸き立った。パリ中の著名人の訪問を受け、有名新聞『フィガロ』からコラム連載の依頼もあった。かつての極貧生活からは想像だにできない名誉だった。ミュルジェールはアナイスとともに喜びに浸った。

一八六〇年には農村を舞台に父と子の確執を描いた『赤い木靴』を刊行する。後の自然主義を予見するかのような巧みな心理描写と冷徹な現実観察は読者、批評家を驚かせ、ミュルジェールは大衆娯楽作家としてだけではなく、文学者としての評価をも得た。

だが、栄誉と名声にもかかわらず、ミュルジェールの生活は常に苦しかった。作家として名は知られたが、遅筆で地味な作風のミュルジェールの原稿収入はたかが知れていたうえ、パリの社交界で見下されぬよう、身の丈に合わぬ蕩尽を続けていたためである。出版社に稿料の前借りを重ね、著書が出版されてもその返済で手元にはほとんど残らなかった。

元来の虚弱に加え、締切に追われ多量の珈琲と煙草の力を借りて無茶な徹夜仕事を続けていたミュルジェールは、次第に病に蝕まれていった。一八六一年一月二十四日、ミュルジェールは左脚の激痛に襲われた。動脈炎であった。翌日パリのデュボワ病院に運ばれた。左脚に血栓が生じ、壊死(えし)しつつあった。友人たちが見舞いに駆け付けたが、ミュルジェールは苦痛に呻(うめ)くばかりであった。そんな中でも、ミュルジェールは借金の返済が滞っていることを身振りで友人のひとりに詫びた。

入院から三日後の一月二十八日、ミュルジェールは苦悶のなか息を引き取った。両親の家に帰省していたアナイスは死に目に会えなかった。翌日の新聞には、ミュルジェールの才能とやさしい人柄を偲ぶ追悼文が並んだ。死の三日後、盛大な葬儀が行われ、葬列にはアナイスやかつてのボエーム仲間たちをはじめ、何百という市民が、レジオン・ドヌール勲章を飾ったミュルジェールの棺に付き添った。ミュルジェールの亡骸(なきがら)は、生まれ育ったパリのモンマルトル墓地に葬られた。

死後、ミュルジェールが若いころから書き溜めた詩を纏めた『冬の夜な夜な』が刊行された。また、友人たちの発案で募金が行われ、ミュルジェールが眠る墓に右手を差し伸べ花弁を散らす若い女性の立像が作られた。ミュルジェールの墓は、カウリスマキ監督の映画『ラヴィ・ド・ボエーム』で見ることができる。

一八九五年、リュクサンブール庭園にミュルジェールの胸像が建てられた。「四旬節の恋人たち」でロドルフが恋を求めてさまよい、「マドモワゼル・ミミ」でミミとロドルフが手を繋いで歩いたリュクサンブール庭園を、ミュルジェールは今も見守っている。

ミュルジェール年譜

一八二二年
三月二七日、アンリ・ミュルジェール、パリに生まれる。父親クロード＝ガブリエル・ミュルジェールは管理人兼仕立て屋で、一家は管理人室で暮らした。幼年期に母親を亡くす。一三歳前後に初等教育を終える。

一八三六年　一四歳
公証人カデ・ド・シャンビーヌの雑用係となり、そこで画家志望のビソン兄弟と知り合う。

一八三八年ごろ　一六歳ごろ
トルストイ伯爵の秘書となる。月給四〇—五〇フラン。

一八四〇年ごろ　一八歳ごろ
作家シャンフルーリ、詩人レオン・ノエル、彫刻家ジョゼフ・デブロス、版画家レオポル・デブロスらと知り合う。

一八四〇—四一年　一八—一九歳
紫斑病に罹患し聖ルイ病院に入院。退院後、実家を出て下宿住まいを始める。〈水呑み仲間〉を結成し、ボエーム仲間たちとカフェ〈モミュス〉にたむろする。シャルル・ボードレール、ギュスターヴ・クールベ、テオドール・ド・バンヴィルと出会う。

一八四二年　二〇歳
八月、ボエーム仲間シャントルイユ、レオポル・デブロスと共同生活を送る。一〇月、ふたたび入院。

一八四三年　二一歳
シャンフルーリと三カ月ほど共同生活。詩だけではなく散文作品も手掛けるようになる。

一八四四年　二二歳
『ラルティスト』誌、『海賊－魔王（ル・コルセール・サタン）』紙などの小新聞、小雑誌に文章が掲載されはじめる。友人ジョゼフ・デブロスが結核で死去。

一八四五年　二三歳
後に『ボヘミアン生活の情景』として纏められる短篇を『海賊－魔王（ル・コルセール・サタン）』（後に『海賊（ル・コルセール）』）に断続的に発表（一八四九年まで）。ミミのモデルとなるリュシル・ルーヴェと出会う。

一八四八年　二六歳
四月、リュシル・ルーヴェ死去。六月、ミディ病院に入院。

一八四九年　二七歳
四月、『ボヘミアン生活の情景』最後の作品となる「大使ギュスターヴ・コリーヌ閣下」を発表。ヴォードヴィル役者テオドール・バリエールとともに『ボヘミアン生活の情景』を舞台化。一一月、ヴァリエテ座にて劇『ボヘミアン生活』初演。大きな成功を収める。

同劇の台本をレヴィ書店より刊行。

一八五一年　二九歳

一月、『ボヘミアン生活の情景』（初版及び第二版は『ボヘミアンの情景』）刊行。五月から六月にかけ『両世界評論』誌に『クロードとマリアンヌ』を発表。『ラテン地区』（『クロードとマリアンヌ』を改題）、『青春生活の情景』を刊行。

一八五二年　三〇歳

『青春生活の情景』の一篇、「ジャディス小父さん」を舞台化、四月にコメディ・フランセーズ劇場で初演。『最後の逢引』を『両世界評論』に掲載。

一八五三年　三一歳

『アドリーヌ・プロタ』（後に『田舎の情景』に改題）を『両世界評論』に掲載。『街の言葉と劇場の言葉』刊行。

一八五四年　三二歳

『両世界評論』に『水呑み仲間』を掲載。『すべての女性たちの小説』、『アドリーヌ・プロタ』、『バラードとファンテジイ』を刊行。

一八五五年　三三歳

フォンテーヌブロー近郊のブロン＝マルロットに転居。『水呑み仲間』、『籠の下』を刊行。

一八五六年　三四歳

『最後の逢引』刊行。

一八五七年　三五歳

『カミーユの休暇』を『両世界評論』に掲載。

一八五八年　三六歳
八月、レジオン・ドヌール勲章を授与される。このころはブロン＝マルロットに半ば隠遁していた。『カミーユの休暇』を刊行。

一八六〇年　三八歳
『赤い木靴』を刊行。十一月、パレ・ロワイヤル劇場で『ホラティウスの誓約』初演。

一八六一年
一月二五日、動脈炎を発症し入院。一月二八日死去。国葬にてモンマルトル墓地に葬られる。詩集『冬の夜な夜な』が死後出版される。

訳者あとがき

二〇一八年夏、本書を原案とするミュージカル『レント』を観た。貧しさ、病、多くの障礙に悩み、苦しみ、それでも人生を肯定しようとする若者たちの姿は美しかった。十九世紀中葉のパリを舞台とするこの小説が、現代のニューヨークに置き換えられ、ミュージカルとして生まれ変わったことからもわかるように、青春とは言葉や時代を超えて普遍的なものなのだ。

解説にも書いたように、本作の邦訳は、人気歌劇の原作であるにもかかわらず、これまで一九二八年に刊行された抄訳があるのみだった。そのことを知り、歌劇に劣らず魅力的なこの小説の全訳を手掛けてみようと思い立った。

翻訳にあたっては、原著のもつ生き生きとした快活な調子をできるかぎり日本語に移し替えるよう努めた。翻訳は心躍る愉しい作業だった。ボエームたちが繰り広げる数々の情景を通じて、自分も十九世紀のパリに身を置いているような感覚を覚えた。

訳しながら、ボエームたちの悪戦苦闘のなかに、何度も自分自身の姿を見出した。酒好きなところはショナールだな、一生かかっても読みきれるはずのないくらいの本を買い集めているのはコリーヌと同じだな（コリーヌは買った本をどこに保管しているのだろう？）といった具合に。この愉快な連中を日本の読者に紹介することができて嬉しい。本書に登場する地名の多くは、現在も残る実在の地名である。パリの地図を手許にこの小説を読むのも面白いだろう。

本書の底本としたのは二〇一二年に刊行された最新のエディションである GF Flammarion 版だが、一九八八年刊行の Gallimard 版、一八五一年刊行の初版本（Michel Lévy Frères）も適宜参照した。また、解説の執筆には、Théodore Pelloquet, *Henry Murger*, A. Bourdilliat et Cᵉ, 1861、Alfred Delvau, *Henry Murger et la Bohème*, Librairie de Mᵐᵉ Bachelin-Deflorenne, 1866、Eugène de Mirecourt, *Henry Murger*, Librairie des Contemporains, 1869、Robert Baldick, *The First Bohemian*, Hamish Hamilton, 1961 などを参照した。

ミュルジェール自身による〈序文〉は、古代から近世までのさまざまなボエーム的人物を紹介し、ボエームの分類と定義を試みる内容で、本来巻頭に置かれるはずの文章だが、一般の読者にはやや煩雑に思われたため、訳者の判断で、敢えて付録に収めることにした。ご理解を乞う次第である。

刊行にあたりお世話になった光文社の駒井稔さん、小都一郎さん、佐藤美奈子さんに、そして、この本を手にとってくださった皆様に、深くお礼を申し上げる。

最後に、読書と音楽の快楽を教えてくれた両親に、この本を捧げたい。

辻村永樹

ラ・ボエーム

著者　アンリ・ミュルジェール
訳者　辻村永樹（つじむら えいじゅ）

2019年12月20日　初版第1刷発行

発行者　田邉浩司
印刷　萩原印刷
製本　ナショナル製本

発行所　株式会社光文社
〒112-8011東京都文京区音羽1-16-6
電話　03（5395）8162（編集部）
03（5395）8116（書籍販売部）
03（5395）8125（業務部）
www.kobunsha.com

ISBN978-4-334-75416-7 Printed in Japan

いま、息をしている言葉で、もういちど古典を

長い年月をかけて世界中で読み継がれてきたのが古典です。奥の深い味わいある作品ばかりがそろっており、この「古典の森」に分け入ることは人生のもっとも大きな喜びであることに異論のある人はいないはずです。しかしながら、こんなに豊饒で魅力に満ちた古典を、なぜわたしたちはこれほどまで疎んじてきたのでしょうか。

ひとつには古臭い教養主義からの逃走だったのかもしれません。真面目に文学や思想を論じることは、ある種の権威化であるという思いから、その呪縛から逃れるために、教養そのものを否定しすぎてしまったのではないでしょうか。

いま、時代は大きな転換期を迎えています。まれに見るスピードで歴史が動いていくのを多くの人々が実感していると思います。

こんな時わたしたちを支え、導いてくれるものが古典なのです。「いま、息をしている言葉で」——光文社の古典新訳文庫は、さまよえる現代人の心の奥底まで届くような言葉で、古典を現代に蘇らせることを意図して創刊されました。気取らず、自由に、心の赴くままに、気軽に手に取って楽しめる古典作品を、新訳という光のもとに読者に届けていくこと。それがこの文庫の使命だとわたしたちは考えています。

光文社古典新訳文庫　好評既刊

椿姫

デュマ・フィス
永田千奈　訳

真実の愛に目覚めた高級娼婦マルグリット。アルマンを愛するがゆえにくだした決断とは……。オペラ、バレエ、映画といまも愛され続けるフランス恋愛小説、不朽の名作！

マノン・レスコー

プレヴォ
野崎歓　訳

美少女マノンと駆け落ちした良家の子弟デ・グリュ。しかしマノンが他の男と通じていることを知り……愛しあいながらも、破滅の道を歩んでしまう二人を描いた不滅の恋愛悲劇。

ゴリオ爺さん

バルザック
中村佳子　訳

出世の野心溢れる学生ラスティニャックが、場末の安下宿と華やかな社交界とで目撃するパリ社会の真実とは？　画期的な新訳で贈るバルザックの代表作。（解説・宮下志朗）

グランド・ブルテーシュ奇譚

バルザック
宮下志朗　訳

妻の不貞に気づいた貴族の起こす猟奇的な事件を描いた表題作、黄金に取り憑かれた男の生涯を追う自伝的作品「ファチーノ・カーネ」など、バルザックの人間観察眼が光る短編集。

赤と黒（上・下）

スタンダール
野崎歓　訳

ナポレオン失脚後のフランス。貧しい家に育った青年ジュリヤン・ソレルは、金持ちへの反発と野心から、その美貌を武器に貴族のレナール夫人を誘惑するが…。

★続刊

戦争と平和1　トルストイ／望月哲男・訳

一九世紀初頭のナポレオン戦争の時代を舞台に、ロシア貴族の興亡からロシアの大地で生きる農民に至るまで、国難に立ち向かう人びとの姿を描いたトルストイの代表作。「あらゆる小説の中でもっとも偉大な作品」（モーム）と呼ばれる一大叙事詩。

アラバスターの壺／女王の瞳　ルゴーネス／大西 亮・訳

エジプトの古代墳墓に仕組まれていた〈死の芳香〉。その香りを纏い、関わる男性たちが自死を遂げていく女性の正体は？　博物学的で多彩なモチーフを、人間の原初的な衝動が駆動していくような、近代アルゼンチンを代表する作家の幻想的作品集。

共産党宣言　マルクス、エンゲルス／森田成也・訳

マルクスとエンゲルスが共同執筆し、一八四八年の二月革命直前に発表。その後のプロレタリア運動の指針となった「世界を変えた文書」。共産主義の勝利と人間の解放が歴史の必然であると説く。各国版序文とそれに関する二人の手紙（抜粋）付き。